Von Heather Graham sind
als Heyne-Taschenbücher erschienen:

Die Geliebte des Freibeuters · Band 04/37
Die Wildkatze · Band 04/61
Die Gefangene des Wikingers · Band 04/71
Die Liebe der Rebellen · Band 04/77
Geliebter Rebell · Band 04/97
Tochter des Feuers · Band 04/106
Irrwege der Liebe · Band 04/116
Spiegel der Liebe · Band 04/118
Triumph der Liebe · Band 04/120
Irrwege der Liebe / Spiegel der Liebe · Band 23/124
Die Normannenbraut · Band 04/128
Der Herr der Wölfe · Band 04/138
Kreuzzug des Herzens · Band 04/143
Die Braut des Windes · Band 04/146
Dornen im Herzen · Band 04/157
Ondine · Band 04/164
Wechselspiel der Liebe · Band 04/181
Rebell der Leidenschaft · Band 04/182
Hafen der Sehnsucht · Band 04/188
Der Indianerlord · Band 04/194
Die schottische Lady · Band 04/211
Brandzeichen der Liebe · Band 04/227

HEATHER GRAHAM

DER REBELL

Roman

Deutsche Erstausgabe

WILHELM HEYNE VERLAG
MÜNCHEN

HEYNE ROMANE FÜR »SIE«
Nr. 04/248

Titel der Originalausgabe
REBEL

Aus dem Amerikanischen
von Eva Malsch

Printed in France 1999
Umschlagillustration: Pino Daeni / Agentur Schlück
Umschlaggestaltung: Atelier Ingrid Schütz, München
Satz: Fotosatz Prechtl, Passau
Druck und Bindung: Brodard & Taupin

ISBN 3-453-14595-X

In liebevollem Gedenken an »Papa«, meinen Schwiegervater Alphonse Pozzessere, der für immer in unseren Herzen weiterleben wird.

Prolog

Ein gefährliches Spiel

Mai 1862

Die Nacht war unheimlich in dieser fremden Wildnis, wo flüsternde Brisen und leise plätschernde Wellen an die verstohlenen Bewegungen eines Raubtiers erinnerten. Am schwarzen Samthimmel stieg ein Vollmond empor und warf sein elfenbeinweißes Licht auf die Landschaft.

Manchmal verdeckten ihn dichte Wolken, und dann glich das Dunkel einem bodenlosen Abgrund. Insekten summten, eine Eule kreischte. Den neuen Rekruten der Unionskompanie Panther's Men erschienen diese Nacht im südlichen Florida noch schlimmer als das drohende Grauen des Schlachtfelds.

Nur ihr Kommandant empfand keine Angst. Mit sicheren Schritten hatte er den gefährlichen tropischen Wald voller Reptile und Panther durchquert, denen seine Kompanie und er selbst den Spitznamen verdankten.

Angeblich konnte er völlig lautlos einen Fuß vor den anderen setzen. Seine Augen durchdrangen die schwärzesten Schatten. Wenn er die tödlichen Kreaturen der Sümpfe, des Dickichts und des Meeres auch respektierte, er fürchtete sie nicht. Er führte seine Männer auf Wege, die sie niemals gefunden hätten. Wann immer er die Wildnis durchquerte, wurde er eins mit ihr. Manchmal erschreckte er seine eigenen Leute, indem er wie ein Geist auftauchte oder verschwand.

In dieser Nacht hatten sie ihre Pferde in einem Quartier auf einem Hügel festgebunden, etwa eine Viertelmeile entfernt, und die Zivilisation zu Fuß verlassen. Sie waren in ein Gebiet südlich des alten, während der Seminolenkriege benutzten Außenpostens Fort Dallas eingedrungen. Doch er versicherte seinen Männern, sie würden sich immer noch im Dade County befinden, nach dem Kommandanten genannt, der im zweiten Seminolenkrieg gefallen war.

Obwohl er nicht von Indianern abstammte, hatte er Verwandte unter den Seminolen, und er kannte die Sümpfe und das Meer ebensogut wie sie. Man munkelte, er sei auch mit Panthern und Alligatoren verwandt und könne wie eine Katze durch den Dschungel laufen, wie eine große Echse durch brackige Wasser gleiten.

Auf den ersten Blick glich der Major mit seinem schulterlangen ebenholzschwarzen Haar und seinem schlanken, muskulösen, bronzebraunen Körper einer Rothaut. Seine kobaltblauen Augen verstärkten diesen Eindruck, weil sie manchmal so schwarz und gefährlich wie die Hölle schimmerten.

Es war gut, daß Major Ian McKenzie selbst ein gefährlicher Mann war, denn er führte seine Soldaten zu einem gefährlichen Ort. Nun warteten und lauschten sie angespannt, in der Hoffnung, die Mokassinschlange gefangenzunehmen, einen berüchtigten Rebellenspion, der an der Küste Floridas operierte.

Alle Unionssoldaten fürchteten einen Einsatz in Florida, in einem Niemandsland, das die Rebellen nicht halten und ihre Gegner nicht erobern konnten. An der meilenlangen Küste voller versteckter Buchten und Meeresarme wirkte die Unionsblockade geradezu lächerlich. Andererseits waren die Ufergebiete jederzeit den Angriffen der Union ausgeliefert. Schon mehrmals hatte Jacksonville den Besitzer gewechselt. St. Augustine war von den Truppen der Nordstaaten erobert und bisher gehalten worden. Auch der Navy-Stützpunkt Key West befand sich in den Händen der Union. Aber im restlichen Teil des Staates dominierten die Feinde. Florida war als dritter Staat von der Union abgefallen, und seine Konföderierten verfochten leidenschaftlich die Interessen der Südstaatler.

Obwohl viele Rebellentruppen aus Florida häufig in Virginia, Tennessee und anderen Südstaaten eingesetzt wurden, durfte man die Verteidigung der Halbinsel nicht vernachlässigen, die äußerst wichtig für das Kriegsgeschehen war. Denn ein Großteil des Rindfleisch- und Salzvorrats, den die Truppen der Konföderierten benötigten, stammte aus Florida. Deshalb tat die Union ihr Bestes, um den Staat unter Kontrolle zu bekommen, und die Mokassinschlange mußte geschnappt werden.

Seit man im Norden Floridas vor ein paar Wochen mehrere Rebellen der Spionage verdächtigt und gehängt hatte, war der Major fest entschlossen, diesem unseligen Treiben ein Ende zu bereiten.

Schon seit einiger Zeit strapazierte die Mokassinschlange die Nerven der Nordstaatler. Wenn die Unionsschiffe Blockadebrecher aufzuhalten suchten, wußten die Kapitäne der Rebellen viel zu oft Bescheid, und in der nächsten Bucht oder hinter der nächsten Düne lauerte ihre Verstärkung. Konföderiertenschiffe mit Waffenladungen durchbrachen die Blockade und erreichten durch Meerengen die Rebellentruppen. Auf diese Weise gelangte auch Gold in Feindeshand. Immer wieder wurden Unionssoldaten jenseits des St. Johns River und außerhalb St. Augustines von verzweifelten Rebellentruppen gefangengenommen, die den Nordstaatlern auch entlang der Küste zusetzten.

Major McKenzie hatte freie Hand und die Order, die Aktivitäten aller Spione, Verräter und Blockadebrecher zu unterbinden. Dabei sollte er die Methoden anwenden, die er für richtig hielt. Und seit man jene Spione gehängt hatte, wuchs seine innere Anspannung. Nach seiner Ansicht durfte das Militär nicht das Gesetz verkörpern. Soldaten starben auf dem Schlachtfeld, eine traurige Tatsache. Aber wenn die Unionskommandanten das Gesetz zu oft in die eigenen Hände nahmen, würde der Krieg seinen Sinn verlieren. Dann würden sie nicht mehr für die Einheit des Landes kämpfen, für Ruhm und Ehre, sondern auf der gleichen Stufe stehen wie gemeine Mörder.

»Ein Schiff! O Gott, Major, Sie hatten recht!« flüsterte der alte Sam Jones.

»Immer mit der Ruhe, Jungs!« McKenzies Stimme schien aus dem Nichts heranzudringen. »Vorerst können wir das Schiff nicht kapern. Niemand soll Wind von uns bekommen und die Fracht wegschaffen, die wir erbeuten können.« Nach einer kurzen Pause fügte er hinzu: »Wir wollen den Landetrupp gefangennehmen, Gentlemen — und die Mokassinschlange.«

Der Spion starrte zur Küste, die sich rasch näherte. Fast daheim, dachte er erleichtert, denn der Krieg ermüdete und deprimierte ihn. Manchmal bereute er, daß er so loyal gewesen war, in die Rolle der Mokassinschlange zu schlüpfen und dieses gefährliche Spiel zu spielen.

Leidenschaftlich hatte der Spion an die Staatenrechte des Südens geglaubt, an das Recht der Südstaatler auf Unabhängigkeit, an ihr Recht, so zu leben, wie sie es wünschten. Wenn die Nordstaatler das verstünden, wäre kein Krieg ausgebrochen.

Aber nun wurde die Mokassinschlange immer öfter von Angst und Sorge gequält. Vielleicht sollte sie den Rückzug antreten. Sie hatte gute Arbeit geleistet, vielen Rebellen das Leben gerettet, wichtige Informationen weitergeleitet und gut geplante Operationen durchgeführt. Doch die Zeiten änderten sich. Was würde geschehen? Sollte der Spion einfach ins Wasser tauchen und im Dunkel der Legende verschwinden, wieder ein eigenes Leben führen, vielleicht verbittert — und trotzdem nicht ohne Hoffnung.

Kurz bevor das Schiff auf Grund laufen konnte, drehte es in der schmalen Bucht bei. »Laßt ein Boot hinab!« befahl der Kapitän, ein tüchtiger, erfahrener alter Seemann und erprobter Blockadebrecher, der oft mit der Mokassinschlange zusammenarbeitete. Die beiden waren gute Freunde.

Niemals hatten sie versucht, sich am Krieg zu bereichern. Die wichtigste Schmuggelware bestand aus Chinin, Äther, Chloroform und Laudanum. Und es war das vornehmste Ziel, Menschenleben zu retten. Die Mokassinschlange hatte der Union schon schweren Schaden zugefügt. In allen Yankee-Häfen behauptete man, sie sei gefährlicher als echte Schlangen. Und man gab die Parole aus, sie müsse endlich gefaßt werden, tot oder lebendig, gehängt oder erschossen — gnadenlos.

Solche Drohungen pflegte der Spion zu ignorieren. Nur wenn er die Angst verdrängte, vermochte er seine Pflicht zu erfüllen. An diesem Abend trug er einen großen Schlapphut, der sein Gesicht verdeckte, und einen weiten Mantel mit vielen Taschen. Darin steckten Korrespondenz, Gold, harte Yankee-Währung und Laudanum. Sollte der Feind die Mokassinschlange über Bord werfen, würde das Gewicht des Mantels ihren Körper in die Wassertiefe hinabziehen. Doch sie konnte ihn jederzeit ablegen und, wenn es möglich war, später holen.

Doch in dieser Nacht müßte die Aktion reibungslos verlaufen. Das Niemandsland lag in der Nähe seiner Heimat. Mit scharfen Augen spähte er zur Küste, wo er nichts Verdächtiges entdeckte.

Immer wieder verkroch sich der Mond hinter den Wolken, und wenn er hervorkam, verbreitete er ein seltsames gelbliches Licht. Das Wasser schimmerte schwarz, die Bäume verschwammen in schweigenden Schatten. Nichts, aber da drüben ... »Warte!« flüsterte er.

Der Kapitän, der gerade einem Mann befehlen wollte, die Mokassinschlange ans Ufer zu rudern, hielt inne. »Siehst du was?«

Da hatte sich etwas bewegt. Ein plötzliches Grauen erfaßte den Spion. Zwischen den Baumstämmen funkelten zwei rote Lichter, und er atmete auf. »Ein kleines Reh.«

»Bist du sicher?«

»Ja.«

»Jenkins, bringen Sie die Mokassinschlange an Land.«

»Ja, Sir.« Der junge Seemann salutierte, und der Kapitän wandte sich wieder zu der Mokassinschlange.

»Sei vorsichtig.«

»Natürlich.«

»Vergiß nicht — dein Leben ist kostbarer als deine Fracht, weil du unersetzlich bist.«

»Daran werde ich stets denken. Jetzt muß ich gehen.«

Der Kapitän nickte bedrückt, suchte nach Worten und fand keine. Auch er wurde von einer bösen Ahnung gequält. Das spürte der Spion und erschauerte.

»Sei vorsichtig«, mahnte der Kapitän noch einmal.

»Keine Bange, ich verstehe mein Handwerk.«

»Nun sollten wir losfahren«, meinte Jenkins unbehaglich. Er stammte aus Jacksonville, und er haßte das Sumpfgebiet im Süden des Staates, wo die täuschend schöne Küste nur einen schmalen Landstrich am Rand des feuchten Everglades-Dschungels bildete.

Geschmeidig kletterte die Mokassinschlange über die Steuerbordreling und folgte Jenkins in das kleine Boot. Der Seemann tauchte die Ruder ins Wasser, und der Kahn glitt über das nachtschwarze Meer.

»Halt!« wisperte der Spion plötzlich. Ein sonderbares Gefühl beschleunigte seinen Puls. Wurden sie beobachtet — und erwartet? Der keuchende Atem einer großen, schrecklichen Kreatur schien im Dunkel widerzuhallen. Aber an der Küste regte sich nichts.

Obwohl Jenkins das Boot zu bremsen versuchte, fuhr es weiter, immer noch getrieben von der Kraft seiner Ruderschläge.

Dann erwachte der Waldrand zum Leben. Der Mond, wieder hinter Wolken versteckt, erhellte die Szenerie nicht. Aber die Mokassinschlange hörte die Schritte der Männer, die zwischen den Bäumen hervorrannten und Gewehre auf den Kahn richteten.

»Ergeben Sie sich, und Ihr Leben wird geschont!«

Der Mond verbreitete erneut seinen geisterhaften Glanz und beleuchtete acht Männer in den verhaßten blauen Yankee-Uniformen, die sich am Ufer postiert hatten. Vier knieten, vier standen. Und alle Gewehre zielten auf die Insassen des Boots.

»Verdammt!« fluchte Jenkins. Er konnte und wollte nicht fliehen. Ehe er auch nur die Zehen in dieses grausige Gewässer tauchte, würde er lieber hundert Unionssoldaten gegenübertreten. »Wir müssen kapitulieren!«

Aber die Mokassinschlange warf ihm nur einen verächtlichen Blick zu und glitt ins Wasser.

»Zum Teufel mit dem Schurken!« fauchte Ian McKenzie, zog das Jackett seiner Kavallerieuniform aus, nahm den Waffengurt ab und schlüpfte aus den Stiefeln. »Holt den Rebellen aus dem Boot und paßt auf, ob unser Freund irgendwo an Land schleicht. Und Sie, Gilbey Clark ...« Er zögerte nur kurz. Obwohl Gilbey zu den neuen Rekruten zählte, hatte er seine Kompetenz bereits bewiesen. »Gehen Sie an den Bäumen entlang. Sam, folgen Sie ihm im Abstand von fünfzig Metern. Lassen Sie das Wasser nicht aus den Augen!« Dann warf er sich in die seichten Wellen und schwamm in die Richtung des Kahns.

Dieser verrückte Spion! Alle trugen die Schmuggelware

in der Kleidung bei sich. Also würde der Idiot wie ein Sack voller Blei untergehen.

Aber die Mokassinschlange war unauffindbar. Ian suchte noch einmal den Meeresboden ab. Triumphierend prustend tauchte er dann wieder auf und zog den schweren Mantel des Spions an Land.

»Hier!« erklang ein atemloser Schrei.

Ian ließ den Mantel fallen und rannte die Uferböschung hinauf. Ganz in der Nähe erhob sich ein Schatten aus dem Wasser.

»Halt, oder ich schieße!« rief Gilbey.

Ian stürmte zu ihm und stieß das Gewehr beiseite. »Nicht! Ich will ihn lebend haben.«

Er rannte an dem jungen Mann vorbei, ohne den rauhen Boden unter seinen nackten, schwieligen Sohlen zu beachten. In einer kleinen Sandgrube zwischen knorrigen Wurzeln holte er den Spion endlich ein, stürzte sich auf ihn, und sein Gewicht riß die schmale Gestalt zu Boden. Mühelos überwältigte er den Feind und saß rittlings auf seinen Hüften.

Hell strahlte der Mond. Obwohl das nasse blonde Haar, mit Seegras verflochten, am bleichen Gesicht der Mokassinschlange klebte, war sie unglaublich schön. In ihren grünbraunen Augen, von langen honigfarbenen Wimpern umrahmt, funkelten goldene Lichter. Ian betrachtete eine zierliche gerade Nase, hohe Backenknochen, ein eigenwilliges Kinn und verführerische volle Lippen.

In seinem Herzen hatte er die Wahrheit geahnt und sich geweigert, daran zu glauben. Was sie in seinen Zügen las, wußte er nicht. Aber es schien zu genügen, um die letzte Farbe aus ihren Wangen weichen zu lassen. Offenbar spürte sie seine momentane Schwäche, die der Schock auf seine Entdeckung war. Und sie nutzte ihren Vorteil. Plötzlich riß sie einen Arm hoch, und ihre Faust traf schmerzhaft sein Kinn.

Was für eine erstaunliche Frau ... Wie auf Wolken konnte sie durch einen Ballsaal schweben und mit ihrem Lächeln sogar hartgesottene, abgebrühte Soldaten entwaffnen. Sie war klein und zart wie eine fragile Rose. Trotzdem hatte er ihre innere Stärke gespürt, ihren eisernen Willen — und jetzt in seinem Zorn vergessen.

Der kraftvolle, zielsichere Schlag warf ihn vorübergehend aus dem Gleichgewicht. Verzweifelt bäumte sie sich auf und versuchte, ihn wegzustoßen.

Aber er ließ sie nicht los. Sie glaubte, sie müßte sich aus seinem unerbittlichen Griff befreien, um ihr Leben zu retten, doch er wußte es besser. Nur wenn sie seine Gefangene blieb, durfte sie Hoffnung schöpfen. Er hatte seine bittere Lektion gelernt und wußte, daß er nicht alle Rebellenspione vor dem Galgen bewahren konnte. Zudem hatte er oft genug die grausig verzerrten Gesichter seiner gehängten Landsleute gesehen. Bis zu seinem letzten Atemzug würde ihn dieser Alptraum verfolgen.

Der Aufruhr seiner Gefühle drohte ihn zu überwältigen. Er packte wütend ihre Handgelenke und warf sie in den Sand zurück. Entsetzt rang sie nach Luft, starrte ihn an und schien zu glauben, er würde sie töten.

Mühsam bezwang er seinen Zorn. »*Du* bist also die gottverdammte Mokassinschlange.« Nicht nur seine Unbeherrschtheit mußte er bezähmen, sondern auch seine Angst, den Schmerz, die Erinnerungen — und seine Begierde. Denn sie war immer noch Alaina, warm und weich und verlockend unter seinem Körper, Alaina mit ihren Katzenaugen, ihrem Lächeln, ihrem leidenschaftlichen Temperament, ihrer Hingabe, die einzig und allein den Interessen der Südstaaten galt. »Wie kannst du es wagen?«

»Und du bist der gottverdammte Panther! Der Verräter! Um Himmels willen, das ist Florida! Wie kannst *du* es wagen?«

Als sie verstummte, hörte er die leisen Schritte seiner Männer. Inzwischen hatten sie die Pferde geholt. Sam Jones, seit langer Zeit seine rechte Hand, hielt die anderen mit einer knappen Geste zurück. Sofort blieben die acht Männer, von Ian sorgsam für diese nächtliche Operation ausgewählt, reglos stehen und warteten. Sie würden seine Befehle befolgen, was immer er auch fordern mochte. In erster Linie fühlten sie sich nicht der Union, sondern dem Major verpflichtet, denn er hatte sie zu überleben gelehrt.

In dieser Nacht war er für ihre Loyalität so dankbar wie nie zuvor. Hoffentlich würden sie seine Angst nicht bemerken — seine Angst um die Mokassinschlange. Er kannte das Schicksal, das den Spionen drohte.

»Major, der Rebell, der das Boot gerudert hatte, geriet in Panik und ertrank«, berichtete Sam. »Leider konnten wir ihn nicht retten.«

Sekundenlang schloß Ian die Augen. Im Krieg war der Tod alltäglich. Aber der Gedanke an ein vergeudetes Menschenleben bedrückte ihn. »Schon gut, Sam.« Wie erstaunlich ruhig seine Stimme klang ... »Brian, Reggie, kümmern Sie sich um die Leiche. Wir kehren zum Basiscamp zurück.« Dann flüsterte er der Mokassinschlange zu: »Versuch nicht noch einmal, mir zu entkommen.«

»Würdest du mich erschießen?« Offenbar brauchte sie tatsächlich eine Antwort auf diese Frage.

»Im Sumpf werden meine Männer leicht nervös. Manchmal schießen wir auf alles, was sich bewegt.« Das war eine Lüge. Trotz aller Gefahren verhielten sich seine Leute mustergültig und sehr diszipliniert. Er erhob sich, zog Alaina auf die Beine und setzte sie in den Sattel seines Hengstes Pye, einem Arabermischling aus der Zucht seiner Familie, der weder den Sumpf noch die Schlangen fürchtete. Seit dem Ausbruch des Krieges lebte Pye im Dschungel.

Immer noch von Wut und Angst erfüllt, stieg Ian hinter der Mokassinschlange auf. Großer Gott, was sollte er tun?

Eine halbe Stunde später erreichten sie ein paar Hütten, in einer sumpfigen Lichtung auf Stelzen gebaut, von hohen Kiefern abgeschirmt. In der kalten Nachtluft begann Alaina zu frösteln. Sie trug durchnäßte Breeches, ein Baumwollhemd und Stiefel. Ganz in der Nähe lag das Haus, wo sie aufgewachsen war. Dort könnte sie Hilfe finden. Aber ihre Rettung würde Ians Tod bedeuten. Ehe er sich seine Gefangene entreißen ließ, würde er sein Leben opfern. Also gab es kein Entrinnen — sie würde am Galgen enden.

Nein! Das durfte nicht geschehen ... Was für eine naive Närrin bin ich gewesen, dachte sie. Jetzt erschien es ihr unvermeidlich, daß sie in ihr Verderben gerannt war. Hätte er seinen Soldaten doch befohlen, sie zu Fuß durch den Sumpf zu schleifen! Es war unerträglich gewesen, mit ihm zu reiten, an seiner kraftvollen Brust zu lehnen, seinen Zorn zu spüren.

Am Rand der Lichtung sprang er vom Pferderücken. Seine Kobaltaugen schauten Alaina kurz an. Blaues Feuer ... Dann wandte er sich zu seinen Männern. »Kümmert euch um die Gefangene«, befahl er brüsk, ehe er eine der Hütten betrat.

Vielleicht wollte er aus ihrer Nähe fliehen, weil er fürchtete, er würde sie sonst erwürgen. Welche Rolle spielte das schon, wenn sie ohnehin hängen sollte? Sie würde einen schnellen Tod unter seinen Händen vorziehen.

Aber er war der berühmte Major Ian McKenzie. Niemals würde er so tief sinken und eine Gefangene kaltblütig ermorden. Statt dessen würde er das Gesetz — das Gesetz der Union — befolgen.

Nachdem er in der Hütte verschwunden war, starrten

seine Männer die Mokassinschlange verwirrt an. Einer kam zu ihr. »Ich heiße Sam. Bitte versuchen Sie nicht zu fliehen, Ma'am. Pye würde Sie abwerfen.«

Natürlich, das Pferd war ihm ebenso treu ergeben wie seine Truppe.

Sam hob sie aus dem Sattel. Erst jetzt merkte sie, wie sehr die Ereignisse dieser Nacht sie mitgenommen hatten. Sie konnte kaum stehen, und ein anderer Soldat eilte herbei, um sie zu stützen. Mit großen braunen Augen starrte er sie an, sichtlich fasziniert. Zu schade, daß dieser Junge nicht ihr Gefängniswärter war ... Sie wäre in wenigen Minuten frei. »Danke«, sagte sie leise.

Warum hatte man sie die Mokassinschlange genannt? Weil sie den Fallen, die man ihr gestellt hatte, stets mühelos entgangen war? In dieser Nacht würde ihr die Flucht nicht gelingen.

»Kommen Sie, Ma'am, ich bringe Sie in Ihre Hütte. Gilbey, holen Sie frisches Wasser für die Lady. Und Sie, Brian, halten Wache vor der Tür.«

Locker umfaßte seine Hand ihren Ellbogen, als er ihr die Stufen hinaufhalf, die zu der kleinen, auf Pfählen gebauten Plattform führten. Er war höflich, aber unerbittlich. In der Hütte zündete er eine Kerosinlaterne an. »Hier müßten Sie's bequem genug haben. Ein Bett und Decken, saubere Laken, in die Sie sich wickeln können, während Ihre Kleidung trocknet ... Sonst kann ich Ihnen leider nicht viel bieten. Ah, da ist ein Stück Seife. Und hier finden Sie eine Waschschüssel und einen Krug. Gilbey wird Ihnen Wasser bringen. Außer dem Bett, diesem Tisch und dem Stuhl haben wir keine Möbel.«

»Trotzdem bin ich tief beeindruckt, Sam«, erwiderte sie.

Es klopfte an der Tür, und der junge Soldat trug einen großen Eimer herein. Während er Wasser in die Schüssel goß, flüsterte er: »Ist sie wirklich die Mokassinschlange, Sam?«

»Ja«, bestätigte Sam müde. »Ma'am, jetzt lassen wir Sie allein.«

Brian saß am Fuß der Treppe, und Sam gesellte sich zu ihm. An einen der dicken Kiefernstämme gelehnt, die den kleinen Holzbau stützten, zog er sein Messer und eine Schnitzerei hervor. Daran arbeitete er schon sehr lange. »Sagen Sie dem Major, wir hätten die Gefangene in ihr Quartier geführt«, befahl er Gilbey.

Das frische Wasser schmeckte köstlich. Für ein paar Sekunden vergaß Alaina ihre mißliche Lage und stillte ihren Durst. Dann fluchte sie leise, zog ihre nassen Sachen aus und wusch sich gründlich. Fröstelnd hüllte sie ihren Körper in ein Laken. In der Hütte brannte kein Feuer, und die Frühlingsnacht war bitterkalt. Mit gekreuzten Beinen saß sie auf dem Bett. Wenigstens vergönnte man ihr eine Lampe und Wasser, wahrscheinlich viel mehr, als die Mokassinschlange verdiente.

Würde sie Ian noch einmal sehen, bevor sie am Galgen baumelte? Würde er ihr eine Gelegenheit geben, ihm zu sagen . . .?

Was? Sie hatten ganz verschiedene Wege gewählt. Daran ließ sich nichts mehr ändern. Oft genug hatte sie ihn gehaßt. Auch jetzt müßte sie ihn hassen. Doch es gelang ihr nicht.

Sollte sie ihn um Gnade bitten? Sie hatte sich stets geschworen, in Würde zu sterben, falls man sie eines Tages gefangennahm. Trotzdem würde sie ihn in dieser Nacht anflehen ... Nein, unmöglich. Welche Argumente konnte sie dann vorbringen? Er würde ihr bestimmt kein Wort glauben. Verzweifelt sprang sie auf. Es war sinnlos, mit Ian zu verhandeln, weil sie nichts mehr besaß, was er vielleicht haben wollte. In ihrer Kehle stieg ein leises Schluchzen auf.

Dann hörte sie Schritte auf den Stufen. Die Tür

schwang auf, und Ian trat ein. Inzwischen hatte er trockene Sachen angezogen. Sein Gesicht schimmerte bronzebraun im Laternenlicht, die Augen wirkten nicht blau, sondern schwarz. Durchdringend starrte er sie an, so lange, daß sie schreien und ihn bitten wollte, sie sofort zu erschießen und die Qual nicht unnötig zu verlängern. Endlich brach er das Schweigen. »Die Mokassinschlange ... Zum Teufel mit dir!«

»Nein, zum Teufel mit *dir!* Du hast deinen Staat verraten! Nicht ich!«

Eine pechschwarze Haarsträhne fiel ihm in die Stirn und verbarg, was Alaina vielleicht in seinen Augen gelesen hätte. Aber es war sicher besser, wenn sie nicht wußte, was er dachte.

»Da irrst du dich«, entgegnete er. »Mein Staat hat meine Nation verraten. Wie auch immer, die Politik ist nicht mehr wichtig. Und es spielt auch keine Rolle, ob der Allmächtige auf deiner Seite steht oder auf meiner. Jetzt kommt's nur darauf an, daß du vom Feind geschnappt wurdest, meine liebe Mokassinschlange, während ich diesem Schicksal entronnen bin.«

»Und was hast du jetzt mit mir vor?« fragte sie tonlos.

Er hob die ebenholzschwarzen Brauen. »Was macht man mit gefährlichen Schlangen? Vielleicht sollte ich dir all die schlimmen Dinge antun, die zarte Treibhauspflanzen wie du angeblich in der Gewalt brutaler Yankees erdulden mußten. Vergewaltigung, Mord ...«

»Bitte, Ian ...«

Langsam ging er auf sie zu.

Ein Schrei zerriß die nächtliche Stille und verstummte sofort.

Nachdem Gilbey dem Major die Nachricht überbracht hatte, die Gefangene sei in Gewahrsam, war er ihm zur

Hütte gefolgt. Nun sprang er erschrocken von den Stufen auf.

»Haben Sie das gehört, Sam?«

Gleichmütig zuckte Sam die Achseln und schnitzte an seinem Eichenholz.

»Ich weiß, er hält sie für die Mokassinschlange ...«

»Das ist sie.«

»Noch nie habe ich den Major so wütend gesehen.« Gilbey schüttelte besorgt den Kopf. »Gewiß, sie ist eine Feindin. Aber — der Major hat stets betont, er würde nicht das Gesetz vertreten und jede Form vom Lynchjustiz verabscheuen. Und jetzt ist er vor Zorn außer sich. Dürfen wir ihm diese junge Frau ausliefern? Er könnte sie ernsthaft verletzen.«

»Keine Bange, er wird sie nicht umbringen.«

Erbost stand Gilbey vor Sam und stemmte seine Hände in die Hüften. »Wie können Sie da denn nur so sicher sein?«

»Haben Sie's noch nicht erraten, Gilbey? Er wird sie nicht töten, weil sie Alaina ist.«

»Alaina?«

»Alaina *McKenzie*, verdammt noch mal! Seine Frau.«

Gilbeys Kinnlade klappte nach unten, und es dauerte eine Weile, bis ihm die Stimme wieder gehorchte. »Was? Der Panther und die Mokassinschlange sind miteinander verheiratet?«

»Wie man so schön sagt — im Krieg und in der Liebe ist alles erlaubt.« Seufzend schaute Sam zum bleichen Mond hinauf. Der Krieg hatte den Menschen sehr viel angetan, vor allem den McKenzies, die so großen Wert auf Ehre, Loyalität, Hingabe und Liebe legten. Brüder, die gemeinsam durch dick und dünn gegangen waren, wurden wegen ihrer unterschiedlichen Überzeugungen plötzlich auseinandergerissen. Bruder gegen Bruder. Vater gegen Sohn. Ehemann gegen Ehefrau ...

Sam empfand tiefes Mitleid mit Ian und Alaina, die nicht wissen konnte, was ihren Mann seit einiger Zeit motivierte — und warum er jetzt so unbarmherzig war. Und Ian? Nun, vielleicht fragten sich die beiden gerade, wann und wie die Liebenden zu Feinden geworden waren.

1

Mai 1860, Cimarron

»Was zum Teufel …« Als Ian seinen Hengst Pye vom Flußschiff zu seinem Haus Cimarron führte, entdeckte er die seltsame Versammlung auf dem Rasen. Mehrere Männer, einige in Uniform, standen einer jungen Frau gegenüber, die ein Schwert zückte, ebenso wie einer der Soldaten. Was ging da vor? Er sprang in den Sattel und galoppierte zum Schauplatz der beängstigenden Szene. Zu seiner Verblüffung hörte er helles Gelächter.

»Ich soll den Angriff parieren?«

»Aye, Mistress, parieren und attackieren.«

Verwundert zügelte Ian sein Pferd und beobachtete das zierliche blonde Mädchen, das wie ein Engel aussah. Irgend etwas in ihrem Blick hätte die jungen Männer warnen müssen. Offenbar wußte sie genau, was sie tat. Ihre rechte Hand umfaßte in vorbildlicher Haltung ein geliehenes Kavallerieschwert, das einen sonderbaren Kontrast zu ihrem eleganten Tageskleid aus taubenblauem Brokat mit elfenbeinweißer Spitze bildete. Unter dem engen Oberteil zeichneten sich volle Brüste ab, der weite, schwingende Rock betonte die schmale Taille. Goldene Lichter tanzten in den grünbraunen Katzenaugen.

O ja, sie wußte, daß sie ihren Gegner besiegen konnte. Blitzschnell sprang sie vor, Stahl klirrte, und die Waffe des jungen Mannes landete im Gras. Ian kannte Lieutenant Jay Pierpont. Vor kurzem hatte er ihn im Stützpunkt Tampa getroffen. Es sprach für ihn, daß er ein guter Verlierer war und seine Niederlage mit Humor trug. »Brava!« rief er.

Ringsum erklang lautes Gelächter.

»Was, du läßt dich von einer Frau schlagen, Jay?«

Die junge Dame wandte sich zu seinem Freund, der ihn gehänselt hatte. »Sir, ich habe in Jay einen ausgezeichneten Lehrer gefunden.«

»Und Sie sind eine noch bessere Schülerin, Mistress«, erklärte der Lieutenant.

»Offensichtlich. In diesen letzten zehn Minuten habe ich alles, was ich über die Fechtkunst weiß, von Ihnen gelernt.«

Neues Gelächter folgte diesen Worten. Formvollendet verneigte er sich, und sie knickste. Die Soldaten umringten sie, und jeder versuchte, ihre Aufmerksamkeit zu erregen.

Lächelnd musterte sie ihre Bewunderer. Noch nie hatte Ian eine so temperamentvolle, anmutige Schönheit gesehen — oder eine Frau, die sich ihrer Reize und ihrer Überlegenheit so sicher gewesen war. Zweifellos konnte sie nicht nur ausgezeichnet fechten, sondern ebenso raffiniert flirten.

Wie sie mit diesen jungen Narren spielt, dachte er. Belustigt fragte er sich, ob sie auch sein Herz gefährden würde, hätte er nicht beschlossen, Risa zu heiraten, Colonel Angus Magees schöne, selbstbewußte Tochter. Als er absteigen und Pierpont bitten wollte, ihn mit der charmanten Dame bekannt zu machen, hörte er den Ruf seiner Mutter, die auf der Veranda stand. »Ian!«

Er ritt zum Haus, sprang aus dem Sattel und lief die Stufen hinauf. »O Mutter!« Liebevoll nahm er Tara McKenzie in die Arme und schwenkte sie im Kreis herum. »Ich habe dich so schmerzlich vermißt. Großer Gott, du wirst immer schöner. Wie machst du das nur?«

Lachend landete sie auf den Füßen und strich über seine Wange. »Mein teurer Erstgeborener, meine Freude und mein Stolz — du bist ein schamloser Schmeichler. Da dich deine militärische Karriere und die Politik restlos beanspruchen, hast du wahrscheinlich keinen Gedanken an deine arme Mutter verschwendet. Aber ich bin froh, daß du heute heimgekommen bist.«

»Ich habe drei Tage Urlaub — und zwei Tage Zeit, um nach Washington zurückzukehren.« Zögernd fügte er hinzu: »Ich muß eine wichtige persönliche Angelegenheit mit dir besprechen, Mutter. Und die augenblickliche politische Lage beunruhigt mich. Bald müssen gewisse Entscheidungen getroffen werden. Darüber möchte ich mit Vater reden.«

Unbehaglich runzelte Tara die Stirn, und Ian bereute, daß er dieses Thema schon jetzt angeschnitten hatte. Seine Mutter war keine naive, zartbesaitete Südstaatenschönheit. In mittleren Jahren immer noch attraktiv, die perfekte Hausherrin im geliebten Cimarron seines Vaters, verkörperte sie alles, was das Wesen einer typischen vornehmen Südstaatenlady prägte. Aber sie besaß einen weiteren Horizont als die meisten Frauen ihres Standes. Die heikle Position der McKenzies bezüglich der Seminolenfrage in Florida hatte Tara stets veranlaßt, sich mit politischen Problemen zu befassen.

»Ist es wirklich so schlimm, Ian?«

»Bevor ich nach Key West versetzt wurde, sah ich John Brown in Washington hängen. Dadurch hat er den Status eines Märtyrers erlangt, und er wird nach seinem Tod ein viel schrecklicheres Blutbad anrichten als zu seinen Lebzeiten. Ich fürchte deshalb, wir steuern auf einen Krieg zu.«

»Gewiß, in Florida hat sich eine wütende Fraktion gebildet. Die Plantagenbesitzer wollen mit aller Macht an der Sklaverei festhalten, der sie ihren Wohlstand verdanken. Aber ich glaube, es gibt genug vernünftige, besonnene Männer, die einen Krieg verhindern werden.«

»Wohl kaum, wenn Lincoln zum Präsidenten gewählt

wird. Mutter, du weißt doch, wie unsere Nachbarn denken.«

»In Florida wird niemand für Lincoln stimmen. Und seine Wahl steht noch lange nicht fest.«

Ian zuckte die Achseln. Vielleicht nicht. Aber während eines Besuchs bei Freunden in Illinois hatte er Abraham Lincoln reden hören. Und er glaubte, die meisten Leute, die den Politiker nie gesehen hatten, würden ihn unterschätzen. »Vorerst wird nichts passieren.«

»Aber die Debatte ist bereits entbrannt. Die meisten unserer Nachbarn besitzen zahlreiche Sklaven und halten deinen Vater für einen Exzentriker. Andere behaupten, die Sklaverei sei ihnen egal, und sie würden sich nur für die Frage der Staatenrechte interessieren. Nun, wie du sagst, das alles gehört der Zukunft an, wenn auch einer unmittelbaren Zukunft. Gleich wird der Tee serviert. Mach dich frisch, mein Lieber, und komm so schnell wie möglich herunter. Du bist das schönste Geburtstagsgeschenk für deinen Vater, und er freut sich wie ein Kind auf das Wiedersehen.«

»Sind Julian und Tia schon zu Hause?«

»Julian hat in St. Augustine gearbeitet. Gegen Abend müßte er eintreffen. Vorher holt er Tia in ihrer Akademie ab. Beeil dich, Ian.«

»Ja, natürlich.« Er küßte die Stirn seiner Mutter, ging ins Haus und stieg die Treppe hinauf.

Am Ende eines langen Flurs lag sein Zimmer. Er hatte versprochen, sich zu beeilen. Aber wie immer, wenn er nach Hause zurückkehrte, mußte er erst einmal die Aussicht bewundern. Er liebte Cimarron. Als Taras und Jarretts ältester Sohn würde er Cimarron erben. Das war ihm stets bewußt gewesen, und er hatte die Verantwortung ernst genommen. Auch sein jüngerer Bruder Julian liebte sein Zuhause. Aber die Medizin bedeutete ihm noch mehr, und so war er Arzt geworden. Und Tia, die kleine Schwester, interessierte sich für die Welt, die Menschen und die Politik. Sie konnte es kaum erwarten, auf Reisen zu gehen. Nur mühsam hatten die Eltern sie dazu überredet, ihre Ausbildung an Madame de la Verres Schule für junge Damen zu beenden.

Cimarron . . . Sein Vater und sein Onkel hatten das Haus entworfen und gebaut, als diese Gegend noch eine Wildnis gewesen war. In Ians Zimmer stand ein großes Vierpfostenbett aus kunstvoll geschnitztem Eichenholz mit Löwenfüßen und Greifvogelklauen am Kopfteil. Ein Schreibtisch mit zwei Stühlen beherrschte die Mitte des Raumes. Vor dem Kamin luden bequeme Polstersessel zur Erholung ein. An der Nordwand reihten sich ein hoher Schrank und eine Kommode aneinander, die Türen eines zweiten Schranks an der Südwand waren mit Spiegeln verkleidet. Unter dem Bett lag ein Orientteppich in leuchtenden Blau- und Rottönen, der mit den blauen Vorhängen und der blauen Tapete harmonierte.

Eine Glastür führte zum Balkon, und Ian trat hinaus. Auf die Balustrade gestützt, betrachtete er die Landschaft, den Fluß und den Nebenfluß, in dem Rundschwanz-Seekühe und Ottern hausten. Im Süden grenzten dichte Kiefernwälder an die kleine Siedlung der Weißen. Und am Ende eines Waldwegs sprudelte eine Quelle, die einen Teich speiste. Sogar im Winter leuchtete der Rasen vor dem Haus smaragdgrün, und der Fluß schimmerte in dunklem Blau.

Während Ian einen Adler zum Himmel emporfliegen sah, dachte er mit wachsendem Grauen an die Gefahr, die seinem geliebten Heim drohte. Vernünftige, besonnene Leute würden einen Krieg verhindern, hatte seine Mutter behauptet. Aber sogar in gebildeten Militärkreisen schloß man eine Auseinandersetzung auf dem Schlachtfeld nicht aus. Männer, die zuvor Seite an Seite geritten waren, würden einander bekämpfen. Und für welche Partei

Ian sich auch entscheiden mochte, er würde seine Waffe gegen einstige Klassenkameraden, Lehrer und Freunde erheben. Vielleicht sogar gegen seine Verwandten.

Bedrückt schüttelte er den Kopf und sagte sich, noch sei keine Entscheidung gefallen. Nicht zum erstenmal stand das Land am Rand eines Kriegs. Bis jetzt hatte man immer Kompromisse gefunden. Trotzdem — was zum Teufel sollte er tun?

Er kehrte ins Zimmer zurück und fand kühles Wasser im Krug auf dem Waschtisch. Hastig machte er sich frisch. Doch er hatte sich zuviel Zeit gelassen. Als er den Speiseraum erreichte, räumten die Dienstboten gerade das Teegeschirr weg, und die Gäste erhoben ihre Limonadengläser, um auf Peter O'Neills und Elsie Fitchs Verlobung zu trinken. Also mußte man den beiden gratulieren. Elsie war hübsch und nett, nach Ians Meinung ein bißchen oberflächlich, aber für einen Mann wie Peter wahrscheinlich genau die richtige Frau, und außerdem steinreich.

»Ian!« Dicht hinter ihm erklang die Stimme seines Vaters. Er drehte sich um und vergaß alle anderen Anwesenden. Liebevoll umarmten sie sich. Dann trat Jarrett einen Schritt zurück, um seinen Sohn zu mustern. »Verdammt gut siehst du aus. Was für ein erfreulicher Anblick für meine alten Augen!«

»Da wir gerade vom Alter reden«, erwiderte Ian lächelnd, »alles Gute zum Geburtstag, Vater.«

»Ein wunderbarer Geburtstag. Meine Kinder kommen nach Hause. Und ich freue mich auf lange Gespräche mit dir, über die Welt da draußen.«

»Vater, ich bin mir nicht sicher, ob du das alles wissen willst. Vermutlich kannst du dir gar nicht vorstellen, wie sich die Lage zuspitzt.«

»Glaub mir, ich habe in meinem Leben genug gesehen, und ich kann mir sehr gut vorstellen, was du mir erzählen wirst. Ich sorge mich um unser Land und unseren Staat. Natürlich dringen die Neuigkeiten auch in diese abgeschiedene Gegend vor, allerdings sehr langsam. Hier herrscht eine gefährliche, düstere Stimmung, die mich bedrückt.«

»Ich fürchte, die Kluft ist so tief, daß sie nicht überbrückt werden kann.«

»Darüber reden wir später. Soeben hat deine Mutter die Gentlemen in die Bibliothek geschickt, und die jungen Damen werden bald nach oben gehen, um sich vor den abendlichen Festivitäten auszuruhen. Hast du deinen Onkel und deine Tante schon begrüßt?«

»Nein, aber ich habe Onkel James und Tante Teela vor kurzem getroffen.«

»Offenbar bekommen sie dich öfter zu Gesicht als wir, weil du einen Großteil deiner Zeit in Key West verbringst. Komm, wir sollten dem Ansturm der Damen ausweichen und in die Bibliothek flüchten.«

»Wie du willst.«

Ehe sie die Bibliothekstür erreichten, füllte sich die Halle mit kichernden Geschöpfen in voluminösen Röcken. Ein paar Töchter alter Freunde entdeckten Ian, umarmten ihn und drückten schwesterliche Küsse auf seine Wangen.

Inmitten des Tumults sah er taubenblauen Brokat und elfenbeinweiße Spitze — die goldblonde Schönheit, die so erfolgreich gegen Lieutenant Pierpont gefochten und dann ihre Bewunderer um sich geschart hatte. Er wollte seinen Vater fragen, wer das Mädchen sei, doch da erschien seine Tante in der Halle. »Ian!« rief sie erfreut und nahm ihn in die Arme. Als er wieder aufblickte, war die kleine Sirene verschwunden.

»Bitte, Alaina, warte auf mich!«

Beinahe wäre es ihr gelungen, aus dem Haus zu flüchten. Sie blieb am hinteren Ausgang der Halle stehen, der zum Kiefernwald führte. Unglücklicherweise zögerte sie zu lange, denn Peter O'Neill eilte bereits in ihre Richtung.

»Laß mich in Ruhe, Peter!« befahl sie.

Aber er kam unbeirrt auf sie zu und schaute sie flehend an. Bis zu diesem Tag hatte sie sein Gesicht hübsch gefunden — seine sanften blauen Augen, die aristokratischen Züge, die hellbraunen Locken, die bis zum Kragen reichten. In seinem grauen Gehrock und dem gestärkten Hemd und der Brokatweste wirkte er sehr elegant. Aber während sie ihn jetzt betrachtete, empfand sie nichts mehr für ihn. Seine blauen Augen erschienen ihr nicht mehr schön, weil sie seine Charakterschwäche verrieten.

Trotzdem umfaßte er ihren Arm mit erstaunlich starken Fingern. »Bitte, ich *muß* mit dir reden!«

Sie hätte sich losreißen oder ihm drohen können, gellend zu schreien. Dann würde er sie sofort loslassen, wie eine heiße Kartoffel, weil er Skandale verabscheute. Wider ihr besseres Wissen folgte sie ihm in die Anrichtekammer des Butlers. Die Arme vor der Brust verschränkt, starrte sie Peter an. Hatte sie ihn jemals geliebt oder sich das nur eingebildet? »Nun, was willst du von mir?«

»Versuch mich doch zu verstehen!« flehte er verzweifelt. »Mein Vater hat mich zu dieser unseligen Verlobung mit Elsie Fitch gezwungen.«

Hätte sie sich nicht so gedemütigt gefühlt, als seine Verlobung beim Tee verlautbart worden war, würde sie vielleicht seine Wange streicheln und versichern, das sei schon in Ordnung.

Aber es war nicht in Ordnung. Peter hatte ihre Insel mehrmals mit seinem Vater besucht und ihren Papa um Hilfe gebeten, weil seine Orangenplantage nicht florierte. Dabei hatte Peter ihr stets seine unsterbliche Liebe geschworen und versichert, es sei nur mehr eine Frage der Zeit, bis er es wagen würde, um ihre Hand anzuhalten.

An diesem Tag hatte er bewiesen, was von seinen glühenden Versprechungen zu halten war. Ihr Vater verließ die Insel im Süden nur selten, und sie verkehrte fast nie in gehobenen Gesellschaftskreisen. Obwohl Papa ein angesehener Wissenschaftler war, gehörte er nicht zum Geldadel, und sie kannten die McKenzies von Cimarron nur wegen ihrer Freundschaft mit den McKenzies von Mirabella.

An die Aufmerksamkeit junger Männer nicht gewöhnt, hatte Alaina die Bewunderung der Gentlemen an diesem Nachmittag in vollen Zügen genossen. Es war amüsant gewesen, ihre Wirkung auf das andere Geschlecht zu erproben, und sie hatte sogar gedacht, es würde Spaß machen, Peters Eifersucht zu wecken. Und dann gab er seine Verlobung mit Elsie Fitch bekannt! Krampfhaft lächelte sie und fragte sich, ob ihre zusammengebissenen Zähne zerbrechen und aus ihrem Mund bröseln würden.

Gewiß, Elsie Fitch war keine überwältigende Schönheit, aber recht attraktiv, mit braunem Haar und großen dunklen Augen. Kichernd hatte sie ihren Freundinnen anvertraut, sie sei schon seit einer Ewigkeit in Peter verliebt. Natürlich würde er ihre Gefühle mit gleicher Glut erwidern und könne es kaum erwarten, mit ihr vor den Traualtar zu treten.

»Alles Gute zur Verlobung, Peter. Und jetzt laß mich gehen.«

»Alaina, du verstehst nicht ...«

»Was gibt es da zu verstehen? Du wirst Elsie Fitch heiraten, und damit basta.«

»Hör mich doch an! Als ich dich heute mit diesen Männern flirten sah, wäre ich fast gestorben. Beinahe hätte ich dir gesagt, du dürftest dich nicht wie ein Flittchen benehmen ...«

»Sei nicht unverschämt! Ich habe nichts mehr mit dir zu

tun. Und wie ich mich in Gesellschaft anderer Männer verhalte, geht dich nichts an.«

Sie versuchte sich an ihm vorbeizuschieben. Aber er packte ihre Schultern und drückte sie gegen die Wand. »Um Himmels willen, Alaina, quäl mich nicht so! Spürst du denn nicht, wie sehr ich dich begehre? Komm mit mir in den Wald ...«

»In den Wald!« rief sie. »Mit dir?« Sollte sie lachen oder weinen? O ja, sie hatte in den Wald wandern wollen, aber allein, um die schmerzliche Erniedrigung zu verwinden.

»O Alaina, ich liebe dich, ich brauche dich, ich bete dich an! Glaub mir, ich bin todunglücklich, weil wir nicht heiraten können. Machen wir das Beste aus der Situation. Da mir meine Mutter einen Trustfonds hinterlassen hat, bin ich nicht mittellos. Ich würde ein Haus für dich kaufen und ...«

»Hör auf. Ich traue meinen Ohren nicht. Glaubst du wirklich, ich würde jetzt, wo du mit einer anderen verlobt bist ...«

»Sei doch nicht albern, Alaina! Kein respektabler junger Mann würde jemals um deine Hand bitten.«

»Kein respektabler junger Mann würde jemals um meine Hand bitten?« wiederholte sie in eisigem Ton.

»Nun, dein Vater ist arm wie eine Kirchenmaus, und du bist in der Wildnis aufgewachsen. Außerdem wurdest du nicht richtig erzogen. Aber das braucht dich nicht zu bekümmern, weil ich dich vergöttere. Alles will ich dir geben, alles, was dein Herz begehrt ...«

Seine Stimme erstarb. Ungläubig schaute sie ihn an. Ehe ihr seine Absicht bewußt wurde, küßte er sie. Sein Körper preßte sie an die Wand und ließ keinen Zweifel an seinem Verlangen. Als er seine Zunge in ihren Mund schob, war sie sekundenlang wie betäubt. Dann spürte sie seine Hand, die am Ausschnitt ihres Kleides zerrte. Erbost rammte sie ihr Knie zwischen seine Beine, und er sprang stöhnend zurück. Mit aller Kraft schlug sie in sein Gesicht. »Fahr zur Hölle, Peter, mitsamt deinen abscheulichen Vorschlägen!«

»Alaina!« jammerte er gequält.

Ob ihn die Abfuhr schmerzte, die sie ihm erteilt hatte, oder der gezielte Stoß ihres Knies, wußte sie nicht. Es war ihr auch egal. Sie konnte die Gesellschaft des reichen, respektablen Mr. Peter O'Neill nicht länger ertragen, nutzte seine augenblickliche Schwäche und schob ihn beiseite. Dann floh sie aus der Anrichtekammer, hinaus ins Freie, in die schützenden Schatten zwischen den Bäumen.

2

Ian spürte einen warmen Atemhauch an seiner Wange. »Am üblichen Ort!«

Vor einiger Zeit waren die jungen Damen nach oben gegangen, und die älteren überließen die Gentlemen ihrem Brandy und den Zigarren. Die Flüsterstimme gehörte Lavinia, der schönen, sinnlichen dreißigjährigen Witwe des steinreichen alten Lawrence Trehorn. Obwohl er beschlossen hatte, seinen Eltern mitzuteilen, er würde Risa Magee heiraten, die er liebte und begehrte, würde es vielleicht noch lange dauern, bis er sie heimführen konnte. Und an Liebe dachte Lavinia in dieser Phase ihres Lebens nicht — nur an Lust.

»Was sagten Sie, Ian?«

Er blinzelte verwirrt, von Lavinias Parfum abgelenkt, dessen Duft ihn immer noch einhüllte. Offenbar fragte Alfred Ripply, ein Schiffsbauer aus Tampa, nach seiner letzten Bemerkung. Irgend etwas über die Union ... Daran erinnerte er sich nicht mehr, weil ihn das Flüstern auf ganz andere Gedanken gebracht hatte. Er räusperte sich und begegnete dem glühenden Blick einer anderen Frau, die gerade den Salon betreten hatte und die Brandygläser nachfüllte.

Seit langer Zeit war er mit der exotischen Lilly befreundet, in deren Adern das Blut weißer, schwarzer und indianischer Vorfahren floß. Sie verachtete Lavinia und bedeutete ihm mit ihrem ausdrucksvollen Blick — ohne die Grenzen einer Dienerin zu überschreiten —, er dürfe der Witwe nicht folgen. Lächelnd hob er die Brauen und gab ihr zu verstehen, er könne sehr gut auf sich selbst aufpassen. Er war immer noch unverheiratet, über einundzwanzig und durchaus fähig, den verführerischen Klauen einer Frau wie Lavinia zu entrinnen. Wenn ihn ihre Verführungskünste auch maßlos reizten ...

Lilly seufzte fast unhörbar. Da auf Cimarron niemals Sklaven gelebt hatten, war sie eine freie Frau. Ians Großvater, der mit seinen Söhnen nach Florida gezogen war, hatte die Sklaverei verabscheut und erklärt, er könne die Plantage genausogut mit der Hilfe bezahlter Angestellter betreiben.

Nach dem dritten Seminolenkrieg war Lilly nach Cimarron gekommen. Es war der letzte Aufschrei des vernichteten Volkes gewesen, und Ian hatte die kurzen, aber erbitterten Feindseligkeiten besser verstanden als sonst jemand. Denn in den Adern seiner engsten Verwandten, abgesehen von seinen nächsten Angehörigen, floß Indianerblut.

Lilly hatte bei einem kleinen Creek-Stamm bei Tampa Bay gelebt. Bei jenen letzten Kämpfen zählte ihr Mann zu den Kriegern, die wieder einmal Gerechtigkeit suchten, und der Konflikt fand das gleiche Ende wie die vorangegangenen Gefechte. Die überlebenden Seminolen zogen sich noch tiefer in die Everglades zurück, und die Weißen atmeten erleichtert auf.

Glücklicherweise hatte Ian nicht in die Kämpfe eingreifen müssen, weil er mit seinem Kommando gerade in Texas stationiert gewesen war. Lieber hätte er den Dienst quittiert, als seine Waffe gegen die Seminolen zu erheben. Später wurde er nach Kansas und Nebraska und schließlich nach Key West versetzt, wo er den Auftrag erhielt, mit seinen Männern die Everglades zu kartographieren. Auf seinen ausgedehnten Reisen hatte er viele Erfahrungen gesammelt, und so konnte er sich eine fundierte Meinung über die derzeitige beunruhigende Lage in der Union bilden.

Aber was immer er vorhin gesagt hatte — er bereute es. Im Augenblick wollte er nicht über Politik diskutieren. Lavinias Flüsterstimme hatte viel zu verlockend geklungen.

Als er wieder zu Lilly hinüberschaute, schüttelte sie besorgt den Kopf, und er lächelte. Eigentlich müßte sie sein Interesse an Lavinia verstehen. Ehe er Risa heiraten konnte, mußte man zahlreiche Pläne schmieden. Nur der Himmel mochte wissen, wann die Hochzeitsnacht endlich stattfinden und wann er sein Verlangen auf ehrbare Weise stillen würde. Zu Lavinia unterhielt er eine rein sexuelle Beziehung, und er war nicht ihr einziger Liebhaber. Als Witwe — die ihr Erbe an den Bruder ihres verstorbenen Mannes verlieren würde, wenn sie wieder heiratete — sah sie keinen Grund, sich die Freuden des Lebens zu versagen.

»Sir, das ergibt doch keinen Sinn.« Alfred Ripplys Spazierstock trommelte auf den blankpolierten Hartholzboden der Bibliothek. »Da sitzen Sie und behaupten, John Brown habe den Galgentod verdient. Und im gleichen Atemzug erklären Sie, dieser elende Lincoln würde sich nicht gegen den Süden wenden und nur die Union zu stärken suchen.«

Seufzend sah Ian seinen Vater an, der vor dem Kamin stand, einen Ellbogen auf dem Sims. Im Lauf der Jahre hatte sich der hochgewachsene, kraftvoll gebaute Jarrett McKenzie kaum verändert. Nur wenige graue Fäden durchzogen das pechschwarze Haar.

Vater und Sohn waren oft verschiedener Meinung gewesen. Aber seit einiger Zeit merkten sie, wie ähnlich sie einander waren. Und Ian erkannte, daß er Jarrett nicht nur liebte, sondern bewunderte. Zweifellos hatten die Anschauungen des Vaters sein Denken beeinflußt, doch seine Überzeugungen basierten vor allem auf eigenen Erlebnissen. Jarrett hatte ihm versichert, nur darauf komme es an.

»Nach meiner Ansicht ist John Brown, der so fanatisch für die Sklavenbefreiung kämpfte, zu bedauern. Er glaubte felsenfest, der Allmächtige würde seine Taten billigen, weil sie einem höheren Ziel dienten. Trotzdem verdiente er nach unseren Gesetzen den Galgentod. Immerhin ermordete er zahlreiche Menschen, um sich an den Südstaatlern zu rächen, die über die Gegner der Sklaverei hergefallen waren.«

Als Ian aufstand und sich verneigte, warf ihm sein Onkel James einen seltsamen Blick zu, den er mit einer gequälten Grimasse beantwortete. »Wenn Sie mich jetzt entschuldigen würden, Gentlemen — ich muß mich um die Weinliste für heute abend kümmern. Vater?«

Offenbar spürte Jarrett, wie unangenehm sein Sohn diese Diskussion fand. Ripply wollte immer nur eine Bestätigung seiner eigenen Ansichten hören. Wahrscheinlich ahnte er nicht einmal, was für schreckliche Ausmaße der Streit um die Sklaverei annehmen konnte. Er hatte die Greueltaten in Kansas, Nebraska und Missouri nicht beobachtet, wo jede Partei verbissen kämpfte, um zu beweisen, Gott stehe auf *ihrer* Seite.

»Ja, bitte, Ian«, stimmte sein Vater zu.

Damit konnte er die Flucht ergreifen. Natürlich mußte er sich nicht mit der Weinliste befassen, den diese Arrangements waren längst getroffen worden. Jarrett wußte nichts von Ians Liaison mit Lavinia. Aber er merkte, daß sein Sohn den Gentlemen entrinnen wollte, und dafür hatte er Verständnis.

Um das Haus durch die Hintertür zu verlassen, ging er an der Küche vorbei. Er sah die junge Dame im Anrichtezimmer nicht. Doch er hörte Peter O'Neills begehrliches Stöhnen — und eine schallende Ohrfeige.

Er verachtete O'Neill, dessen Vater im ganzen Staat mehrere Kinder gezeugt und die Mütter skrupellos im Stich gelassen hatte. Offenbar versuchte der Sohn, in die Fußstapfen des Schwerenöters zu treten.

Wer immer die junge Frau sein mochte, in diesem Haus hatte sie ein Recht auf Ians Schutz. Als er die Anrichtekammer betrat, war O'Neill allein und preßte eine Hand auf seine gerötete Wange. Da er sich zusammenkrümmte, waren vermutlich auch andere Körperteile verletzt worden.

»Verzeih mir, Ian. Nur ein kleines Problem mit einer *affair de coeur,* die beendet werden muß. Ich fürchte, das Mädchen hat mich wirklich geliebt.«

»Ja, genauso hat es sich angehört«, erwiderte Ian trokken.

»Ich konnte sie nicht heiraten«, verteidigte sich Peter. »Dafür kam sie nicht in Frage.«

»Anscheinend hast du solche Schwierigkeiten mit vielen Frauen, die dir gefallen.«

»Ian, du hast doch deine Erfahrungen mit dem schönen Geschlecht gesammelt. Diese Frau ist sehr — sinnlich, eine kleine Wildkatze. Und sie begehrte mich. Ich konnte ihr einfach nicht widerstehen . . .«

»Bitte, erspar mir die Einzelheiten, Peter, und dem Haus meines Vaters solch unerfreuliche Szenen — oder den grausamen Hohn, den du *unpassenden* Damen zumutest.« Zögernd fügte Ian hinzu: »Du spielst doch nicht mit einer unserer Dienerinnen herum?« Hatte sich Lilly womöglich mit O'Neill eingelassen?

Mühsam richtete sich Peter auf, die wasserblauen Augen voller Haß. Er wußte, wie wenig Ian von ihm hielt, und es ärgerte ihn, daß er in einer so peinlichen Situation ertappt worden war. »Keineswegs! Und wenn gewisse Gerüchte der Wahrheit entsprechen, steht es dir sicher nicht zu, andere Männer wegen ihrer Affären zu verdammen.«

Statt zu antworten, hob Ian nur die Brauen. Er würde nicht mit Peter streiten und auch nicht erklären, es sei ein gewaltiger Unterschied, ob man die Gesellschaft reifer, unabhängiger Frauen genieße oder unschuldige junge Mädchen verführe. Aber vielleicht durfte er O'Neill nicht verurteilen, weil er die betreffende Frau nicht kannte. Und sie war ihm auch gleichgültig.

Zum Teufel mit Peter und seinen Problemen. *Am üblichen Ort* ... Lavinia neigte zur Ungeduld. Allzulange würde sie nicht mehr warten. »Nimm dich unter diesem Dach in acht, Peter«, mahnte er leise.

»Oder?« stieß O'Neill hervor.

»Oder ich werde dich dazu zwingen.« Ohne ein weiteres Wort kehrte Ian in die Halle zurück.

Ehe er das Haus verließ, hörte er ärgerliche Stimmen, die aus der Bibliothek drangen. Er vergaß Peter. Und er wollte auch die Gefahr vergessen, die seinem Land drohte.

Voller Sehnsucht dachte er an die alten, sorglosen Tage. Damals waren die Flußschiffe langsam und träge vorbeigeglitten. Nichts hatte den Alltag auf Cimarron gestört. Hohe Kiefern schirmten die Plantage ab. In heißen Tagen fand man Kühlung in kristallklaren Bächen. Dies war seine Welt, im Norden ebenso einzigartig wie im Süden, ein schönes, zivilisiertes Fleckchen Erde, das an die Wildnis grenzte.

Ein Paradies. Und für eine kleine Weile wollte er diesen Garten Eden genießen, in Lavinias Armen. Bevor seine geliebte Welt in der Hölle versank.

Leichtfüßig lief Alaina über den weichen Nadelteppich zwischen den Bäumen. Peter folgte ihr nicht. Vielleicht hatte er erkannt, daß sie niemals auf seinen beleidigenden Vorschlag eingehen würde. Nach den Ereignissen dieses Nachmittags mußte sie eine Zeitlang allein bleiben, um sich zu beruhigen. Wo sie die ersehnte Stille und Einsamkeit finden würde, wußte sie.

Bald würde sie einen schönen klaren Teich erreichen, von frischem Quellwasser gespeist. Sydney, Ian McKenzies Kusine, hatte ihr versichert, die Lichtung sei leicht zu finden. Obwohl sie nicht auf Cimarron, sondern ebenso wie Alaina im Süden des Staates aufgewachsen war, kannte sie diesen Wald. Die Leute, die sich einbildeten, sie hätten das zentrale Florida vollkommen zivilisiert, bezeichneten die südlichen Gebiete nach wie vor als Wildnis.

Über solche Ressentiments amüsierte sich Alaina, und sie erfüllten ihr Herz mit einem gewissen Stolz, der ihr gestattete, die weiblichen jungen Partygäste zu verachten. Zweifellos würden sie während ihres vermeintlichen Nachmittagsschläfchens über die Familie McMann lästern, also über sie. Peter mußte ihr nicht erklären, daß sie nicht zur vornehmen Gesellschaft paßte. Doch das war ihr egal. Wie sich feine junge Damen benahmen, kümmerte sie nicht, und es störte sie ebensowenig, daß ihr Vater — mehr an pflanzlichem als an menschlichem Leben interessiert — die Erziehung seiner Tochter vernachlässigt hatte. Oder daß ihr die respektablen jungen Gentlemen wegen seiner exzentrischen Neigungen keinen Heiratsanträge machten ...

O Gott, wie konnte Peter ihr nur vorschlagen, er würde

sie zu seiner Geliebten machen! Und sie hatte sich tatsächlich eingebildet, einen so skrupellosen, abscheulichen Mann zu lieben.

Am Ufer des Teichs blieb sie stehen und betrachtete die sanften Wellen. Mächtige Eichen tauchten ihre Zweige ins schimmernde Wasser. Wie gern würde sie darin schwimmen ... Aber ein anständiges Mädchen durfte nicht in den Wald von Cimarron laufen und ein Bad nehmen. Andererseits war ihr soeben versichert worden, sie sei kein anständiges Mädchen. Sie schaute sich auf der Lichtung um. In der Sonnenhitze summten Insekten. Und das Wasser war so einladend. Sie mußte einfach darin untertauchen, Peters Kuß wegwaschen, die Erinnerung an seine gräßlichen Worte.

Entschlossen setzte sie sich auf einen umgestürzten Kiefernstamm und löste die Verschnürung ihrer eleganten Stiefel. Dann zog sie das Kleid aus, die Unterröcke, das Korsett, das sie allmählich zu ersticken drohte. Wenn sie das Hemd und die Unterhose anbehielt, würde sie wenigstens halbwegs züchtig aussehen — falls man sie ertappte. Aber die nasse Unterwäsche würde ihr Kleid befeuchten, und sie müßte in ziemlich derangiertem Zustand das Haus betreten. Das könnte den Klatschmäulern neue Nahrung geben. Sicher war es besser, in trockenen Sachen zurückzukehren. Dann würde niemand ahnen, daß sie ihren Zorn in diesem idyllischen Teich gekühlt hatte.

Und so schlüpfte sie aus dem Hemd und der Hose, faltete ihre Kleidung sorgsam zusammen und legte sie unter einen Baum. Als sie splitternackt ins kalte Wasser eintauchte, erschauerte sie.

3

Lavinia saß nicht auf dem umgestürzten Baumstamm, und sie wanderte auch nicht in wachsender Ungeduld umher. Offenbar hatte er sich zuviel Zeit gelassen. Nun glaubte sie womöglich, er hätte andere Pläne.

Ärgerlich verfluchte er die Narren, die ihn aufgehalten hatten. Erst der Kriegstreiber Alfred Ripply, dann der verdammte, aufgeblasene Schürzenjäger Peter O'Neill. Ian betrachtete den Baumstamm, auf dem Lavinia so gern saß, im Schatten eines Sonnenschirms, der ihren hellen Teint schützte.

Er ließ sich auf den Eichenstamm nieder. Vielleicht sollte er froh sein, weil er die Chance verpaßt hatte und die gute, anständige Frau, die er heiraten wollte, nicht betrügen würde. Aber in seinem Innern brannte ein quälendes Feuer. Irgendwie mußte er seinen Gedanken entrinnen, der schweren Entscheidung, die ihm bevorstand. Friedfertige, besonnene Leute behaupteten immer noch, man würde den Krieg vermeiden. Doch er hatte die Leidenschaft jener beobachtet, die ein gnadenloses Blutvergießen anstrebten. Der Konflikt braute sich zusammen, seit die Gründerväter die Verfassung festgelegt hatten, ohne die Frage der Sklaverei zu beachten. Jetzt eskalierte die Situation.

Was in Gottes Namen sollte er tun, wenn ein Krieg ausbrach? In Florida waren die meisten Pflanzer auf die Sklavenarbeit angewiesen. Ian würde gegen seine Freunde und Nachbarn kämpfen müssen.

Seufzend starrte er zum Himmel hinauf. Nur selten wurde das intensive Blau von Wolken verhangen. Die meisten Tage waren so strahlend schön wie dieser Frühlingsnachmittag. Hin und wieder tobte ein Unwetter. Er liebte sogar die Gewitterstürme seiner Heimat, genoß den Wind im Gesicht, und es gefiel ihm, auf Pyes Rücken über die Felder zu galoppieren, ehe die düsteren Wolken ihre Schleusen öffneten.

Wie wunderbar wäre es, in Lavinias Armen alle Sorgen zu vergessen, wenigstens für eine kleine Weile ...

Ein leises Geräusch im Wasser riß ihn aus seinen Gedanken. Im selben Moment sah er die Frauenkleider, die unter einem Baum lagen. Die Augen zusammengekniffen, blinzelte er ins Sonnenlicht und entdeckte die Gestalt in den glitzernden Wellen des Teichs. Also hatte sie ihm doch keinen Korb gegeben. Lavinia steckte voller Überraschungen. Und er hatte stets geglaubt, sie würde niemals schwimmen und ihre kunstvolle Frisur gefährden.

Aber da glitt sie durch das klare Wasser, anmutig wie eine Meerjungfrau. Voller Vorfreude zog er sich aus und verdrängte alles, was ihn bedrückte.

Alaina merkte nicht, daß sie Gesellschaft hatte. Träumerisch erinnerte sie sich an die Riffe der Keys, an die Strömung, in der sie so oft geschwommen war, während ihr Vater geangelt hatte.

Zwischen den Riffen dort tummelten sich zahlreiche Fische in verschiedenen Farben und Formen. Salz hatte in Alainas Augen gebrannt, und das Meereswasser war viel wärmer als dieser Teich. In der klaren, vom Sonnenschein erhellten Tiefe sah sie Felsbrocken und schwankende Pflanzen, und wenn sie untertauchte, glaubte sie in eine grüne Märchenwelt einzudringen. Wie schön und friedlich es hier ist, dachte sie. Längst war ihr Zorn über die ungeheure Demütigung verflogen.

Sie genoß ihr erfrischendes Bad in vollen Zügen — bis sie plötzlich von großen, kräftigen Händen gepackt wurde. Sie umfaßten Alainas Taille, glitten über ihre Brüste, zwischen ihre Beine ...

O Gott, also war ihr der elende Peter doch noch gefolgt,

um ihr klarzumachen, daß sie nicht zu den anständigen jungen Damen zählte und die Situation mit *seinen* Augen betrachten müßte. Seltsamerweise schien er ihr nicht zu zürnen. Und wie stark er war ... Das konnte nicht Peter sein. Aber wer sollte sie sonst attackieren und sie so intim berühren? Erschrocken begann sie sich zu wehren.

Warum war sie so albern und leichtsinnig gewesen? Er mußte geglaubt haben, sie würde ihn hier erwarten — und ihn begehren, trotz ihres wütenden Protests ...

Nein! Diese Erniedrigung würde sie nicht ertragen. Wasser füllte ihren Mund und ihre Lungen. Närrin, schalt sie sich. Sie hatte versucht, Atem zu holen, um zu schreien und zu kämpfen. Nun würde sie ertrinken. Mit aller Kraft trat sie nach ihrem Angreifer, wand sich verzweifelt in seinen Armen umher und strebte zur rettenden Oberfläche des Teichs hinauf.

Und dann sah sie eine dunkle, muskulöse Brust mit schwarzem Kraushaar. Das war nicht Peter. Lieber Gott ... Warum betete sie? Der Allmächtige hatte sie verlassen, und sie würde in diesem Teich sterben. Als ihre schmerzenden Lungen zu bersten drohten, flimmerten schwarze Punkte vor ihren Augen. Jetzt fürchtete sie nicht mehr, von einem Fremden vergewaltigt oder ermordet zu werden, denn alle ihre Gedanken versanken im dunklen Nichts ...

Irgendwann — Sekunden oder Minuten später? — konnte sie wieder sehen und atmen. Ihr Gesicht ragte aus dem Wasser. Und sie wurde zum Ufer gezogen. Ein starker Arm umschlang ihren Körper, direkt unter den Brüsten. »Heiliger Himmel!« keuchte sie und versuchte ihn abzuschütteln. Mit Händen und Füßen wehrte sie sich.

»Lassen Sie den Unsinn!« fauchte der Mann. »Ich will Sie doch nur vor dem Ertrinken retten, und Ihre Knie sind verdammt hart ... Ah, Sie müssen die kleine Wildkatze sein, die Peter O'Neill so übel mitgespielt hat.«

Alaina starrte ihn an. In dunklen, kobaltblauen Augen spiegelte sich das funkelnde Wasser.

»Und wenn mich nicht alles täuscht, sind Sie auch die grandiose junge Fechterin.«

Als er sie losließ, rückte sie hastig von ihm ab und trat Wasser. In wachsendem Entsetzen musterte sie sein bronzebraunes, von schwarzem Haar umrahmtes Gesicht. Nun bedauerte sie, daß sie nicht gestorben war.

Ian McKenzie, der älteste Sohn des reichen, mächtigen Mannes, der Neffe des hochgeachteten James McKenzie, der künftige Herr von Cimarron, der attraktive Offizier, bereits in jungen Jahren eine Legende auf der Halbinsel, von den Weißen ebenso gepriesen wie von den Indianern ...

Vor einigen Jahren war sie ihm zum letztenmal begegnet. Sie entsann sich, wie fasziniert er ihren Vater mit Fragen bestürmt hatte, fest entschlossen, möglichst viel zu lernen.

Großer Gott, Ian McKenzie! Was hatte sie verbrochen, um das zu verdienen? Welche grausame Ironie des Schicksals suchte sie heim?

Sie hatte nicht gewußt, daß er nach Cimarron zurückgekehrt war. Bei Tara McKenzies Teeparty hatte sie ihn nicht gesehen. Und kurz danach war sie geflohen.

Offenbar hatte er ihre Konfrontation mit Peter miterlebt, oder zumindest teilweise. Konnte man an maßloser Demütigung sterben? Sollte sie in der kühlen Wassertiefe versinken und nie wieder auftauchen?

»Ian«, würgte sie hervor.

Nun wurde ihr die schlimmste Erniedrigung dieses Tages zugemutet. »Kennen wir uns?« fragte er höflich und leicht belustigt. Sie blinzelte ungläubig, dann unterdrückte sie einen Fluch und wandte sich ab, um davonzuschwimmen. Aber er packte ihre Schulter. »Warten Sie!«

Sie versuchte sich loszureißen. Den Tränen nahe, schaute sie ihn an. Nein, sie würde nicht weinen, was immer auch geschehen mochte. Obwohl sie nackt in diesem Teich badete. Mit Ian McKenzie. Wie ein mieses Flittchen. Sie hatte sich nie um ihren Ruf gekümmert, weil sie genau wußte, daß sie unschuldig war. Aber jetzt ... »Wie können Sie es wagen, mich anzurühren?« zischte sie.

»Diese dramatische Szene sollten Sie uns ersparen«, entgegnete er irritiert. »Ich weiß nicht, wer Sie sind, und ich hielt Sie für jemand anderen.« Langsam wanderte sein Blick über ihren Körper, um sie an ihre Blöße zu erinnern. »Und offensichtlich haben auch Sie jemand anderen erwartet.«

Wütend hob sie einen Arm, um ihn zu schlagen. Doch er hielt ihr Handgelenk blitzschnell fest. Im klaren Wasser sah sie seine nackte Gestalt viel zu deutlich, und sie wandte verlegen ihren Blick ab. »Ich erwarte niemanden ...«

»Vielleicht Peter O'Neill?«

»Nein, verdammt noch mal, ich bin nicht seine Geliebte!«

»Und wessen Geliebte sind Sie?« Seine dunkelblauen Augen starrten sie durchdringend an.

O Gott, was für eine schreckliche Situation! Obwohl ihr Vater in einem Wolkenkuckucksheim lebte, würde er diesen Skandal, in den seine einzige, innig geliebte Tochter verwickelt war, niemals verkraften. »Lassen Sie mich sofort los!« kreischte sie und zerkratzte Ians Arm.

Aber er umklammerte ihr Handgelenk unerbittlich. »Wer sind Sie?«

»Lassen Sie mich los! Wollen Sie den Ruf aufs Spiel setzen, den Sie als grandioser, vornehmer Gentleman genießen?«

»Sicher würde mir niemand verübeln, daß ich wissen will, wer unbefugterweise in meinem Teich schwimmt.«

»Ich bin ein *Gast!*«

»Würden Sie mir endlich Ihren Namen verraten?«

»Alaina McMann. Früher trafen wir uns sehr oft, wenn Sie Ihre Tante und Ihren Onkel — *und meinen Vater* in der Nähe des zerstörten Fort Dallas besuchten. Und jetzt lassen Sie mich los!«

Vor lauter Verblüffung erfüllte er ihren Wunsch. Sie wäre auch eilends davongeschwommen, hätte sein Blick sie nicht festgehalten. »Alaina!« In seiner Stimme schwangen Wut und Verachtung mit. »Alaina?« Unsanft griff er wieder nach ihren Schultern. »Alaina McMann schwimmt nackt in meinem Teich, um auf Peter O'Neill zu warten? Heiliger Himmel, was würde Ihr Vater dazu sagen?«

»Aber ich habe nicht auf Peter gewartet ...«

»Ausgerechnet Peter O'Neill! Dieser lächerliche, hohlköpfige Dandy!«

»Er hat sich nicht schlimmer benommen als Sie, Ian«, verteidigte sie Peter zu ihrer eigenen Überraschung.

»Offenbar begreifen Sie gar nicht, wie albern Sie sich verhalten. Wie ein leichtsinniges Kind! Man sollte Sie übers Knie legen. Was haben Sie sich bloß dabei gedacht?«

Obwohl er nur fünf Jahre älter war als sie, schien er sie für das kleine Mädchen zu halten, das er vor mehreren Jahren zuletzt gesehen hatte. Aber inzwischen war sie zu einer reifen, unabhängigen Frau herangewachsen — und imstande, ihre Kämpfe selbst auszufechten. »Und was haben *Sie* sich gedacht? Sie baden nackt in diesen Teich und überfallen eine junge Dame, einen Gast Ihres Hauses ...«

»Während Sie gehofft hatten, ein anderer würde über Sie herfallen? Ich muß Sie warnen, Alaina. Wenn ein Mann eine nackte Nymphe in einem Teich schwimmen sieht, wird er das für eine unmißverständliche Einladung halten.«

»Oh, Sie Bastard!« Wieder versuchte sie, sich zu befreien.

Aber er war unglaublich stark und entschlossen. Plötzlich umschlang er sie mit beiden Armen und preßte sie an seinen Körper. Sie spürte seine harten Muskeln an ihren Brüsten, seine Hüften, seine Schenkel. Brennend stieg ihr das Blut in die Wangen. Jetzt erschien ihr der Kampf mit Peter nur mehr wie ein unbedeutendes Ärgernis. Mühelos war es ihr gelungen, ihn abzuwehren, ihn zu verletzten und sich zu befreien. Ihr Vater hatte sie gelehrt, wie man kämpfte, wie man sich verteidigte, wie man Pistolen abfeuerte, und sogar einen Fechtmeister für sie engagiert. Aber jetzt wußte sie diese Fähigkeiten nicht zu nutzen. Wehrlos war sie Ian McKenzies Kraft ausgeliefert. Wie sollte sie ihm entrinnen?

»Bitte ...«, flüsterte sie atemlos und vergaß ihren Stolz. In aller Demut würde sie ihn anflehen ...

Zu spät.

Am Ufer erklangen Stimmen, Schritte näherten sich.

»Oh!« stöhnte eine Frau.

»Oh!« schrie ein wütender Mann.

Am liebsten wäre Alaina ertrunken. Aber Ian McKenzie schien sich auf die Pflichten eines Gentleman zu besinnen und schob sie hastig hinter seinen Rücken, um sie vor den Blicken der Neuankömmlinge zu schützen.

Über seiner Schulter sah sie die schöne, steinreiche, elegante Mrs. Lavinia Trehorn am Wasserrand stehen, ganz in der Nähe von Ians achtlos hingeworfener blauer Uniform.

An ihrer Seite hatte sich Peter O'Neill postiert, hochrot im Gesicht. »O ja, Lavinia, Sie hatten recht!« stieß er hervor. »Natürlich, Sie kennen Ian gut genug, und Sie wußten, wo wir ihn finden würden. Offensichtlich versucht er, Miss McMann zu trösten, das arme Lämmchen — was ihm gewiß nicht schwerfällt.«

»Um Himmels willen, Ian!« hauchte Lavinia vorwurfsvoll. Ihre schönen sinnlichen Lippen bebten dramatisch.

»Und ich dachte . . .« Wie ein gekränkter Engel starrte sie ihn an und drohte ergreifend die Besinnung zu verlieren.

Aber es war Peters verächtlich ausgespieener Ruf, der immer noch in Alainas Ohren gellte, während die beiden nach Cimarron zurückhasteten, um die allerneuste, farbigste, unglaublichste Klatschgeschichte zu verbreiten.

Mit glühenden Augen hatte er das nackte Mädchen, das nach wie vor Wasser trat, angestarrt und geschrien: »Hure!«

4

»Am liebsten würde ich diesen Bastard vierteilen und gleichzeitig erdrosseln«, murmelte Ian.

Aber Alaina hörte ihm nur mit halbem Ohr zu. Sie mußte aus diesem Teich steigen, ins Haus laufen und ihren Vater vor den anderen erreichen. Was sie ihm sagen würde, wußte sie noch nicht.

Die Wahrheit. Er würde ihr glauben.

Als sie voller Panik zum Ufer schwamm, fuhr plötzlich ein stechender Schmerz durch ihr rechtes Bein — ein Krampf. Stöhnend umklammerte sie ihre Wade.

Ian war sofort an ihrer Seite. »Was ist los?«

»Nichts! Rühren Sie mich nicht an!«

Er hob die Brauen. Dann schwamm er an ihr vorbei. Der Schmerz ließ nicht nach. Tapfer tauchte sie unter und versuchte das Bein zu massieren, ohne Erfolg. Sie holte Atem, versank wieder im Wasser, ihre Finger kneteten die schmerzende Wade. Doch es nützte nichts. Ihre Kräfte erlahmten. Unglaublich — Alaina McMann, die schon als kleines Mädchen geschwommen war und zwei Minuten lang die Luft anhalten konnte, würde ertrinken. Vor ihren

Augen tanzten wieder schwarze Punkte und verschmolzen zu einer finsteren Fläche.

Noch ein einziges Mal mußte sie sich zum Licht des Teiches emporkämpfen — und Ian um Hilfe bitten, so sehr sie diesen Gedanken auch verabscheute. Ihr Gesicht tauchte auf. »Hilfe ...«, gurgelte sie hervor. Und dann glitt sie in einen dunklen Abgrund.

Langsam kehrte die Besinnung zurück. Sie lag auf dem Bauch, im weichen Gras am Ufer. Neben ihr kniete ein triefnasser nackter Mann und preßte Wasser aus ihren Lungen. Hustend und spuckend drehte sie sich um und starrte entsetzt in Ian McKenzies dunkelblaue Augen.

»O Gott — nein ...« Sie sprang auf, etwas zu schnell, und taumelte.

Auch Ian erhob sich und hielt sie fest. »Wollten Sie wegen dieses albernen Gecken sterben? Kleine Närrin! Das ist er nun wirklich nicht wert.«

»Unsinn, ich habe nicht versucht, mich umzubringen.«

»Aber Sie lieben ihn?«

»Bitte — ich muß mich anziehen.«

Das sah er offenbar ein, denn er ließ sie los.

Während sie in ihre Sachen schlüpfte, kleidete er sich ebenfalls an, was ihm viel schneller gelang als ihr. Natürlich, dachte sie bissig, er ist's ja gewöhnt, sich blitzschnell an- und auszuziehen. Bald stand er in seiner blauen Uniform und blankpolierten Stiefeln neben ihr, den Waffengurt um die Taille geschlungen, und sie kämpfte immer noch mit ihrem Korsett.

»Darf ich Ihnen helfen?«

»Nein, ich ...«

Aber er zerrte bereits an den Bändern und verknotete sie. Offensichtlich war er auch darin geübt und hatte schon viele Korsetts verschnürt. Nachdem er ihr das Kleid über den Kopf gestreift und die Häkchen am

Rücken geschlossen hatte, setzte sie sich auf den umgestürzten Baumstamm und zog ihre Stiefel an.

Die Arme vor der Brust verschränkt, stand er am Ufer und beobachtete sie. Als sie aufsprang, trat er ihr in den Weg. »Wohin gehen Sie?« fragte er in gebieterischem Ton.

So leicht ließ sie sich nicht einschüchtern. »Ich muß mit Papa reden. Und Sie sollten sich an *Ihren* Vater wenden. Immerhin ist das alles auf seinem Grund und Boden geschehen, was ihn vermutlich beunruhigen wird.«

»Wenn ich ihm die Situation erkläre, bringt er sicher Verständnis dafür auf. Allerdings habe ich im Augenblick andere Sorgen.«

»O ja, Ihr Vater wird's verstehen, daß Sie sich einfach nur wie ein richtiger Mann benommen haben. Aber *mein* Vater ist ein menschliches Wesen, das mich liebt ...«

»Gewiß, und darin liegt das Problem.«

»Wir haben kein Problem, Mr. McKenzie. Zweifellos wird Ihnen Mrs. Trehorn die kleine Entgleisung verzeihen, und Sie dürfen sich bald wieder mit der schönen Witwe amüsieren. Was mich betrifft — angeblich bin ich eine Hexe. Also wird sich niemand wundern, wenn ich hin und wieder den Sünden des Fleisches fröne. Noch tiefer kann ich ohnehin nicht sinken oder gedemütigt werden ...«

»Ah, jetzt verstehe ich die Zusammenhänge«, fiel er ihr ins Wort. »O'Neill hat Ihnen die Ehe versprochen, und Sie sind seiner Familie nicht gut genug.«

»Wenn man Sie in meiner Gegenwart jemals wieder einen Gentleman nennt, werde ich mich — übergeben!« fauchte sie empört. »Und jetzt lassen Sie mich gehen!«

»O nein. Sie haben mich kompromittiert.«

»Was?« kreischte sie. »Machen Sie sich nicht lächerlich. In dieser Welt dürfen die Männer doch tun, was sie wollen, und man rechnet sogar damit, daß sie die Gesellschaft eines — gefallenen Mädchens suchen.«

»Miss McMann, die Situation ist sehr delikat ...« Er zögerte nur kurz. »Erwarten Sie ein Kind von O'Neill?« Hätte er ihr ins Gesicht geschlagen, wäre sie nicht verblüffter gewesen. Sie konnte ihn nur anstarren, und er mißverstand ihr Schweigen. »Armes Mädchen. Also deshalb wollten Sie sich umbringen?«

Am liebsten hätte sie ihm die Wangen zerkratzt, und sie versuchte es auch. Aber er war wieder einmal schneller und packte ihre Handgelenke.

»Nein, verdammt!« schrie sie. »Ich erwarte kein Kind von Peter O'Neill, und ich würde mir niemals das Leben nehmen, schon gar nicht wegen eines so elenden Kerls!«

»Sind Sie sicher? Ich meine, bezüglich des Kindes ...«

»Völlig sicher. Außerdem geht Sie das nichts an. Und jetzt lassen Sie mich los. Ich muß mit meinem Vater reden.«

»Hören Sie, wir können nicht einfach ins Haus spazieren.«

»Warum nicht?«

»Inzwischen wird O'Neill allen Leuten von unserem kleinen Stelldichein im Teich erzählt haben. Ihr Vater fühlt sich erniedrigt und meiner ist wütend, weil ich angeblich die Tochter eines guten Freundes entehrt habe.« Er ließ ihre Handgelenke los und begann nachdenklich umherzuwandern. »Auch mein Onkel wird sich maßlos ärgern, nachdem er mich damals mit Mr. McMann bekannt gemacht hat. Vielleicht wird mich Ihr Vater zum Duell fordern.«

»Das ist doch absurd.«

»Immerhin leben wir in den Südstaaten, wo die Ehre eines Mannes sehr viel zählt.« Seine Stimme klang bitter, und Alaina wußte nicht, ob er seine Heimat oder sich selbst verhöhnte. »In irgendeiner Weise muß Ihr Vater Genugtuung verlangen, und es würde mich zutiefst betrüben, den bedauernswerten alten Mann zu verletzen.«

»Glauben Sie tatsächlich, Sie wären ihm haushoch überlegen? Wie kann man nur so arrogant sein?«

»Verzeihen Sie«, erwiderte er trocken.

Aber sie wußte trotz ihres Zorns, daß er nur sein Schwert zücken müßte, um ihren Vater zu Tode zu erschrecken. Papa war alt, und er hatte jahrelang nicht mehr gefochten, weil er sich nur für seine Bücher und die Wissenschaft interessierte. Andererseits würde er sich als typischer Südstaaten-Gentleman bemüßigt fühlen, für die Ehre seiner kompromittierten Tochter zu kämpfen. »O Gott, mein armer Vater.«

»Vielleicht hätten Sie an ihn denken sollen, *bevor* Sie aus ihren Kleidern gestiegen und in den Teich gehüpft sind.«

»Ich dachte, ich wäre allein. Und jeder echte Gentleman hätte ...«

»Wollten Sie tatsächlich nicht auf Peter O'Neill warten?«

»Sie werden gar keine Gelegenheit finden, meinen Vater im Duell zu töten. Weil ich Sie nämlich hier und jetzt umbringen werde, Ian McKenzie.«

»Schon gut. Vorerst spielen die Gründe Ihrer Indiskretion keine Rolle.«

»Indiskretion?«

»Entschuldigen Sie, daß ich Sie so unverblümt darauf hinweise — in unseren Gesellschaftskreisen pflegen junge Damen nicht splitternackt herumzulaufen.«

Wütend stürzte sie sich auf ihn. Der Angriff überrumpelte ihn, er verlor das Gleichgewicht, und beide landeten im Gras. Ein paar Sekunden lag Alaina auf Ian und erwiderte seinen verblüfften Blick. Dann gewann sein männlicher Stolz die Oberhand. Blitzschnell drehte er sich mit ihr herum, und sie war unter dem Gewicht seines Körpers gefangen.

Um sie nicht zu erdrücken, stützte er seine Hände zu beiden Seiten ihres Kopfes auf den Boden. »Großer Gott,

Sie besitzen wirklich ein erschreckendes Temperament. Vielleicht hätten Sie nach dem Tod Ihrer Mutter in der Obhut einer Haushälterin aufwachsen sollen.«

»Wagen Sie es bloß nicht, meinen Vater zu beleidigen!«

»Miss McMann ...« Er richtete sich auf, so daß er ihre Hüften zwischen seine Schenkel klemmte. »Niemals würde ich diesen guten Mann beleidigen. Und genau darin liegt die Quintessenz des Problems.«

»Wenn Sie mich einfach gehen lassen ...«

»Das ist unmöglich.«

»Aber ...«

»Peter O'Neill, dieser bösartige kleine Angeber, wird sein Bestes tun, um die Affäre aufzubauschen und Unfrieden zu stiften. Da Lavinia sich schmählich hintergangen fühlt, wird sie ihn eifrig unterstützen. Lange kann's nicht mehr dauern, bis alle Spatzen von den Dächern pfeifen, wir hätten's schamlos im Gebüsch getrieben.«

»Und? Was schlagen Sie vor?«

Er zögerte, und es fiel ihm sichtlich schwer, die nächsten Worte auszusprechen. »Offenbar bleibt uns nichts anderes übrig, als zu heiraten.«

»Nein«, flüsterte sie. Alles Blut wich aus ihren Wangen. Wäre sie doch in der schwarzen Tiefe des Wassers versunken ... Sie bedeutete ihm nichts. In seinen Augen war sie nur ein ungezogenes, leichtfertiges kleines Ding, das ihn in eine prekäre Lage gebracht hatte. Aber er wollte seine Pflicht tun. Beinahe hätte sie gelacht. Peter hatte ihr versichert, kein respektabler Mann würde jemals um ihre Hand bitten. Und nun sollte sie ausgerechnet mit dem hochgeschätzten McKenzie-Erben vor den Altar treten. Welch eine traurige Ironie ...

»Verstehen Sie denn nicht?« fragte Ian irritiert. »Wir haben keine andere Wahl. Denken Sie doch an Ihren Vater.«

Sicher würde sich ihr armer Papa die Schuld an der ganzen Misere geben, weil er sie nicht richtig erzogen hatte. »Wie auch immer, ein Skandal läßt sich nicht vermeiden. Die Leute werden behaupten, Sie würden mich nur heiraten, weil man uns erwischt hat. Wenn wir jetzt ins Haus gehen ...«

»Wir heiraten, bevor wir nach Cimarron zurückkehren.«

»Unmöglich ...«

»Da Reverend Dowd an heftigen Zahnschmerzen leidet, konnte er nicht zu Vaters Geburtstagsparty kommen. Er blieb daheim bei seiner Frau und seinem Schwager. In einer halben Stunde werden wir sein Haus zu Fuß erreichen. Dann leihen wir uns ein Pferd und reiten hierher zurück. Zerknirscht und reumütig beteuern wir, es würde uns zutiefst bedrücken, daß unser Ehestand ans Licht kam, bevor wir eine Gelegenheit fanden, Ihren Vater und meine Eltern zu informieren.«

»Aber ich bin nicht volljährig.«

»Trotzdem ist die Ehe legal, es sei denn, Ihr Vater läßt sie annullieren.«

Blicklos starrte sie ihn an. Natürlich, es war die beste Lösung, den Eindruck zu erwecken, sie wären bereits seit einiger Zeit verheiratet. Damit würden sie Peter und Lavinia den Wind aus den Segeln nehmen. Aber der Gedanke, Ian McKenzies Frau zu werden ... Er erschien ihr so fremd, so kalt, so unnahbar, ein Mann, der stets seinen eigenen Weg gehen und jeden Widerstand brechen würde. Plötzlich fühlte sie sich elend. Wie konnte sie ihr Schicksal in die Hände eines Mannes legen, der sie verachtete — der glaubte, sie hätte die schreckliche Situation heraufbeschworen, um einen anderen zu verführen?

Sie kannte ihn doch kaum. Nein, das stimmte nicht. Früher hatte sie ihn gekannt. Sie wußte sehr viel über ihn. Mit seinen Onkeln und Vettern hatte er die Wälder und das Sumpfgebiet im Süden durchstreift und die harten Lektionen eines Indianerjungen gelernt. Er beherrschte die Sprachen der Hitichi- und Mikasuki-Stämme, der Muskogee-Seminolen. Einmal hatte ihr Sydney voller Stolz erzählt, Ian könne einen ausgewachsenen Alligator mit bloßen Händen bekämpfen — und besiegen. Vielleicht rührte die Feindseligkeit zwischen Peter O'Neill und Ian von jener Keilerei in ihrer Kindheit her. Peter hatte die Indianer verunglimpft. Daraufhin war Ian über ihn hergefallen und hatte ihm die Nase blutig geschlagen.

Ja, früher hatte Alaina ihn gekannt, und er sie. Aber da war sie ein Kind gewesen, die Freundin seiner kleinen Kusine Sydney, und sie hatten Ian, Jerome, Brent und Julian begleitet, am Fluß geangelt und die Wälder erforscht. In einer anderen Zeit, in einer anderen Welt. Heute waren sie sich fremd.

Als er sich erhob und ihr auf die Beine half, hatte sie ihm noch keine Antwort gegeben. Er hielt ihre Hand fest, und sie gingen schweigend in den Schatten der Bäume.

Inzwischen würden sie alle Bescheid wissen, die hochangesehenen McKenzies und der arme weltfremde Wissenschaftler Theodore McMann. Das Täuschungsmanöver — die Hochzeit, die angeblich schon vor einiger Zeit stattgefunden hatte — würde den Skandal nur unmaßgeblich mildern. Plötzlich blieb Alaina stehen und versuchte, Ian ihre Hand zu entziehen. »Haben Sie sich das auch wirklich gut überlegt, Ian?«

»Sehen Sie einen anderen Ausweg?« fragte er höflich.

»Aber die Scheidung würde noch größeres Aufsehen erregen.«

»Wir lassen uns nicht scheiden. Keine Bange, Sie werden mich nur selten sehen. Ich muß zu meinem Stützpunkt zurückkehren. Vielleicht wird ein Krieg ausbrechen, und dann dürfte unser kleines Problem keine Rolle mehr spielen.«

»Ein Krieg?« Unwillkürlich folgte sie ihm, als er weiterging. »O nein, Ian, wenn es Schwierigkeiten gibt, wird sich Florida einfach von der Union lossagen. Andere Staaten werden diesem Beispiel folgen und eine neue Nation gründen. Verdammt, Ian ...«

Statt zu antworten, beschleunigte er seine Schritte, und sie mußte laufen. Bald ging ihr die Puste aus, und sie konnte aus Atemnot keine weiteren Argumente vorbringen.

Es dauerte nicht lange, bis sie den gepflegten eingezäunten Rasen vor dem Haus des Reverends überquerten. Als Ian an die Tür klopfte, begann Alaina am ganzen Körper zu zittern. »O Gott, das kann ich nicht ...«

»Wie ich Ihnen bereits sagte, es bleibt Ihnen nichts anderes übrig. Hätten Sie auf Ihr skandalöses Bad in unserem Teich verzichtet, müßten wir nicht heiraten.«

»Hah! Wenn Sie nicht nackt ins Wasser gesprungen wären, um mit der vermeintlichen Witwe Trehorn Unzucht zu treiben, wäre das alles nie passiert!«

In diesem Moment ging die Tür auf, und eine grauhaarige Frau mit sanften braunen Augen und rosigen Wangen starrte Alaina entgeistert an.

»Guten Tag, Mrs. Dowd«, grüßte Ian fröhlich.

Am liebsten wäre Alaina im Erdboden versunken. Offensichtlich hatte sie das Wort ›Unzucht‹ zu laut ausgesprochen.

Mrs. Dowd hob die Brauen. Ansonsten ließ sie sich nicht anmerken, was sie gehört hatte. »Welch eine nette Überraschung, Ian! Kommen Sie doch herein. Es tut uns so leid, daß wir die Party Ihres Vaters versäumt haben ...«

»Darüber bin ich sogar froh. Das werde ich Ihnen und dem Reverend auch umgehend erklären, wenn Sie gestatten ...«

»Natürlich, führen Sie die — eh — junge Dame herein.«

Alaina schluckte krampfhaft. Nun hatte sie ihren Ruf wohl endgültig ruiniert.

Aber wie sie wenig später herausfand, waren der Reverend und seine Frau herzensgute Menschen. Der Geistliche schien sich sogar über die Geschichte zu amüsieren, die Ian erzählte, und Mrs. Dowd verkündete entschlossen: »Ich hole meinen Bruder herunter. Wenn er auch fast blind ist — hören tut er noch sehr gut. Also kann er als Trauzeuge fungieren. Harold, du mußt diese beiden jungen Leute sofort verheiraten.«

»Nun, dann will ich mein Gebetbuch holen.«

Nachdem Harold Dowd und seine Frau das Zimmer verlassen hatten, wandte sich Ian zu Alaina. »Tut mir leid, daß Peter O'Neill Sie so schändlich hintergangen hat. Was zwischen Ihnen beiden vorgefallen ist, weiß ich nicht, und ich würde es bedauern, wenn Sie ihn immer noch liebten. Jedenfalls ist diese Geschichte von heute an vorbei.«

»Da war nichts . . .«

»Sollten Sie jemals erwägen, Madam, mich mit einem anderen Mann zu betrügen, werde ich Ihnen den Hintern versohlen, bevor ich Sie erwürge.«

Entrüstet erwiderte sie seinen Blick. Er glaubte, sie hätte mit Peter geschlafen. Trotzdem wollte er sie heiraten, weil er es für richtig hielt. Kein respektabler Mann würde um ihre Hand bitten. Das hatte Peter behauptet. Nun sollte sie Ian McKenzies Frau werden. Auf einmal freute sie sich darauf, Peters Gesicht zu sehen. »Wie können Sie es wagen, so mit mir zu reden . . .«

»Ich möchte Sie nur warnen«, unterbrach er sie.

Ehe ihr eine passende Antwort einfiel, kehrte Reverend Dowd zurück. »Ian, Alaina, sind Sie bereit? Zuvor müssen Sie einige Papiere ausfüllen und unterschreiben«, erklärte er und ging zu seinem Schreibtisch.

Ian folgte ihm und zog seine widerstrebende Braut hinter sich her.

Nein, sie *konnte* ihn nicht heiraten. Aber wenn sie es nicht tat? Was müßte ihr Vater erleiden?

Heirate ihn, sagte sie sich. Er ließ ihr ohnehin keine Wahl. Immerhin würde sie die Genugtuung genießen, Peter zu beweisen, was für ein Narr er war. Ian mußte wieder seinen Militärdienst leisten, und sie konnte so weiterleben wie bisher, abgesehen von der Tatsache, daß sie Mrs. McKenzie heißen würde. Eine respektable Ehefrau ...

Inzwischen hatte Ian die Dokumente ausgefüllt und unterzeichnet. »Alaina?« Wortlos trug sie die Namen ihrer Eltern, das Datum und den Ort ihrer Geburt ein und leistete ebenfalls ihre Unterschrift.

An Ians Seite ging sie hinter dem Reverend in den Salon. Der Geistliche zeigte ihnen, wo sie sich hinstellen sollten, und ergriff sein Gebetbuch. Neben dem Brautpaar standen Mrs. Dowd und ihr neunzigjähriger Bruder, der selig lächelnd eine Hand hinter sein Ohr hielt, um sicherzugehen, daß er auch alles richtig verstehen würde.

Alaina hatte das Gefühl zu träumen. Aber es war bittere, verworrene Wirklichkeit. Mit klarer Stimme sprach Ian sein Ehegelübde. Sie selbst brachte nur ein Flüstern zustande. Dann spürte sie, wie er einen schweren Siegelring an ihren Finger steckte, der sofort wieder herabgefallen wäre, hätte sie ihre Hand nicht geballt. Schließlich wurde der Bräutigam aufgefordert, die Braut zu küssen, und er umfaßte unsanft ihr Kinn.

Seltsam — seine Lippen schienen zu brennen ... Und der Kuß dauerte viel zu lange.

Danach wandte sich Ian an den Reverend, um einige Einzelheiten zu besprechen. Gewiß, versicherte der freundliche Pfarrer, er würde ihnen ein Pferd leihen und den Hochzeitstermin geheimhalten.

Fünf Minuten später saß Alaina vor Ian auf dem Rücken eines schönen Braunen. In flottem Trab ritten sie nach Cimarron Hall zurück. Sie spürte seine starken Arme, die Nähe seines warmen Körpers, der sie zu versengen drohte. Als sie die Sonne sinken sah, fürchtete sie das Dunkel der Nacht.

5

Ian war wütend auf sich selbst — und natürlich auf seine frisch und überraschend angetraute Frau. Während er mit ihr nach Cimarron ritt, wehte ihm der Wind ihr langes goldblondes Haar ins Gesicht.

Hätten Peter und Alaina einen anderen Ort und einen anderen Zeitpunkt für ihre albernen Spiele gewählt, hätte ich sie nicht heiraten müssen, dachte er. Und dabei bin ich mit einer anderen so gut wie verlobt ...

Trotz seines Zorns mußte er sich eingestehen, daß sie Zeit genug gefunden hätten, um ans Ufer zu schwimmen und sich anzuziehen, bevor Peter O'Neill und Lavinia aufgetaucht waren. Aber der Gedanke, eine so makellose Schönheit wie Alaina wäre die Geliebte eines elenden Wichts wie Peter, hatte ihn irritiert. Er hatte der Sache ja unbedingt mitten im See auf den Grund gehen wollen ...

Wurde ich das Opfer einer unvernünftigen Eifersucht, fragte er sich. Obwohl er sie nur wenige Sekunden lang intim berührt hatte, war die Erinnerung an ihre festen, runden Brüste, die schmale Taille und die sanft geschwungenen Hüften unauslöschlich. Wegen ihres wohlgeformten Körpers hatte er sie nicht erkannt. Bei der letzten Begegnung war sie ein dünnes Mädchen gewesen, ein kleiner Wildfang. Auch ihr Gesicht hatte sich verändert. Jetzt zeigte es gereifte, frauliche Züge.

Was nun? Er war für alle Zeiten an Peter O'Neills Geliebte gebunden. Vielleicht liebte sie den Schurken immer noch, obwohl er sie so niederträchtig behandelt hatte. Sollte er die beiden jemals in flagranti erwischen, würden sie den Betrug bitter büßen. Soviel stand fest.

»Was nun?« hörte er Alaina flüstern, als hätte sie seine Gedanken gelesen, und er merkte, daß er das Pferd am Rand des Rasens von Cimarron gezügelt hatte.

»Nun spielen wir die Farce weiter.«

Sie wandte sich zu ihm, und er sah ihre vollen Lippen zittern.

»Hast du Angst, meine Liebe?« spottete er.

»Wovor?« Ihre grünbraunen Katzenaugen verengten sich.

»Vor der Konfrontation mit all den Leuten.«

»Nein.«

»Oder vor mir?«

»Natürlich nicht«, erwiderte sie kühl.

Ian spornte das geliehene Pferd an, und sie ritten zum Haus. Vor der Veranda stieg er ab und hob Alaina aus dem Sattel. »Vergiß nicht, welches Spiel wir spielen, meine Süße«, flüsterte er.

Dann ergriff er ihre Hand, gab ihr keine Gelegenheit zu protestieren und zog sie die Stufen hinauf. Geigenmusik und helles Licht drangen ihnen entgegen.

Als sie die Halle betraten, sah Ian, daß die breiten Türen der Bibliothek und des Salons offenstanden. Überall tanzten die Gäste, lachten, plauderten, flirteten oder diskutierten temperamentvoll. Einige lehnten am Punsch-Buffet.

Offensichtlich hatten sich Ians Eltern und Theodore McMann gemeinsam gegen den Skandal gewappnet. Seine Mutter unterhielt sich gerade mit Teddy, dessen hellblaue Augen etwas verwirrt wirkten. Aber er versuchte tapfer, Taras Beispiel zu folgen und den Eindruck zu erwecken, alles wäre in bester Ordnung.

Peter stand mit seiner Verlobten bei den Musikern und

flüsterte ihnen etwas zu. Abrupt verstummten die Geigenklänge, als Ian und Alaina eintraten, und die Tanzpaare hielten verwundert inne. Alle Augenpaare wandten sich zu den Neuankömmlingen.

»Schau bloß nicht schuldbewußt drein!« ermahnte Ian seine Frau.

»Warum sollte ich mich schuldig fühlen?« erwiderte sie indigniert.

Sein Arm umschlang ihre Taille, und er spürte, wie sie den Rücken straffte. Sehr gut.

»Ian!« rief sein jüngerer Bruder, eilte ihm entgegen, und sie umarmten sich.

Dann trat Julian zurück, und Ian entdeckte einen boshaften Glanz in den dunkelblauen Augen. Sobald sie allein waren, würde der Junge ihn gnadenlos hänseln, aber in der Öffentlichkeit unbeirrt an seiner Seite stehen.

Ian ignorierte das drückende Schweigen und die neugierigen Blicke. Gespannt warteten die Gäste auf den Höhepunkt des Skandals, der die Klatschmäuler seit mehreren Stunden geifernd beschäftigte.

»Wie schön, dich wiederzusehen, Julian!« begrüßte Ian seinen Bruder. »Du kennst doch Alaina?«

»Natürlich«, bestätigte Julian und küßte ihr galant die Hand. »Meine Liebe, ich kannte Sie als kleines Mädchen. Inzwischen sind Sie zur schönsten Frau von Florida herangewachsen.« Obwohl er nicht allzu laut sprach, war seine Stimme deutlich zu hören — was er beabsichtigt hatte.

»Danke«, murmelte Alaina, und Ian beobachtete, wie sie unglücklich zu ihrem Vater hinüberschaute.

Julian trat näher zu seinem Bruder. »Was soll ich tun?« raunte er.

»Sieh zu, daß die verdammten Musiker weiterspielen — und sag Vater, ich bedaure den Kummer, den ich ihm bereitet habe. Ich werde so bald wie möglich mit ihm reden.«

Nachdem Julian dem Orchester ein Zeichen gegeben hatte, ertönten schmelzende Walzerklänge. Ian verneigte sich vor Alaina und wirbelte mit ihr über die Tanzfläche. Offenbar konnte sie sich an Land genauso anmutig bewegen wie im Wasser.

»Was soll das, Ian? Alle starren uns an. Und mein armer Vater ...«

»Dein armer Vater wird sich beruhigen. Lächle und tu so, als würdest du dich großartig amüsieren.«

Während sie tanzten, hörten sie einen Teil der angeregten Konversation.

»Ist das zu glauben?« fragte eine alte Dame, die sich in den Armen eines Soldaten wiegte. »Die beiden wagen sich doch tatsächlich hierher!«

»Eine Frechheit!«

»Kein Wunder, wo sie doch in der Wildnis aufgewachsen ist wie eine Indianerin ...«, meinte eine junge Mutter aus Tampa.

»Wenn das Teddys arme Frau noch erlebt hätte!« seufzte ihr Ehemann.

»So ein Flittchen ...«, schimpfte eine häßliche, betagte Vettel, der Ian noch nie begegnet war.

»Daß Ian sich in seinem *Vaterhaus* so benimmt!« Ein würdevoller alter Offizier.

»Sollte er nicht die Tochter eines Colonels heiraten?« Ein jüngerer Soldat.

»Dieses Mädchen verhext die Männer!« Eine neidische alte Jungfer mit langer Nase.

»Aber ihr Vater muß ihn doch wohl oder übel zur Rechenschaft ziehen!« Ein Offizier im Ruhestand aus Tampa.

»Also, ich finde diesen Skandal einfach himmlisch«, gestand eine ältere Dame ihrem kahlköpfigen Tanzpartner, erwiderte Ians Blick und errötete. »Wenn man sich das vorstellt! Die McKenzies von Cimarron, in eine so schmutzige Affäre verwickelt ...«

Ian beobachtete, wie sein Bruder den Eltern die Botschaft überbrachte. Dann eilte Julian zwischen den Tanzpaaren hindurch und verneigte sich vor Alaina. Sie schaute Ian nur kurz an, ehe sie mit ihrem Schwager schwungvoll von ihm wegtanzte.

Viel zu bereitwillig, dachte Ian irritiert, während er zum Punsch-Buffet ging, wo Tara, Jarrett und Teddy McMann standen. Sobald er die drei ansprach, erhoben sich die Stimmen der Schwatzbasen noch lauter. »Mutter, Vater — da ich heute abend etwas bekanntzugeben habe, ersuche ich euch, mir beizustehen. Und Sie, Dr. McMann, stellen sich bitte an die Seite Ihrer Tochter. Sicher habt ihr das einfältige, dumme Gerde über uns inzwischen gehört — und Alaina und mich hoffentlich nicht verurteilt.«

Zu seiner Verblüffung schien sich seine Mutter eher zu amüsieren als zu ärgern. Lächelnd ergriff sie den Arm des Wissenschaftler. »Hab' ich's Ihnen nicht gesagt, Teddy? An diesem albernen Gerede kann nichts dran sein. Und nun bin ich neugierig, wie mein Sohn den bösartigen Gerüchten entgegentreten wird.«

Teddy McMann war ein schlanker, mittelgroßer Mann mit schneeweißem Haar und sanften Augen. Bevor er Ians Hand ergriff, schaute er ihn prüfend an. »Alaina ist alles, was ich habe. Seit ich in diesem Staat meine Heimat fand, ist mir von der Familie McKenzie nur Gutes widerfahren. Deshalb vertraue ich dir ebenso, wie es meine Tochter offensichtlich getan hat, mein Junge.«

Die Arme vor der Brust verschränkt, trat Jarrett näher zu seinem Sohn, eher besorgt als belustigt. »Ist es wahr?« fragte er so leise, daß die anderen nichts hörten. »Die Lady hat dich im Teich verführt? Oder du sie?«

»Niemand wurde verführt, Vater«, antwortete Ian wahrheitsgemäß. »Glaub mir, das alles war ein dummer Zufall.«

»Natürlich kann ein Mann solche Zufälle schadlos überstehen. Aber Miss McManns Ruf ist ruiniert. Das müßtest du wissen. Teddy McManns Herz droht zu brechen, und er macht sich bittere Vorwürfe. Weil er mit seiner Tochter auf einer Insel lebt, um seinen wissenschaftlichen Neigungen nachzugehen, glaubt er nun, er hätte ihr Leben zerstört.«

»Falls du mir erklären willst, es würde nur einige einzige ehrbare Möglichkeit geben, den boshaften Klatschtanten das Maul zu stopfen — diese Maßnahme habe ich bereits ergriffen.« Nun war Ian froh, daß er seine Absicht, Risa Magee zu heiraten, seinen Eltern gegenüber noch nicht erwähnt hatte. »Alaina ist meine Frau.«

Verwundert musterte Jarrett seinen Sohn. Was er dachte, sprach er nicht aus. »Jetzt solltest du erst einmal mit Teddy reden, bevor du die Neuigkeit öffentlich bekanntgibst. Eine solche Überraschung würde seinem schwachen Herzen schaden. Danach weise ich die Musiker an, eine Pause zu machen, und du kannst unsere Gäste informieren.«

Als Ian sich zu seinem Schwiegervater wandte, betrachtete ihn der alte Mann wie einen Angreifer, von dem er trotz allem nur Gutes erwartete. »Gewiß ist dieser Zeitpunkt etwas ungünstig, Dr. McMann — aber ich muß Ihnen mitteilen, daß ich Ihre Tochter geheiratet habe.«

Teddy blinzelte verständnislos, und Tara, die neben ihm stand, schnappte nach Luft.

»Tut mir leid, Mutter«, murmelte Ian.

»Wie ist das möglich?« fragte Teddy bestürzt. »Wann fand die Hochzeit statt? Alaina hat keine Geheimnisse vor mir ...«

»Natürlich steht es Ihnen frei, die Ehe annullieren zu lassen, Sir.«

Teddy schüttelte den Kopf. »Warum sollte ich meiner Tochter verwehren, was sie sich offensichtlich wünscht? Ich bin nur — so verwirrt.«

Inzwischen war die Musik verstummt. Jarrett stieg auf das Podium des Orchester. »Darf ich um Ihre Aufmerksamkeit bitten, meine Damen und Herren? Mein Sohn möchte Ihnen etwas mitteilen.«

Ian hielt nach Alaina und Julian Ausschau. Sobald er die beiden entdeckt hatte, ging er zwischen den Tanzpaaren hindurch, die bereitwillig zur Seite wichen. Lächelnd ergriff er die Hand seiner Frau und führte sie zum Podest. »Liebe Freunde, verehrte Gäste.« Sein Blick glitt über die Gesichter hinweg und blieb sekundenlang an manchen Leuten hängen, die ihn verunglimpft hatten. »Leider zwingen mich gewisse Umstände, in aller Öffentlichkeit zu verkünden, was ich zuvor lieber meinen Eltern im privaten Rahmen erklärt hätte«, begann er in zerknirschtem Ton. »Aber da meine Sehnsucht nach der Frau, die ich liebe, vorzeitig entdeckt wurde, muß ich mein Glück mit Ihnen allen teilen. Darf ich Ihnen meine Gemahlin vorstellen? Alaina McKenzie.«

In das aufgeregte Getuschel mischte sich das erleichterte Gelächter der Freunde, die an der Moral des McKenzie-Erben und des jungen Mädchens gezweifelt hatten.

»Seit wann bist du verheiratet? Soll das heißen, deine Eltern hätten nichts gewußt?«

Ian schaute sich um, erkannte Lavinias honigsüße Stimme und zog seine errötende Frau an sich. Hoffentlich würde man das Entsetzen in ihren Augen für hingebungsvolle Liebe halten … Ihr seidiges Haar kitzelte seine Wange und hob sich wie pures Gold vom blauen Jackett seiner Uniform ab. Ihre Nähe erinnerte ihn an den schönen Körper, den er so deutlich gesehen und angefaßt hatte. Von plötzlichem Verlangen überwältigt, holte er tief Atem, und die Lüge kam ihm leicht über die Lippen. »Wir sind schon seit einiger Zeit verheiratet. Wie ich zu meiner Schande gestehen muß, wußten meine Eltern nichts davon. Aber ich glaube, sie werden mir verzeihen. Wenn sie meine Frau näher kennengelernt haben, können sie meine Gefühle sicher verstehen.« Seine Stimme zitterte ein wenig, was man für Verlegenheit halten mochte. Doch er war kein guter Schauspieler, und seine innere Bewegung wurde von reiner Lust entfacht. Was hoffentlich niemand merkte.

Alaina rückte ein wenig von ihm ab und sah ihn prüfend an. In ihrem Hals pochte ein heftiger Puls. Ian neigte sich zu ihr. Als er sie küßte, spürte er ihren Widerstand und fragte sich erbost, ob sie Peter O'Neill tatsächlich noch liebte — und wie intim der Bastard sie berührt hatte.

Nun wurden sie von Gratulanten umringt.

»Unmöglich!« Ein Wutschrei übertönte die Glückwünsche. »Das glaube ich nicht! Eine Lüge!«

Mühsam zwang sich Ian zur Ruhe und erwiderte Peters haßerfüllten Blick. »Warum nennst du mich einen Lügner?«

»Um Himmels willen, Peter!« mahnte der erschrockene Vater des jungen Mannes.

Sein Sohn knirschte mit den Zähnen. Obwohl er ein guter Fechter war, wagte er seinen Feind nicht zum Duell zu fordern. In militärischen Kreisen wurde behauptet, Ian sei unbesiegbar. Außerdem wollte Peter seine Verlobung nicht gefährden, indem er die Ehe eines anderen Mannes anzweifelte. »Niemals würde ich dich einen Lügner nennen, Ian. Du besitzt sicher Dokumente, die deine Heirat beweisen. Verzeih mir. Ich war nur verblüfft, so wie alle Anwesenden, und um Miss McMann besorgt.«

»Besten Dank für Ihre Besorgnis, Sir!« mischte sich Teddy McMann unvermittelt ein und ging zum Podium. »Ehrlich gesagt, ich bin froh, daß ich nie mehr um meine geliebte Tochter bangen muß, nachdem ich sie nun in Ian McKenzies Obhut weiß.«

»O Papa!« flüsterte Alaina, riß sich von Ian los und stürzte sich in Teddys Arme.

»Stoßen wir an, meine Freunde!« rief Julian. »Champagner! Auf meinen Bruder und die zauberhafte Alaina!«

Bald verlor Ian seine Frau aus den Augen. Ein Champagnerkelch wurde in seine Hand gedrückt, zahlreiche Leute drängten sich heran und prosteten ihm erfreut zu. Plötzlich fiel ihm eine schöne, dunkelhaarige junge Frau um den Hals.

»Ian, du Schuft!« schimpfte seine Schwester Tia. »Kein Sterbenswörtchen hast du uns verraten. Ich wußte gar nicht, daß du Alaina McMann seit ihrer Kindheit wiedergesehen hattest. Natürlich, während der letzten Zeit warst du oft im Süden. Erzähl doch! Ist diese skandalöse Episode im Teich tatsächlich passiert?«

»Benimm dich, Tia!« stöhnte er.

»Sag mir wenigstens, ob du wirklich verheiratet bist.«

»Allerdings! Und nun spiel bitte die charmante Tochter des Hauses, damit mich die Leute nicht schon wieder anstarren und mich sonstwas bezichtigen.«

Sie küßte seine Wange. »Hat's Sydney gewußt?«

»Nein, niemand hat's gewußt. Zweifellos wirst du mir die ganze Geschichte bald entlocken. Aber im Augenblick . . .«

»Schon gut. Ich liebe dich, großer Bruder.«

Lächelnd nahm er sie in die Arme. Als er sie losließ, wurde er von Sydney, seinem Onkel und seiner Tante, seiner Kusine Jennifer und ihrem Mann Lawrence Malloy, seinen Vettern Jerome und Brent und seinen besten Freunden aus der Kinderzeit umzingelt. Alle waren sichtlich erstaunt, aber diskret und zurückhaltend in ihrer Neugier.

Etwas später sah er Alaina zwischen ihrem Vater und Sydney stehen, ebenfalls von Gratulanten bestürmt – vermutlich von denselben Leuten, die sie kurz zuvor verdammt hatten. Aber jetzt gehörte sie dem McKenzie-Clan an. Da konnte man einen kleinen Skandal schon mal übersehen.

Unbehaglich beobachtete Ian, wie Peter O'Neill sich ein neues Opfer ausgesucht hatte, nämlich immer wieder zu Sydney hinüberstarrte. Sie hatte die smaragdgrünen Augen ihrer Mutter und das rabenschwarze Haar ihres Vaters geerbt. Auch das Seminolenblut, das in James McKenzies Adern floß, sah man ihr an, was ihre exotische Schönheit noch betonte. Sollte O'Neill sich an Sydney heranmachen, würde Ian ihn nachhaltig in seine Schranken weisen!

»Ian?« Seine Mutter kam auf ihn zu. Vergeblich versuchte er, in ihren Augen zu lesen, was sie dachte. »Weil Alaina und Teddy so weit entfernt wohnen, haben wir schon vor deiner — Verlautbarung beschlossen, daß sie hier übernachten sollen. Lilly hat Alainas Sachen inzwischen aus dem Gästeraum, den sie mit anderen jungen Damen teilte, in dein Zimmer gebracht.«

Sekundenlang runzelte er verständnislos die Stirn. »Ah ...«

»Seid ihr wirklich verheiratet?« fragte sie leise.

»Ja, Mutter.«

»Dann willst du deine Frau doch auch sicher bei dir haben.«

Seine Frau. Bei ihm. Ein Teil seiner Welt.

Ob er sie bei sich haben wollte, wußte er nicht genau. Jedenfalls begehrte er sie. Die Ehe — ein hoher Preis für sein Verlangen. Und das Leben, das er geplant hatte? Seine Zukunft an Risa Magees Seite? »Mutter, es tut mir so leid ...«

»Unsinn, du mußt dich nicht rechtfertigen. Wir waren immer stolz auf dich, und wir vertrauen deinen Entscheidungen. Vielleicht werde ich dir eines Tages erzählen, wie dein Vater und ich zueinanderfanden ... Du hast einen wunderbaren Schwiegervater bekommen. Und Alaina ist zu einer bildschönen jungen Frau herangewachsen.«

»Gewiß, sie ist sehr schön.« Und leichtfertig und viel zu leidenschaftlich, fügte er in Gedanken hinzu.

Tara küßte ihn auf die Wange und ging davon. Als er sich umdrehte, stand er wieder Teddy McMann gegenüber, der ihn mit treuherzigen blauen Augen anschaute, und Ian ärgerte sich über seine Schuldgefühle. »Sir, ich besitze Dokumente, die eindeutig beweisen, daß die Ehe legal ist.«

»Was heute geschehen ist, weiß ich nicht genau, McKenzie«, erwiderte Teddy ernsthaft. »Und offengestanden, ich will es auch gar nicht erfahren.« Zögernd fuhr er fort: »Ich liebe meine Tochter. Ihretwegen würde ich mein Leben lassen. Aber ich fürchte, vor lauter Liebe war ich zu nachsichtig, und Alaina tat immer, was sie wollte. Sie reitet, schießt, fechtet, schwimmt wie ein Fisch ... Nun bin ich heilfroh, daß sie deine Frau geworden ist, Ian. Sonst hätte sie womöglich einen Mann ermutigt, der ihrer nicht würdig wäre. Gott segne dich, mein Sohn.« Mit diesen Worten verschwand er wieder in der Menge. Vielleicht suchte er seine Tochter.

Wo steckt sie, fragte sich Ian. Und dann entdeckte er sie an Taras Seite.

Sie war leichenblaß geworden. Wahrscheinlich hatte sie soeben erfahren, daß sie ins Zimmer ihres Ehemanns übersiedeln würde.

»Ian!«

Geistesabwesend drehte er sich zu Julian, Jerome und Brent um.

Sein Bruder hielt eine Flasche von Jarrett McKenzies bestem Whiskey in der Hand. »Wie du vielleicht bemerkt hast, brechen die ersten Gäste auf. Und die meisten, die hier übernachten, ziehen sich allmählich zurück.«

»Aber die Nacht ist noch jung, und wir McKenzies wollen endlich ungestört auf dein Glück trinken«, erklärte Jerome.

Nicht nur Sydney, sondern auch James McKenzies Söhnen war das Blut ihrer weißen und indianischen Vorfahren anzumerken — eine sehr attraktive Mischung. Jerome besaß die gleichen kobaltblauen Augen wie Ian. In seinem dichten dunklen Haar zeigte sich ein rötlicher Glanz. Brent hatte grüne Augen und blauschwarzes Seminolenhaar. Während Jerome Maschinen- und Schiffsbau studiert hatte, war Brent mit Julian auf die medizinische Universität gegangen.

»Abgesehen von Jennifer bist du der erste unserer McKenzie-Generation, der geheiratet hat, mein Junge«, sagte Brent.

»Und noch dazu Alaina«, ergänzte Jerome. »Wie sonderbar . . .«

»Gehen wir auf die Veranda«, schlug Julian vor. »Da sind wir ungestört.«

Ehe Ian antworten konnte, wurde er bereits aus dem Haus bugsiert. Lange blieben sie nicht auf der Veranda. Sie wanderten über den Rasen, ließen die Whiskeyflasche kreisen und beobachteten die Kutschen, die davonfuhren.

»Also hast du unsere Alaina geheiratet, ohne uns Bescheid zu geben.« Jerome schaute seinen Vetter strafend an.

»Gewissermaßen sind wir ihre nächsten Verwandten«, fügte Brent hinzu, »Jerome, Sydney und ich.«

»Ja, sie wuchs mit uns auf«, bestätigte Jerome.

»Genau«, fuhr Brent fort. »Und als wir hörten, du seist mit ihr im Teich gewesen, waren wir verständlicherweise beunruhigt.«

»Jetzt wollen wir wissen, was da wirklich passiert ist«, verlangte Jerome.

Ian zögerte. Dann zuckte er die Achseln. »Wir wollten

schwimmen gehen und trafen uns zufällig. Dabei wurden wir beobachtet.«

»Und ihr seid gar nicht verheiratet?« Jerome runzelte die Stirn.

»Doch.« Ian nahm die Flasche aus Brents Hand und genehmigte sich einen großen Schluck. »Wirklich und wahrhaftig. Und ganz legal.«

»Aber wie zum Teufel . . .«, begann Jerome.

»Ganz einfach. Man muß nur ja sagen.«

Langsam hob Jerome die Brauen. »Warum mache ich mir eigentlich Sorgen? Ich finde, Ian und Alaina verdienen einander.«

»Zweifellos«, stimmte Brent zu. »Sie kann genauso sarkastisch sein wie er.«

»Und ebenso entschlossen und dickköpfig«, meinte Jerome.

»Nun ja«, murmelte Julian, »und da Ian schon immer ein Despot war, ist es ihm sicher nicht schwergefallen, Alaina vor den Traualtar zu zerren.«

»Jetzt bleibt nur mehr eine Frage offen«, bemerkte Jerome. »Wann ist es passiert? Und warum?«

Nachdenklich schaute Ian zum Mond hinauf. Solange er nicht antwortete, würden sie keine Ruhe geben. Und er konnte sich rückhaltlos auf das Stillschweigen der drei jungen Männer verlassen. Der Whiskey erwärmte ihn, schwächte seine Widerstandskraft, und er war müde nach diesem langen Tag, nach all den unerwarteten Ereignissen. Bevor die Nacht zu Ende ging, mußte er sich auch noch mit seiner frisch angetrauten Ehefrau auseinandersetzen. »Also gut. Seit ein paar Stunden bin ich verheiratet. Die junge Dame mußte aus einer unangenehmen Situation gerettet werden. Offenbar dachte sie, Peter O'Neill würde sich mit ihr verloben — nicht mit Elsie Fitch.«

»Verdammt, ich erwürge diesen Schuft!« stieß Jerome hervor.

»Nein. Darum werde ich mich notfalls selber kümmern. Übrigens, im Teich ist nichts passiert. Aber da außer meiner Familie und Teddy niemand die Wahrheit geglaubt hätte, dachte ich, es wäre am besten, Alaina möglichst schnell zu heiraten. Reverend Dowd hat uns getraut.«

»Seltsam«, meinte Julian. »Als ich dich das letzte Mal sah, wurde die Tochter eines Colonels erwähnt.«

»Und ich gewann den Eindruck, Alaina wäre anderweitig ...« Abrupt verstummte Brent.

»Dachtest du, sie würde sich für jemand anderen interessieren?« fragte Ian in scharfem Ton.

»Nun, Sydney glaubte, Alaina wäre verliebt. Vermutlich in Peter O'Neill. Aber das ist jetzt vorbei«, fügte Brent hinzu. »Gehen wir ins Haus zurück. Gerade werden die Lichter gelöscht.«

»Seit diesem Tag spielt die Vergangenheit keine Rolle mehr.« Mit sanfter Gewalt entwand Jerome seinem Vetter die Whiskeyflasche. »Ihr beide seid verheiratet. Und ich finde, du solltest dich allmählich deiner jungen Gemahlin widmen, Ian.«

»In der Tat, das sollte ich.« Ian nahm ihm die Flasche wieder weg.

Während er zum Haus zurückkehrte, folgten ihm sein Bruder und seine Vettern mit etwas langsameren Schritten. In der Halle traf er nur mehr die Dienstboten an, die Gläser und Geschirr wegräumten. Er stieg die Treppe hinauf. Zögernd blieb er vor seiner Tür stehen und spürte, wie sein Puls immer schneller schlug.

Dann straffte er entschlossen die Schultern und betrat sein Zimmer. Das Kaminfeuer verbreitete sanftes Licht. Durch die halboffene Balkontür fielen silberne Mondstrahlen herein. Ian sah die zusammengekrümmte Gestalt seiner jungen Frau im Bett liegen, am äußersten Rand. Leise ging er zu ihr, betrachtete die geschlossenen Augen, die Tränenspuren auf den Wangen.

So jung sah sie aus, wie ein Engel.

Mitleid erfüllte ihn — bis er sich fragte, ob sie um ihre verlorene Liebe weinte.

Plötzlich hob sie die Lider. Sie hatte ihn nicht hereinkommen hören. In ihren großen Augen spiegelte sich der Mondschein. »Bitte ...«, wisperte sie mit bebenden Lippen.

Er wich zurück, bestürzt über den Aufruhr seiner eigenen Emotionen. Als er sich ruckartig umdrehte und zum Balkon schlenderte, hörte er Alaina erleichtert seufzen. Glaubte sie, er würde das Zimmer verlassen? Er nahm seinen Waffengurt ab und legte ihn auf den Schreibtisch. Dann sank er in den wuchtigen Ledersessel und stellte die Whiskeyflasche neben seine Füße. Mit schmalen Augen starrte er in die Flammen. Gewiß, sie war mit einem Mann verheiratet, den sie nicht wollte. Aber sie sollte sich bloß nicht einbilden, er würde auf seine ehelichen Rechte verzichten, nur weil sie geplant hatte, einen anderen im Teich zu verführen.

Nach einer Weile stieg sie aus dem Bett, in einem elfenbeinweißen, mit Spitze verzierten Nachthemd, und zog einen passenden Morgenmantel an, den sie über eine Stuhllehne gehängt hatte. Auf bloßen Füßen kam sie zu Ian, der reglos sitzen blieb. Offenbar glaubte sie, er würde schlafen, denn sie bückte sich, griff nach der Whiskeyflasche und stellte sie auf den Schreibtisch. Dann betrat sie den Balkon.

Ian wartete ein paar Minuten. Bevor er ihr lautlos folgte, legte er seinen Waffengurt wieder an, instinktiv und gewohnheitsmäßig.

Aber sie stand nicht auf dem Balkon. Statt dessen entdeckte er sie auf dem Rasen. Sie mußte am Rosenspalier hinabgeklettert sein. Jetzt lief sie zum Wald.

»Zum Teufel, was hat sie vor?« flüsterte er, schwang sich über das Balkongeländer und stieg ebenfalls am Spalier hinab. Sie schlug die Richtung zum Teich ein, und Ian folgte ihr in einigem Abstand.

Am Rand der Lichtung blieb sie stehen und starrte zum Teich hinüber. Plötzlich tauchte ein Mann aus den nächtlichen Schatten auf. Peter O'Neill.

»Alaina!« rief er leise, und sie fuhr herum. In der sanften Brise wehte ihr langes Haar wie gesponnenes Gold.

Hatte sie sich tatsächlich mit ihrem Liebhaber verabredet?

Mitten in der Nacht?

6

»Oh, ich wußte es — du würdest kommen, Alaina!« Mit ausgestreckten Armen eilte Peter ihr entgegen.

»O'Neill!« Plötzlich zerriß eine durchdringende Stimme die Stille der Nacht.

Wie festgewurzelt blieb Peter stehen.

Auch Alaina erstarrte. Nur ein einziger Gedanke hatte sie hierhergetrieben — aus Ians Schlafzimmer zu fliehen. Vorhin hatte sie ihn mit Julian und seinen Vettern Whiskey trinken sehen und dann geglaubt, er wäre im Ledersessel eingeschlafen, vom Alkohol benebelt. Mit keinem Gedanken hatte sie erwartet, Peter am Ufer des Teichs anzutreffen. Doch nun entstand der Eindruck, sie hätten ein heimliches Rendezvous vereinbart.

Angstvoll beobachtete sie, wie die beiden Männer einander musterten. Peter trug ein Schwert, das er nun aus der Scheide zog, und Alainas Atem stockte. Aber er warf die Waffe ins Gras. »Wir sollten kein Blut vergießen, McKenzie.«

»Dieser Meinung bin ich auch ...« Abrupt verstummte Ian, als Zweige hinter ihm knackten und Schritte erklangen. Sein Bruder und Jerome und Brent stürmten auf die Lichtung.

»Großer Gott, Ian!« rief Julian.

Bedrückt las Alaina die wütende Verachtung in Jeromes und Brents Augen. Die beiden waren stets ihre Freunde gewesen. Und nun lohnte sie ihnen die Zuneigung auf so schändliche Weise.

»Ah!« Die Anwesenheit der Neuankömmlinge schien Peter zu ermutigen. »Sieh mal einer an! Die grandiosen, mächtigen McKenzies, die weißen Jungs und die Halbindianer. Und alle wissen gleich gut mit Pistolen, Klingen und Fäusten umzugehen. Wenn ihr glaubt, ihr könnt mich hier im Wald ermorden und ungestraft davonkommen, nur weil ihr McKenzie heißt, solltet ihr euch eines Besseren besinnen. Mein Onkel ist Senator. Und ihr würdet zweifellos hängen.«

»Niemand wird dich ermorden, O'Neill«, erwiderte Ian in ruhigem Ton. »Noch nicht. Aber wenn ich dich jemals wieder in der Nähe meiner Frau erwische, töte ich dich.«

Peter zuckte die Achseln und schlenderte zu ihm. »Vielleicht wird's dir schwerfallen, deine Frau von mir fernzuhalten.« Und dann beging er den Fehler, Ian einen herausfordernden Stoß zu versetzen.

»Bitte ...«, begann Alaina.

Zu spät. Ian schleuderte seinen Widersacher zu Boden und stürzte sich auf ihn. Als Peters Kinn von einem gezielten Fausthieb getroffen wurde, heulte er auf wie tödlich verwundet.

»Hört auf!« flehte Alaina, rannte zu den beiden Männern und überlegte, ob sie einen Mord verhindern konnte, wenn sie sich dazwischen warf.

Aber Brent hielt ihren Arm fest. »Misch dich da nicht ein, Alaina, die kommen schon allein zurecht.«

Ian hob seine Faust, um erneut zuzuschlagen. Doch da

wurde er von Julian und Jerome an den Schultern gepackt und zurückgezerrt.

»Das ist er nicht wert, Ian!« knurrte sein Vetter.

Nur mühsam konnten sie Ian von seinem Feind trennen. Julian kniete neben Peter nieder.

»Offenbar ist er nur bewußtlos. Ein Glück, daß du seinen Kiefer nicht gebrochen hast, Ian.«

Brent ließ Alaina los und trat ebenfalls zu O'Neill.

»Tragen wir ihn nach Cimarron«, seufzte Julian. Mit Brents Hilfe hob er die schlaffe Gestalt hoch, und sie verschwanden mit ihrer Fracht zwischen den Bäumen.

Jerome berührte den Arm seines Vetters. Mit schmalen Augen starrte er Alaina an, die am Wasserrand stand und ihr Zittern zu unterdrücken suchte. »Nun, Ian?«

»Alles in Ordnung.«

»Also, dann — gute Nacht.« Jerome wandte sich ab, um seinem Bruder und Julian folgen.

Am liebsten hätte Alaina ihm nachgerufen, gar nichts sei in Ordnung — er müsse zurückkommen und sie vor ihrem Ehemann beschützen. Doch sie brachte kein Wort hervor.

Ian rührte sich nicht, und es dauerte lange, bis er das Schweigen brach. »Was hast du mir zu sagen?«

»Offensichtlich ziehst du die falschen Schlüsse.«

»So?«

»Ich wußte nicht, daß er hier sein würde.«

»Wolltest du einfach nur zum Teich laufen, um dich wieder auszuziehen und zu schwimmen?« fragte er sarkastisch.

»Nein, ich hatte das Bedürfnis, aus dem Haus zu fliehen, aus deinem Zimmer, vor dir . . .«

»Mißfällt dir Cimarron?« erkundigte er sich in höflichem Ton und ging langsam auf sie zu. »Ich fand mein Elternhaus immer wundervoll. Und ich fühle mich sehr wohl in meinem Zimmer.«

»Aber ich hasse das Haus und dein Zimmer«, flüsterte sie.

»Warst du wirklich nicht mit O'Neill verabredet?«

»Nein.«

»Und du bist gar nicht auf den Gedanken gekommen, es könnte gefährlich sein, nachts in den Wald zu laufen — ganz allein und mangelhaft bekleidet?«

»Ich bin durchaus imstande, mich zu verteidigen.«

»Tatsächlich?«

»Wie du bereits festgestellt hast, bin ich eine ausgezeichnete Fechterin.«

»Oh, ich habe gar nicht gemerkt, daß du einen Degen bei dir trägst.«

Verlegen wich sie seinem Blick aus. »Ich habe keinen ...«

»Zeig mir doch, wie gut du fechten kannst.« Er riß sein Schwert aus der Scheide und warf es vor Alainas Füße. »Heb's auf — eine erstklassige Klinge. Peters Waffe ist nur ein albernes Paradeschwert. Aber ich werde mich damit begnügen und dir einen Vorteil gönnen.«

»Was — für ein Unsinn ...«, stammelte sie und wich vor ihm zurück. Die Eiseskälte in seinen Augen erschien ihr noch gefährlicher als sein wilder Zorn.

»Heb das Schwert auf. Du wirst gegen mich kämpfen.«

»Wozu?« flüsterte sie.

Ein grimmiges Lächeln umspielte seine Lippen. »Sagtest du nicht, du könntest dich verteidigen, als ich dich vor den Gefahren deines Leichtsinns warnte?« Herausfordernd schwenkte er Peters Schwert durch die Luft. »Wenn du mich besiegst, darfst du mit deinem Vater auf deine Insel zurückkehren. Und wenn ich gewinne, nehme ich meine ehelichen Rechte wahr.«

»Nein ...«

»So lauten die Bedingungen unseres Duells. Heb das Schwert auf und verteidige dich! Zeig mir, wie unbesiegbar du bist! Dann muß ich nicht mehr befürchten, du könntest Schande über meine Ehe bringen, wenn du halbnackt durch den nächtlichen Wald läufst.«

Er trat einen Schritt näher. Hastig hob sie das Schwert auf. »Du Narr! Glaub mir, ich weiß, wie man damit umgeht ...«

Im nächsten Augenblick prallten klirrend die Klingen aufeinander. Ians plötzlicher Vorstoß brachte Alaina beinahe aus dem Gleichgewicht. Aber sie parierte den Schwerthieb. Mit der linken Hand raffte sie ihr Nachthemd und den Morgenmantel, um nicht über die Säume zu stolpern, mit der rechten ging sie zum Angriff über. Sie mußte den Gegner überwältigen, ehe die Wucht seiner Attacken ihren Arm schwächen würde.

Blitzschnell tänzelte sie im Gras umher, suchte Ians Deckung immer wieder zu durchbrechen. Als er zurückwich, triumphierte sie nicht lange. Sie merkte, daß er sie nur veranlassen wollte, ihre Energien zu verbrauchen, während er fintierte. Schließlich hatte sie ihn etwa zwanzig Schritte zurückgetrieben.

Da sprang er plötzlich vor und jagte sie mit vehementen Schwertstreichen an den Wasserrand zurück. Beide hielten inne, um Atem zu schöpfen.

Und dann funkelte Ians Waffe im Mondlicht, zuckte auf Alainas Brust zu, und sie bangte um ihr Leben. Doch die Schneide durchtrennte nur die Verschnürung ihres Morgenmantels. Mühsam bezähmte sie ihren Zorn. Nun mußte sie einen klaren Kopf behalten.

Mit mehreren blitzschnellen Attacken drängte sie Ian in die Defensive. Um einem Hieb auszuweichen, der seine Knie verwundet hätte, sprang er auf den wackeligen Baumstamm. Sofort griff Alaina wieder an — entschlossen, ihren Vorteil zu nutzen, den Gegner zu Fall zu bringen, die Schwertspitze an seine Kehle zu halten und das alberne Duell zu beenden.

Ein gezielter Streich spaltete das Holz, Ian verlor die

Balance und fiel auf den Rücken. Siegessicher übersprang Alaina den geborstenen Stamm.

Aber als sie ihren Mann angreifen wollte, war er schon wieder auf den Beinen und schmetterte sein Waffe so gnadenlos gegen ihre, daß ihr Arm gebrochen wäre, hätte sie den Griff ihres Schwerts nicht instinktiv losgelassen. Schimmernd, in hohem Bogen, flog es durchs Mondlicht. Zehn Schritte entfernt landete es am Boden.

Sie starrte in Ians durchdringende blaue Augen, wollte an ihm vorbeistürmen, um ihr Schwert zu holen. Doch er versperrte ihr den Weg, die Spitze seiner Klinge berührte Alainas Hals. »Ergibst du dich?«

Unfähig, auch nur ein Wort hervorzubringen, stand sie reglos da. Ihr Atem stockte, als der Stahl plötzlich aufblitzte. Doch er bohrte sich nicht in ihre Kehle. Statt dessen streifte das Schwert den Morgenmantel von ihrer rechten Schulter, dann von der linken, und schließlich zerschnitt es die Bänder am Ausschnitt des Nachthemds. Leise raschelnd fiel die dünne Seide ins Gras hinab.

Erstaunlich desinteressiert betrachtete er Alainas nackte, vom Mondschein versilberte Gestalt, auf den Schwertgriff gestützt. »Nun?«

»Was — nun?« wisperte sie. Eine Brise schien sie mit seltsamen Fingern zu streicheln und kühlte die erhitzte Haut.

»Du bist besiegt.«

»Nein, Ian, du hast mich nur entwaffnet ...«

»... und besiegt. Hoffentlich weißt du jetzt, daß du nicht unschlagbar bist. Jetzt mußt du die Bedingungen des Duells erfüllen und mich verführen.«

Obwohl ihr Blut zu brennen schien, fröstelte sie in der kalten Nachtluft. Viel zu lebhaft erinnerte sie sich an Ians Hände, an die intime Berührung im Teich. »Ich soll dich verführen? Diese Bedingung hast du nicht gestellt.« Offenbar fand er ihr Unbehagen amüsant. Er lächelte, und sie fuhr ihn erbost an: »Lieber sterbe ich! Wenn du das von mir verlangst, bist du wirklich kein Gentleman!«

»Hättest du dich von Anfang an wie eine Lady benommen, würden wir jetzt nicht hier stehen.«

Wie gern hätte sie ihn geohrfeigt ... Sie fühlte sich so schwach und elend, während sie nackt im Gras stand, Ians Blicken ausgeliefert. Nein, sie wollte sich nicht einschüchtern lassen. Trotzdem zitterte sie. »Es — ist spät geworden«, stammelte sie, »und wir sollten ins Haus gehen.«

Als sie sich bückte, um ihren Morgenmantel und das Nachthemd aufzuheben, stach die Spitze seines Schwerts in die Seide. »Du verabscheust das Haus und mein Zimmer. Splitternackt, am Ufer eines Teichs fühlst du dich doch viel wohler, oder?«

Reglos und schweigend schaute sie ihn an. Einerseits fürchtete sie, was er vorhatte, andererseits war sie von einer sonderbaren bebenden Erwartung erfüllt, die ein unerwünschtes Feuer in ihr entfachte. Das ertrug sie nicht. Sie würde ihre Sachen einfach liegen lassen und flüchten.

Aber sobald sie versuchte, an ihm vorbeizulaufen, packte er ihren Arm. Sekunden später lag sie am Boden und spürte Ians Gewicht auf ihrem Körper. Sanft strichen seine Fingerspitzen über ihre Wange. »Ich habe gewonnen. Und du mußt deine Niederlage eingestehen.«

»Nein! Du hast mir nur meine Waffe weggenommen.«

»Manchmal ist es klüger zu kapitulieren.«

»Ich kapituliere niemals.«

»Dann drücken wir's mal so aus: Nach einer Schlacht bleibt den Verlierern nichts anderes übrig, als die Bedingungen der Sieger zu akzeptieren.«

Ehe sie erneut widersprechen konnte, verschloß ihr ein fordernder Kuß den Mund. Ians Körper preßte ihren noch fester ins kühle Gras, und sie fühlte den rauhen Wollstoff seiner Uniform auf der nackten Haut. Noch viel intensiver nahm sie die Hitze seiner Lippen wahr, das sinnliche Spiel seiner Zunge.

Seine Hand umfaßte eine ihrer Brüste, sein Daumen glitt über die harte Spitze. Verzweifelt wand sich Alaina umher und suchte den beängstigenden Emotionen zu entrinnen, die er in ihr weckte. Der Kuß und die Liebkosung ihrer nackten Brust schienen ihren ganzen Körper zu verbrennen.

Als er seinen Mund von ihrem löste, um an der rosigen Knospe zu saugen, rang Alaina nach Atem und schlang ihre Finger in sein Haar. Sie wollte protestieren. Aber ihr Verstand versagte. Sie fand keine geeigneten Worte. Und so zerrte sie nur an Ians dichtem schwarzem Haar und spürte entsetzt, wie sogar diese abwehrende Geste ihre Sinne erregte. Während er sich ein wenig aufrichtete, wanderte seine Hand zu ihrer Hüfte hinab und zwischen ihre Schenkel. Aufreizend streichelte er das blonde Kraushaar ihres Venusbergs, und sein Daumen erforschte die intimste Zone ihrer Weiblichkeit.

Ihr ganzer Körper versteifte sich. In ihrer Kehle stieg ein Schrei auf, den Ian mit einem neuen verzehrenden Kuß erstickte. Bis zu diesem Augenblick hatte sie das ganze Ausmaß seiner bezwingenden Kraft nicht erkannt. Mit beiden Händen stemmte sie sich gegen seine Brust. Doch er schien ihren Widerstand gar nicht zu bemerken. Plötzlich wurden ihre Beine auseinandergeschoben. An ihrem Busen fühlte sie immer noch die rauhe Uniform. Aber jetzt waren seine Hüften nackt.

Eine einzige kraftvolle Bewegung genügte ihm, um in sie einzudringen, um das Hindernis schmerzhaft zu durchstoßen. Weil ihr sein Kuß den Atem nahm, konnte sie nicht schreien. Tränen verschleierten ihren Blick, und sie kniff die Augen zusammen. Nach einer Weile befreite er ihre Lippen von seinen. Sie drehte den Kopf zur Seite, spürte das qualvolle Brennen zwischen den Schenkeln und wünschte, sie wäre stark genug, um ihn abzuschütteln — oder ein Riesenvogel würde herabfliegen, ihn von ihr wegzerren und mit seinen Krallen in Stücke reißen.

Vergeblich wartete sie auf eine Entschuldigung. Sie fühlte, wie er sie prüfend beobachtete. Dann zog er sich langsam zurück, um erneut in sie einzudringen. Immer wieder — immer tiefer. Um ein Schluchzen zu unterdrücken, biß sie in ihre Unterlippe. Ian umfaßte ihr Kinn, drehte ihr Gesicht zu sich herum. Widerstrebend hob sie die Lider, endlich gehorchte ihr die Stimme.

»Nein . . .«, würgte sie hervor. Doch die kobaltblaue Glut in seinen Augen brachte sie sofort wieder zum Schweigen. Diesmal küßte er sie sanft und zärtlich, verführerisch. Die Hitze zwischen ihren Schenkeln erlosch nicht. Nur der Schmerz verebbte. Ian nahm sie in die Arme, seine Hände glitten über ihren Rücken, ihre Hüften, zwangen ihren Körper, sich dem Rhythmus des Liebesakts anzupassen.

Bebend grub sie ihre Finger in seine Schultern, das Feuer verwandelte sich in eine süße Qual, und sie hoffte, es wäre bald zu Ende. Aber dann erwachte ein anderes Gefühl in ihrem Innern, ein sonderbarer drängender Wunsch. Sie haßte Ians Liebkosungen, die intime Nähe. Und doch ... Eben noch hatte sie den seltsamen Emotionen zu entfliehen versucht — jetzt sehnte sie sich danach, wollte das fremdartige Entzücken auskosten, bis zur Neige.

Plötzlich bäumte er sich auf, eine heftige Erschütterung erfaßte seinen Körper und ließ auch Alaina erschauern. Durch ihre Adern schienen flüssige Flammen zu strömen. Wenige Sekunden später spürte sie, wie sich Ians Muskeln entspannten, wie er von ihr herabglitt. Er schloß seine Hose, lag reglos neben ihr und starrte zum Himmel hinauf.

Natürlich hatte sie sich, wie jedes junge Mädchen, die Liebe zwischen Mann und Frau vorgestellt. Wie sie allerdings zugeben mußte, hatte Peter O'Neill in diesen Träumen die Hauptrolle gespielt. Aber die Fantasiebilder waren nie über eine Szene hinausgegangen, in der er vor ihr auf den Knien gelegen, um ihre Hand gebeten und einen zarten Kuß auf ihre Lippen gehaucht hatte, im goldenen, von Vogelgezwitscher erfüllten Sonnenschein.

Niemals hatte sie sich ausgemalt, sie würde nackt im nächtlichen Wald liegen, das zerzauste Haar voller Grashalme und Blätter. Nachdem die Hitze verglüht war, fror sie, und der Schmerz kehrte zurück.

Ians tiefe Stimme durchbrach die Stille. »Also hast du nicht mit ihm geschlafen — noch nicht.«

Ohne zu antworten, erhob sie sich und rannte davon. Fluchend sprang er auf. Zu spät — sie war bereits im Teich untergetaucht, um die Qualen in ihrem Körper und in ihrer Seele zu lindern.

Der Nachtwind hatte das frische Quellwasser stark gekühlt. Als sie sich umdrehte, klapperten ihre Zähne, und sie fürchtete, Ian würde ihr folgen. Aber er stand am Ufer, ihr Nachthemd und den Morgenmantel in den Händen. »Was zum Teufel treibst du da?«

»Ich bade.«

»Komm heraus!«

»Geh weg!«

»Komm sofort heraus! Wenn du glaubst, ich würde dich hier allein lassen, bist du verrückt. Raus mit dir!«

»Nein, ich ...«

»Nicht einmal alle Gewässer auf Erden würden diese Nacht wegwaschen. Komm endlich heraus!«

Nur weil sie so erbärmlich fror, gehorchte sie. Einige Schritte von Ian entfernt, stieg sie aus dem Teich. Während sie ihr nasses Haar auswrang, kam er ungeduldig zu ihr.

Notgedrungen ließ sie sich das Nachthemd über den Kopf streifen und schlüpfte in den Morgenmantel, den er ihr hinhielt. Da er die Bänder zerschnitten hatte, klaffte das Hemd über ihrer Brust auseinander, und sie raffte es mit bebenden Fingern zusammen. Dann wollte sie sich abwenden, doch er hielt ihr Handgelenk fest.

»Wohin willst du gehen, Alaina?« Wortlos senkte sie den Blick. »Zurück in mein verhaßtes Haus? In mein verhaßtes Zimmer?« Er holte tief Atem. »Heute haben wir geheiratet. Das wollten wir beide nicht. Aber es war notwendig. Und ich bin nicht der Mann, der auf seine ehelichen Rechte verzichtet.«

»O ja, es war überaus großzügig von dir, mich zu heiraten!« fauchte sie. »Kein anderer respektabler Mann hätte die verwilderte Tochter eines armen Botanikers zur Frau genommen. Aber der grandiose Ian McKenzie kennt seine Pflichten!«

»Nun, ich tat, was unumgänglich war. Und ich will verdammt sein, wenn ich mir die kleinen Freuden nicht gönne, die mit unserer Ehe verbunden sind.«

»Die kleinen Freuden? Oh ...« Mühsam versuchte sie, sich loszureißen.

»Nein.« Mit eisernen Fingern umklammerte er ihr Handgelenk. »Wir gehen gemeinsam nach Hause. So wie es sich für ein Ehepaar geziemt.« Trotz ihrer heftigen Gegenwehr nahm er sie auf die Arme.

»Natürlich, wir sind ein ganz normales Ehepaar«, zischte sie. »Der teure Gemahl betrinkt sich mit seinem Bruder und seinen Vettern, dann vergewaltigt er seine Frau. Ist das nicht üblich?«

Zu ihrer Verblüffung grinste er. »Wie nett! Von einer so charmanten ehelichen Szene wagte ich nicht einmal zu träumen, als wir heute nachmittag vor Reverend Dowd standen.«

Statt zu antworten, fluchte sie nur, und er schwieg, während er sie durch den Wald trug.

Am Rand des Rasens, der sich vor dem Haus erstreckte,

blieb er stehen. »Also haßt du Cimarron. Wie schade, daß du dein neues Heim verabscheust, meine Liebe ...«

Wäre sie nicht so tief verletzt und gedemütigt worden, hätte sie ihm gestanden, sie würde dieses wunderschöne, stattliche Gebäude lieben. »Es ist dein Heim. Nicht meines. *Mein* Zuhause liegt auf der Insel.«

»Da irrst du dich. Von jetzt an werde *ich* entscheiden, wo du zu Hause bist.« Er trug Alaina über den Rasen und schaute belustigt zu seinem Balkon hinauf. »Vielleicht werden wir künftig in einem Haus ohne Rosenspaliere wohnen«, bemerkte er und stieg die Verandastufen hinauf.

»Wohin gehst du?«

»Durch die Vordertür.«

»Aber ...«

»Wenn uns jemand sieht? Nun, wir benehmen uns wie ein ganz normales jungverheiratetes Paar. Erst habe ich mich betrunken, dann bin ich am Teich über meine Frau hergefallen, um sie zu vergewaltigen. Und jetzt ...« Er verstummte und zuckte die Achseln.

»Und jetzt?« wiederholte sie beunruhigt.

»Um auch weiterhin die Rolle eines guten Ehemanns zu spielen, muß ich noch etwas Whiskey trinken — allein, nachdem leider mein Bruder und meine Vettern bereits zu Bett gegangen sind. Und danach ...« Er war vor der Tür stehengeblieben und schaute Alaina an. In seinen Augen funkelte ein teuflischer Glanz. »Danach werde ich meine arme Gemahlin ein zweites Mal vergewaltigen, in meinem Schlafzimmer. Obwohl dir Cimarron verhaßt ist, Mrs. McKenzie, mein Bett mußt du wohl oder übel liebenlernen.«

»Bitte, Ian ...«

»Was?« Der eisige Ton in seiner Stimme jagte einen Schauer über ihren Rücken.

»Oh, bitte, nun muß ich allein sein ...«, stotterte sie.

Wortlos trug er sie in die Halle, die Treppe hinauf, in sein Zimmer. Durch die geöffnete Balkontür fiel Mondlicht herein, im Kamin glühte die Asche des erloschenen Feuers. Ein sehr schöner Raum. Ein maskuliner Raum. *Sein* Raum.

O Gott, sie wollte fliehen, in die Einsamkeit eines anderen Zimmers, um zu verstehen, was geschehen war — ohne die Kraft seiner Arme zu spüren, die sie immer noch umfingen. »Laß mich runter ...«, flehte sie, und er ließ sie knurrend auf sein Bett gleiten.

Im silbernen Mondschein sah sie sein markantes Gesicht, die geballten Hände, und sie fühlte seinen Zorn, seine innere Anspannung. Jeden Moment würde er nach ihr greifen. Aber er rührte sie nicht an.

Eine Zeitlang erwiderte er ihren angstvollen Blick. Dann wandte er sich ab und verließ das Zimmer.

7

Am vernünftigsten wäre es gewesen, im Zimmer seines Bruders zu schlafen. Aber dort würde er nicht nur Julian, sondern auch seine Vettern antreffen, und er wollte sich nicht wegen seiner mißglückten Hochzeitsnacht verspotten lassen.

So suchte er den Stall auf, mit einer Whiskeyflasche, die er aus dem Schrank im Arbeitszimmer seines Vaters genommen hatte. In Pyes Box, im weichen Heu, fand er ein gemütliches Plätzchen und trank genug Whiskey, um bald einzuschlummern — und mit pochenden Kopfschmerzen zu erwachen.

Als er mühsam die Augen öffnete, sah er zu seiner Bestürzung den alten schwarzen Butler Jeeves, steif wie ein Ebenholzstock, und Lilly vor der Box stehen.

»Da ist der Bräutigam«, bemerkte Lilly spitz, und Jeeves hob die Brauen.

»Offensichtlich ein glücklicher Mann.«

»Ich habe ihn vergeblich davor gewarnt, mit dieser weißen Hexe herumzuspielen. Jetzt sieht man ja, was dabei herausgekommen ist.«

»Lilly, das alles ist nur passiert, weil ich *nicht* mit der weißen Hexe herumgespielt habe, wie du Mrs. Trehorn nennst«, brummte Ian mißgelaunt. »Und jetzt — wenn's euch beiden nichts ausmacht . . .«

»Da wir nur Dienstboten sind, macht uns gar nichts was aus, Major McKenzie«, entgegnete Jeeves gemessen. »Aber Ihr Vater erwartet Sie im Speiseraum. Und ich glaube, Ihr Schwiegervater will Sie auch sehen.«

Ian stöhnte gequält und lehnte den Kopf an die hölzerne Stallwand. Unbehaglich tänzelte Pye umher. Er mochte keine Gesellschaft in seiner Box.

Natürlich hielt sich Jeeves, ein ehemaliger Sklave, nicht für einen Dienstboten, sondern für ein Familienmitglied. Mit strengem Blick wachte er über die jungen McKenzies, seit sie kleine Kinder gewesen waren.

»Mein Vater ist sicher wütend, mit gutem Grund«, murmelte Ian. »Aber vor Teddy McMann fürchte ich mich noch viel mehr.«

»Nun, ich vermute, beide Gentlemen sorgen sich um Ihre Zukunft«, sagte Jeeves. »Übrigens, ich war so frei, ein Bad in der Küche vorzubereiten.«

»Danke.« Schwankend stand Ian auf, und Lilly schnaubte verächtlich.

»Ich bringe ihm frische Sachen zum Anziehen. Wäre der junge Master in der Bibliothek geblieben, wie es seine Pflicht gewesen wäre. . .«

»Hätte ich mich auf der Geburtstagsparty meines Vaters mit diesem idiotischen Ripply prügeln sollen?«

»Mich geht's ja nichts an. Aber Alfred Ripplys Ideen

sind in dieser Gegend sehr populär. Es wäre klüger, wenn der Major seine Meinung für sich behielte.«

Seufzend zuckte Ian die Achseln. »Ich kann meine politische Überzeugung nicht an populären Ansichten orientieren. Verzeihung, Lilly . . .«, bat er und wankte an ihr vorbei.

Auf dem Weg zum Haus zupfte er Strohhalme von seiner Uniform. Als er zu seinem Balkon hinaufschaute, sah er Alaina am Geländer lehnen. Das brachte ihn vollends zur Besinnung. Die Hände in die Hüften gestemmt, blieb er stehen und starrte sie an. Allzulange hielt sie seinem Blick nicht stand, bevor sie im Zimmer verschwand.

Während er in der Küche badete, holte Lilly Zivilkleidung — schwarze Baumwollbreeches und ein weißes Hemd. Hastig zog er sich an, ehe ihn seine Eltern, Geschwister oder Freunde bei dieser ungewöhnlichen Morgentoilette überraschen konnten. Dann ging er in den Speiseraum, wo er nur Teddy antraf.

»Guten Morgen, Teddy.« Hinter Ian trat Lilly ein, um ihm frischen Kaffee zu servieren, den er dringend brauchte.

»Guten Morgen, Ian«, erwiderte der alte Mann in ernstem Ton, als sein Schwiegersohn am Tisch Platz nahm.

Ian schätzte ihn sehr. Mit zehn Jahren war er dem Botaniker zum erstenmal begegnet, nachdem Teddy die kleine Insel im Südosten des Staates gekauft hatte. Mit seiner Hilfe lernte der Junge die einzigartige Pflanzenwelt des subtropischen Florida lieben. Er hatte Teddy oft besucht — aber in letzter Zeit nicht oft genug, um zu beobachten, wie die Tochter des Wissenschaftlers zu einer verführerischen Sirene herangewachsen war.

»Hoffentlich verzeihen Sie mir, Teddy . . .«, begann er zögernd. »Es tut mir wirklich leid, und ich wünschte, ich könnte Ihnen erklären . . .«

»Wie es zu dieser Heirat gekommen ist, erscheint mir

nicht so wichtig«, fiel Teddy ihm ins Wort und berührte seinen Arm. »Aber die Zukunft bereitet mir Sorgen.«

»Die Zukunft?«

»Schau nicht so verwundert drein. Du bist ein intelligenter Mann, du weißt, was in unserem Land passiert, und du kennst einige Hauptdarsteller dieses Dramas.«

»Teddy ...«

»Bald wird ein Krieg ausbrechen.«

»Und ich dachte, ich wäre hier der einzige, der mit einer solchen Gefahr rechnet«, seufzte Ian. »Die meisten Südstaatler glauben, sie könnten sich einfach von der Union lossagen, und das wär's dann.«

»Ja, und sie wollen eine eigene Konföderation bilden, mittels einer glorreichen Revolution, so heroisch, wie sich unsere Gründerväter vom alten Tyrannen England trennten. Auf welcher Seite wirst du stehen, Ian?«

»Ich hoffe inständig, daß ich diese Entscheidung nicht treffen muß.«

»Auf welcher Seite?«

»Wir wissen doch noch gar nicht, wie sich die Regierung von Florida verhalten wird ...«

»Florida ist ein Baumwollstaat und wird dem Beispiel der anderen Baumwollstaaten folgen. Was die Wirtschaft, die Sklaverei und die Macht der Lokalregierung betrifft, haben die Politiker von Florida nie ein Blatt vor den Mund genommen.«

»Offen gestanden, ich weiß nicht genau, was ich empfinde – oder was ich tun würde, wenn ich einen Entschluß fassen müßte.«

»Du bist beim Unionsmilitär.«

»So wie viele Südstaatler, Sir«, erwiderte Ian bedrückt.

»Und die meisten wissen, vor welche Wahl man sie stellen könnte. Glauben Sie mir, wir nehmen dieses Problem nicht auf die leichte Schulter. Wer den Süden liebt, muß nicht unbedingt gegen die Union eingestellt sein. Aber zahlreichen Soldaten aus den Südstaaten mißfällt die Art und Weise, wie der Norden über die Sklaverei in den Sklavenstaaten zu bestimmen versucht. Die Amerikaner lassen sich nicht gern Vorschriften machen. Die Südstaatler vielleicht am allerwenigsten. Da unsere Wirtschaft nun mal auf der Sklavenarbeit basiert, glauben zahlreiche Leute, der Allmächtige würde die Sklavenhaltung sanktionieren. Manche weisen nachdrücklich auf die Sklaven hin, die der biblische Abraham besessen hat.«

»Während die Abolitionisten, diese Kriegshetzer, die Sklaverei für falsch halten.«

»In der Tat.«

»So wie die McKenzies.«

»Wie ich darüber denke, wissen Sie sehr gut, Teddy. Daraus habe ich nie ein Geheimnis gemacht.«

Eine Zeitlang starrte der alte Mann nachdenklich vor sich hin. »Ian, ich fürchte, du wirst dein kostbares Cimarron verlieren. Aber die Präsidentenwahl steht noch bevor. Vielleicht geschieht ein Wunder, und die Vernunft wird siegen — woran ich allerdings zweifle. Nun, was immer die Zukunft bringen mag, du bist mit meiner Tochter verheiratet. Wie sehen deine Pläne aus? Welche Order hast du erhalten?«

»Ich werde nach Washington reisen, mit neuen Landkarten, die in der Hauptstadt registriert werden müssen.«

»Wo wird deine Frau leben?«

»Nun ja . . .«

»Das hast du dir offenbar noch gar nicht überlegt. Weil deine Hochzeit nicht geplant war.«

»Ich wollte immer heiraten, Sir.«

»Aber nicht meine Tochter.«

»Cimarron war stets mein Zuhause«, antwortete Ian ausweichend.

»Trotzdem wirst du nicht hier leben. Und du hast keine Ahnung, wo du die nächste Zeit verbringen wirst.«

»Vermutlich werde ich zwischen den Everglades und Washington hin und her reisen.«

»Unter diesen Umständen möchte ich dich bitten, Alaina auf meine Insel zu bringen, wenn dein Urlaub zu Ende geht. Dort soll sie bleiben, bis du ein ortsgebundenes Kommando übernimmst.«

Ian zögerte und fühlte sich unbehaglich. Dafür gab es stichhaltige Gründe. In Teddys Wildnis lebte man nicht ungefährlich. Die Florida Keys und die Südostküste wurden oft von Strandräubern und Freibeutern heimgesucht — schon seit den Tagen, in denen die ersten Weißen mit wertvollen Schiffsfrachten den Atlantik überquert hatten.

Um die Familie seines Onkels, die in der Nähe des zerstörten Forts wohnte, sorgte sich Ian nicht. James liebte die Abgeschiedenheit des tiefen Südens, hatte viele Kämpfe ausgefochten und konnte sehr gut für sich selber sorgen, ebenso seine Kinder.

Während der Seminolenkriege hatte er das Volk seiner Mutter verteidigt. Niemals würden die Indianer Onkel James oder seine Familie angreifen. Die McKenzies waren in den Everglades sicher, vor weißem Abschaum und dem zumeist berechtigten Zorn der Roten. Aber andere Leute ...

»Nun, Ian?« fragte Teddy.

»Wenn ich an Dr. Perrine denke ...« Am 7. August 1840 war Dr. Henry Perrine, ein Arzt und Botaniker wie Dr. McMann, von Indianern ermordet worden. Ian, damals noch ein kleiner Junge, hatte seine Eltern darüber reden hören.

»Das geschah während des zweiten Seminolenkriegs. Dieser Konflikt ist beendet.«

»Vor zwei Jahren flammten die Feindseligkeiten wieder auf.«

»Da ich stets ein Freund der Seminolen war, wurde meine Insel verschont. Viele meiner Angestellten sind Indianer, Schwarze oder Mischlinge.«

»Auch Dr. Perrine war ein Freund der Indianer.«

»Aber er lebte auf Indian Key, wo dieser Schurke Housman sein Strandräuber-Imperium regierte. Der Kerl wollte von den United States zweihundert Dollar für jeden Seminolen kassieren, den er umbringen würde. Und ich glaube, der Indianertrupp, der Perrine tötete, hatte es in Wirklichkeit auf Housman abgesehen.«

»Was für eine tragische Ironie! Housman und seine Frau entkamen, und Perrine, der Seminolenfreund, mußte sterben.«

»Natürlich verstehe ich deine Sorge, Ian, aber Alaina hat stets unbeschadet auf meiner Insel gelebt. Falls uns irgendwelche Gefahren drohen, würde ich mich sofort an deinen Onkel wenden. Bitte, bring meine Tochter zu mir.«

»Also gut, Sir. Da ich ihr vorerst kein Heim bieten kann, klingt Ihr Vorschlag vernünftig.«

Teddy atmete erleichtert auf. »Wenn du nichts dagegen hast, werde ich Alaina sagen, diese Entscheidung hättest *du* getroffen. Sonst protestiert sie womöglich. Meine Tochter ist nun mal ein typisches Kind unserer schönen Südstaaten — sie läßt sich nichts sagen, von ihrem Vater schon gar nicht, eher noch von ihrem Ehemann. Aber nun fang endlich zu frühstücken an. Habe ich dir schon von meinen neuen Limonenbäumen erzählt?«

Lächelnd schüttelte Ian den Kopf und holte Speck, Rühreier, Räucherfisch und frischgebackenes Brot vom Buffet. Während er aß, hörte er seinem Schwiegervater zu, der in lebhaften Worten seine Zitrus- und Aloe-Plantage beschrieb. Mit Tante Teela war Teddy besonders eng befreundet. Früher hatte sie einem Militärarzt assistiert, und nun benutzte sie einige von Teddys Pflanzen, um Heilsalben und Arzneien herzustellen. Ian glaubte, die gemeinsamen Interessen der beiden hätten Julian und Brent zum Medizinstudium inspiriert.

Nach dem Frühstück entschuldigte er sich bei Teddy und ging auf die Suche nach seinem Vater. Aber im Arbeitszimmer traf er nicht Jarrett, sondern seinen Onkel an.

»Weißt du, wo Vater ist, Onkel James?«

»Das würde mich auch interessieren. Jeeves teilte mir mit, deine Eltern seien ausgeritten. War die Geburtstagsparty nicht großartig? Darauf freue ich mich jedes Jahr. Aber gestern empfand ich trotz aller Festesfreude ein seltsames Unbehagen — so als wäre es das letzte Mal gewesen.«

»Glaubst du, daß es zum Krieg kommen wird?«

»Damit rechne ich. Seit Jahren steuern wir darauf zu.« Zögernd fuhr James fort: »Weißt du, daß ich deine Uniform hasse?«

Ian hob verwundert die Brauen. Gewiß, sein Onkel hatte während des zweiten Seminolenkriegs gegen die US-Army gekämpft. Andererseits war er mit vielen Männern befreundet, die der Army angehört hatten. Ians Großmutter väterlicherseits entstammte einer vornehmen weißen Familie aus Charleston. Aber James Mutter war eine Seminolin gewesen, seine erste Frau ein Halbblut, so wie er selbst.

Seine älteste Tochter war also ebenfalls eine halbe Seminolin. Natürlich floß auch in den Adern der Kinder, die Teela ihm geschenkt hatte, Indianerblut. James fühlte sich den Seminolen und den Mikasuki-Indianern in Florida eng verbunden. Sie alle hatten unter den Gewalttaten der US-Army gelitten.

»Onkel James, du weißt, daß ich ...«

»Natürlich, Ian, dein Vater hat einen ehrenwerten Mann großgezogen. Lieber würdest du sterben, als ein Unrecht zu tun, das deinen Verwandten widerfahren könnte. Ich liebe dich, Ian. Aber ich verachte deine Uniform. Und ich fürchte die Zukunft.«

Ian schwieg eine Weile. »Vielleicht wird sich die Lage entspannen.«

»Daran zweifle ich.« James lächelte wehmütig. »Nun habe ich dem jungen Ehemann die Stimmung verdorben. Verzeih mir. Also hast du Teddys Tochter geheiratet, den kleinen Wildfang. Ich wünsche dir alles Gute — und sehr viel innere Kraft.«

»Mißbilligst du meine Hochzeit?«

»Keineswegs. Deine Frau ist mit meinen Kindern aufgewachsen. Als sie ein kleines Mädchen war, folgte sie dir auf Schritt und Tritt.«

»Ja, ich erinnere mich.«

»Ich liebe Alaina, und ich kenne sie sehr gut. Ihr beide habt einander verdient.«

»Das höre ich nicht zum erstenmal. Ist das ein Kompliment, Onkel, oder eine Beleidigung?«

»Wie man's nimmt.« James legte einen Arm um die Schultern seines Neffen. »Nun will ich ebenfalls ausreiten. Brent reist morgen ab, nach South Carolina, und deine Kusine Sydney, Tante Teela und ich werden ihn vielleicht für einen Monat begleiten. Inzwischen kümmert sich Jerome um unsere Plantagen im tiefen Süden. Brent wurde gebeten, in einer neuen Klinik zu arbeiten.«

»Das wußte ich nicht.«

»Wahrscheinlich fand er keine Zeit, dir davon zu erzählen. Seit deiner Heimkehr warst du sehr beschäftigt.«

»Stört's dich, wenn ich mit dir ausreite?«

»Und deine junge Frau?«

»Gewiß, ich sollte sie nicht vernachlässigen. Aber ich muß mich einfach auf Cimarron umsehen — und Erinnerungen mitnehmen.«

Seufzend nickte James. »Das verstehe ich nur zu gut.«

Schweren Herzens folgte Ian seinem Onkel aus dem Arbeitszimmer. Seltsam — so viele Südstaatler fieberten dem Abfall von der Union freudigen Herzens entgegen und glaubten, ihr Lebensstil würde sich niemals ändern. In diesem Augenblick gewann Ian den Eindruck, sein Onkel, Teddy und er selbst wären die einzigen, die das Ende ihrer geliebten Welt heraufdämmern sahen.

Auf der Veranda trafen sie Jerome. Die beiden Vettern grinsten sich an. Mit alten Gewohnheiten ließ sich nur schwer brechen. Plötzlich begannen sie zu laufen, erreichten gleichzeitig den Stall, und Jerome rief lachend: »Wer zuerst am Fluß ist!«

Sie stürmten zu den Boxen, streiften ihren Pferden das Zaumzeug über die Köpfe und sprangen auf die ungesattelten Rücken. Seite an Seite ritten sie durchs Tor hinaus, dann gewann Pye einen kleinen Vorsprung. Sie sprengten an James vorbei, der auf den Stall zuging und den Kopf schüttelte.

»Eines Tages entwickeln sich die jungen Burschen zu Männern«, murmelte er. »Aber es dauert eine ganze Weile, bis sie erwachsen werden.« Sekundenlang starrte er seinem Sohn und seinem Neffen nach. Dann rannte er in den Stall, und wenig später galoppierte er auf seinem ungesattelten Hengst zum Fluß hinab, tief über den Pferdehals gebeugt, den anderen hinterher.

8

Warum bin ich so wütend, überlegte Alaina. Es war doch ihr Wunsch gewesen, die Nacht allein zu verbringen, oder? Und Ian hatte sie allein gelassen.

Am Morgen hatte sie ihn aus dem Stall kommen sehen, die Uniform voller Strohhalme.

Mit wem war er zusammengewesen? Das interessierte sie natürlich kein bißchen. Sie liebten sich nicht. Und der Gedanke, er könnte sich mit Lavinia im Heu gewälzt haben, verletzte höchstens ihren Stolz. Immerhin hieß sie jetzt Mrs. McKenzie.

Am späten Nachmittag war Ian noch immer nicht zurück. Sie hatte einige Stunden mit ihrem Vater verbracht, der die ganze Sache seltsam gelassen hinnahm und keine Erklärungen verlangte. Offenbar glaubte er, Ian hätte ehrenwert gehandelt. Papa konnte selbstverständlich nicht annehmen, sie wäre schon länger verheiratet. Vielleicht stellte er keine Fragen, weil er sie nicht zu einer Lüge verleiten wollte.

Beim Dinner saß sie allein mit Tara und Teddy am Tisch. Wie die Hausherrin erklärte, sei Jarrett aus geschäftlichen Gründen unterwegs und die restliche Familie würde Freunde besuchen.

Alaina fühlte sich von ihrem Ehemann vernachlässigt. Gewiß, auf der Party hatte er die innige Liebe zu seiner Frau nur vorgetäuscht. Aber nach der vergangenen Nacht, nach dem Fechtkampf und dem erzwungenen Verlust ihrer Unschuld, hätte sie zumindest eine Entschuldigung erwartet, ein leises Bedauern.

Während sich ihr Vater mit einem Glas Brandy in die Bibliothek zurückzog, saß sie mit ihrer Schwiegermutter auf der Veranda. Im Lauf des Tages waren sie einander nähergekommen. Sie tranken Sherry und beobachteten den Sonnenuntergang.

»Was für seltsame Wege das Schicksal doch geht ...«, seufzte Tara. »Früher war Florida der allerletzte Ort, wo ich leben wollte. Nur Wilde und Alligatoren, dachte ich.« Ein sanftes Lächeln verschönte ihr Gesicht, und das schwache rötliche Licht überschattete alle Spuren des Alters. »Jetzt liebe ich das Land und meine halbindianische Verwandtschaft. Nur die Alligatoren hasse ich immer noch.«

»Mit diesen Tieren bin ich aufgewachsen, und wenn ich sie auch nicht besonders mag — ein anderes Leben kann ich mir nicht vorstellen. Ich liebe die Sonne, die Hitze, das Wasser.«

»Dann sei froh, daß du einen Florida-Pflanzer geheiratet hast und das alles nie verlassen mußt.«

Aus unerklärlichen Gründen jagten diese gutgemeinten Worte einen Schauer über Alainas Rücken. Sie stand auf, schützte Müdigkeit vor und wünschte ihrer Schwiegermutter eine gute Nacht. Auch Tara erhob sich, mit raschelnden Seidenröcken, in Rosenduft gehüllt, und umarmte die junge Frau.

Beinahe wäre Alaina in Tränen ausgebrochen. Tara ist so lieb, dachte sie, so großzügig, so eifrig bestrebt, mir das Gefühl zu geben, ich wäre hier willkommen ...

Aber der Mann, der sie seiner Ehre zuliebe geheiratet hatte, kümmerte sich nicht um sie.

In seinem Zimmer traf sie die hübsche Mulattin Lilly an, die ein Bad vorbereitet und ein frisches Nachthemd aufs Bett gelegt hatte. Sie mochte die Dienerin mit ihrem Singsang-Englisch und dem französischen Akzent. Wie Lilly erzählt hatte, war ihr Vater ein Mischling aus Louisiana gewesen, ein halber Franzose.

Irgendwie fand sie Lillys Anwesenheit beruhigend. Sie setzte sich in die Wanne, und das warme Wasser, das nach Lavendel duftete, linderte ihren Seelenkummer.

»Danke, Lilly, Sie sind sehr freundlich.«

»Ich arbeitet hier, Missus.«

»Deshalb müssen Sie noch lange nicht freundlich sein.«

Als Alaina dann aus der Wanne stieg, holte Lilly ein großes Badetuch und wickelte sie darin ein. »Immerhin haben Sie diese böse Frau in die Schranken gewiesen.«

»Meinen Sie Lavinia?«

Lilly nickte ernsthaft.

Aber da war sich Alaina nicht so sicher. Vielleicht genoß Ian in diesem Augenblick die Gesellschaft der ›bösen Frau‹.

Lilly lächelte voller Genugtuung. »Inzwischen ist sie abgereist.«

»Nun, das freut mich.«

Lilly half Alaina in das Nachthemd aus bestickter Baumwolle. »Eigentlich müßte eine junge Ehefrau ein anderes Hemd tragen.«

»Für diese kühle Nacht ist es genau richtig.« Und für eine Ehefrau, die allein schläft ... »Danke, Lilly, jetzt können Sie gehen.«

»Wenn Sie mich brauchen, rufen Sie mich, Missus. Jederzeit.« Gerührt erwiderte Alaina den Blick der Dienerin, der Mitgefühl und Verständnis verriet. Sie war froh, daß sie in diesem Haus eine Verbündete gefunden hatte.

»Ja, das werde ich tun.«

Nachdem Lilly das Zimmer verlassen hatte, setzte sich Alaina auf das Fußende des breiten Betts mit den Löwenfüßen und Greifvogelklauen. »Ian McKenzie, du bist ein Monstrum«, flüsterte sie. Plötzlich brach sie in Tränen aus. Welche Ehe würden sie führen? Erwartete Ian, daß sie in der Gesellschaft die Position seiner Gemahlin einnahm? Mußte sie ihren Vater allein lassen? Nein, das brachte sie nicht übers Herz. Irgendwie würde sie Ian klarmachen, daß sie mit ihrem Papa auf die Insel zurückkehren mußte — während ihr Ehemann seine eigenen Wege ging.

Rastlos stand sie auf. Wenn sie einen Schluck Brandy trank, würde sie vielleicht schneller einschlafen. Sie eilte zum Schreibtisch und öffnete mehrere Schubladen. In der untersten fand sie Brandy-, Whiskey- und Rumflaschen. Daneben standen einige Gläser.

Als es an der Tür klopfte, zuckte sie erschrocken zusammen. War Ian zurückgekommen?

Aber dann rief eine Frauenstimme: »Alaina?«

»Ja?«

Wie ein Wirbelwind stürmte Sydney McKenzie ins Zimmer und sank auf der anderen Seite des Schreibtisches in einen wuchtigen Sessel.

»Großer Gott, wie seltsam!« meinte sie belustigt. »Nun bist du erst seit einem Tag mit meinem Vetter verheiratet, und du mußt deinen Kummer schon im Alkohol ertränken? Schenk mir bitte auch was ein. Wie herrlich dekadent! Wenn sich die Gentlemen in ihren Bibliotheken versammeln, um Whiskey zu trinken — warum sollten wir Frauen uns dieses Vergnügen mißgönnen?«

»Also gut — Whiskey.« Alaina füllte zwei Gläser und nahm ihrer Freundin gegenüber Platz.

»Natürlich mußt du mir nicht die Wahrheit erzählen, Alaina ...«, begann Sydney zögernd. »Ich weiß, das kann keine romantische Geschichte sein. Daß Ian eine Zeitlang mit der schönen Mrs. Trehorn geschlafen hat, ist kein Geheimnis. Außerdem war er mit der Tochter eines Colonels so gut wie verlobt. Und ich habe gemerkt, daß du wahnsinnig verliebt warst — nicht in Ian, sondern ...« Abrupt verstummte Sydney, die niemals ein Blatt vor den Mund nahm. »Ian!«

Alaina sprang auf und drehte sich um. Tatsächlich — ihr Mann stand auf der Schwelle, in einem weißen Hemd, schwarzen Breeches und hohen Reitstiefeln.

»Ah, meine kleine Kusine — wie schön, dich wiederzusehen!« Lächelnd kam er ins Zimmer. »Und dich, liebste Alaina ... Störe ich? Oder darf ich ein Glas Whiskey mit euch trinken?« Ohne eine Antwort abzuwarten, zog er einen Sessel heran und ließ sich hineinfallen. »Setz dich, Liebling. Leistest du uns noch eine Weile Gesellschaft, Sydney?«

»Es ist schon spät, und ich wollte gerade gehen.«

»Bleib noch ein bißchen da und trink deinen Whiskey.«

Unbehaglich beobachtete Sydney, wie ihr Vetter nach der Flasche griff — offenbar nicht zum erstenmal an diesem Abend. Er betrachtete die braune Flüssigkeit in seinem Glas. Dann prostete er den beiden jungen Frauen zu. »Auf euer Wohl! Sprich doch bitte weiter, Sydney. Was wolltest du gerade sagen? In wen war Alaina verliebt?«

Sie starrte ihn unglücklich an und brachte kein Wort hervor.

»Also?«

»Hör auf, Ian!« fauchte Alaina. »Du hast kein Recht, deine Kusine so grausam zu behandeln.«

»Warum verteidigst du Sydney? Sie kann sehr gut für sich selber sorgen.«

»Wenn du's unbedingt wissen willst — ich war wahnsinnig in Peter O'Neill verliebt!« zischte Alaina. »*Das* wollte sie sagen.«

Erschrocken schnappte Sydney nach Luft. »Da du den ganzen Tag unterwegs warst, Ian, dachte ich, irgend jemand müßte deine Frau unterhalten ...«

»Herzlichen Dank. Aber jetzt bin ich da, und ich werde mein Bestes tun, um ihr die Langeweile zu vertreiben.«

Sydney sprang auf und lief zur Tür.

Aber Ian rief sie zurück. »Kleine Kusine?«

Widerstrebend hielt sie inne. Er folgte ihr und zog sie an seine Brust. Zunächst versteifte sie sich, dann erwiderte sie die Umarmung, und Alaina erkannte wieder einmal, wie eng alle McKenzies miteinander verbunden waren. Sie selbst würde stets eine Außenseiterin bleiben — sogar als Ians Ehefrau.

Hinter Ians Rücken lächelte ihr Sydney ermutigend zu. »Gute Nacht«, sagte sie leise und floh aus dem Zimmer.

Ian schloß die Tür und schob den Riegel vor. Die Arme vor der Brust verschränkt, wandte er sich zu Alaina, die immer noch hinter dem Schreibtisch stand.

Erbost erwiderte sie seinen Blick. »Nachdem du den

ganzen Tag verschwunden warst, bist du nicht mehr willkommen.«

»Oh?«

»Gestern hast du deiner Ehre ein großes Opfer gebracht und mich geheiratet. Warum mußtest du mich heute vor deiner Familie und meinem Vater demütigen? Wenn du mir wenigstens ein paar Minuten von deiner kostbaren Zeit geschenkt hättest . . .«

»Wurde ich vermißt?«

»Zweifellos hat Papa deine Abwesenheit bemerkt.«

»Und du? Bist du vor lauter Sehnsucht nach mir vergangen? Hätte ich das gewußt, wäre ich natürlich zu dir gekommen.«

»Vielleicht sollte ich dich daran erinnern, daß *du* die Ehe erzwungen hast, um den Schein zu wahren. Daran hättest du auch heute denken müssen.«

»Gestern wolltest du allein sein. Und nun bist du mir böse, weil ich deinen Wunsch erfüllt habe.«

»Verdammt, geh doch und schlaf im Heu!« Als er zum Schreibtisch schlenderte, hob sie entschlossen das Kinn. »Bald wirst du wieder deinen Dienst beim Militär antreten, Ian. Wir müssen diese Farce nicht mehr allzulange spielen. Dann kann ich nach Hause zurückkehren . . .«

»Du bist zu Hause.«

Aber sie beachtete seinen Einwand nicht. »Und du wirst so weiterleben wie bisher. Verkriech dich im Heu, fahr zur Hölle — das ist mir egal, solange du mich in Ruhe läßt . . .«

»Würdest du bitte aufhören, mir Vorschriften zu machen?« Plötzlich kam er um den Schreibtisch herum, nahm Alaina trotz ihres heftigen Widerstands auf die Arme und trug sie zum Bett. Unsanft ließ er sie auf die Daunendecke fallen. »Verdammt will ich sein, wenn ich wieder im Heu schlafe! Diese Nacht werde ich in meinem Zimmer verbringen, in meinem Bett, mit meiner Frau.

Wie du darüber denkst, interessiert mich nicht. Du kannst die Situation akzeptieren oder dagegen kämpfen. Für mich macht das keinen Unterschied. Was ich will und was mir zusteht, werde ich mir nehmen.«

9

In seinem ganzen Leben war er keiner einzigen Frau begegnet, die so beharrlich an seinen Nerven gezerrt hätte wie Alaina. Niemals bereit, klein beizugeben, obwohl sie auf verlorenem Posten kämpfte — niemals bereit, eine Niederlage hinzunehmen ...

Und doch — hätte er Risa gegenüber keine Schuldgefühle, wäre er nicht so wütend auf Alaina wegen ihrer Beziehung zu Peter O'Neill ... Was dann?

Sie war wunderschön mit ihren Katzenaugen und dem goldblonden Haar. Momentan sah sie besonders zauberhaft aus, wie sie so vor ihm lag, auf einen Ellbogen gestützt, und ihn unsicher beobachtete. Unter dem Nachthemd zeichnete sich ihr wohlgeformter Körper ab, gertenschlank und zugleich verführerisch gerundet. Er hatte sie in der Hoffnung geheiratet, sie würde kein Kind von Peter erwarten, und angesichts ihrer unberührten Unschuld eine geradezu lächerliche Genugtuung empfunden.

Aber sie war daran gewöhnt, immer das zu tun, was ihr beliebte — mochte es auch noch so gefährlich sein. Davon mußte er sie abbringen. Außerdem wollte er nicht mehr hören, sie sei in diesen idiotischen Angeber O'Neill verliebt gewesen. Wie gern würde er den Kerl in Stücke reißen!

Vielleicht war es unhöflich gewesen, Alaina den ganzen Tag allein zu lassen. Von einer schmerzlichen Nostalgie erfaßt, hatte er die Gesellschaft seiner Verwandten gesucht. Er hatte Abstand gewinnen wollen von seiner Frau, die sein Temperament und seine Leidenschaft so maßlos aufwühlte.

Wie sollte er seine Abwesenheit erklären? Sie hatten den Tag in einer alten Indianerhütte bei Cimarron verbracht — Ian, James, Julian, Jerome und Brent. Später war Jarrett hinzugekommen. Sie hatten Whiskey getrunken, gelacht und über alte Zeiten geredet. Es waren schöne Stunden gewesen. Aber Ian verspürte immer noch jene beklemmende Wehmut, und es besserte seine Laune keineswegs, mit seiner kampflustigen Frau streiten zu müssen, die ihn ins Heu schicken wollte.

Trotzdem faszinierte sie ihn, denn jetzt spielte sie eine neue Szene. Sie setzte sich im Bett auf und schlang ihre Arme um die angezogenen Knie. In dichten langen Locken fiel das goldene Haar über ihre Schultern und umrahmte ein engelsgleiches Gesicht. »Ian?«

»Nein.«

»Was — nein?«

»Ich gehe nicht, ich bleibe, und wenn du mich bekämpfst, bis die ganze Halbinsel im Meer versinkt.«

»Aber du verstehst nicht ... Ich bin müde ...«

»So?« fragte er belustigt, setzte sich an den Schreibtisch und schlüpfte aus seinen Stiefeln.

Ihre Stimme klang nicht mehr herausfordernd, eher flehend.

»Immerhin habe ich zwei ereignisreiche Tage hinter mir. Und deshalb fühle ich mich erschöpft ...« Bestürzt verstummte sie, als er aufstand, um sein Hemd und die Breeches auszuziehen. Nur sekundenlang wanderten Alainas Augen über seine nackte Gestalt. Dann starrte sie in sein Gesicht. Dunkle Röte färbte ihre Wangen. Offenbar hatte sie sein Verlangen bemerkt, das unübersehbar war, und seine Absicht erkannt, ihr vorerst keinen Ruhe zu gönnen. »Ian, wirklich, ich bin so müde ...«

»Nach gewissen körperlichen Aktivitäten wirst du besonders gut schlafen.«

»Danke, ich habe mich schon genug bewegt!« stieß sie hervor.

»Meine Liebe, jungverheiratete Paare bleiben meistens bis zum Morgengrauen wach.«

In ihren Augen brannten Tränen. »Aber ich habe immer noch Schmerzen — nach der letzten Nacht. Für mich war's das erste Mal . . .«

»Davon müßtest du dich inzwischen erholt haben.« Langsam ging er zum Bett. »Und was dein Seelenleid betrifft — auch gestern abend glänzten Tränen auf deinen zarten Wangen. Bevor du das Rosenspalier hinabgeklettert bist, um Peter O'Neill zu treffen.«

»Wie oft soll ich's noch sagen? Ich war nicht mit ihm verabredet.«

»Ach ja, du bist aus diesem Zimmer geflohen — und vor mir.«

Wütend preßte sie die Lippen zusammen. Da sah er einen heftigen Puls in ihrem Hals pochen. Offensichtlich mußte sie nicht nur ihn bekämpfen, sondern auch sich selbst. Dieser Gedanke steigerte seine Erregung. Fürchtete sie ihre eigenen Gefühle? Behutsam strich er über ihre Wange. »Darf ich dich an ein altes Sprichwort erinnern? Wie man sich bettet, so liegt man. Das ist jetzt dein Bett, Mrs. McKenzie.«

»Und ich bereite dir *kleine Freuden*.«

Also hatte er sie mit diesen Worten beleidigt. Lachend hob er ihr Kinn hoch. »Wie du sagtest — für dich war's das erste Mal. Mit der Zeit wirst du Erfahrungen sammeln und mich etwas raffinierter erfreuen.«

Nervös streifte sie seine Finger von ihrem Kinn. »O Ian, ich . . .«

»Spar dir die Mühe. Heute nacht lasse ich mich nicht wegschicken. Ich werde hier schlafen, mit dir.«

Als sie aus dem Bett zu springen versuchte, hielt er ihren Ärmel fest, und das Nachthemd zerriß. Wenige Sekunden später saß er rittlings auf ihren Hüften und betrachtete ihre nackten Brüste. Im Widerschein des sterbenden Kaminfeuers schimmerten ihre Katzenaugen wie Gold. »Muß es denn wieder geschehen?« wisperte sie.

»Allerdings«, bestätigte er lächelnd.

»Warum?«

»Weil es zwischen Eheleuten üblich ist.«

»Aber — du sehnst dich nicht nach mir.«

»Da täuschst du dich. Glaub mir, die körperliche Liebe kann wunderschön sein — oder als Waffe benutzt werden. Doch das wollen wir nicht. Wirst du dich wehren?«

»Nein ...« Seiner Kraft war sie nicht gewachsen. Resignierend zuckte sie die Achseln. »Tu, was du willst.«

»Genau das habe ich vor.« Ian neigte sich hinab und küßte die Vertiefung zwischen ihren Brüsten, eine rosige Spitze, die er aufreizend mit seiner Zunge umkreiste. Bald spürte er, wie sich ihr Herzschlag beschleunigte. Aber sie lag reglos da. Als er sich aufrichtete, sah er, daß sie die Augen geschlossen hatte. Ihr Gesicht war blaß, und sie atmete etwas schneller. Fasziniert begann er ihre sanft gerundeten Hüften zu streicheln. Wie warme Seide fühlte sich ihre Haut an.

Ihre Augen blieben geschlossen, während er ihren Mund küßte, doch sie öffnete widerstandslos die Lippen. Immer kühner erforschten seine Hände ihren Körper. Seine Zunge spielte mit ihrer, und er hörte sie leise stöhnen.

In wachsender Erregung berührte er ihren goldblonden Venusberg. Sobald seine Finger zwischen ihre Beine glitten, preßte sie die Schenkel zusammen. Da legte er sich auf ihren Körper, sein Gewicht zwang ihre Knie auseinander, und das harte Zeichen seiner Begierde liebkoste das empfindsame Fleisch ihrer Weiblichkeit.

Ihr Atem stockte, und sie hob die Lider. Abwehrend starrte sie ihn an. Aber sie schloß die Augen sofort wieder und versteifte sich — eine fügsame Ehefrau, die nicht gegen ihn kämpfen und ihr Leid still ertragen würde ...

Lächelnd beobachtete er ihr ausdrucksloses Gesicht. Seine Lippen wanderten über ihren Hals, ihre Brüste, ihren Bauch. Dann rückte er noch weiter nach unten. Mit sanften Fingern teilte er die zarten Falten zwischen dem goldenen Kraushaar, um seine Frau mit dem intimsten aller Küsse, mit seiner heißen, feuchten Zunge zu verführen.

Bestürzt rang sie nach Luft, schlug die Augen auf, wand die Hüften umher, um sich zu befreien. Doch diese heftige Bewegung intensivierte die aufwühlende Liebkosung.

Ian ergriff ihre Hände, spürte ihr Zittern, ihre wilden Zuckungen, die das Feuer seiner eigenen Begierde schmerzhaft schürten. Trotzdem beherrschte er sich, um Alaina bis an die Schwelle der Erfüllung zu führen. Schließlich richtete er sich auf, verschmolz mit ihr und hörte ein halbersticktes Schluchzen. Sie stemmte beide Hände gegen seine Brust, dann grub sie ihre Fingernägel in seinen Rücken. Während er ihren bebenden Körper an sich drückte und immer tiefer in sie eindrang, erschauerte sie. Ihr Anblick, ihre Nähe, ihr Duft — das alles berauschte ihn und erschien ihm fast unerträglich.

Mühsam bezwang er seine Leidenschaft, bis er spürte, wie sie sich verkrampfte. Das Gesicht an seine Schulter gepreßt, schrie sie auf und entspannte ihre Muskeln. Warme Flüssigkeit umgab ihn, als er sich in ihr bewegte und seinen Rhythmus beschleunigte. Erstaunt über die sengende Hitze in seinen Adern, die verzehrende Macht, die Alainas Höhepunkt auf ihn ausübte, stillte er sein Verlangen.

Danach streckte er sich neben ihr aus, nahm sie trotz

ihres Widerstands in die Arme und atmete ihren Lavendelduft ein. Plötzlich erinnerte er sich an sein Versprechen. Wenn sein Urlaub beendet war, durfte Teddy mit Alaina auf die Insel zurückkehren.

Konnte er sie verlassen? Würde er das ertragen, obwohl er wußte, welches Feuer sie in ihm zu entzünden vermochte. Er streichelte ihr Haar, ihre Wangen.

Erst jetzt merkte er, daß sie weinte. Erschrocken richtete er sich auf und betrachtete ihr Gesicht. »Habe ich dir weh getan?«

Durch einen Tränenschleier sah sie ihn traurig an. »Bitte, Ian . . .«

»Nein, du hast es sogar genossen. Das weiß ich.«

»Oh, du wirst mich nie verstehen! Du — nimmst dir einfach — alles!«

Zum erstenmal weckte sie eine seltsame Zärtlichkeit in seinem Herzen. »Alaina, du bist meine Frau.«

»Aber — du liebst mich nicht.«

Hatte sie in den Armen eines anderen Mannes von solchen Gefühlen geträumt? »Du mich auch nicht.« Eindringlich schaute er in ihre grünbraunen Augen. »Wir haben geheiratet, und nun müssen wir in Freud und Leid zusammenstehen. Gewiß, es war nicht besonders erfreulich, wie wir zueinandergefunden haben. Aber was uns in diesem Bett verbindet, das du so verabscheust, ist doch immerhin ein Lichtblick.«

»Hat's dir in deinem Bett besser gefallen — als gestern im Heu?«

»Dort war Pye mein einziger Gefährte. Und diesen Tag habe ich mit meinen Verwandten verbracht. Bist du jetzt beruhigt?«

Sie zögerte nur kurz. »Ja«, hauchte sie.

Lächelnd zog er sie an sich. Das Feuer war herabgebrannt, die Nachtluft kühl. Rasch zog er die Decke über seinen und ihren Körper, und sie wärmten einander. Die intime Nähe weckte seine Lust. Von wachsender Leidenschaft getrieben, liebte er sie erneut. Und dann noch einmal. Erst im Morgengrauen schliefen sie ein.

Am Nachmittag reiste James mit Teela, Brent und Sydney ab. Er hatte in Tampa zu tun. Später würden sie nach Charleston weiterfahren. Jarrett und seine Familie begleiteten sie zum Fluß hinab. Auch Teddy McMann und seine Tochter schlossen sich an.

Schweren Herzens verabschiedete sich Jarrett von seinem Bruder, seiner Schwägerin, seiner Nichte und seinem Neffen. Diesmal war die Trennung besonders schmerzlich.

In der Jugend hatten die Halbbrüder, ein Weißer und ein Indianermischling, gemeinsam gegen den Rest der Welt gekämpft. Auch in den langen Jahren des zweiten Seminolenkriegs hatten sie einander nahegestanden. Jetzt verstummten beide, sobald das Thema der Kriegsgefahr angeschnitten wurde.

Als sie am Fluß Abschied nahmen, schauten sie sich wehmütig an. Seltsamerweise hatte James die blauen Augen des gemeinsamen Vaters geerbt und Jarrett die schwarzen seiner Mutter, so daß er beinahe einem Vollblutindianer glich.

Jarrett holte tief Atem. Allmählich wurde er alt. Über fünfzig. Den Großteil seines Lebens hatte er schon hinter sich. Aber er fühlte sich nicht alt. Und er sah auch nicht alt aus, ebensowenig wie James, dessen bronzebraunes Gesicht sich im Lauf der Jahre kaum verändert hatte. Nur das Haar war an den Schläfen grau geworden, und seine Augen wirkten alt und müde. Wie meine eigenen, dachte Jarrett.

Falls ein Krieg ausbrach, würden sie auf verschiedenen Seiten stehen. Und ich werde mich, nach der Ansicht meiner Landsleute, auf die falsche Seite schlagen, dachte

Jarrett bedrückt. »Nehmt euch auf der Reise in acht«, bat er.

Als James zurücktrat und einen Arm um Teelas Schultern legte, glaubte Jarrett Tränen in den schönen Smaragdaugen seiner Schwägerin zu sehen. Sie war eine starke Frau und stets bereit gewesen, alle Gefahren zusammen mit James zu bestehen. Nach schwierigen Anfangszeiten führten sie nun alle — Jarrett und Tara, James und Teela — seit über zwanzig Jahren ein glückliches Leben, und sie hatten gesunde, charakterfeste Kinder großgezogen.

Aber nun warf die Zukunft dunkle Schatten auf Florida.

»Ausnahmsweise kann ich behaupten, daß *mir* sicher nichts zustoßen wird«, bemerkte James leicht belustigt. »Aber du solltest aufpassen, wenn du deine Meinung äußerst.«

Wären sie nicht von so vielen Leuten umringt worden, während sie am Kai auf das Schiff warteten, hätte Jarrett eine andere Antwort gegeben. Aber so erwiderte er nur: »Wie mein Vater sagte — ich werde mein Bestes tun und mich möglichst ehrenwert benehmen.«

Obwohl die Familie lachte, verflogen die Schatten nicht. Noch eine letzte Umarmung — dann ging James mit seiner Frau und seinen Kindern an Bord. Die McKenzies, die zurückblieben, winkten dem Schiff nach, bis es im sonnigen Dunst verschwand.

Nun fand Jarrett endlich eine Gelegenheit, ein langes Gespräch mit seinem älteren Sohn zu führen. Inzwischen studierten Teddy McMann und seine Tochter die Pflanzen am Flußufer. Jerome und Julian wanderten am Kai entlang und erörterten die beruflichen Aussichten Brents, der in der Nähe von Charleston als Arzt praktizieren würde. Jarrett schlug Ian einen Spaziergang zum Teich vor.

Bis sie den umgestürzten Baumstamm erreichten, sprachen sie nur über belanglose Dinge. Sie setzten sich, und Jarrett zog eine kleine silberne Brandyflasche aus der Tasche, die er seinem Sohn reichte. »Nun wird's höchste Zeit, daß wir miteinander reden.«

»Allerdings, Vater«, stimmte Ian zu und nahm einen Schluck.

Jarrett war stolz auf seinen Sohn. Als junger Mann hatte er selbst beim Militär gedient. Später veranlaßte ihn Andy Jacksons Indianerpolitik, die Uniform auszuziehen. Aber er blieb stets mit der Army in Verbindung.

Ein guter Freund, Tyler Argosy, der letztes Jahr zum Generalleutnant befördert worden war, hatte Ian einen Studienplatz an der Militärakademie West Point verschafft.

Für Jarrett war es schwierig gewesen, die Konflikte seines Sohnes zwischen Gewissen und Pflicht zu beobachten. Ian lehnte die Behandlung ab, die das Militär den Indianern zumutete. Wäre er während der Kämpfe von 1858 nach Florida versetzt worden, hätte er sein Offizierspatent zurückgegeben. Glücklicherweise übernahm er ein anderes Kommando. Vor einigen Monaten hatte er den Rang eines Majors erhalten, und nun leitete er ein Kartographenteam im Süden des Staates.

Dort hatte er seinen Onkel James und dessen Familie in letzter Zeit oft getroffen — aber Alaina McMann offensichtlich nicht.

»Deine Mutter und ich verdienen es sicher, die Wahrheit zu erfahren«, begann Jarrett in entschiedenem Ton, »die ganze Wahrheit.«

»Da gibt's nicht viel zu erzählen. Alaina und ich wurden in einer kompromittierenden Situation erwischt. Danach gingen wir zu Reverend Dowd und ließen uns trauen.«

»In einer kompromittierenden Situation?«

»Sie schwamm nackt in diesem Teich, und ich gesellte

mich zu ihr, ebenfalls nackt, weil ich sie für jemand anderen hielt.«

»Für Mrs. Trehorn?«

»Ich weiß, Vater, du hast diese Liaison stets mißbilligt ...«

»In der Tat. Aber du bist alt genug, um selbst zu entscheiden, mit wem du dich amüsierst — und die Konsequenzen zu tragen. Zum Glück bist du nicht mit Lavinia zum Reverend gelaufen. Es wäre schrecklich gewesen, hätte ich sie als künftige Herrin von Cimarron begrüßen müssen. Und ich danke dem Himmel, daß Peter O'Neill nicht mit Alaina verlobt ist, sondern mit Elsie Fitch.«

»Früher mochte sie ihn«, entgegnete Ian betont beiläufig, und Jarrett hob die Brauen.

Er wußte, wie abgrundtief sein Sohn den albernen Prahler verachtete. Empfand er jetzt eine gewisse Eifersucht? Vielleicht ist das sogar vorteilhaft, überlegte Jarrett. Der attraktive junge Mann war viel zu sehr daran gewöhnt, daß ihm die Frauen zu Füßen lagen und nach seiner Pfeife tanzten.

Natürlich fand Jarrett, der gute Dr. Theodore McMann hätte seine Tochter schon vor Jahren übers Knie legen und ihr das mutwillige Verhalten austreiben müssen, das zu dieser unplanmäßigen Hochzeit geführt hatte. Nun, daran ließ sich jetzt nichts mehr ändern. Jarrett mochte die schöne, lebhafte Alaina. Aber gleichzeitig mußte er auf eine Schwiegertochter verzichten, die ihm ideal erschienen wäre.

»Vielleicht glaubte Alaina, sie würde Peter lieben«, fügte Ian hinzu. »Aber sie hätte ihn bald durchschaut und erkannt, wie wenig seine großartigen Worte bedeuten. Diese Ehe wäre für sie die reine Hölle gewesen.«

»Nun, ich nehme an, du wirst eine viel glücklichere Ehe mit ihr führen. Immerhin ist Alaina zu einer bildhübschen, intelligenten jungen Frau herangewachsen.«

»Also billigst du meine Heirat?«

»Natürlich. Und Colonel Magees Tochter?«

»Risa?« murmelte Ian.

»Bei der Lektüre deines letzten Briefes gewann ich den Eindruck, sie würde dich interessieren.«

»Ja, wir trafen uns öfter, und wir verstanden uns sehr gut.«

»Aber du hast ihr nichts versprochen?«

»Nein. Vorher wollte ich mit Mutter und dir reden, auf deiner Geburtstagsparty, und Risa einen Antrag machen, wenn ich nach Washington zurückkehre.«

»Jetzt wirst du ihr vermutlich eine bittere Enttäuschung bereiten.«

»Ja«, gab Ian seufzend zu. »Sobald ich in Washington bin, werde ich mit ihr sprechen.«

»Das kannst du dir leider nicht ersparen. Und was deine Heirat angeht, du durftest nicht anders handeln. Teddy wäre todunglücklich, hättest du seine Tochter entehrt. Nun, was geschehen ist, läßt sich nicht mehr ändern. Ich gratuliere dir zur Hochzeit. Aber ich muß dich warnen. Alaina ist eine eigenständige, willensstarke Frau — und daran gewöhnt, stets zu tun, was ihr beliebt.«

Als Ian die Stirn runzelte, ahnte Jarrett, daß sein Sohn Alainas Charakter bereits ergründet hatte. »Glaub mir Vater, ich weiß, wie ich meine Frau behandeln muß.«

»Würdest du — einen Krieg gegen sie führen?« fragte Jarrett zögernd.

»Was meinst du?«

»Einerseits sind wir beide Unionisten, andererseits leben wir in einem Sklavenstaat. Falls es zu einem Konflikt kommt, würden wir uns gegen Florida stellen. Teddy und Alaina leben im tiefsten Süden, wo man die US-Army verabscheut, weil sie den Seminolen soviel Leid zugefügt hat. Ich fürchte, Alaina würde deinen Entschluß, bei der Army zu bleiben, deshalb niemals verstehen.«

»Diese Entscheidung habe ich noch nicht getroffen«, gestand Ian bedrückt.

»Bald wirst du dich auf die eine oder die andere Seite schlagen müssen.«

»Was auch immer ich beschließe — meine Frau wird es akzeptieren müssen.«

»Hoffentlich ist sie dazu bereit. Ihr seid beide stolz und eigensinnig.«

Plötzlich erklang ein lautes Nießen. Ian sprang erstaunt auf, ging um eine Eiche herum und sah seinen Bruder im Gras sitzen, an den Stamm gelehnt.

»Tut mir leid«, entschuldigte sich Julian. »Als ich hier ankam, wollte ich mich bemerkbar machen. Aber Vaters Stimme klang so ernst. Da wollte ich nicht stören. Also setzte ich mich und wartete auf eine günstige Gelegenheit, um lautlos davonzuschleichen.«

»Wieso um Himmels willen muß sich alle Welt dauernd in meine Privatangelegenheiten einmischen?« seufzte Ian.

»Ich bin nicht alle Welt, sondern dein Bruder.« Ungeduldig stand Julian auf, und die beiden gesellten sich zu Jarrett. »Ehrlich gesagt, ich begreife nicht, was es da groß zu besprechen gibt. Nach meiner Meinung . . .«

»Niemand hat nach deiner Meinung gefragt«, fiel Ian ihm ins Wort.

»Nach meiner Meinung«, fuhr Julian unbeirrt fort, »ist Alaina eine zauberhafte, wundervolle junge Frau. Natürlich, sie hat kein Geld, und das nimmt ihr ein Großteil unserer vornehmen Gesellschaft übel. Aber wir McKenzies wurden zu der Überzeugung erzogen, daß der Reichtum eines Menschen in seinem Herzen liegt. Und da ihr beide euren Honigmond offensichtlich genießt . . .«

»Verdammt, was weißt du denn schon über meine ehelichen Beziehungen?« protestierte Ian ärgerlich.

»Nun ja«, ertönte eine gedehnte Stimme, und Jerome trat hinter einer anderen Eiche hervor, nur mit Breeches bekleidet und immer noch naß von seinem Bad im Teich. »Verzeih mir, Onkel Jarrett, ich wollte nicht stören. Wie du siehst, bin ich soeben aus dem Wasser gestiegen, und ich geriet ebenso wie Julian in die peinliche Situation eines unbefugten Zuhörers. Was deine Frage betrifft, Ian — der ganze Haushalt ist über dein Eheglück informiert, nachdem ihr beiden heute morgen so spät aus eurem Zimmer aufgetaucht seid. Meine Familie hat schon befürchtet, sie müßte abreisen, ohne sich von dir und Alaina zu verabschieden.«

»So?« murmelte Ian.

Jarrett McKenzie unterdrückte ein Lächeln, während Jerome und Julian gar nicht daran dachten, den jungen Ehemann mit ihrem Spott zu verschonen.

»Also wenn das kein Beweis für eine gute Ehe ist ...«, bemerkte Julian.

Jerome nickte und setzte sich zu seinen Verwandten auf den Baumstamm. »Eine amüsante erotische Beziehung ist stets die beste Grundlage für eine gute Ehe.«

»Andererseits mußt du bedenken, daß Alaina einen Despoten geheiratet hat«, wandte Julian ein.

»Oh, sie ist stark genug, um sich gegen ihn zu behaupten. Das weiß ich, weil ich sie genauso gut kenne wie meine Schwester.«

»Seid ihr beide jetzt fertig?« mischte sich Jarrett in strengem Ton ein.

»Das wollte ich auch gerade fragen«, knurrte Ian.

»Nun, dann gibt's wohl nichts mehr zu besprechen. Nochmals alles Gute, Ian.« Mit diesen Worten stand Jarrett auf, ließ die drei jungen Männer allein und wanderte nach Cimarron zurück.

Jerome schaute seinem Onkel nach und verspürte einen seltsamen Schauer — als würde jemand über sein Grab gehen. »Auch wir wünschen dir nur das Allerbeste, Ian.«

»Das weiß ich«, erwiderte Ian grienend.

»Was hast du jetzt vor?«

»Ich muß ein paar neue Landkarten nach Washington bringen.«

»Irgendwie kann ich mir Alaina in Washington nicht vorstellen.«

»Teddy wird mit ihr auf die Insel zurückkehren.«

»Was?« rief Julian verdutzt.

»Er hat gefragt, ob ich's erlauben würde, und ich war einverstanden. Darüber habe ich noch nicht mit Alaina gesprochen ...«

»Weißt du, ob sie dazu bereit wäre?« unterbrach Jerome seinen Vetter.

»Jedenfalls ist das die vernünftigste Lösung.«

»Aber du bist nicht glücklich darüber.«

»Ich habe Angst«, gestand Ian zögernd.

»Mein Bruder? Angst?« Julian schüttelte den Kopf und stand auf. »Das glaube ich einfach nicht.«

»Ich schon.« Auch Jerome erhob sich. »Haben wir in dieser unsicheren Situation nicht alle Angst? Was deine Frau betrifft, Ian, ich werde sie im Auge behalten.«

»Danke«, erwiderte Ian, ergriff die ausgestreckte Hand seines Vetters und ließ sich auf die Beine ziehen. Während sie langsam zum Haus schlenderten, fügte er leise hinzu: »Jerome, falls sich Peter O'Neill in Alainas Nähe wagt ...«

»Soll ich ihn dann umbringen?«

»Das wäre ungesetzlich — und wenn ihn jemand töten muß, erledige ich's selber. Aber du darfst ihn in meinem Namen windelweich prügeln.«

»Natürlich, das verspreche ich dir«, entgegnete Jerome und fröstelte plötzlich.

»Stimmt was nicht?« fragte Ian.

»Mir ist nur kalt.« Aber er fror nicht. Er hatte wieder dieses seltsame Gefühl. Schritte über seinem Grab ...

10

Während der wenigen Nächte, die Ian daheim verbrachte, genoß er die erotischen Freuden seiner Ehe in vollen Zügen. Tagsüber kümmerte er sich gemeinsam mit seinem Vater und seinem Bruder um die Verwaltung von Cimarron. Die McKenzies betrieben nicht nur die Plantage, sie züchteten auch Rinder, so wie zahlreiche Farmer in Zentral-Florida. Mit diesem Fleisch wurde die Bevölkerung im ganzen Land versorgt.

Am letzten Nachmittag seines Urlaubs sah er zusammen mit Jarrett und Julian die Bücher durch, und sie diskutierten über geschäftliche Entscheidungen. Inzwischen blieb Alaina nicht sich selbst überlassen. James' Tochter Jennifer, sechs Jahre älter als Ian, war mit ihrem Mann Lawrence und ihrem kleinen Sohn Anthony auf Cimarron geblieben. Hier hatte sie nach dem Tod ihrer Mutter bis zu James' zweiter Heirat gelebt, und sie fühlte sich immer noch heimisch. Am Wochenende würde sie mit ihrer Familie, Teddy McMann und Jerome in den Süden zurückkehren.

Auch Tia würde erst in einigen Tagen abreisen, und die beiden Frauen zeigten Alaina die nähere Umgebung des Hauses.

Mittlerweile bereute Ian das Versprechen, das er Teddy gegeben hatte, obwohl er es vernünftig fand, Alaina vorerst ihrem Vater anzuvertrauen. Er wußte nicht, wie lange er in Washington bleiben würde. Vielleicht mußte er bald weitere Expeditionen in den Everglades unternehmen, und das würde ihn in die Nähe seiner Frau führen.

Kurz bevor die Sonne unterging, erinnerte ihn sein Vater an die morgige Abreise. »Es ist spät geworden. Nun solltest du Alaina Gesellschaft leisten.«

Ian fand sie im Kinderzimmer, wo sie mit dem zweijährigen Anthony spielte, von Jennifer und Tia wohlwollend beobachtet. Zunächst bemerkte sie die Ankunft ihres Mannes nicht. Fröhlich wälzte sie sich mit dem Baby am Boden, und ihr Gelächter klang wie Musik.

Als er sich räusperte, sprang sie hastig auf und schien zu erschrecken. »Reitest du mit mir aus?« fragte er.

»Ja — ich ziehe mich nur schnell um.«

Wenige Minuten später trafen sie sich im Stall. Ian hob seine Frau in den Sattel, dann stieg er auf Pyes Rücken. Seite an Seite ritten sie über die Baumwoll- und Zuckerrohrplantagen und Rinderweiden.

»Haßt du Cimarron immer noch?« frage Ian.

»Nein, das war eine alberne Lüge«, gestand Alaina. »Deine Familie hat mich so freundlich aufgenommen. Und jetzt, auf dem Rücken dieser schönen Stute, fühle ich mich wie zu Hause. Dort bin ich täglich ausgeritten. Es ist einfach wundervoll, am Strand dahinzugaloppieren und den Wind zu spüren.«

»Vermißt du deine Heimat?«

»Natürlich, so wie jeder Mensch«, erwiderte sie wehmütig.

»Das weiß ich nur zu gut.«

»Wenn man beim Militär dient, geht man notgedrungen auf Reisen.«

»Glücklicherweise werde ich neuerdings oft in die Nähe von Cimarron versetzt. Reiten wir zurück?«

Sie nickte, und sie schwenkten die Pferde herum. In schnellem Trab überquerten sie die Felder. Bewundernd musterte Ian seine Frau, die ein elegant geschnittenes Reitkostüm trug und sicher im Sattel saß. Sie ritt Sable, einen temperamentvollen Arabermischling aus der Zucht seiner Mutter, mit dem sie mühelos zurechtkam.

Als sie den Stall erreichten, lächelte sie glücklich. Unter dem Federhut hatte sich ihr Haar gelöst und fiel nun in wirren Locken auf die Schultern. Ian hob sie aus dem Sattel und bat: »Warte hier, ich bin gleich wieder da.«

Dann eilte er zum Haus.

In der Bibliothek fand er Jerome und seinen Bruder. Die beiden spielten Schach, und Julian erklärte, die restliche Familie würde Robert Trent besuchen, einen Nachbarn. »Willst du irgendwas, Ian?«

»Ja. Versprecht mir, während der nächsten Stunden nicht am Teich aufzutauchen. Es wäre mir verdammt unangenehm, wenn ihr plötzlich hinter einem Baum hervorspringen würdet.«

Angelegentlich starrte Jerome auf das Schachbrett. »Dein Bruder wird demnächst verlieren. Und da er immer wieder Revanche verlangen wird, bis er irgendwann mal gewinnt, mußt du dich nicht um deine Privatsphäre sorgen.«

»Seltsam«, meinte Julian. »Gleich am ersten Tag deines Urlaubs zieht's dich zum Teich, Ian. Und in der letzten Nacht auch ...«

»Besten Dank für dein Interesse an meinen Aktivitäten, teurer Bruder. Besieg ihn ganz langsam, Jerome, ja?«

Grinsend kehrte Ian in den Stall zurück und legte einen Arm um Alainas Taille. »Komm!«

»Wohin gehen wir?«

»Das wirst du bald sehen.«

Am Ufer des Teichs blieb sie reglos stehen, als er sich auf den Baumstamm setzte, um seine Stiefel und die Socken auszuziehen. »Was machst du, Ian?« fragte sie unbehaglich.

»Ich möchte schwimmen. Hast du keine Lust dazu?«

»Nach all dem Ärger, den wir diesem verdammten Teich verdanken?«

»Daran ist der Teich nicht schuld, meine Liebe. Und da wir an unserem Problem nichts mehr ändern können, sollten wir das herrliche klare Wasser genießen.«

»Wenn jemand kommt ...«

»Niemand wird kommen.«

»Wieso weißt du das?«

»Weil ich dafür gesorgt habe.«

»Oh, wie beruhigend! Also wissen alle, daß ...«

»Daß wir schwimmen werden.« Er stand auf, ging zu ihr und nahm sie in die Arme.

»Bitte, Ian!« protestierte sie und stemmte ihre Hände gegen seine Brust.

»Zieh dich aus.«

»Nein!«

»Du kannst mit oder ohne Kleider ins Wasser gehen.«

»Um Himmels willen, Ian ...«

»Ich warne dich. Diese letzte Nacht meines Urlaubs auf Cimarron werde ich so verbringen, wie's mir gefällt.«

»Also — dann ohne Kleider«, wisperte sie.

Zufrieden drehte er sie herum und öffnete die winzigen Knöpfe an ihrem Rücken. Bald lag das Kleid und die Unterwäsche zu ihren Füßen. Die letzten rötlichen Strahlen der sinkenden Sonne beleuchteten Alainas nackte Gestalt, und der Anblick reizte Ians Sinne. Vielleicht verrieten seine Augen, was er empfand, denn sie wandte sich plötzlich ab, rannte davon und sprang ins Wasser.

Sie war eine ausgezeichnete Schwimmerin. Als er sich auszog, hatte sie bereits die Mitte des Teichs erreicht, und er mußte sich anstrengen, um sie einzuholen. Immer wieder entwand sich ihr geschmeidiger Körper seinen Armen. Aber dann hielt er sie endlich fest, schlang die Finger in ihr Haar und küßte sie. Die Berührung ihrer Brüste und Schenkel erregte ihn maßlos. Stöhnend schob er seine Zunge in ihren Mund und verfluchte das Versprechen, das Teddy ihm abgenommen hatte.

Um ihr sein Verlangen zu zeigen, preßte er seine Hüften an ihre.

»Ich dachte — wir wollten schwimmen«, stammelte sie.

»Das haben wir bereits getan.«

»Ian — wir müssen reden.«

»Worüber?«

Während sie Wasser trat, holte sie tief Atem. »Wenn du unterwegs bist — laß mich bitte mit meinem Vater auf die Insel zurückkehren. Er braucht mich.«

Offenbar hatte Teddy seiner Tochter noch nichts von der Vereinbarung erzählt, die er mit ihm getroffen hatte. Interessant ... »Ach ... du möchtest meinem verhaßten Heim entrinnen?«

»Unsinn! Ich sagte doch, ich würde Cimarron nicht hassen. Aber mein Vater wäre ganz allein ...«

»Tatsächlich?«

»Nun ja, da sind die Feldarbeiter und die Dienstboten. Trotzdem braucht er mich.«

Sein Blick wanderte zu ihren Brüsten hinab. Im kalten Wasser hatten sich die rosigen Knospen aufgerichtet. »Und wenn ich dich auch brauche?«

»Du brauchst mich nicht. Sicher gibt es genug Frauen, die dich anhimmeln. Und da ich dir nichts bedeute, bin ich austauschbar.«

»O nein, du bist nicht austauschbar. Außerdem bereiten mir die politischen Schwierigkeiten schon genug Kummer. Ich will mich nicht auch noch um meine Frau sorgen.«

»Falls du meinst, ich könnte Peter treffen — keine Bange. Was ich einmal für ihn empfand, erlosch sofort, als er seine Verlobung bekanntgab. Bitte, Ian, wenn du mir den Gefallen tust und mich meinem Vater anvertraust, schwöre ich dir ewige Treue.«

»Soll ich dich in diese gefährliche Wildnis zurückschikken?«

»Jerome wird in meiner Nähe sein. Und die Malloys, Jennifer und ihr Mann, sind unsere Nachbarn.« In bitterem Ton fügte sie hinzu: »Wenn ich nur einziges Mal in die falsche Richtung schaue, werden dich deine loyalen Verwandten sicher sofort informieren.«

»Für mich spielt das keine Rolle. Vielleicht möchte ich dich nach Washington mitnehmen. Jetzt bin ich verheiratet. Und es gibt so wenige Erinnerungen, die mich begleiten werden.«

»Was willst du denn? Du hast jede Nacht mit mir geschlafen. Und ich habe mich nie gewehrt.«

»Nur beim ersten Mal, wenn ich mich recht entsinne. Zweifellos, es waren schöne Nächte. Aber ich verlange noch mehr.«

»Noch mehr?«

»Allerdings — das Gefühl, ich könnte beruhigt abreisen, weil meine Frau mir restlos verfallen ist und keinen anderen anschauen würde.«

»Ich sagte doch, ich wäre dir treu ...«

»Und wenn ich mir Gewißheit verschaffen will? Wenn ich dich so unwiderstehlich in meinen Bann ziehen möchte, daß du Tag und Nacht nur an mich denken wirst?«

Ehe sie antworten konnte, preßte er seinen Mund auf ihren, streichelte ihre Brüste, die Innenseiten ihrer Schenkel.

In seiner Leidenschaft vergaß er Wasser zu treten, und sie gingen beide unter. Sofort tauchten sie wieder auf und schwammen prustend und lachend ans Ufer. Dort bettete er Alaina ins weiche Gras, bedeckte ihren ganzen Körper mit Küssen, leckte Wassertropfen von ihrer kühlen Haut.

Ihre grüngoldenen Augen schienen herausfordernd zu glänzen. Atemlos strich sie über sein Haar, und ihre Lippen fanden sich wieder. Jetzt erwiderte sie Ians Kuß mit gleicher Glut. Ihre zitternden Hände wanderten über seinen Rücken, seine Hüften, zwischen seine Schenkel. Als sich ihre Körper vereinten, wurden sie vom violetten Licht der Abenddämmerung übergossen. Alaina paßte sich harmonisch dem Liebesrhythmus ihres Mannes an.

Sobald er ihr heftiges Zittern spürte, drückte er sie an seine Brust und genoß seine eigene Erfüllung.

Danach lagen sie reglos nebeneinander, immer noch erwärmt von der Hitze ihrer Lust. Erstaunt spürte Ian, daß seine Frau sich vertrauensvoll an ihn schmiegte. Er strich ihr das feuchte Haar aus der Stirn und beobachtete, wie das nächtliche Dunkel den Himmel zu beherrschen begann.

Seine letzte Nacht auf Cimarron ...

Behutsam streichelte er Alainas Haar, lullte sie in den Schlaf und zog sie noch fester an sich.

Als Alaina die Augen öffnete, merkte sie, daß sie in den Armen ihres Mannes lag. Seltsam, welche Gefühle er in ihr entfachte ... Jedesmal, wenn er sie liebte, glaubte sie zunächst, er würde etwas fordern, was sie ihm nicht geben wollte.

Doch sie täuschte sich. Irgendwann hatte sich alles geändert. Der Klang seiner Stimme ließ ihr Herz schneller schlagen, die kleinste Berührung konnte ein Feuer in ihrem Innern entfachen. Und wenn sie unter seinem kraftvollen Körper im Gras lag, wünschte sie inständig, sie würde die Hitze seiner Leidenschaft bis in alle Ewigkeit spüren. Gegen diese Emotionen wehrte sie sich. Die Ehe hatte ihren Ruf gerettet und ihr ein erstaunliches Ansehen verliehen. Und sie schenkte ihr jenes unwillkommene Glück der intimen Nähe — aber nicht die Liebe ihres Mannes.

Plötzlich fröstelte sie in der kalten Nachtluft und hob den Kopf. »Ian ...«

»Gehen wir ins Haus«, fiel er ihr ins Wort, ließ sie los und sprang so schnell auf, daß sie erschrak.

Vor einigen Jahren, in den Everglades, hatte er sehr viel vom Volk seines Onkels gelernt. Er konnte sich völlig lautlos und unglaublich behende bewegen. Wie siegessicher er das Schwert schwang, hatte sie mit eigenen Augen gesehen. Zweifellos wäre er ein gefährlicher Gegner — den sie nicht fürchten mußte. Ich bin seine Frau, nicht seine Feindin, dachte sie.

»Zieh dich an, du frierst.« Er hatte ihre Kleidung geholt, und sie stand auf, um in ihre Unterwäsche zu schlüpfen. Dann verschnürte er ihr Korsett und half ihr in das grüne Reitkostüm.

Unwillkürlich lächelte sie.

»Was amüsiert dich denn so, Alaina?«

»Zum erstenmal habe ich die Oberhand gewonnen. Ich bin angezogen. Und du stehst nackt vor mir.«

»Und du glaubst, deshalb bist du im Vorteil?« fragte er grinsend.

»Vielleicht.«

»Was hättest du davon?«

»Zum Beispiel könnte ich dich zwingen, mit nacktem Hintern nach Cimarron Hall zurückzukehren.«

»Was ...«, begann er.

Doch da wandte sie sich bereits ab, hob seine Kleidung auf und stürmte davon. Sie konnte schnell wie der Wind laufen. Auch ohne Schuhe. Schon als kleines Mädchen war sie über Mangrovenwurzeln gesprungen, durch seichtes Wasser und dichtes Gestrüpp gerannt. Zum erstenmal hatte sie Ian übertrumpft.

»Bring sofort meine Sachen zurück, Alaina McMann!« rief er. In seiner Stimme schwang ein warnender Unterton mit.

Unbeirrt eilte sie weiter und überlegte, ob sie ihm seine Kleidung am Ende des Waldwegs geben sollte, am Rand des Rasens von Cimarron. Und dann wurde ihr bewußt, daß er sie ›McMann‹ genannt hatte. Während ihr dieser Gedanke durch den Kopf ging, spürte sie einen leichten Luftzug hinter sich. Natürlich, er bewegte sich so flink und leichtfüßig wie eine Wildkatze.

Das Ende des Pfads kam in Sicht, und sie drehte sich um. Wie erwartet, war er ihr auf den Fersen. »Zieh dich lieber an!« mahnte sie und warf das Bündel über ihre Schulter.

Im nächsten Augenblick wurde sie zu Boden gerissen, und Ian lag auf ihr. Sogar durch ihr Reitkostüm spürte sie die Hitze seines Körpers. Jetzt wünschte sie, er wäre angezogen, und sie bereute, daß sie ihm seine Sachen weggenommen hatte.

»Beinahe hätte ich dich besiegt und in eine unangenehme Situation gebracht«, feixte sie.

»Nur beinahe. Du wirst mich niemals besiegen. Das erlaube ich dir nicht.«

»Oh?« hauchte sie atemlos.

»In dieser letzten Nacht auf Cimarron solltest du mich nicht übertölpeln, sondern charmant verführen. Aber die Nacht ist kühl geworden. Verführ mich in meinem Zimmer, vor dem Kaminfeuer, bei einem Glas Brandy.« Er stand auf, und sie betrachtete im silbernen Mondschein seinen nackten, muskulösen Körper.

Fast schmerzhaft hämmerte ihr Herz gegen die Rippen. Er sammelte seine Sachen ein, zog sich an, dann reichte er ihr eine Hand und half ihr auf die Beine.

Unbemerkt kehrten sie ins Haus zurück und betraten sein Zimmer. Im Kamin knisterte ein helles Feuer. Ian breitete ein paar Decken davor aus und füllte zwei Gläser mit Brandy. Langsam schälte er Alaina aus ihren Kleidern. Die Flammen verströmten angenehme Wärme, der Brandy schmeckte köstlich.

Nachdem er sich ebenfalls ausgezogen hatte, lagen sie nebeneinander auf den Decken. Es war so wundervoll, seine Nähe zu spüren ... Hungrig und zärtlich zugleich küßte er ihre Lippen, streichelte ihren Körper und entfachte eine Glut, so betörend wie nie zuvor. Der Alkohol nahm ihr alle Hemmungen. Immer kühner erwiderte sie seine Liebkosungen, rieb ihre Brüste an seiner erhitzten Haut, ihre Zunge glitt über seinen Hals.

Zu ihrer Verblüffung hob er sie plötzlich hoch, setzte sie auf seine Hüften und drang tief in sie ein. Überwältigt von unbekannten Gefühlen, schrie sie guttural auf und warf den Kopf in den Nacken ...

Später lag sie an seiner Seite, erschöpft von ihrer Ekstase. Als das Entzücken verebbte, begann sie zu frösteln. Ian hob sie hoch, trug sie zum Bett, und sie liebten sich wieder. Manchmal glaubte sie zu träumen. Und jedesmal, wenn sie die Augen öffnete, lernte sie eine neuen Variante seiner berückenden Liebeskunst kennen.

Im Kamin schwelte rote Asche, der Mond verblaßte, die Sonne sandte ihre ersten Strahlen über den Horizont.

Als Alaina wieder erwachte, verspürte sie eine seltsame Kälte. Ian lag nicht mehr neben ihr. Schaudernd sprang sie aus dem Bett. Die Sonne war bereits aufgegangen.

In aller Eile zog sie sich an, bürstete ihr Haar, lief aus dem Zimmer und die Treppe hinab. Tiefe Stille erfüllte das Haus. Im Frühstückszimmer traf sie nur ihren Vater an. Sichtlich zufrieden las er seine Zeitung und verspeiste einen Pfannkuchen. »Guten Morgen, meine Tochter.«

»Guten Morgen, Papa. Du bist — allein ...«

»Ja, die McKenzies sind schon unterwegs. Wenn du gefrühstückt hast, mußt du deine Sachen packen. Jerome wird uns begleiten, und er möchte möglichst bald aufbrechen.«

»Uns?«

»Wir fahren nach Hause«, erwiderte er lächelnd.

»Ist Ian — schon abgereist?«

»Natürlich. Du wußtet doch, daß er in Washington erwartet wird.«

»Gewiß, aber ...« Besorgt schaute er sie an, und sie stammelte: »Ich — ich hätte nicht gedacht, daß er das

Haus so früh verlassen würde. Und — er hat mich gar nicht geweckt.«

»Wahrscheinlich wollte er dich nicht stören. Ich nehme an, ihr habt euch schon gestern abend verabschiedet.«

»Ja . . .« Offenbar hatte Ian ihrem Vater mitgeteilt, er würde sie nicht nach Washington mitnehmen und auch nicht zwingen, auf Cimarron zu bleiben. Diese Entscheidung ist schon vor der letzten Nacht gefallen, dachte sie, und er hat's mir verschwiegen, um mich zu quälen.

Was sollte sie von seiner Behauptung halten, er würde sie brauchen? Er hatte sie nur verspottet.

Und was am allerschlimmsten war — sie hatte das Liebesglück dieser Nacht rückhaltlos genossen und sich in ihren Ehemann verliebt.

»Willst du nicht frühstücken, Liebes?« fragte Teddy.

»Nein, in einer halben Stunde bin ich reisefertig.« Sie rannte in die Halle, die Treppe hinauf, in *sein* Zimmer.

Auf dem Kissen sah sie den Abdruck seines Kopfs, im Schrank hingen seine Sachen, in den Schreibtischschubladen lagen seine Papiere. Ohne sich zu verabschieden, war er gegangen. Die Ehe hatte ihn eine Zeitlang amüsiert. Und jetzt kehrte er in ein anderes Leben zurück. Zu der Frau, die er geheiratet hätte, wäre ihm jener unselige Zwischenfall im Teich erspart worden . . .

11

Das hübsche Holzhaus lag im Zentrum der Insel. Eigentlich konnte man Belamar Isle nicht als richtige Insel bezeichnen, denn bei Ebbe war sie mit dem Festland des südlichen Florida verbunden, nur wenige Meilen vom Miami River entfernt.

Von der Veranda aus beobachtete Alaina, wie ihr Vater

einen seiner neuen Limonenbäume inspizierte und zufrieden lächelte. Ehe er den Kopf hob, mußte sie dreimal nach ihm rufen. »Komm, Papa, das Essen ist fertig!«

»Gleich, mein Kind, in ein paar Minuten«, erwiderte er und winkte ihr fröhlich zu.

Sie wandte sich seufzend ab. Wahrscheinlich würde sie ihn gewaltsam aus seinem geliebten Obstgarten zerren müssen.

»So sind die Männer nun einmal — halsstarrig und unbelehrbar«, meinte Jennifer lachend und legte das Silberbesteck bereit. An diesem schönen, warmen Tag hatten sie den Tisch auf der Veranda gedeckt. Eine angenehme Brise wehte vom nahen Wasser herüber. Anthony saß in seinem Kinderstühlchen, das Teddy gezimmert hatte, und schlug mit seinem Becher gegen das Holz. Zärtlich strich Jennifer über den Kopf ihres Sohnes. »Aber Teddy ist wenigstens sehr charmant in seiner Sturheit. Soll ich ihn holen?«

»Nein, danke, das mach' ich selber. Bleib bei deinem kleinen Jungen.« Alaina freute sich über Jennifers Gesellschaft. Vielleicht würde sie ihren Mann nie wiedersehen, und manchmal gewann sie den Eindruck, ihre Ehe wäre ein bizarrer Traum gewesen. Aber seit ihrer Rückkehr auf die Insel stand sie James und seiner Familie näher denn je. Vor fast vier Monaten war sie nach Hause gekommen. Die McKenzies besuchten Teddy und seine Tochter sehr oft, vor allem Jennifer, die nur fünf Meilen entfernt wohnte.

Obwohl sie zehn Jahre älter war, fühlte sich Alaina eng mit ihr verbunden. In ihrer frühen Jugend hatte Jennifer, beim Volk ihrer Mutter aufgewachsen, viel Leid ertragen müssen. Die Indianer waren ständig vor dem weißen Militär geflohen. Trotzdem verurteilte sie niemanden wegen seiner Hautfarbe oder seiner Überzeugung. Sie liebte ihr Heim in der Wildnis, weil es weit von den Siedlungen jener Menschen entfernt lag, die nicht so tolerant waren.

Allerdings erstreckte sich Jennifers Duldsamkeit nicht auf die US-Militärs, die sie verabscheute. Als Kind wäre sie von den Soldaten getötet worden, hätte Tara McKenzie nicht eingegriffen. Doch das hinderte sie nicht daran, ihren Vetter Ian heiß und innig zu lieben, obwohl er die US-Uniform trug.

Die schöne, hochgewachsene Halbindianerin mit den exotischen haselnußbraunen Augen und langen schwarzen Haaren hatte Lawrence Malloy, ihren späteren Ehemann, in der Biscayne Bay kennengelernt, wo sein Bergungsschiff gekreuzt war. Zunächst hatte er dieses Gebiet für ein entlegenes Höllenloch gehalten. Jetzt bedeutete es ihm genausoviel wie seiner Frau. Gemeinsam mit Teddy und den McKenzies hütete er sorgsam die Privatsphäre der Küste. James hatte den beiden ein Stück Land zur Hochzeit geschenkt. Dort bauten sie Zuckerrohr an, um die Einnahmen zu verbessern, die Lawrence mit seinem Bergegeld erzielte. Anthony hatte die dunklen Augen und den olivfarbenen Teint seiner Mutter und das blonde Haar des Vaters geerbt. Mit seinen zwei Jahren rannte er überall herum, schwatzte unentwegt, und Alaina genoß seine Gesellschaft.

Vor allem jetzt ... Plötzlich fröstelte sie und holte ihren Schal, der an einem Wandhaken neben der Tür hing.

»Stimmt was nicht?« fragte Jennifer.

»Alles in Ordnung. Nur — mein Vater ...«

»Den brauchen wir nicht mehr. Jetzt haben wir einen anderen Tischgefährten. Schau doch, mein Bruder!«

Alaina folgte dem Blick ihrer Freundin und sah ein kleines Segelboot auf die Bucht zusteuern. »Ja, das muß er sein. Der Soldat, der zuletzt vorbeikam, richtete mir aus, wahrscheinlich würde Jerome uns heute besuchen. Bald wird er nach St. Augustine und Charleston fahren. In beiden Städten will er das Obst meines Vaters auf den Markt bringen. Papa unterhält sich sehr gern mit ihm. Vielleicht kann ich ihn sogar an den Tisch locken, wenn wir deinen Bruder zum Essen einladen.«

»Hinter den Mangroven taucht noch ein Boot auf.«

»Vermutlich Soldaten, auf dem Weg zu einem Außenposten in den Keys oder zum Fort Taylor ... Oder ein Brief von ...« Alaina unterbrach sich, dann fügte sie beiläufig hinzu: »Ein Brief von Ian. Vielleicht sollen wir noch mehr Quartiere bereitstellen und Lilly und Bella vor den zusätzlichen Mäulern warnen, die wir füttern müssen.«

Die kreolische Köchin Bella arbeitete schon seit vielen Jahren für Teddy und seine Tochter. Und Lilly hatte gefragt, ob sie die junge Mrs. McKenzie auf die Insel begleiten dürfe. Diesen Wunsch hatte Alaina gern erfüllt, aber betont, die Einsamkeit auf Belamar Isle sei nicht jedermanns Sache. Das störte Lilly nicht, weil sie mit einigen Seminolen befreundet war, die in der Nähe lebten.

»Hol deinen Vater!« drängte Jennifer. »Inzwischen werde ich mir sein Fernglas ausleihen und feststellen, wer da kommt.«

»Was ist los? Du schaust so unbehaglich drein.«

»Ach, nichts ...«

Halb ärgerlich, halb belustigt stieg Alaina die Verandastufen hinab. Ihr Vater benahm sich manchmal wie ein kleines Kind. Über seinen kostbaren Limonenbäumen vergaß er sogar, daß man hin und wieder essen mußte.

Sie selbst verspürte einen Bärenhunger. Ein Wunder, denn in den ersten Wochen nach ihrer Heimkehr hatte sie, vom Aufruhr ihrer Gefühle gequält, kaum einen Bissen hinuntergebracht. Aber seit einiger Zeit entwickelte sie einen prächtigen Appetit. Was dahintersteckte — und was sie nicht glauben mochte, hatte Jennifer erraten.

An diesem Tag wollte Alaina ihren Vater darüber informieren. Zweifellos würde er sich unbändig auf sein Enkelkind freuen. Sie eilte über den Rasen zum Obstgarten. Wie immer, wenn sie ihren Papa sah, wurde sie von heißer Liebe erfüllt. Er brauchte sie, und sie lebte gern bei ihm, trotz ihrer inneren Unruhe.

Jede Nacht wartete sie stundenlang auf den Schlaf und erinnerte sich an ihren Honigmond. Und wenn sie endlich einschlummerte, träumte sie von Ians Küssen, von seinen betörenden Liebkosungen. Zu ihrer Bestürzung vermißte sie ihn schmerzlich, den Klang seiner Stimme, den eindringlichen Blick seiner kobaltblauen Augen ...

Würde er in Washington die Frau wiedersehen, mit der er so gut wie verlobt gewesen war? Vergeblich versuchte sie, sich einzureden, sie sei nicht eifersüchtig. Vielleicht dachte er kaum noch an sie und fühlte sich so ungebunden wie vor der Hochzeit, während sein Kind unter ihrem Herzen wuchs.

Immerhin schrieb er ihr jeden Monat und übergab die Briefe den Soldaten, die auf dem Weg zum Fort Taylor an der Insel vorbeisegelten. Die wenigen Zeilen wirkten höflich und distanziert. Offenbar war ihm inzwischen bewußt geworden, welche Dummheit er begangen hatte. Aber für einen McKenzie kam eine Scheidung natürlich nicht in Frage.

Auch Sydney, die in Charleston geblieben war, schrieb ihr manchmal und berichtete von beunruhigenden Ereignissen. Offensichtlich waren die Politiker von South Carolina fest entschlossen, die ›Tyrannei‹ der Union abzuschütteln, sollte der Emporkömmling Lincoln zum Präsidenten gewählt werden. Der jetzige Präsident Buchanan tat wenig, um die Situation zu entschärfen und das heikle Problem der Sklaverei zu lösen.

Neulich hatte Alaina einen Brief ihres Schwagers Julian erhalten, der ihr mitteilte, die Freiwilligenmiliz in St. Augustine würde sich zusehends verstärken und zum Kampf rüsten. Florida steuerte aufregenden, revolutionären Zeiten entgegen.

Darum machte sich Teddy keine Sorgen. Immer wieder betonte er, sie dürften sich glücklich schätzen, weil sie so weit von den Krisenherden entfernt lebten. Da er ein Realist war, rechnete er mit einem Krieg.

Als Alaina jetzt zu ihm ging, erschrak sie über einen schrillen Vogelschrei, der sie wieder frösteln ließ, trotz des warmen Sonnenscheins. Von einer plötzlichen bösen Ahnung erfüllt, schaute sie zum Himmel hinauf.

Jerome hatte Alaina und ihren Vater zur Vorsicht ermahnt. Und sie nahmen sich wohlweislich in acht. Jeden Abend postierte Teddy zwei Wächter in der Nähe des Hauses. Der Schrank im Arbeitszimmer enthielt geladene Gewehre und Alainas Florette.

Aber sie wagte nicht, zurückzulaufen und sich zu bewaffnen. Das würde zuviel Zeit kosten, falls ihr Vater in Gefahr schwebte.

Sollte es tatsächlich Schwierigkeiten geben, würde Jennifer, eine erpobte Scharfschützin, ein Gewehr holen. Der Vogel kreischte wieder, und die Luft schien zu knistern.

»Papa?« Alaina beschleunigte ihre Schritte.

Plötzlich sprangen zwei Männer zwischen den Limonenbäumen hervor und rannten zu den Untiefen, die Belamar Isle vom Festland trennten. Sie bewegten sich ungeschickt und schwerfällig, und sie trugen dunkle, zerlumpte Kleidung. In ihre bärtigen Gesichter hing langes, verfilztes Haar.

Entsetzt hielt Alaina den Atem an, als sie erkannte, was die Flucht der beiden behinderte. Ketten umgaben ihre Handgelenke und Fußknöchel. Aber die verbindenden Eisenglieder waren zertrümmert. Klirrend knirschten die Fesseln, während die Männer zum Ufer hasteten, und das Geräusch klang so bedrohlich wie das gellende Vogelgeschrei. Wie festgewurzelt blieb Alaina stehen und starrte den beängstigenden Gestalten nach.

Dann hörte sie Stimmen aus der Richtung der Bucht und drehte sich um. Das kleine Boot, das Jennifer entdeckt hatte, lag im seichten Wasser. Drei Soldaten stiegen aus und wateten an Land.

»Halt!« brüllte einer.

Doch die entlaufenen Sträflinge ignorierten den Befehl und eilten weiter.

»Was in Gottes Namen ...«, stieß Teddy McMann ärgerlich hervor.

Sein Ruf wurde von krachenden Schüssen übertönt. Auch die Männer in Ketten waren bewaffnet, duckten sich instinktiv und erwiderten das Feuer.

»Um Himmels willen, hören Sie auf!« flehte Alaina.

Aber die Soldaten schossen eine Kugel nach der anderen ab. Eifrig bestrebt, die Flüchtlinge einzufangen, bemerkten sie nicht, daß Teddy McMann und seine Tochter ins Kreuzfeuer geraten waren.

»Was für ein wundervoller Tag«, meinte Ian. Nur mit seinen Breeches bekleidet, saß er im Heck von Jeromes kleinem Boot *Windrunner.* Über dem Meer wölbte sich ein wolkenloser Himmel, eine sanfte Brise füllte die Segel und kühlte seine bronzebraunen, von der Sonne erhitzten Wangen.

Jerome stand am Ruder, und Ian kostete seinen Müßiggang aus. Mit einem Regierungspostschiff war er von der Hauptstadt nach Charleston gefahren, dann mit einem Handelsschiff nach St. Augustine, wo er seinen Bruder zu einer Reise in den Süden überredet hatte. An Bord eines Navy-Schiffs waren sie zum Dock ihres Onkels gesegelt.

Nun saß Julian neben Ian auf den Planken der *Windrunner,* ebenfalls mit nacktem Oberkörper. »O ja, ein prachtvoller Tag«, stimmte er zu und erwiderte den vorwurfsvollen Blick seines Vetters. »Wenn du willst, übernehme ich das Ruder, Jerome«, schlug er schuldbewußt vor, »und du ruhst dich ein bißchen aus.«

»Bleib, wo du bist. Allzulange besitze ich die *Windrunner* noch nicht, und es macht mir immer noch Spaß, das Boot zu steuern.«

Ian genoß den Wind im Gesicht, den Geruch des Wassers, die Weite des Himmels.

Das alles hatte er in Washington vermißt. Im Norden ließ die Wärme des Sommers allmählich nach. Aber hier spürte man nur nachts die herbstliche Kälte. Die Sonne erwärmte seinen Körper und seine Seele und schien sogar die bedrohlichen Schatten zu mildern, die derzeit über dem Land lagen.

In drei Tagen sollte die Präsidentenwahl stattfinden. Die ganze Nation hielt den Atem an. Nach seinem Urlaub hatte Ian mit den Army-Kartographen zusammengearbeitet und neue Rekruten ausgebildet. Nur widerstrebend bereitete sich die Union auf den Krieg vor. Niemand wollte glauben, daß man den Konflikt tatsächlich auf dem Schlachtfeld austragen würde. Wenn es dazu kam, würde man die Hitzköpfe auf beiden Seiten bald zur Vernunft bringen. Nun mußte man erst einmal die Wahl und die damit verbundenen Beschlüsse der einzelnen Staaten abwarten.

Ian hatte hart gearbeitet und jeden Abend seine bleierne Müdigkeit begrüßt, weil sie ihn daran hinderte, über seine verschiedenen Probleme nachzudenken.

Schon am ersten Abend nach seiner Ankunft in Washington hatte er Risa gesehen. Sie lief die Stufen ihres Vaterhauses herab, umarmte und küßte in. In ihren violetten Augen glänzten Freudentränen. Sie duftete nach Lavendel, und ihr dunkles Haar fühlte sich wie Seide an. Nie zuvor hatte sie ihn so verführerisch geküßt. Aber er schob sie sanft von sich und erklärte ihr, was geschehen war.

Tapfer verbarg sie ihre bittere Enttäuschung und versicherte, sie würde seine Handlungsweise verstehen. Zum Glück habe sie ihrem Vater verschwiegen, Ian würde vermutlich bald um ihre Hand anhalten. Mit ruhiger beherrschter Stimme betonte sie, deshalb sei kein ernsthafter Schaden entstanden.

Trotzdem wußte er, wie tief er sie verletzt hatte. Und er selbst litt genauso schmerzlich. Risa war seine Zukunft gewesen, die Frau, die sein Leben teilen sollte — seine Freundin, Vertraute und Geliebte.

Diese wunderbaren Zukunftspläne hatte er wegen seiner oberflächlichen Affäre mit Lavinia vereitelt, weil er in den Teich gesprungen war, um sich mit seiner vermeintlichen Geliebten zu vergnügen.

Während seines Aufenthalts in Washington traf er Risa sehr oft. Obwohl sie versuchte, seine Freundin zu bleiben, verdunkelten sich ihre schönen Augen bei jeder Begegnung.

Ihr Anblick bedrückte ihn ebenso wie die Gefahr, in der sein Land schwebte. Wenn er abends mit Freunden beisammensaß und Whiskey trank, gab es kein anderes Gesprächsthema. Überall bildeten sich Miliztruppen. Und manche arroganten Militärs prahlten, sie würde den Süden in einer einzigen Schlacht vernichten. Ian hatte es kaum erwarten können, Washington zu verlassen und der angespannten Atmosphäre zu entrinnen.

»Warum schaust du so finster drein?« fragte Jerome. »Obwohl du den Tag so wunderbar findest?«

Statt zu antworten, zuckte Ian nur die Achseln.

»Denkst du an die Präsidentenwahl?« fragte Julian.

»Ja.«

Jerome starrte aufs tiefblaue Wasser. »Vielleicht wird ein akzeptabler Kandidat gewählt.«

»Hier im Süden steht Lincoln nicht einmal auf der Liste«, bemerkte Julian.

»Aber jeder spricht vom Abfall der Südstaaten«, wandte Ian ein.

»Und in allen Städten bilden sich Milizeinheiten«, ergänzte Julian. »Ich wurde bereits gebeten, als Arzt bei einer Truppe in St. Augustine zu dienen.«

»Wenn es zum Abfall kommt, ist der Süden gerüstet.« Jerome starrte Ian mit schmalen Augen an. »Verdammt, hier könntest du zu Colonel McKenzie avancieren.«

»Also bist du — für die Sezession?« fragte Ian zögernd.

»Meine Meinung würde keine Rolle spielen. Sobald sich der erste unserer Südstaaten von der Union lossagt, wird Florida diesem Beispiel folgen.«

»Aber ich habe nicht nach dem Verhalten der Politiker gefragt, sondern nach *deinen* Gefühlen.«

Nachdenklich betrachtete Jerome die Segel. »Ob ich die Sezession befürworte? Nein. Ich finde, die Gründerväter haben hart genug gearbeitet, um unsere Unabhängigkeit zu erringen und eine neue Nation zu schaffen. Wir brauchen die Industrie des Nordens genauso wie die Landwirtschaft des Südens. Deshalb bin ich gegen die Sezession. Ich besitze keine Sklaven. Sind wir nicht alle im Bewußtsein aufgewachsen, wie wichtig die persönliche Freiheit ist? Und vergiß nicht, in meinen Adern fließt Seminolenblut. Ich habe deine Entscheidung, in der US-Army zu dienen, stets respektiert, Ian. Sogar mein Vater ist mit einigen Militärs aus den Nordstaaten befreundet. Aber wenn ich das Volk meiner Großmutter besuche, fällt es mir sehr schwer zu vergessen, daß Männer in blauen Uniformen die Seminolen für minderwertige Menschen gehalten und grausam niedergemetzelt haben. Wie auch immer — mein Herz gehört Florida. Wenn sich dieser Staat von der Union trennt, stehe ich an seiner Seite.«

Langsam nickte Ian und beobachtete, wie die Küste allmählich näher rückte. »Und du, Julian?«

»Noch bin ich nicht bereit, eine Entscheidung zu treffen. Manchmal empfinde ich wie Jerome — mein Herz gehört Florida. Andererseits verabscheue ich die Sklaverei.«

»Ich auch«, beteuerte Jerome. »Aber ich werde den Süden unterstützen.«

»Und wie kannst du beides vereinen?« fragte Ian.

»Ganz einfach — weil die Wirtschaft des Südens von der Sklavenarbeit abhängt. Das scheinen die Nordstaatler nicht zu begreifen, und deshalb bilden sie sich ein, diese ›seltsame Institution‹ könnte jederzeit abgeschafft werden. Glaub mir, Ian, ich sehe die Situation aus allen Blickwinkeln. Und ich wünschte mir manchmal, ich wäre blind.«

»Wenn dieser Staat von der Union abfällt, stehen ihm harte Zeiten bevor.«

»Wieso?« fragte Jerome.

»Denk doch an die meilenlangen Küsten! Florida wäre zahlreichen Angriffen ausgesetzt, und die anderen Baumwollstaaten . . .«

»Natürlich brauchen die anderen Baumwollstaaten Floridas Unterstützung. Das Salz, das Rindfleisch ... Und all die wichtigen Union-Forts in diesem Staat, die unsere Regierung nach der Sezession sofort konfiszieren würde! Übrigens, ich wäre froh, wenn sich unsere Truppen in der Ruine von Fort Dallas einquartierten.«

»Hat's Ärger gegeben?« erkundigte sich Ian besorgt.

»Nicht direkt. Aber das ist wohl nur eine Frage der Zeit. Landstreicher, Strandräuber, Deserteure — lauter Abschaum nistet sich dort ein. Offenbar haben die englischen Besitzer keine Pläne mit dem Fort. Und so treibt sich das übelste Gesindel ungehindert in der Ruine herum. Hin und wieder tauchen ein paar Unionssoldaten auf und versuchen, die Kerle zu verjagen. Erst vor kurzem schleifte ich drei Männer heraus. Sie hatten einen Schoner auf Grund laufen lassen und die Fracht gestohlen. Diesen Leuten müßte man endlich das Handwerk legen.«

»Vielleicht sollte ich Alaina doch zwingen, mit mir nach Washington zurückzukehren«, murmelte Ian unbehaglich.

»Jennifer ist fast immer bei ihr«, entgegnete Jerome, »und Lawrence arbeitet in den Gewässern bei Belamar Isle. Außerdem läßt Teddy das Haus bewachen. Er hat sogar seine Gewehre geladen, obwohl er immer nur das Beste von seinen Mitmenschen erwartet.«

»Warum ist er plötzlich so vorsichtig?« fragte Ian.

»Weil ich ihm dazu geraten habe.«

»Seht doch, Belamar kommt in Sicht!« rief Julian.

Ian schaute über das schimmernde Wasser hinweg und entdeckte die Nordostecke von Teddys schönem Holzhaus. Auf der Veranda stand eine dunkelhaarige Frau. Vermutlich seine Kusine Jennifer.

Und wo war Alaina?

Erstaunt über die plötzliche Angst, die seinen Puls beschleunigte, kniff er die Augen zusammen. So lange hatte er sie nicht mehr gesehen. Es war eine qualvolle Zeit gewesen. Tagsüber hatte er gewünscht, Risa würde ihn wütend verdammen, und nachts hatte er von seiner Frau geträumt.

Bald konnte er die ganze Nordküste der Insel überblicken. Am Strand lag ein kleines Boot. Ein plötzliches Gewehrfeuer zerriß die Stille des sonnigen Nachmittags.

»Großer Gott!« flüsterte Julian.

Und dann trug der Wind den schrillen Schrei einer Frau über die Wellen heran.

12

»Was zum Teufel geht da vor?« Ian stand an der Reling und beobachtete die Soldaten, die immer noch feuerten.

»Keine Ahnung«, erwiderte Jerome, segelte hart am Wind und beschleunigte die Fahrt. Geschickt justierte Julian das Segel. »Gleich sind wir da.«

Der Schrei hallte in Ians Ohren wider. O Gott, warum habe ich sie so lange allein gelassen, warf er sich verzweifelt vor.

»Dafür gibt's sicher eine plausible Erklärung«, meinte Julian. »Das Militär kann nicht auf Teddy schießen.«

»Natürlich nicht«, stimmte Ian zu. Jetzt näherten sie sich dem Sandstrand.

»Seid ihr bewaffnet?« fragte Jerome.

»Leider habe ich nur meine Arzttasche bei mir«, entgegnete Julian.

»In meinem Jackett stecken die Colts«, sagte Ian.

»Zwei? Wirf mir einen rüber. Ich habe nur mein Gewehr.«

»Gib's mir!« bat Julian, und Jerome erfüllte ihm den Wunsch. Dann fing er Ians Colt auf, und sie setzten das Boot auf Sand. Während sie ins Wasser sprangen und an Land rannten, krachten neue Schüsse.

»Runter, Alaina!« schrie Teddy. »Wirf dich zu Boden!«

»Du auch, Papa!«

Inzwischen waren die Soldaten näher an die entlaufenen Sträflinge herangekommen.

»Pack den Alten!« rief einer der bärtigen Männer. »Benutz ihn als Schild!«

»Komm zu mir, Papa!« flehte Alaina. »Wir müssen aus der Schußlinie ...«

Teddy begann zu laufen. Aber er war nicht schnell genug. Der jüngere Mann hinkte auf ihn zu und schlang ihm von hinten einen Arm um den Hals. Dann starrte er

Alaina an. Offenbar entdeckte er sie erst jetzt. Ihr Vater hatte ihm vermutlich die Sicht versperrt.

»Schnapp dir die Frau!« drängte der Flüchtling seinen älteren Gefährten.

Ein starker Arm schnürte Teddy die Luft ab, und sein Gesicht färbte sich dunkelrot.

»Lassen Sie meinen Vater los!« schrie Alaina wütend. Ohne an die Gefahr zu denken, die ihr selbst drohte, stürmte sie zu Teddys Angreifer und trommelte mit beiden Fäusten gegen seinen Rücken.

»Pack sie, Thayer!« rief der junge Mann.

Der ältere Sträfling gehorchte und umfing Alaina mit kraftvollen Armen. Verbissen wehrte sie sich und bekämpfte ihren Peiniger wie eine Tigerin. Dann hörte sie ein Klicken und sah, wie der andere Flüchtling eine Pistole an Teddys Schläfe hielt. In den glanzlosen hellblauen Augen des entlaufenen Sträflings lag ein seltsamer, beklemmender Ausdruck — der Blick eines Mannes, der seit vielen Tagen hungerte und vor nichts zurückschreckte. Grinsend entblößte er unregelmäßige Zähne voller Tabakflecken.

»Hören Sie auf mit dem Unsinn, Ma'am! Sonst verteile ich das Gehirn Ihres Papas auf ihrem schönen weißen Kleid. Ein nettes kleines Ding, was, Thayer? Damit hätte ich in diesem Höllenloch gar nicht gerechnet. Genau die richtige Geisel. Die würde ich gern die ganze Nacht bei mir behalten.«

»Vergreifen Sie sich nicht an meiner Tochter.« Teddys Stimme klang ruhig und entschieden. Er schien den Stahl an seiner Schläfe gar nicht zu spüren. »Ich kann Sie im Mangrovenwald verstecken, drüben auf dem Festland. Dort würden hundert Mann eine Woche lang vergeblich nach Ihnen suchen.«

Entschlossen schüttelte Alaina den Kopf. »Darum kümmere ich mich, Papa ... Nehmen Sie endlich Ihren dreckigen Arm von der Kehle meines Vaters, Sie Bastard! Merken Sie nicht, daß Sie ihn erwürgen? Lassen Sie ihn los, und ich bringe Sie beide in Sicherheit.«

Das Lächeln des jungen Sträflings jagte ihr einen Schauer über den Rücken. »Gut, das Mädchen kommt mit uns.«

Dann krachten wieder Schüsse, und der Mann, der Alaina festhielt, fluchte erbost. »Diese verdammten Soldaten schießen auf uns, obwohl wir Geiseln genommen haben. Schnell, Ma'am!«

»Papa . . .«, begann sie. Aber sie konnte Teddy nicht mehr sehen, denn Thayer zerrte sie unbarmherzig zur Ostküste der Insel.

An dieser Stelle sah das Meer seicht aus, so als könnte man durch schenkelhohe Wellen zum Festland waten. Aber die Flut stieg. Auf halber Strecke würde das Wasser über ihren Köpfen zusammenschlagen. Alaina ließ sich zum Ufer ziehen, weil ihr nichts anderes übrigblieb. Aber dieser Fluchtweg war ihre Chance. Sie hoffte, die Männer würden entscheiden, daß sie ihren Vater nicht brauchten. Selbst wenn der junge Sträfling ihn hinter ihr ins Meer stieß — Teddy konnte ausgezeichnet schwimmen.

Nach ihrem Akzent zu schließen, stammten die Geiselnehmer aus den Nordstaaten. Vielleicht hatten sie keine Gelegenheit, schwimmen zu lernen.

»Zeigen Sie mir, wie man in diesem Mangrovenwald untertauchen und überleben kann«, knurrte Thayer. »Vielleicht finden Sie den alten Ned sogar sympathisch, kleine Lady.«

Daran zweifelte sie. Ehe er ihr zu nahe trat, würde sie ihn töten. Aber vorher mußte sie sich vergewissern, daß ihrem Vater nichts zustoßen würde. Jetzt schob Thayer sie vor sich her, drückte ihr die Mündung seiner Pistole zwischen die Rippen. Deshalb wagte sie sich nicht umzudrehen.

»Wenn Sie meinen Vater freilassen, bringe ich Sie ans Festland«, versprach sie.

»Gehen Sie einfach weiter. Schneller! Die beiden folgen uns.« Nun erreichten sie das Ufer, und Alaina watete ins Wasser.

Sie rannten über die Insel. Nur eine Viertelmeile trennte den Nordoststrand von den Limonenbäumen. Ian, Julian, Jerome kamen zur gleichen Zeit wie die drei Soldaten und Jennifer im Obstgarten an.

»Wo ist Alaina?« fragte Ian seine Kusine.

»Keine Ahnung«, erwiderte sie verzweifelt. »Vielleicht am Ostufer . . .«

Als er davonrannte, um seine Frau zu suchen, feuerte einer der Soldaten, und die Kugel sirrte über Ians Kopf hinweg. »Verdammt, was ist hier los?« rief er wütend, blieb stehen und drehte sich um. Er kannte keinen der drei blutjungen Grünschnäbel, die zwischen den Bäumen hindurchschlichen.

»Und wer zum Teufel sind Sie?« fragte der älteste, der einen spärlichen Kinnbart trug.

»Major McKenzie«, erklärte Ian, eilte zu dem Burschen und entwand ihm die Pistole. »Antworten Sie!«

»Wir sind hinter zwei Deserteuren her«, berichtete der Soldat, sichtlich eingeschüchtert. Auch Julian und Jerome gesellten sich hinzu. »Sie schlugen sich zum alten Fort Dallas durch. Unterwegs, in den Keys, beraubten sie ein paar Zivilisten. Das sind bewaffnete, gefährliche, verzweifelte Männer — zu allem fähig. Und deshalb müssen wir sie schnappen.« Offenbar war der Junge genauso verzweifelt und den Tränen nahe.

In diesem Augenblick sah Ian einen der Flüchtlinge am anderen Ende des Obstgartens liegen — unter dem Körper seines Schwiegervaters.

»Großer Gott!« stieß Ian hervor, und sein Magen

krampfte sich zusammen. Er lief hinüber und kniete neben Teddy nieder.

»Alaina ...«, flüsterte der alte Mann mühsam.

»Keine Bange, ich kümmere mich um sie ... Wo ist meine Frau?« herrschte er die Soldaten an.

»Da, im Wasser!« schrie einer der jungen Männer.

Alaina versuchte, Zeit zu gewinnen und verlangsamte ihre Schritte, während die Flut stieg. »Was soll das?« fauchte Thayer, der sie immer noch mit seiner Pistole vor sich herschob. »Wollen Sie mich ertränken?«

»Leider kann ich die Flut nicht aufhalten.«

»Aber Sie wußten, wann's soweit ist. Wenn ich sterbe, nehme ich Sie mit in den Tod.«

»Bastard! *Ich* habe Sie nicht ins Wasser gezerrt!«

»Nun, ich mußte Sie als Geisel nehmen. Geben Sie der elenden Army die Schuld, Ma'am ...« Plötzlich überrollte eine Welle seinen Kopf, Salz brannte in seinen Augen. Als er wieder auftauchte, rang er keuchend nach Atem. »Bringen Sie mich an Land! Sofort! Und keine miesen Tricks! Sonst töte ich Sie!« Drohend preßte er die Waffe noch fester in ihre Rippen.

Eine Minute lang watete sie weiter, fügsam wie ein Lamm, und steuerte den Mangrovenwald am Festland an. Dann rammte sie mit aller Kraft ihren Ellbogen in Thayers Magen und riß sich los. Fluchend griff er nach ihr. Dabei entglitt ihm der Revolver, versank zwischen Steinen, Schlamm und Seegras. »Biest!« brüllte er, packte ihr weißes Kleid und zerrte sie zurück. Verbissen begannen sie, im Wasser zu kämpfen.

Als er unterging, vom Gewicht seiner Ketten beschwert, und zu ertrinken glaubte, geriet er in Panik. Jetzt versuchte er nicht mehr, Alaina zu töten. Verzweifelt hielt er sich an ihr fest. Sie trat gegen seine Brust, und sein Griff lockerte sich. Aber in ihren voluminösen Röcken konnte sie sich nicht schnell genug bewegen. Irgendwie mußte sie ihm den Stoff ihres Kleids entwinden, den er mit verkrampften Fingern umklammerte, sonst würde er sie mit sich in die Tiefe ziehen.

Sie begann zu schreien, schluckte Wasser. Plötzlich wurde sie von anderen Armen umfangen.

In namenlosem Entsetzen starrte sie ein Messer an, das im Sonnenlicht blitzte. Um Himmels willen, die Klinge würde ihr die Kehle durchschneiden ...

Aber das Messer zerfetzte ihren Rock, und sie war frei. Während sie nach Atem rang und Wasser trat, sah sie zwei Gestalten, die in den aufgewühlten Wellen miteinander rangen. Ein Kopf tauchte auf. War das alles nur ein Traum? Oder ein Fantasiebild, von ihrer Todesangst heraufbeschworen?

»Ian«, flüsterte sie.

»Alles in Ordnung?« Klatschnaß klebte das nasse Haar an seinem Kopf, die bronzebraunen Schultern glänzten.

»Ja. Mein Vater ...«

»Bist du nicht verletzt?«

»Nein, aber Papa ...«

»Komm, ich bringe dich an Land.« In seinen Augen lag ein sonderbarer Ausdruck. Natürlich erschien er fremd, nachdem sie ihn monatelang nicht gesehen hatte. Er glitt durch das Wasser zu ihr und umschlang ihre Taille.

»Aber — der Mann wird uns folgen.«

»Nein, er ist tot.«

Schaudernd drehte sie sich um und sah Thayer in den Wellen treiben.

Ian schwamm mit ihr zum Ufer. Als sie durch seichte Wellen wateten, bebten ihre Knie, und sie war dankbar für Ians starken Arm, der sie stützte. Seine Nähe erinnerte sie daran, wie schmerzlich sie ihn vermißt hatte. Obwohl er nach der langen Trennung wie ein Fremder wirkte, freute sie sich über das Wiedersehen. »Ein Glück, daß du rechtzeitig zur Stelle warst, Ian ... Das alles geschah so schnell ... Aber wieso bist du hier?«

»Julian und ich fuhren gestern mit einem Navy-Schiff zum Haus meines Onkels. Dort haben wir übernachtet. Heute segelten wir mit Jerome hierher, und da sahen wir ein Boot am Strand liegen.«

»Was waren das für Männer?«

»Deserteure, die von Soldaten verfolgt wurden.«

Inzwischen hatten sie das Ufer erreicht. Alaina stolperte, und Ian hielt sie fest. Unsicher lächelte sie ihn an. »Mein Vater wird sich über deinen Besuch freuen — vor allem, weil du uns in letzter Minute zu Hilfe gekommen bist. In all den Monaten ist nichts auf unserer Insel passiert ...« Verwirrt unterbrach sie sich. Warum schwieg er so beharrlich? »Ian ...«

Er blickte unverwandt nach vorn. Und da erkannte sie, warum. Zwischen den Limonenbäumen hatte sich eine Gruppe gebildet. Reglos lag der jüngere Flüchtling am Boden, Fliegen umschwirrten seinen Körper. Er war tot. Diese Erkenntnis hätte Alaina unter anderen Umständen bedrückt, ebenso wie die Erinnerung an die Leiche, die im Wasser trieb — ganz einfach, weil sie gelernt hatte, wie kostbar jedes Leben war.

Doch das Leben ihres Vaters war am kostbarsten.

Jerome, Jennifer und Julian knieten an Teddys Seite. Unbehaglich standen die Soldaten in der Nähe.

Mit flinken Fingern zerfetzte Jennifer ihren Unterrock. Julian, die geöffnete Arzttasche neben sich, versuchte die Blutung zu stoppen, die Teddys Hemd über der Brust dunkelrot färbte.

»Papa!« schrie Alaina. In wilder Panik riß sie sich von Ian los, rannte zu ihrem Vater und sank auf die Knie. Lächelnd öffnete er die sanften blauen Augen, und sie preßte seine Hand an ihre Wange. »O Papa, alles wird gut. Jetzt bringen wir dich ins Haus ...«

»Dem Himmel sei Dank, mein Kind, du bist gerettet«, hauchte er.

»Ja, Papa, und Julian wird auch dich am Leben erhalten.«

Sein Blick verschleierte sich. »Alaina . . .«

»Sprich nicht, Papa, du mußt deine Kräfte schonen.« Angstvoll starrte sie Julian an, der sich zu seinem Bruder wandte. Da erkannte sie, daß Ian eine stumme Frage gestellt hatte.

Und Julian schüttelte den Kopf.

»Nein!« stöhnte Alaina. »Bitte, Julian . . .«

Zitternd umschlossen Teddys Finger ihre Hand. »Meine Tochter, ich liebe dich . . .«

»O Gott, Papa, sag nichts!«

»Ian . . .«

»Hier bin ich, Sir.«

»Paß gut auf sie auf«, wisperte Teddy. Dann schloß er die Augen, und sein Herz hörte zu schlagen auf.

13

Alaina war untröstlich. Und Ian hatte sich noch nie in seinem Leben so hilflos gefühlt. Immer wieder versuchte er, die richtigen Worte zu finden. Doch sie hörte ihm gar nicht zu, während sie ihren Vater in den Armen hielt.

Zunächst glaubte sie nicht an seinen Tod, dann weigerte sie sich, ihn loszulassen.

Sie saß zwischen den Limonenbäumen, Teddys Kopf in ihrem Schoß. Unentwegt strömten Tränen über ihre Wangen. Ian kniete neben ihr, einen Arm um ihre Schultern gelegt. »Julian . . .«

»Stör sie nicht. Sie muß weinen. Das gehört nun mal zur Trauer.«

Krampfhaft zuckte ihr Körper in Ians Arm. Als er den Kopf hob, sah er, wie sein Vetter die Leiche des jüngeren Flüchtlings zum Boot der Soldaten trug. Dann holte Jerome den anderen, den Ian getötet hatte, aus dem Wasser und brachte ihn ebenfalls an Bord.

Die Deserteure sollten nicht auf der Insel begraben werden. Erbost sprach er mit den drei Grünschnäbeln, die am Ufer standen. Wenig später stiegen sie in ihr Boot und verließen Belamar, wo sie soviel Unheil angerichtet hatten.

»Alaina, komm mit mir ins Haus«, bat Ian. »Du kannst nichts mehr für deinen Vater tun.«

Aber sie rührte sich nicht.

»Laß ihr Zeit«, mahnte Julian.

Die Minuten dehnten sich zu einer Stunde.

Schließlich seufzte Julian. »Ich glaube, jetzt ist genug Zeit verstrichen.«

Ian nickte seinem Bruder zu. Besorgt musterte er Alainas bleiches, tränennasses Gesicht. Sie schien nichts zu sehen, nichts zu hören und flüsterte immer nur: »Papa, Papa ...« Unablässig streichelte sie die Wange des Toten.

»Komm jetzt, Alaina!« drängte Ian und versuchte, sie auf die Beine zu ziehen.

»Nein! Nein!« schrie sie.

»Um Himmels willen, Jerome, Julian — bringt Teddy weg!«

Alaina klammerte sich mit aller Kraft an die blutüberströmte Leiche. Unter der südlichen Sonne würde die Verwesung bald einsetzen.

Nachdem es den Männern endlich gelungen war, Teddy aus Alainas Armen zu lösen, schluchzte sie so heftig, daß Ian ernsthaft um ihre Gesundheit bangte. Er hob sie hoch, trug sie ins Haus und folgte Jennifer ins Zimmer seiner Frau. Behutsam legte er sie aufs Bett, setzte sich zu ihr und strich über ihr feuchtes Haar.

»Bitte, Alaina, hör zu weinen auf.«

Sie schien ihn nicht zu erkennen — oder nicht zu beachten. Und so saß er neben ihr, während die Schatten der Abenddämmerung in den Raum krochen. Allmählich verebbte das Schluchzen.

Als er Seidenröcke rascheln hörte, wandte er sich zu Jennifer, die hereingekommen war. »Julian und Jerome erwarten dich auf der Veranda, Ian. Inzwischen bleibe ich bei Alaina.«

»Danke. Ich kann ihr ohnehin nicht helfen.«

»Doch, sie spürt deine Nähe.« Mitfühlend drückte sie seine Hand. Auch ihre Augen waren rotgeweint. Teddy hatte ihr sehr viel bedeutet.

Liebevoll nahm Ian seine Kusine kurz in die Arme, dann verließ er das Zimmer.

Die beiden jungen Männer standen neben Teddys Leiche, die auf dem langen Verandatisch lag. Mittlerweile war die Nacht hereingebrochen, von einer kühlen Brise begleitet. Julian hatte das Blut von der Brust des Toten gewaschen.

In tiefer Trauer berührte Ian das weiße Haar seines Schwiegervaters und erinnerte sich an die vielen lehrreichen Gespräche, die sie geführt hatten. »Warum hat dieser Deserteur ihn getötet? Als Geisel wäre er dem Schurken viel nützlicher gewesen.«

Julian wischte sich die Hände an seiner Chirurgenschürze ab und griff nach einer kleinen Schüssel, die neben der Leiche auf dem Tisch stand. »Mit dieser Kugel wurde Teddy erschossen.«

»Schau sie mal ganz genau an, Ian«, bat Jerome.

Ian nahm die Kugel aus der Schüssel und entdeckte eine Delle, die vom Zusammenprall mit Teddys Rippen stammte. »Offensichtlich ein Army-Geschoß.«

»Ja, zweifellos«, bestätigte Julian.

»Nun, die Männer waren Deserteure.«

»Der Tote, der im Obstgarten lag, trug eine einschüssige Sharps-Pistole bei sich.«

Also war Teddy von einem unerfahrenen, schießwütigen Rekruten umgebracht worden. Heißer Zorn stieg in Ian auf, und er wünschte, Alaina müßte diese beklagenswerte Tatsache nicht erfahren. Aber sie hatte ein Recht auf die Wahrheit. Außerdem würde eine Untersuchung stattfinden. Die Army war verpflichtet, die Zivilisten zu schützen und durfte sie nicht umbringen.

Mühsam bezwang Ian seine Wut und holte tief Atem. »Wenn Alaina einverstanden ist, werden wir Teddy morgen nachmittag begraben, zwischen seinen geliebten Limonenbäumen. Soviel ich weiß, stapeln hinter dem Haus immer ein paar Kiefernbretter. Hilf mir morgen früh, einen Sarg zu zimmern, Jerome. Nach der Bestattung müßt ihr beide die Kugel ins Fort Taylor bringen. Ich will meine Frau nicht allein lassen. Aber der Fall sollte möglichst bald untersucht werden.«

»O ja«, stimmte Jerome zu. »Das hätte nicht passieren dürfen.«

»Allerdings nicht. Julian, ich mache mir Sorgen um Alaina. Kannst du ihr vielleicht ein Beruhigungsmittel geben?«

Julian nickte, und Jerome drängte seinen Vetter: »Am besten kümmerst du dich sofort um sie. Hier kannst du nichts mehr tun. Inzwischen halte ich bei Teddy Wache.«

Als Ian mit Julian zu Alaina zurückkehrte, wurde ihm bewußt, daß er an diesem Tag den Raum, in dem sie aufgewachsen war, zum erstenmal betreten hatte.

Am Baldachin über dem Bett hingen Moskitonetze. Hübsche Möbel aus Kirschbaumholz bildeten die Einrichtung. Vor dem Kamin standen zwei Polstersessel, mit dunkelblauem Brokat bezogen. Eine Glastür führte zum Balkon hinaus. Im Bücherregal reihten sich historische und politische Werke aneinander, aber es enthielt auch

Abenteuerromane und Klassiker wie Molière und Shakespeare.

Jennifer saß auf dem Bett neben Alaina, die reglos und zusammengekrümmt dalag, immer noch in ihrem feuchten, zerrissenen weißen Kleid. Hin und wieder erklang ein leises Schluchzen.

Hilflos streichelte Jennifer die Schultern ihrer Freundin, schaute zu den beiden Männern auf und schüttelte den Kopf.

»Ich möchte ihr ein Beruhigungsmittel geben«, erklärte Julian.

»Ja, das wird ihr helfen.« Jennifer stand auf und ging zu ihren Vettern. Zögernd wisperte sie: »Ian, du solltest wissen . . .«

»Was?«

»Eigentlich solltest du es auf andere Weise erfahren . . .«

»Sprich doch endlich, Jennifer!«

»Im Augenblick wird Alaina nicht daran denken. Aber — sie erwartet ein Baby.«

»Ein Baby«, wiederholte er tonlos. Alaina hatte ihm nichts davon geschrieben. Keinen einzigen Brief hatte er von ihr erhalten.

Von wachsendem Zorn erfaßt, trat er ans Bett. Als er erneut ein qualvolles Schluchzen hörte, fühlte er sich hin und her gerissen zwischen dem Bedürfnis, seine Frau zu schütteln, und dem Wunsch, ihren tiefen Kummer zu lindern.

»Herzlichen Glückwunsch, Ian«, flüsterte Julian.

»Danke.« Nun müßte man feiern, Champagner trinken, die besten Zigarren rauchen, einander auf die Schulter schlagen ... »Julian, diese heftigen Emotionen werden ihr sicher schaden. Aber ich habe Angst vor den Nebenwirkungen eines Beruhigungsmittels. Als ich vor einigen Jahren im Fort Taylor stationiert war, bekam die Frau eines Offiziers eine hohe Dosis Laudanums, weil sie an starken Kopfschmerzen litt. Eine Woche später brachte sie ein totes Kind zur Welt.«

»Deine arme Frau braucht Hilfe, Ian«, wandte Jennifer ein.

»Keine Bange, ich werde das Medikament ganz vorsichtig dosieren«, versprach Julian. »Vielleicht wäre ein Glas Brandy die beste Arznei. Wenn sie schlafen könnte . . .«

Ian nickte, und seine Kusine ging zum Sekretär. Auf einem Silbertablett stand eine kristallene Brandykaraffe. Sie füllte ein Glas und drückte es in Ians Hand. »Jetzt lassen wir euch allein.«

»Bis später.« Julian folgte ihr aus dem Zimmer.

Als Ian die Schulter seiner Frau berührte, erschauerte sie, wandte sich ab und rückte von ihm weg.

»Bitte, Alaina, trink das.« Mit sanfter Gewalt drehte er sie zu sich herum.

Blicklos starrte sie ihn an, und ihre Augen schwammen in Tränen. Ian hob sie ein wenig hoch. Mit einem Arm stützte er ihren Rücken, mit der anderen Hand flößte er ihr Brandy ein. Zitternd lehnte sie an Ians Brust, begann wieder zu weinen, und er wiegte sie behutsam hin und her.

Durch das Fenster sah er Sterne funkeln. Eine wunderbare Nacht . . . Von einer solchen Nacht hatte er auf der Reise nach Belamar geträumt und sich vorgestellt, er würde bei seiner Frau liegen, brennend vor Verlangen, von der milden Brise gekühlt. Doch es war anders gekommen, und wenn er Alaina ausziehen würde, dann nur, um sie von der feuchten Kleidung zu befreien und zu wärmen.

Seltsam — was das Herz wußte, mochte der Körper nicht akzeptieren. So weich und verlockend lag sie in seinen Armen, und er begehrte sie — trotz allem, was geschehen war. Nach seiner Hochzeit hatte er allen Frauen widerstanden, die dunklen Gassen von Washington gemieden, und eine Affäre mit Risa, die er liebte und bewunderte, war niemals in Frage gekommen.

Mit Alaina konnte sich ohnehin keine vergleichen — mit Alaina, die ihm ihr wahres Wesen immer noch vorenthielt, die nun schluchzend an ihm lehnte.

»Bitte, hör zu weinen auf«, flehte er.

Verzweifelt würgte sie hervor: »Heute wollte ich's ihm sagen ... Er wäre so glücklich gewesen. Beim Lunch hätte ich's erzählt ... Aber er kam nicht zum Essen. Und jetzt ist er tot.«

Ian verkniff sich die Bemerkung, daß sie ihrem Ehemann auch nichts verraten hatte. In all den Monaten hätte sie Zeit genug gehabt, um Teddy über ihre Schwangerschaft zu informieren.

»Jetzt weiß er's, Alaina.«

»Wie kannst du das behaupten?« Sie richtete sich auf und schaute ihn durch einen Tränenschleier an.

Was immer ihn selbst bedrückte und erzürnte — es mußte warten. Sanft strich er ihr das zerzauste Haar aus der Stirn. »Weil er ein guter Mensch war und im Himmel ist. Der liebe Gott wird ihn wissen lassen, daß er in seinem Enkelkind weiterleben wird.«

Schweigend schaute sie ihn an, minutenlang. Dann senkte sie die Lider und sank wieder an seine Brust, von einem heftigen Schauer erfaßt.

»Alaina, du mußt die nassen Sachen ausziehen. Sonst wirst du dich erkälten. Denk an dein Baby. Um deiner Liebe zu Teddy willen mußt du gut für sein Enkelchen sorgen.«

Dieses Argument schien sie zu überzeugen. Widerstandslos ließ sie sich aus dem zerrissenen, schmutzigen Kleid helfen, aus den Unterröcken und Strümpfen. Sie trug kein Korsett, nur ein Hemd. Als er es über ihren Kopf streifte, wurde er von völlig neuen Gefühlen bewegt.

Auf subtile Weise hatte sich ihre Schönheit verändert. Die Brüste waren größer geworden, die Knospen dunkler. Mit ihrem leicht gewölbten Bauch erschien sie ihm verführerischer denn je. Aber er bezwang seine Begierde und wühlte in den Schubladen, bis er ein Nachthemd aus weicher Baumwolle fand, das er seiner Frau anzog. Dann schlüpfte er aus seinen feuchten Breeches, legte sich zu ihr und breitete die Decke über beide Körper. Reglos lag sie in seinen Armen, hin und wieder von einem Schluchzen geschüttelt. Es dauerte lange, bis sie das Schweigen brach. »Ian?«

»Ja?«

»Warum ist es geschehen?« fragte sie mit brüchiger Stimme.

»Das weiß ich nicht, Alaina.«

»Warum mein Vater? Wieso mußten diese elenden Männer hierherkommen? Er war so gut, so besorgt um unsere Arbeiter und Dienstboten — und stets bereit, allen Leuten zu helfen. Aus seinen Pflanzen stellte er Salben und Arzneien her, die Wunden und Krankheiten heilten. Und er hat vielen Menschen das Leben gerettet.«

»Manchmal gibt es keine Antwort auf das Warum. Schlechte Menschen leben weiter, und gute sterben.«

»Wenigstens hat er nie erfahren, daß . . .«

»Was, Alaina?«

»Daß Peter O'Neill behauptet hat, kein respektabler Mann würde mich heiraten, weil ich nur die Tochter eines armen Botanikers bin.«

Ian wählte seine Worte sehr sorgfältig. »Mach dir bitte nichts draus. Peter ist ein arroganter Emporkömmling. Und Teddy hätte dieses alberne Gerede sicher ignoriert. Dein Vater war froh über diese Heirat. Bei mir wußte er dich in guten Händen. Das müßte dich doch eigentlich trösten.«

»Ja, er mochte dich sehr gern.« Nach einer kurzen Pause fügte sie hinzu: »Immerhin wurde sein Tod gerächt. Diese schrecklichen Männer sind gestorben.«

Bedrückt überlegte er, was sie empfinden mochte, wenn sie herausfand, daß ein Unionssoldat ihren Vater erschossen hatte. Aber dies war nicht der richtige Augenblick für die bittere Wahrheit.

Neue Tränen rannen über Alainas Wangen, und Ian bemühte sich, sie zu trösten. Zärtlich streichelte er ihr Haar und versicherte, Teddy habe keine Schmerzen erlitten.

Endlich schlief sie ein. Er küßte ihre Stirn, überwältigt von dem Wunsch, sie zu beschützen und vor allem Bösen zu bewahren.

Welch ein schmerzliches Erwachen am nächsten Morgen ... Zunächst spürte Alaina nur den Sonnenschein auf ihren Lidern. Dann kehrte die Erinnerung zurück. Sie versuchte sich einzureden, es sei nur ein Alptraum gewesen, sie würde ihren Vater auf der Veranda antreffen, wo er Kaffee trank, seine Pfeife rauchte und in einem botanischen Journal blätterte.

Aber diese schöne Hoffnung schwand bald dahin. Teddy war tot. Und der unerträgliche Schmerz würde niemals verebben. Sie wollte nicht aufstehen, wollte wieder einschlafen und träumen, es wäre nicht geschehen. Dann spürte sie, wie Ian sich an ihrer Seite bewegte. Um sie nicht zu stören, stieg er ganz vorsichtig aus dem Bett. Durch gesenkte Wimpern betrachtete sie seinen wohlgeformten Körper. Seltsam — obwohl ihr Herz von tiefer Trauer erfüllt war, fragte sie sich eifersüchtig, welche Frauen in Washington seinen großen braunen Rükken gestreichelt und das Muskelspiel seiner Schenkel beobachtet hatten, wenn er in seine Breeches geschlüpft war.

Beschämt schloß sie die Augen. Am vergangenen Tag war ihr Vater gestorben. Und nun starrte sie ihren nackten Ehemann an und wünschte, sie könnte das Leid in seinen Armen vergessen.

Jetzt hatte sie keine Tränen mehr. In ihrem Inneren war eine beklemmende Leere entstanden. Als sie spürte, wie Ian sich aufs Bett setzte, hob sie die Lider. »Wie geht es dir?« fragte er leise.

»Irgendwie — werde ich weiterleben. Wo ist mein Vater?«

»Heute nachmittag müssen wir ihn begraben«, erwiderte er zögernd.

»So schnell? Wir brauchen einen Priester.«

»Glaub mir, Alaina, er muß begraben werden. Sobald ein Priester hierherkommt, wird er einen Trauergottesdienst abhalten.«

»Oh ...« Natürlich, wenn ihr Vater nicht unter der Erde lag, würde er verwesen, von Fliegen umschwirrt. Dieser Gedanke jagte einen Schauer durch ihren Körper, und sie kämpfte wieder mit den Tränen.

»Kann ich dich ein paar Minuten allein lassen? Ich hole Lilly oder Jennifer.«

»Nein, ich brauche niemanden. Ich möchte allein sein.«

Prüfend schaute er sie an, dann wandte er sich ab und verließ das Zimmer.

Sie setzte sich auf. So schwer es ihr auch fiel, sie mußte sich den Tatsachen ihres veränderten Lebens stellen.

»Mrs. McKenzie?« Die Tür öffnete sich, und Lilly kam herein. »Bleiben Sie noch ein bißchen im Bett.« Hinter ihr erschienen Delby und Jean, zwei Mischlinge, die auf den Plantagen ihres Vaters arbeiteten. Die beiden schleppten eine dampfende Sitzbadewanne herein und stellten sie in der Mitte des Raumes ab. »Jetzt müssen Sie erst mal das Salzwasser wegwaschen, Missus«, fuhr Lilly fort, »und vielleicht ein bißchen was von Ihrem Kummer. Entspannen Sie sich im warmen Wasser, denken Sie an andere, schönere Zeiten.«

Bedrückt nickten die Männer ihrer Herrin zu, die Sonnenhüte in den Händen, und entfernten sich wortlos.

»Danke, Lilly, Sie sind sehr nett.« Zögernd stand Alaina auf.

»Kommen Sie, Missus, steigen Sie in die Wanne. Ich wasche Ihr Haar. Wissen Sie, Ihr Vater ist gar nicht weggegangen. Er wird immer bei Ihnen bleiben und bei Ihrem Baby. Gestern mußten Sie schmerzliche Stunden ertragen. Und heute beginnt die Heilung.«

Niemals wird die Wunde in meinem Herzen verheilen, dachte Alaina, während sie in der Wanne saß. Aber das warme Wasser fühlte sich angenehm an. Die Augen geschlossen, überließ sie sich den sanften Händen der Dienerin, die ihr das Haar wusch. Danach wurde sie in ein großes Badetuch gehüllt, und Lilly half ihr beim Ankleiden.

Alaina faßte sich allmählich. Keine Tränen mehr, ermahnte sie sich. Sie weinte tatsächlich nicht — nicht einmal, als sie den Salon betrat und ihren Vater in einem hastig gezimmerten Sarg liegen sah. Er trug seinen besten schwarzen Anzug und ein weißes Hemd. Liebevoll strich sie über seine Wange und versprach ihm, er würde in ihrem Herzen immer weiterleben. »Und ich werde Belamar nie verlassen, Papa«, flüsterte sie. »Diese wunderbare Insel will ich stets für dein Enkelkind bewahren.«

Den ganzen Tag blieb sie neben seinem Sarg sitzen. Sie begruben ihn kurz nach Sonnenuntergang, zwischen den Limonenbäumen, die er so geliebt hatte.

Jerome war am Morgen nach Hause gesegelt, um seine Eltern zu holen. Gegen Mittag war er mit James und Teela zurückgekehrt. Außerdem brachte er zwei Gäste der McKenzies mit — Colonel Harrington, den alten Freund seiner Mutter, und einen Episkopalpriester, der die Army-Truppen in den Keys betreute.

Feierlich wurde Teddy zu Grabe getragen. Der junge Priester las bewegende Worte aus der Bibel vor. Danach hielt James eine Rede, um seinen Freund Teddy zu würdigen, der den Mut besessen habe, ein Heim in der Wildnis aufzubauen. Ian erklärte, Teddys Enthusiasmus, seine Güte und sein Wissen, seien stets ein Licht im Dunkel schwerer Zeiten gewesen. Auch Jerome, Julian, Jennifer, Teela und Lawrence Malloy nahmen in bewegenden Worten Abschied von ihrem toten Freund, und Alaina hörte ihnen in tiefer Dankbarkeit zu.

Schließlich wurde der Sarg in die Erde hinabgesenkt.

Alaina versuchte sich mit dem Gedanken zu trösten, daß ihr Vater seine letzte Ruhe an einem Ort finden würde, wo er glücklich gewesen war. Auf Ians Arm gestützt, trat sie an den Rand des Grabes und warf eine Orchidee hinab. Während er sie zum Haus führte, hörte sie, wie sein Bruder und sein Vetter Erde auf das Kiefernholz schaufelten — ein Geräusch, das in seiner Endgültigkeit grauenhaft klang. Asche zu Asche, Staub zu Staub ...

14

Alaina hielt das Versprechen, das sie sich selbst gegeben hatte, und weinte nicht mehr. Merkwürdigerweise fiel es ihr sogar leicht. Vielleicht hatte sie alle ihre Tränen bereits vergossen, in den ersten Stunden nach Teddys Tod.

Ian blieb an ihrer Seite, Jennifer und Teela kümmerten sich um den Haushalt. Wie so oft in schwierigen Zeiten, konnte man sich rückhaltlos auf die McKenzies verlassen.

Nach dem Dinner brachte James den Colonel und den jungen Priester mit der *Windrunner* zu ihrem Boot zurück, das an seinem Dock lag. Die anderen Männer rauchten auf der Veranda Zigarren und tranken Brandy, während Jennifer und Teela bei Alaina im Salon saßen.

Wehmütig starrte sie das McMann-Wappen über dem Kaminsims an. Teela kam zu ihr, setzte sich auf die Armstütze des Lehnstuhls und drückte schweigend ihre Hand. »Niemals werde ich ihn vergessen«, wisperte Alaina.

»Natürlich nicht.«

»Ich vermisse ihn so sehr.«

»Dein Leben lang wirst du ihn vermissen. Aber du wirst die Erinnerungen an die gemeinsamen Zeiten in deinem Herzen bewahren. Ich verlor meinen Vater, als ich sehr jung war. Danach wurde ich auch noch von einem grausamen, tyrannischen Stiefvater gequält.« Lächelnd fügte Teela hinzu: »Wenigstens das bleibt dir erspart.«

»Wie hast du's ertragen?«

»Es war die Hölle. Um diesem gräßlichen Mann zu entrinnen, flüchtete ich nach Florida und lernte James kennen. Auf dieser Welt herrscht eine gewisse Gerechtigkeit. Mein Stiefvater kam hierher und ermordete zahllose Indianer. Und ich heiratete ein Halbblut. Gewiß, Alaina, Teddys Tod war schrecklich und so sinnlos. Aber der Gedanke, daß er ein glückliches, erfülltes Leben führte und dich abgöttisch liebte, sollte dich trösten. In deinem Baby wird er weiterleben. Natürlich gleichen meine Kinder ihrem leiblichen Vater. Und doch — wenn ich Jerome oder Brent in einem bestimmten Licht sehe oder wenn sie sich auf besondere Art bewegen, erinnern sie mich an meinen Papa.«

Nun trat Jennifer zu den beiden Frauen, den kleinen Anthony auf ihrem Arm. »Die Zeit wird den Schmerz nicht verscheuchen, Alaina, aber lindern. Als meine Mutter und meine Schwester starben, war ich fünf Jahre alt. Später bekam ich dann eine wundervolle Stiefmutter, die meinem Leben wieder einen Sinn gab.« Sie lächelte Teela an, die ihren Blick gerührt erwiderte.

»Danke, mein Kind.«

»Aber sie hat mir auch zwei ungebärdige Halbbrüder zugemutet, die ständig an meinen Nerven zerrten«, scherzte Jennifer.

Endlich mußte auch Alaina lächeln. Anthony streckte die Händchen nach ihr aus, und sie nahm ihn auf ihren Schoß. Das Gesicht an seinen Hals gepreßt, spürte sie seinen warmen, weichen Körper.

Was würde sie empfinden, wenn sie ihr eigenes Baby an sich drückte? Würde sie einen Jungen oder ein Mädchen zur Welt bringen, mit ihren grünbraunen Augen oder den kobaltblauen des Vaters? Doch der traurige Gedanke, daß Teddy sein Enkelkind niemals umarmen würde, ließ sich einfach nicht verdrängen.

Teela erhob sich von der Armstütze des Sessels. »Vorerst werden wir uns um Belamar kümmern.«

»Oh, ich komme schon zurecht«, versicherte Alaina und beobachtete, wie die zwei Frauen einen unbehaglichen Blick wechselten. »Stimmt was nicht? Warum soll jemand anderer die Insel verwalten?«

»Das mußt du mit Ian besprechen«, erwiderte Jennifer.

»Ich hätte das Thema gar nicht anschneiden dürfen«, seufzte Teela. »Natürlich ist es Ians Aufgabe, dich über seine Entscheidungen zu informieren, Alaina.«

»Seine Entscheidungen? Bitte, Teela, Jennifer — sagt mir, worum es geht!«

»Nun ja ...«, antwortete Teela beklommen. »Nach allem, was geschehen ist, will er dich nach Washington mitnehmen.«

Unmöglich, dachte Alaina, wo Teddy doch eben erst gestorben ist ...

»Und mir wäre es auch nicht recht, wenn du allein auf der Insel leben würdest«, betonte Jennifer hastig.

»Aber ich bin nicht allein. Ihr seid in meiner Nähe, du und Lawrence. Teela und James wohnen drüben an der

Küste. Und Sydney wird bald aus Charleston zurückkommen ...«

»Alaina«, fiel Teela ihr mit sanfter Stimme ins Wort, »Ian hat dich deinem Vater anvertraut. Unter den veränderten Umständen möchte er seine Frau natürlich bei sich haben.«

Tatsächlich? Alaina erinnerte sich an jenen letzten Morgen auf Cimarron. Ohne Abschied war er gegangen, ohne ihr mitzuteilen, daß sie ihren Vater auf die Insel begleiten würde. Und er hatte wieder sein eigenes Leben geführt. In ihrem verletzten Stolz hatte sie seine Briefe nicht beantwortet — und ihm die Schwangerschaft verschwiegen.

»Sicher wird's dir in Washington gefallen«, meinte Jennifer. »Eine faszinierende Stadt ... Die Abwechslung müßte dir außerdem guttun. Man trifft so viele interessante Leute, auf Bällen und Parties.«

»Versteh doch, Alaina«, bat Teela, »Ian kann dich unmöglich allein auf Belamar zurücklassen.«

Darüber wollte Alaina vorerst nicht nachdenken. »Es war ein langer, anstrengender Tag ... Jetzt sollte ich ins Bett gehen.« Sie stand auf und hielt Anthony vorsichtig fest. »Oh, der Kleine ist eingeschlafen. Ich bringe ihn ins Gästezimmer. Dort werdet ihr's bequem haben, Lawrence und du.«

Aber Jennifer nahm ihr das Kind aus dem Arm. »Wir können heimfahren.«

»Nein, bitte, bleibt hier. Sonst wäre das Haus so — leer. Teela, es stört James und dich doch nicht, im Zimmer meines Vaters zu schlafen?«

»Natürlich nicht«, entgegnete Teela lächelnd. »Mach dir keine Sorgen um uns und ruh dich aus. Denk dran, daß du dich schonen mußt, deinem Baby zuliebe.«

Alaina nickte, küßte beide Frauen auf die Wange und floh in ihr Zimmer.

Rasch zog sie sich aus, schlüpfte in ihr Nachthemd und kroch unter die Bettdecke.

Nun war sie endlich mit ihren Gedanken allein. Washington ... Sollte sie sich über Ians Entschluß freuen, mit ihr in seiner Welt zu leben? In der Stadt, wo sie vielleicht die Frau treffen würde, die er beinahe geheiratet hätte? Sie schloß die Augen, versuchte im Schlaf Vergessen zu finden. Aber es gelang ihr nicht. Schließlich stieg sie aus dem Bett, trat auf die Veranda und schaute zum Grab ihres Vaters hinüber.

Die Stimmen der Männer waren zu hören. Obwohl sie leise sprachen, trug der Nachtwind jedes Wort zu ihr, klar und verständlich.

»Etwa eine Woche werden wir noch hierbleiben«, sagte Ian, »und alles regeln. Bitte, komm auf die Insel zurück, wenn du mit Julian nach Key West gefahren bist und die Behörden informiert hast, Jerome. Das müßte ich selber erledigen. Aber ich will meine Frau nicht allein lassen.«

»Keine Bange, ich weiß, wie man mit den Militärs redet. Wahrscheinlich ist's sogar günstiger, wenn ich diese Sache übernehme. Du gehörst der Army an. Und du besitzt ein aufbrausendes Temperament.«

»Weiß Alaina schon Bescheid?« fragte James, der inzwischen zurückgekehrt war.

»Nein«, erwiderte Ian. »Ich bin mir nicht sicher, wann ich's ihr sagen soll — welcher Zeitpunkt geeignet wäre.«

»Gar keiner«, seufzte Lawrence.

»Vermutlich hast du recht«, stimmte James seinem Schwiegersohn zu. »Vergiß einfach, was passiert ist, Ian, und erspar deiner Frau zusätzlichen Kummer.«

»Das wäre nicht richtig, Onkel James.«

»Nun, diese Entscheidung mußt *du* treffen.«

Alaina merkte erst, daß sie die Veranda entlanggegangen war, als sie vor den Männern stand, die Hände geballt. Mit schmalen Augen schaute sie von einem zum anderen. James lehnte am Türrahmen, Ian am Geländer, Julian und Jerome saßen in Schaukelstühlen, und Lawrence kauerte auf den Stufen. »Wovon redet ihr?« fauchte sie. »Wenn es mit dem Tod meines Vaters zusammenhängt ...«

Ian kam zu ihr und umfaßte ihre Schultern. »Hast du uns belauscht?« fragte er ärgerlich. »Es wäre besser gewesen, du hättest dich bemerkbar gemacht.«

Erbost schüttelte sie seine Hände ab und wandte sich zu Julian. »Nun? Worum geht's?«

Ihr Schwager zuckte hilflos die Achseln. Unbehaglich stand Jerome auf und wanderte zum anderen Ende der Veranda.

»Alaina«, begann Ian zögernd, »dein Vater wurde nicht von einem entlaufenen Sträfling, sondern von einem Soldaten erschossen.«

»Was?« rief sie entsetzt. »Die *Army* hat ihn getötet?«

»Nicht die Army, sondern leichtfertige Grünschnäbel.«

»Das kommt aufs selbe raus!«

»Demnächst wird eine Untersuchung stattfinden.«

»Eine Untersuchung? Diese Mörder müßte man hängen!«

»Versuch doch die Situation zu begreifen ...«

»Verteidigst du die Schurken, die meinen Vater auf dem Gewissen haben?«

»Bitte, Alaina, du mißverstehst mich. Du bist aufgeregt und ...«

»Aufgeregt? Papa ist *tot*. Meine Gefühle kannst du gar nicht nachempfinden, weil deine Eltern leben — weil deine ganze große, wundervolle Familie am Leben ist. Oh, du ahnst ja gar nicht ...«

»Bitte, Alaina, man wird die Soldaten zur Rechenschaft ziehen und wahrscheinlich unehrenhaft aus der Army entlassen. Aber du darfst dich nicht wie ein unvernünftiges Kind benehmen ...«

Eine schallende Ohrfeige unterbrach ihn, und alle Männer erstarrten — auch Ian. Auf seiner Wange zeichneten sich rote Fingerspuren ab. Zitternd wich Alaina zurück. Tränen brannten in ihren Augen. Nein, sie würde nicht weinen. »Obwohl die Army den Tod meines Vaters verursacht hat, versuchst du, sie zu entschuldigen.«

Als er sie an sich zog, wehrte sie sich verzweifelt. Aber er hielt sie eisern fest, und nach einer Weile lehnte sie kraftlos an seiner Brust. »Alaina, bitte!«

»Sie haben Papa umgebracht«, wisperte sie.

Wortlos hob er sie hoch, trug sie über die Veranda zu ihrem Zimmer und setzte sie aufs Bett. Ein trockenes Schluchzen erschütterte ihren Körper. Aber sie vergoß keine Tränen. Fest entschlossen, die Deserteure zu fangen, waren die Soldaten nicht einmal davor zurückgeschreckt, ihren Vater zu töten.

Ian setzte sich zu ihr, umfaßte ihr Kinn und zwang sie, ihn anzuschauen. »Was willst du, Alaina? Hätte ich die drei niederknallen sollen?«

»Diese Mörder müßten vor Gericht gestellt werden. Und du verteidigst das gottverdammte Militär!«

»Glaub mir Alaina, die Soldaten haben nicht auf deinen Vater gezielt. Da er zufällig in die Schußlinie geriet, war es fahrlässige Tötung. Dafür müssen sie sich verantworten. Aber niemand wird sie wegen Mordes anklagen. Es waren unerfahrene Jungs, die den Auftrag hatten, zwei Deserteure, Räuber und Mörder einzufangen. Willst du diese Soldaten wirklich hängen sehen? Wäre das der Wunsch deines Vaters?«

»Ja! Nein! Ich weiß es nicht ... Jedenfalls muß irgendwas geschehen.«

»Wie ich bereits sagte, man wird die Männer zur Rechenschaft ziehen.« Nach einer kurzen Pause fragte er: »Warum hast du's mir nicht erzählt?«

»Was?«

»Daß du ein Kind erwartest.«

»Du warst nicht da.«

»Aber ich schrieb dir jeden Monat. Und du hast keinen einzigen Brief beantwortet.«

»Weil ich keinen Sinn darin sah.«

»Also fandest du es sinnlos, mich über meine künftige Vaterschaft zu informieren?«

»Sicher hättest du's rechtzeitig erfahren.«

»Wenn mir irgend jemand mitgeteilt hätte, mein Kind sei zur Welt gekommen? Um Himmels willen, Alaina, du hattest kein Recht, mir deine Schwangerschaft so lange zu verheimlichen ...« Erschrocken unterbrach er sich, als sie kreidebleich wurde. Wie schwach und verletzlich sie aussah ... »Was hast du?«

»Das Baby ...«

»O Gott, stimmt was nicht?«

»Alles in Ordnung, aber — es hat sich bewegt, Ian, zum erstenmal!« Sie legte eine Hand auf ihren leicht gewölbten Bauch. »Jetzt rührt es sich nicht mehr. Und ich würde es so gern noch einmal spüren.«

Auch Ian berührte ihren Bauch und wartete vergeblich auf eine Bewegung. »Nicht einmal in diesem zarten Alter tun die Kinder, was die Eltern wollen.« Unwillkürlich lächelte sie. »Nun wissen wir wenigstens, daß unser Baby lebt und gesund ist.«

Unser Baby ... Und sie hatte ihrem Mann nichts davon erzählt. Nach seiner Ankunft auf der Insel hatte er die Neuigkeit von jemand anderem erfahren.

»Es ist spät geworden. Wir sollten schlafen.« Während er aufstand, um sich auszuziehen, sank sie ins Kissen. In dieser Nacht war sie zu müde, um das Thema noch einmal anzuschneiden, das ihr auf der Seele brannte — die Bestrafung der Mörder.

Ian legte sich zu ihr und nahm sie in die Arme. Obwohl sie beschlossen hatte, nicht mehr zu weinen, stieg ein

Schluchzen in ihrer Kehle auf. »O Ian ... Du hast eine so große Familie ... Und Teddy war alles, was ich hatte.«

»Jetzt hast du mich.«

»Wirklich?« Sie richtete sich auf und versuchte, im Dunkel sein Gesicht zu mustern.

»Vielleicht sollte ich fragen, ob ich *dich* habe, Mrs. McKenzie.«

»Was denn sonst? Wir sind verheiratet, seit vier Monaten bin ich schwanger — und dir auf Gnade oder Ungnade ausgeliefert.«

»Daran zweifle ich.«

»Du bestimmst doch, wo ich in Zukunft leben werde.«

»Da ich Soldat bin, muß ich dort leben, wohin mich die Army versetzt. Und ich lasse dich nicht allein auf der Insel zurück.«

»Du könntest mich nach Cimarron schicken.«

»Ja, das könnte ich.«

»Aber?«

»Aber ich habe beschlossen, dich nach Washington mitzunehmen.«

»Und wenn sich Florida von der Union lossagt?«

»Wie die Wahl ausgehen wird, wissen wir noch nicht. Außerdem mußt du dich meinen Entscheidungen so oder so fügen.«

»Das werde ich tun — vorausgesetzt, du triffst die richtigen Entscheidungen.«

»Vertrau mir, was ich beschließe, ist immer richtig.« Er zog sie wieder an sich. »Und jetzt sollten wir endlich schlafen.«

Erschöpft schloß sie die Augen. O ja, sie wollte Ruhe finden — und hoffen, der brennende Schmerz in ihrem Herzen würde allmählich nachlassen.

15

Kühle Morgenluft streifte Ians erhitzten nackten Rücken, während er hinter dem Haus Holz hackte.

Seit vier Tagen lag Teddy in seinem Grab. Julian und Jerome waren noch nicht aus Key West zurückgekehrt, und Ian wartete voller Ungeduld. In zwei Wochen mußte er sich wieder zum Dienst melden. Da seine Frau ihn begleiten würde, brauchte er Zeit, um entsprechende Vorbereitungen zu treffen.

Für Alaina waren diese Tage eine Zeit tiefer Trauer. So gut er konnte, versuchte er sie zu trösten. Meistens saß sie reglos da und starrte ins Leere. Und wann immer er den Eindruck gewann, daß sie allein sein wollte, erfüllte er ihren Wunsch.

Die beiden letzten Abende hatte er mit seinem Onkel und Lawrence auf der Veranda verbracht. Es war einfacher, Alainas Zimmer erst später zu betreten, wenn sie schon schlief. Seit jener unseligen Nacht hatten sie nicht mehr gestritten, und er verzichtete darauf, seiner Frau zu erklären, sie seien sehr lange getrennt gewesen und er würde sich nach ihr sehnen.

Kraftvoll schlug er die Axt auf den Kiefernstamm und zertrümmerte ihn, statt ihn zu spalten. Er fluchte leise und hievte einen anderen Stamm auf den Block. Warum sie die Insel behalten sollten, wußte er nicht — abgesehen von der Tatsache, daß sie Alainas Erbe war. Wenn sie sich zum Verkauf entschlössen, würden sie kaum Interessenten finden. Im tiefen Süden — von Seminolen bevölkert, von Strandräubern und anderem Gesindel bedroht — wollten nur Exzentriker wie Teddy leben oder Menschen, die dieses Land liebten, so wie James. Auch Ian wußte die Sonnenuntergänge zu schätzen, die Mangrovenwälder, die frische Morgenluft, die seinen verschwitzten Rücken kühlte.

Als er Alaina auf die Veranda treten sah, unterbrach er seine Arbeit. Sie trug ein schlichtes weißes Baumwollkleid, kein Korsett, keine Unterröcke, nicht einmal Schuhe. In weichen Wellen fiel das blonde Haar auf ihre Schultern. In den Nordstaaten würde man ihre Aufmachung unschicklich finden. Aber hier, in der paradiesischen Wildnis, würde ein eleganteres Flair ihre natürliche Schönheit sogar beeinträchtigen.

Sie ging zu ihm, und er hob erstaunt die Brauen. Seit seiner Ankunft hatte sie kein einziges Mal seine Nähe gesucht. »Das Haus erschien mir so seltsam, als ich erwachte«, erklärte sie und setzte sich auf die gestapelten Holzscheite. Wehmütig lächelte sie ihn an. »Niemand ist hier.«

»Da meine Tante und mein Onkel schon zeitig aufgebrochen sind, wollten sie dich nicht wecken.«

»Und Jennifer?«

»Heute morgen ist sie mit Anthony heimgefahren, um ein paar Sachen zu packen, bevor sie hierherzieht.«

»Wo steckt Lawrence?«

»Wieder an Bord seines Bergungsschiffs.«

»Oh ... Was soll mit Lilly, Bella und den Feldarbeitern geschehen?«

»Lilly und Bella werden Jennifer zur Hand gehen. Und Lawrence will die Arbeiter in seinem Bergungsunternehmen beschäftigen.«

»Sonderbar ...« Alaina blickte zum Meer hinüber. »Vor einer Woche war das noch die Insel meines Vaters. Und jetzt wuchert bereits Unkraut zwischen den Limonenbäumen.«

»Jennifer hat versprochen, sie würde sich um die Plantage kümmern.«

»Vielleicht sollte ich noch eine Weile hierbleiben ...«

Am liebsten hätte er sie gepackt und geschüttelt. Statt dessen wandte er sich ab und lief zum Sandstrand, um seinen Zorn in den Meereswellen zu beruhigen. Er schwamm weit hinaus, drehte sich auf den Rücken, spürte den warmen Sonnenschein auf den geschlossenen Lidern. Als er zurückkehrte und durch das seichte Wasser watete, sah er Alaina am Ufer stehen. »Was willst du?«

»Nichts«, erwiderte sie, »ich habe mir nur Sorgen gemacht ...«

»Doch nicht um mich? Ich war erhitzt, und deshalb bin ich schwimmen gegangen. Das solltest du auch ausprobieren. Eine angenehme Erfrischung.«

»Ian, ich bin in Trauer, und ich kann unmöglich ...«

»Glaubst du, Teddy wäre böse, wenn du im Meer badest?«

»Du verstehst das nicht.«

»Nein, *du* verstehst nichts. Nun, das spielt vorerst keine Rolle. Geh ins Haus, ich komme gleich nach.«

Aber sie rührte sich nicht. Hoch aufgerichtet stand sie da. Ihr goldblondes Haar flatterte im Wind, ihre Augen spiegelten das Sonnenlicht wider. Eindringlich schaute sie ihn an. War sie ihm gefolgt, um ihm das Versprechen zu entlocken, er würde sie auf der Insel zurücklassen?

Während er aus dem Wasser stieg, wußte er nicht genau, was er plante. Er wollte sie nicht verletzen in ihrer Trauer. Aber sie mußte trotz ihres Verlustes weiterleben. Und das würde ihr leichter fallen, wenn er sie zum Leben *zwang*.

Zielstrebig ging er zu ihr.

»Verdammt, Ian!« rief sie erschrocken und wandte sich ab. Als sie davonlaufen wollte, hielt er sie am Handgelenk fest, hob sie hoch und trug sie ins Wasser. Mit aller Kraft wehrte sie sich. »Ian, was ist los mit dir? Bitte, benimm dich ausnahmsweise wie ein Gentleman! Ich sagte doch, ich kann nicht ... Mein Vater ist eben erst gestorben ...«

»Aber du lebst. Und ich lebe auch. Du darfst sein Haus nicht in einen Schrein verwandeln, um dich für den Rest deiner Tage darin zu verkriechen.«

»Ian, was ...«

»Jetzt werden wir schwimmen«, verkündete er und ließ sie ins brusthohe Wasser fallen.

Prustend tauchte sie auf. »Nein, ich will nicht ...«

»Gut, dann machen wir was anderes.«

Sie starrte ihn ungläubig an. »Verstehst du denn nicht — spürst du denn nicht ...« Beim Anblick seiner entschlossenen Miene unterbrach sie sich, wich kreischend zurück und schwamm davon. Trotz des hinderlichen Rocks durchpflügte sie die Wellen so schnell und behende wie ein Fisch.

Da Ian wußte, daß sie nur ihr Kleid trug, brauchte er nicht zu befürchten, der leichte Baumwollstoff könnte sie in die Tiefe hinabziehen. Er folgte ihr, schnitt ihr ein paarmal den Weg ab und hinderte sie daran, zu weit hinauszuschwimmen. Einmal versank sie in einem Gewirr aus Seegras, Ian tastete vergeblich nach ihr und hielt entsetzt den Atem an. Wenige Sekunden später sah er sie zum Ufer waten. Triumphierend drehte sie sich um — und lachte.

Er schwamm ihr nach, mit kräftigen Zügen. Zu spät ergriff sie die Flucht. Er packte sie und warf sie zurück in die Brandung.

Quietschend und fluchend versuchte sie ihn wegzustoßen. Aber er ignorierte ihren Protest, schubste sie Richtung Ufer, drückte sie dort in den Schlamm und küßte sie voller Leidenschaft, bis ihr Widerstand erlahmte, bis sie leise stöhnte.

Und dann spürte er, wie sie ihre Arme um seinen Hals legte. Ihre Finger schlangen sich in sein Nackenhaar. Bereitwillig öffnete sie die Lippen und erwiderte den Kuß.

Kühle Wellen überspülten ihre Körper. Voller Sehnsucht streichelte Ian die Hüften seiner Frau, zerrte den nassen Rocksaum nach oben, liebkoste ihre Schenkel, und sie klammerte sich lustvoll an ihn. Nach einer Weile hob er den Kopf. Ihre Augen waren unter den grellen Sonnenstrahlen geschlossen. Wie Kristalle funkelten Wassertropfen auf ihren Wangen. In ihrem Hals pochte ein heftiger Puls.

Die Lippen auf ihre Schulter gepreßt, umfaßte er eine ihrer Brüste und fühlte die harte Knospe durch den nassen Baumwollstoff. Unter dem Druck seines Gewichts öffnete Alaina die Beine, und seine Finger glitten dazwischen. Von den intimen Zärtlichkeiten erregt, wand sie sich atemlos umher. Hastig öffnete er die Knöpfe seiner Breeches.

Als er sich mit ihr vereinte, spürte er die sanfte Wölbung ihres Bauchs. Das beeinträchtigte sein Verlangen nicht, im Gegenteil. Aber er drang ganz sanft und behutsam in sie ein. Seufzend hob sie ihm die Hüften entgegen, und er rang um seine Selbstkontrolle. Diesen Kampf verlor er schon nach wenigen Minuten, denn seine Frau hatte ihn nur selten so hingebungsvoll, so begierig umarmt.

Gemeinsam erreichten sie einen überwältigenden Höhepunkt, heiß und sengend wie die Sonne. Während die Ekstase allmählich verebbte, lagen sie reglos nebeneinander.

Alaina zitterte, ihr Herz schlug immer noch wie rasend. »O Ian ...« Verzweifelt wandte sie sich zu ihm.

»Habe ich dir weh getan?« fragte er bestürzt.

»Nein, nein ...«

Er neigte sich über sie, schützte ihren Körper vor der Sonnenhitze und strich über ihre Wange.

»Bitte, jag mir nicht solche Angst ein!«

Da lächelte sie unsicher. »Es kann nicht richtig sein, eine so wilde Lebensfreude zu empfinden. Unter diesen Umständen ...«

Bedrückt verstummte sie, und plötzlich begriff er ihre Schuldgefühle. Obwohl Teddy erst seit wenigen Tagen in seinem Grab lag, hatte sie den Liebesakt in vollen Zügen genossen. »Alaina, es wäre eine Sünde, das Leben zu mißachten, das uns der Himmel geschenkt hat. Und ich schwöre dir, dein Vater würde das bestätigen.«

»Wirklich?« flüsterte sie.

»Ganz bestimmt. Bei Gott, du hast mich furchtbar erschreckt.«

»Tut mir leid. Dem Baby geht's gut. Und Jennifer sagte, es würde ihm nichts ausmachen, wenn ...«

»Oh, du hast mit Jennifer über die intimen Einzelheiten unserer Ehe gesprochen?«

»Nein!«

Nur mühsam bezwang er seinen Lachreiz. »Während ich viele hundert Meilen entfernt war, hast du sie gefragt, ob die körperliche Liebe dem Baby schaden würde. Interessant ...«

»Nun, ich dachte, du würdest irgendwann auftauchen.« Nach einer kleinen Pause fragte sie: »Wenn du von meinem Zustand erfahren hättest — wärst du früher zu mir gekommen?«

Hätte er einen Urlaub beantragen können? Sein Zögern war ein Fehler, eine unbeabsichtigte Antwort, die ihr eine herbe Enttäuschung bereitete.

»Willst du mich — oder das Kind nach Washington mitnehmen?«

Als sie aufstehen wollte, hielt er ihre Schultern fest und schaute ihr eindringlich in die Augen.

»Alaina, ich möchte dich *und* das Baby bei mir haben. Du bist meine Frau. Und falls du noch nicht bemerkt hast, wie sehr ich dich brauche, bist du blind. Fischst du nach Komplimenten? Seltsam — eigentlich müßtest du wissen, wie schön und reizvoll ich dich finde. Ich ließ dich mit Teddy hierherfahren, weil er mich darum gebeten hatte und weil ich diese Lösung für vernünftig hielt. Und es war auch dein Wunsch. Bist du mir nicht zum

Strand gefolgt, um mir klarzumachen, daß du hierbleiben willst?«

»Ian, ich ...«

In diesem Augenblick trug der Wind Stimmen heran, und Ian bedeutete ihr zu schweigen. Er schloß seine Breeches und sprang auf. »Da ist jemand.«

Offenbar hatte sie nichts gehört, denn sie starrte ihn verständnislos an. Er half ihr auf die Beine und verfluchte seinen Leichtsinn. Natürlich hatte er nicht vergessen, was seinem Schwiegervater zugestoßen war, und eine sechsschüssige Pistole zum Holzblock mitgenommen — aber bedauerlicherweise liegenlassen, als er zum Strand gelaufen war.

»Bleib inzwischen hier, bis ich mich umgesehen habe, Alaina.«

Ehe sie antworten konnte, erklang Julians Stimme. »Ian? Alaina? Wo seid ihr?«

Erleichtert atmete Ian auf. »Mein Bruder und Jerome sind zurückgekehrt. Alles in Ordnung.«

»O nein, wir sind klatschnaß und ...«

»... und diesmal verheiratet«, ergänzte er. »Außerdem werden wir nicht von Feinden bedrängt. Und wir erwekken den Eindruck, wir wären nur schwimmen gegangen.« Grienend ergriff er ihre Hand und führte sie zwischen den Mangroven zum Haus. Die Hände in die Hüften gestemmt, stand Jerome vor der Veranda, und Julian rannte gerade zu den Limonenbäumen hinüber. »Hallo, da sind wir!« rief Ian.

Sofort machte Julian kehrt, und die vier trafen sich vor den Stufen.

Julian und Jerome hatten ihre formellen Gehröcke über die Arme gelegt und die Hemdkrägen geöffnet. Beim Anblick des derangierten Zustands, in dem sich Ian und seine Frau befanden, grinsten sie.

»Seid ihr etwa geschwommen?« fragte Julian gedehnt.

»Das geht dich nun überhaupt nichts an«, erwiderte Ian. »Was ist passiert?«

»Wollen wir ins Haus gehen?« schlug Julian vor, und sein Bruder nickte.

»Auf dem Herd steht noch ein Kaffeekessel. Alaina, zieh dir was Trockenes an.« Er führte sie die Stufen hinauf, und nachdem sie in ihrem Schlafzimmer verschwunden war, ging er in die Küche, um Kaffee einzuschenken.

Die dampfenden Tassen in den Händen, kehrten sie auf die Veranda zurück. Julian sank in einen Schaukelstuhl, die beiden anderen lehnten sich ans Geländer.

»Nun?« fragte Ian.

»Man wird Teddys Tod untersuchen«, erwiderte Jerome.

»Wann?«

»Das weiß ich nicht.«

Julian räusperte sich. »Natürlich lungerten wir eine Zeitlang im Fort herum, Ian, ließen deinen und Vaters Namen fallen und erwähnten unsere innige Freundschaft mit General Winfield Scott. Hoffentlich kennst du ihn überhaupt ... Aber so eindringlich wir auch auf unsere guten Beziehungen hinwiesen — es nützte nichts. Man teilte uns höflich mit, in so heiklen Fällen würden die Ermittlungen einige Zeit dauern. Vielleicht wird man die drei Soldaten vors Kriegsgericht stellen. Sobald eine Entscheidung getroffen wird, gibt man uns Bescheid. Oh, natürlich bedauert man Theodore McManns Tod zutiefst. Colonel Talbot hat mir einen Brief für Alaina und dich mitgegeben.«

»Also wird gar nichts geschehen.« Stirnrunzelnd wandten sie sich zu Alaina, die langsam auf sie zukam. Sie hatte sich nicht umgezogen. Statt dessen war sie durch ihr Schlafzimmer auf die Veranda geschlichen, um zu lauschen. »Man hat euch mit billigen Ausreden abgespeist, nicht wahr?«

Hilflos hob Jerome die Hände und wandte sich zu seinem Vetter.

»Alaina, wie ich dir bereits erklärt habe, wurde dein Vater nicht absichtlich erschossen ...«

»Ja«, unterbrach sie ihren Mann, »und inzwischen sehe ich ein, daß man diese Soldaten nicht hängen kann. Aber ich hätte etwas mehr erwartet als einen Beileidsbrief.«

»Hast du nicht gehört, was Jerome sagte? Der Fall wird untersucht.«

»Und man stellt die drei *vielleicht* vor ein Kriegsgericht. Aber man wird uns hinhalten, bis die Würmer Papas Leiche gefressen haben, und das war's dann!«

»Da dem Militär schwere Zeiten bevorstehen«, begann Julian, »wird man gewisse, nicht allzu dringliche Angelegenheiten hinausschieben und ...«

»Was für schwere Zeiten?« fiel Ian seinem Bruder ins Wort.

Julian wechselte einen kurzen Blick mit Jerome. »Habt ihr's noch nicht gehört?«

»Wovon redest du?«

Jerome holte tief Atem. Dann antwortete er zögernd: »Lincoln wurde zum Präsidenten gewählt.«

»Großer Gott!« rief Alaina entsetzt. »Ian, du mußt sofort deinen Dienst bei der Army quittieren.«

»Und warum, wenn ich fragen darf?« erwiderte er mit beißender Ironie. Er hatte es kommen sehen und gehofft, die Vernunft würde siegen. Aber er ahnte, daß die meisten erbosten Baumwollstaaten Versammlungen einberufen würden, um die Sezession zu erörtern.

»Verstehst du denn nicht, Ian?« Alainas Wangen röteten sich. Hastig hatte sie ihr Haar zu einem Nackenknoten geschlungen, der die klassische Schönheit ihrer Züge hervorhob. Das nasse Kleid klebte an ihrem Körper und betonte den gewölbten Bauch. Trotzdem gewann Ian den Eindruck, sie wäre in den letzten Tagen dünner geworden. »Jetzt wird Florida seine eigenen Streitkräfte formieren und ...«

»Tatsächlich?« unterbrach er sie sarkastisch. »Ist mir irgendwas entgangen, Jerome? Hat sich Florida bereits von den Vereinigten Staaten losgesagt?«

»Nicht, daß ich wüßte. Das Ergebnis der Wahl wurde eben erst bekanntgegeben.«

»Wenn Lincoln Präsident ist ...«, begann Alaina.

Aber Ian ließ sie nicht ausreden. »Falls Florida von der Union abfällt, werde ich entscheiden, in welchem Heer ich künftig dienen werde.«

»Selbstverständlich mußt du aus der US-Army austreten«, erklärte sie ihm in solch kategorischem Ton, als gäbe es keine anderen Möglichkeiten.

Von plötzlicher Wut erfaßt, ging er zu ihr, nahm ihr Gesicht in beide Hände und zwang sie, seinem Blick standzuhalten. »In den letzten Tagen habe ich stets Rücksicht auf deine Gefühle genommen, meine Liebe. Aber ich will verdammt sein, wenn ich dir gestatte, mir Vorschriften zu machen.«

Sie war leichenblaß geworden. Entgeistert starrte sie ihn an. Dann riß sie sich los. Als sie zurückweichen wollte, hielt er ihre Schultern fest. »Ian, bitte ...« Ohne ein weiteres Wort schloß sie die Augen und brach in seinen Armen zusammen.

16

Noch nie in ihrem Leben war sie so krank gewesen. Das wurde ihr hin und wieder bewußt. Aber manchmal wußte sie gar nichts, und das Leben erschien ihr wie eine seltsame Reihe realistischer Visionen.

Sie schaute in die sanften blauen Augen ihres Vaters

und fragte nach seinem Befinden. Nur vage erinnerte sie sich an seinen Tod. »Noch nie habe ich mich besser gefühlt, meine Tochter«, entgegnete er. »Sieh doch, wie die Limonenbäume gedeihen!«

Dann verschwand Teddy, und Soldaten marschierten über ein Feld, immer mehr und mehr. »Feuer!« rief ein Feldwebel, und tausend Kanonen explodierten ...

Sie fror und schwitzte zugleich. Hin und wieder blickte sie in Ians ernstes Gesicht, spürte die Berührung seiner Hände, hörte seine Stimme. »Du mußt was trinken.«

»Nein ...«

Sie konnte nicht schlucken, aber er zwang sie einfach dazu.

Kraftlos schob sie die feuchten kalten Tücher beiseite, die er auf ihren Körper legte, und er bedeckte sie wieder damit. »Ich muß dich abkühlen, Alaina.«

Irgendwann sah sie Jennifer aufmunternd lächeln, fühlte Teelas fachkundige Hände auf ihrer Stirn. Julian und Jerome neigten sich über sie. Einmal wanderte sie mit Teddy zwischen den Limonenbäumen dahin, über Hügel und durch Täler. Aber auf der Belamar Isle gab es keine Berge.

»Trink das!« Unentwegt erklang dieser Befehl. Ein Dutzend Stimmen ...

In der dritten Nacht nach ihrer Erkrankung fühlte sich Ian elend. Als Julian ihm mitteilte, das Fieber sei endlich gesunken, war er der Erschöpfung nahe.

Wenn Alaina sich im Delirium umhergeworfen hatte, war er stets an ihrer Seite geblieben. Nur kurzfristig hatte er sie der Obhut seiner Familie überlassen, der er rückhaltlos vertraute. Nachdem seine Tante Teela eingetroffen war, hatte er ein paar Stunden geschlafen. Gemeinsam mit Jennifer hüllte sie den Körper der Patientin in feuchte Tücher, um das hohe Fieber zu bekämpfen.

»Sie ist jung, und sie wird sich instinktiv gegen die Krankheit wehren«, versicherte Julian.

Verständlicherweise sorgte sich Ian auch um das Baby, und sein Bruder gab ihm eine ehrliche Antwort auf die Frage, ob das Kind am Leben bleiben würde. »Alles ist möglich, Ian. In manchen Fällen haben ungeborene Babies wie durch ein Wunder die schweren Krankheiten ihr Mütter unbeschadet überstanden. Wir müssen abwarten.«

Sobald das Fieber besiegt war, versank Alaina in einen tiefen, friedlichen Schlaf. Dankbar, müde und unrasiert, ging Ian in den Salon und setzte sich vor den Kamin, von heftigen Schuldgefühlen gequält. Obwohl seine Frau nach Teddys Tod von ihrer tiefen Trauer geschwächt gewesen war, hatte er sie ins kalte Wasser gezerrt und dann im nassen Sand geliebt.

Der Gedanke, er könnte sie verlieren und sie würde reglos wie ein schöner Marmorengel vor ihm liegen, war unerträglich gewesen. Inzwischen bedeutete sie ihm viel mehr, als er wahrhaben wollte. Er gelobte sich, seine ehelichen Rechte nicht mehr zu beanspruchen, bis sie genesen und das Kind gebären würde — bis sie den Tod ihres geliebten Vaters einigermaßen überwunden hatte.

»Mach dir keine Vorwürfe, Ian, du bist nicht Schuld an Alainas Krankheit.«

Verwirrt drehte er sich zu seinem Bruder um, der den Salon unbemerkt betreten hatte. »Wie geht es ihr?«

»Gut, den Umständen entsprechend. Glaub mir, deine Gewissensbisse sind unbegründet. Wenn wir wüßten, was diese schrecklichen Fieberanfälle hervorruft, würden wir die Medizin revolutionieren. Manche Ärzte glauben, der Wind würde die Krankheit herantragen und man könnte ihr nur entrinnen, wenn man zu atmen aufhört. Natürlich ist das ein Witz.«

Seufzend schüttelte Ian den Kopf. »Wenn ich die Krankheit auch nicht verursacht habe, ich trug zweifellos zu ihrem Ausbruch bei. Sie war so verletzlich. Erst Teddys Tod, dann ...«

»Dann Lincolns Wahl zum Präsidenten.«

»Ja.«

»Und nun plagst du dich mit der Frage herum, ob du den Dienst quittieren sollst.«

»Ein sehr heikles Problem ... Ich glaube, mittlerweile plädiert Virginia für einen gemäßigten Standpunkt. Aber Florida? Niemals. Als wir St. Augustine verließen, erzählte dein Freund John, der Staatssenator, einige Politiker würden eine Sondersitzung einberufen, um über die Frage der Sezession abzustimmen, *falls* man Lincoln wählen sollte. Wie du weißt, verabscheue ich die Sklaverei. Und ich glaube nun mal an die Unantastbarkeit der Union.«

»Mit deinen Ansichten hast du Alaina nicht krank gemacht.«

»Aber sie helfen ihr auch nicht, gesund zu werden.«

»Bald wird sie wieder genug Kräfte sammeln, um dich zu bekämpfen.«

Hoffentlich ... »Würdest du noch eine Weile hierbleiben, Julian?«

»Gewiß. Was hast du vor?«

»Ich muß mich wieder zum Dienst melden. Vorerst ist Alaina zu schwach, um mich zu begleiten. Vielleicht könntet ihr sie in einem Monat nach St. Augustine bringen, du und Jerome. Sie soll in Lillys und Bellas Obhut an Bord eines Schiffs gehen und nach Charleston fahren. Dort werden wir Sydney und Brent besuchen. Wenn ich Urlaub bekomme, erreiche ich Charleston viel schneller als Belamar Isle.«

»Wie du willst. Ich tue mein Bestes.«

»Danke, Julian, du bist wirklich ein guter Bruder.«

»Allerdings«, bestätigte Julian grinsend, »obwohl du

mich in unserer glücklichen Kindheit gnadenlos verprügelt hast.«

»Unsinn!«

»Einmal hast du mir sogar einen Eichenast auf den Kopf geschlagen.«

»Nur weil du vorher mit aller Kraft in meine Wade gebissen hast. Damals warst du zwei, und ich war drei Jahre alt. Die Narbe habe ich immer noch.«

»Nun, dann sind wir ja quitt.« Julian wurde wieder ernst. »Weißt du schon, wann du abreist?«

»Morgen früh. Jerome will zu seinen Eltern segeln, und ich möchte mich von den beiden verabschieden, weil ich nicht weiß, wann ich sie wiedersehen werde.«

»Und von deiner Frau willst du nicht Abschied nehmen? Morgen wird sie bei klarem Verstand sein.«

»Natürlich werde ich ihr auf Wiedersehen sagen.«

Alaina öffnete langsam die Augen und lauschte dem Gesang der Vögel. Zu ihrer Verblüffung waren die Lider nicht mehr bleischwer. Eine Zeitlang blinzelte sie ins helle Sonnenlicht. Dann wandte sie sich zur Seite und sah einen dunklen Kopf über einer St. Augustine-Zeitung.

»Ian?«

»Alaina!« Sofort legte er die Zeitung beiseite und stand auf.

Aber es war nicht Ian. »Julian?«

Er setzte sich aufs Bett, berührte ihre Stirn und ihre Hände. Sichtlich zufrieden, lächelte er sie an. »Nun hast du das Fieber endgültig überstanden.«

»Was ist geschehen?«

»Du hast an einer schweren Grippe gelitten. Keine Ahnung, wieso du dich angesteckt hast ... Jedenfalls wurde die Krankheit durch deine Trauer verschlimmert. Und du hattest tagelang fast nichts gegessen. Dazu kam noch die Schwangerschaft ...«

»O Gott! Habe ich mein Baby verloren?«

»Nein, nein.« Beruhigend drückte er ihre Hand. »Heute morgen hat sich's bewegt. Soweit ich's feststellen kann, ist dein Kind gesund.«

»Hast du's gespürt?«

»O ja. Selbstverständlich galt unsere erste Sorge *deinem* Wohl. Um die Wahrheit zu gestehen, bis gestern abend haben wir uns alle große Sorgen gemacht. Aber du bist eine Kämpfernatur, kleine Schwägerin.«

»Offensichtlich muß ich dir und deiner Familie danken.«

»Das ist auch deine Familie.«

»Nur meine *angeheiratete* Familie.«

»Keineswegs«, entgegnete er lächelnd. »Vergiß nicht — du trägst meinen Blutsverwandten unter deinem Herzen. Also gehören wir zusammen. Wie klingt das?«

»Sehr nett.« Mit Julians Hilfe richtete sie sich auf, und er schob ein Kissen hinter ihren Rücken. »Wie lange war ich krank?«

»Drei Tage — lange genug, um uns allen eine Heidenangst einzujagen.«

»Habe ich jemanden angesteckt? Geht es Ian gut?«

»Großartig.« Er stand auf, nahm einen Wasserkrug vom Nachttisch und füllte ein Glas. »Trink das ganz langsam. Etwas später wird Lilly eine Suppe für dich kochen. Du mußt wieder zu Kräften kommen.«

Gehorsam leerte sie das Glas, und Julian stellte es wieder auf den Nachttisch.

Als Jennifer mit einer Schüssel, einem Waschlappen und einer Haarbürste eintrat, ließ Julian die beiden Frauen allein.

Liebevoll küßte Jennifer die Stirn der Patientin. »Du siehst wundervoll aus.«

»Unmöglich ...«

»Doch. Und ich bin so froh, daß du diese schreckliche Grippe überwunden hast.«

»Danke, für alles. Trotz meines Fieberwahns habe ich gemerkt, wie gut du mich gepflegt hast.«

»Mit Julians und Teelas Hilfe. Meine Stiefmutter versteht sehr viel von Heilkräutern. Diese Kenntnisse hat ihr eine gute Freundin während des Seminolenkriegs beigebracht. Aber ich glaube, die wahre Heilkraft liegt in der Magie ihrer Seele.«

»Wenn ich sie das nächste Mal sehe, muß ich ihr von ganzem Herzen danken.«

Es klopfte an der Tür, und Alainas Herz schlug schneller, als sie Ian eintreten sah. Er trug seine Uniform — das Blau der US-Army. Sofort erlosch ihr zögerndes Lächeln, und sie erinnerte sich an die zahlreichen Soldaten in ihren Halluzinationen. Männer in blauen Uniformen — wie jene drei, die ihren Vater getötet hatten. Hastig senkte sie den Blick und ermahnte sich zur Vernunft. Nicht die ganze Army hatte Papa erschossen.

Aber Lincoln war zum Präsidenten gewählt worden. Oder gehörte auch das zu ihren Alpträumen?

»Alaina ...« Er setzte sich aufs Bett, gegenüber von Jennifer. An diesem Morgen wirkte er besonders attraktiv, mit glattrasierten Wangen, das Haar noch feucht von seinem Bad. Forschend schaute er seine Frau an. Dann wandte er sich zu seiner Kusine.

»Keine Bange, sie ist überm Berg«, versicherte Jennifer. »Nun lasse ich euch beide allein.« Mit leisen Schritten ging sie hinaus und schloß die Tür hinter sich.

Ian berührte Alainas Wange. In dieser Geste lag zärtliche Besorgnis — und noch etwas anderes, das sie unbehaglich stimmte.

»Dem Himmel sei Dank, du hast deine Krankheit überstanden.«

Sie nickte und schluckte krampfhaft. »Wirst du abreisen?«

»Mein Urlaub ist beendet, und ich muß meinen Dienst

wieder antreten. Bedauerlicherweise kannst du mich nicht begleiten. Dafür bist du noch zu schwach. Sobald du neue Kräfte gesammelt hast, kommst du mir nach. Einverstanden?«

Wortlos nickte sie. Obwohl sie sein Kind erwartete, hatte er eine Barriere errichtet, die sie von ihm trennte. Es dauerte eine Weile, bis sie das drückende Schweigen brach. »Tut mir leid, daß ich Julian so viel Mühe bereitet habe. Ich weiß, er müßte sich um seine Arztpraxis in St. Augustine kümmern.«

»Oh, er ist dankbar für jede Gelegenheit, die ihn im Süden festhält. Und er freut sich, wenn er nach Herzenslust schwimmen und fischen kann.« Lächelnd drückte er Alainas Hand. »In ein paar Wochen wirst du dich gut genug fühlen, um zu verreisen. Julian und Jerome bringen dich nach St. Augustine, wo du an Bord eines Schiffs gehen wirst, von Lilly und Bella betreut.«

»Wohin sollen wir fahren?«

»Nach Charleston. Dort werde ich dich erwarten.«

Erleichtert seufzte sie auf. Also wollte er sie nicht für immer verlassen.

»Charleston gehörte zu den Lieblingsstädten meines Vaters. In Washington war ich noch nie. Und ich weiß nicht, ob dies der richtige Zeitpunkt für einen Besuch wäre.«

»Lincoln hat seinen Amtseid noch nicht abgelegt. Wenn du in der Hauptstadt eintriffst, wird Buchanan immer noch im Weißen Haus regieren.«

»Und wenn Lincoln sein Amt antritt? Werden wir dann aus Washington abreisen?«

Abrupt stand er auf, und sie bereute ihre Frage. Sie hatte sich doch vorgenommen, nicht mit ihm zu streiten. Sobald Florida von der Union abfiel, würde er den Dienst bei der US-Army auch ohne die ständigen Ermahnungen seiner Frau quittieren.

»Ian — ich freue mich auf Washington. Aber unser Kind könnte im Norden geboren werden . . .«

»Zweifellos. Trotzdem wird es die Staatsbürgerschaft von Florida besitzen.«

»Bleibst auch du ein Bürger von Florida? Ganz egal, was geschehen wird?«

»Gewiß, meine Liebe — was immer man auch von mir halten mag.«

Irgendwie klangen diese letzten Worte unheimlich. Nein, ich will nicht mit ihm streiten, erinnerte sie sich erneut. Trotzdem hätte sie ihn herausgefordert, aber . . . »Ian!«

»Ja?«

»O Ian, Julian hat recht! Das Baby bewegt sich! Fühl's doch!«

Er neigte sich zu ihr hinab, und sie legte seine Hand auf ihren Bauch. Zu ihrer Genugtuung strampelte das Baby noch heftiger.

Plötzlich zog er seine Hand zurück, als hätte er sich verbrannt.

»Ian . . .«

»In der Tat, das Baby ist gesund«, sagte er heiser.

Glückstränen stiegen ihr in die Augen. Inständig wünschte sie, Ian würde sie in die Arme nehmen.

Aber er küßte nur ihre Stirn, viel zu flüchtig. »Paß gut auf dich auf — und auf unser Baby.«

Ehe sie antworten konnte, eilte er aus dem Zimmer.

17

»Ian!«

Inmitten der Menschenmenge entdeckte er seinen Vetter Brent, der glücklicherweise groß genug war, um die meisten schwatzenden Leute zu überragen. Ian winkte ihm zu und bahnte sich einen Weg durch das Gedränge in der Halle des Thayer Inn, das der Charleston Battery direkt gegenüberlag. Vielleicht war es ein Fehler, Brent in diesem alten Hotel zu treffen, das er noch nie so überfüllt gesehen hatte.

Als er seinen Vetter endlich erreichte, umarmten sie sich. »Ein Wahnsinn, wie's hier zugeht, was?« meinte Brent lachend. »Komm, ich habe uns Plätze an der Bar gesichert. Die Zimmer sind schon reserviert. Darum hat Sydney sich gekümmert, sobald sie erfuhr, man würde die gesetzgebende Sitzung von Columbia hierher verlegen, weil dort die Pocken ausgebrochen sind. Natürlich hätten wir zur Plantage reisen können. Aber wir wollen die aufregenden Ereignisse nicht versäumen. Hast du gehört, was passiert ist?«

Selbstverständlich war Ian bereits informiert. Die Regierung von South Carolina hatte einen Kongreß einberufen, um die Sezession zu erörtern. Am 17. Dezember hatte die erste Versammlung in der Institute Hall stattgefunden. Nun sollten ein paar Tage lang die Einzelheiten besprochen werden. Das alles hatte Ian auf dem Weg nach Charleston erfahren. Es war zu spät gewesen, um Alainas Reise in die Stadt zu verhindern, und er konnte nur hoffen, ihr Schiff würde unbeschadet hier ankommen. Nicht, daß er im Augenblick irgendwelche Feindseligkeiten bemerkt hätte. Auf den Straßen herrschte eine euphorische Stimmung, und die Leute benahmen sich, als würde ihnen eine zweite Unabhängigkeitserklärung bevorstehen — was gewissermaßen auch zutraf. Vorerst spielte es noch keine Rolle, wie viele Soldaten in dieser Stadt die Uniform der US-Army trugen.

Während des Dezembers 1860 hatten einige besonnene Männer verzweifelt einen Kompromiß angestrebt. Der Kongreß der Vereinigten Staaten hatte fieberhaft gearbeitet, die Regierung von Virginia einen ›Friedenskongreß‹ anberaumt. Aber Ian hätte allen Beteiligten erzählen können, daß in Washington sehr wenig geschah. Präsident Buchanan wartete einfach nur ab, bis Lincoln das Amt übernehmen würde.

»Soeben hörte ich im Hafen, die Entscheidung sei so gut wie gefallen«, berichtete Ian.

»Und alle Engelschöre werden erklingen«, meinte Brent sarkastisch. Er war gegen die Sezession, aber ein Südstaatler mit Leib und Seele. Niemals würde er die blaue Uniform tragen und bestenfalls neutral bleiben.

»Einen ungünstigeren Treffpunkt hätte ich mir nicht aussuchen können, um meine Frau wiederzusehen«, seufzte Ian, als sie sich zu der alten Eichentheke durchkämpften. Offensichtlich hatte Brent mit dem Barkeeper Freundschaft geschlossen, denn er brauchte nur eine Hand zu heben, und der Mann füllte zwei Whiskeygläser.

»Keine Bange, sie amüsiert sich großartig.«

»Ist sie schon da?« fragte Ian verwundert. »Das Schiff sollte erst morgen nachmittag ankommen.«

»Anscheinend war der Wind besonders vorteilhaft.« Brent hob seinen Drink. »Prost. Deine Frau ging gestern abend von Bord. Aber reg dich nicht auf. Sydney und ich waren im Hafen, als das Schiff eintraf. Außerdem wurde Alaina von Lilly und einem Mischling namens Samson begleitet.«

»Das war einer von Teddys Feldarbeitern«, erklärte Ian und war froh, daß Julian beschlossen hatte, die beiden Frauen einem Beschützer anzuvertrauen. In Samsons Adern floß Indianerblut. Seine Mutter war eine Sklavin aus St. Augustine gewesen. Vor einigen Jahren hatte Teddy Mutter und Sohn gekauft und freigelassen. »Wo ist Alaina jetzt?«

Grinsend spähte Brent an seinem Vetter vorbei. »Schau doch! Gerade steigt sie mit Sydney die Treppe herab.«

Ian drehte sich um und beobachtete, wie ihm seine Kusine, in lavendelblauem Taft mit weißer Spitze, begeistert zuwinkte. Dann wandte sie sich zu Alaina, die immer noch Trauerkleidung trug. Wie gesponnenes Gold hob sich ihr hochgestecktes blondes Haar vom schwarzen Samt ihres weiten Umhangs ab. Ein paar Löckchen umrahmten ihr Gesicht, das eine neue Reife zeigte und schöner denn je wirkte. Obwohl sie sehr blaß war, schien sie sich wohl zu fühlen.

Zögernd nickte sie ihrem Mann zu. Er drängte sich durch die Menge zum Fuß der Treppe, küßte Sydneys Wange und zog Alaina an sich. Als er ihren runden Bauch spürte, runzelte er beunruhigt die Stirn. War das Baby nicht zu groß für eine so kleine, zierliche Frau? Hastig richtete er sich auf, legte einen Arm um ihre Schultern und küßte sie beinahe so keusch wie seine Kusine. Dann führte er die beiden Frauen zur Bar. »Tut mir leid, Alaina!« rief er, um das laute Stimmengewirr zu übertönen. »Hätte ich gewußt, was in Charleston los ist, wäre ich nicht so leichtsinnig gewesen, dich hier zu treffen.«

»Oh, ich finde den Wirbel faszinierend. Heute wird South Carolinas Sezession bekanntgegeben — und mit Musikkapellen, Paraden und einem Feuerwerk gefeiert. Ist das nicht wundervoll?«

Ihr Enthusiasmus irritierte ihn. Warum beklagte niemand das Scheitern der Union? Außerdem fragte er sich, ob Alaina in ihrem Zustand all den Aufregungen gewachsen war. »Ja, erstaunlich«, entgegnete er trocken.

Lächelnd begrüßte Brent die Damen. »Wollen wir in unser Balkonzimmer gehen? Dort können wir die Festivitäten am besten beobachten.«

»Ganz recht«, stimmte Ian in kühlem Ton zu. »Als Arzt solltest du Alaina erklären, der Tumult hier unten könnte ihr schaden.«

Brent hob die Brauen. In der Klinik hatte er die Erfahrung gemacht, daß die werdenden Mütter, die bis zum Kindbett aktiv blieben, eine besonders leichte Niederkunft erlebten. »Natürlich, Ian hat recht. Gehen wir nach oben.«

Auf dem Weg zur Treppe hörte Ian, wie jemand seinen Namen rief, und wandte sich zu seinem Großonkel Andrew Tweed um. Erfreut schüttelte er die Hand des rüstigen siebzigjährigen Mannes mit dem dichten weißen Haar.

»Was führt dich hierher, mein Junge?« fragte Andrew. »Soviel ich weiß, gehörst du dem Washingtoner Armycorps der Pioniere an.«

»Seit einiger Zeit leite ich ein Kartographenteam. Ich bin nach Charleston gekommen, um meine Frau zu treffen«, fügte Ian hinzu, zog Alaina zu sich heran und machte sie mit seinem Großonkel bekannt.

»Ah, deine Frau *und* dein Kind.« Höflich beugte sich Andrew über Alainas Hand. »Brent, du hast mir gar nichts von Ians künftiger Vaterschaft erzählt«, klagte er.

»In letzter Zeit fand ich keine Zeit, dich zu besuchen, wo sich doch alle Leute vor den Pocken fürchten und das Hospital belagern.«

»Ach ja, die Seuche in Columbia ... Nun, daran wird heute niemand denken. Wie aufregend das alles ist! Wahrscheinlich bin ich nicht mehr lange Amerikaner. Und was werde ich dann sein?«

»Ein Rebell!« mischte sich ein beschwipster junger Dandy ein, der an der Theke lehnte. »Oh, da sehe ich einen Yankee! Werden Sie sich auf die Seite des unabhängigen neuen Südens schlagen, Major?«

Ian ignorierte den Trunkenbold. »Gerade wollten wir mit Alaina und Sydney nach oben gehen, Onkel Andrew.«

»Was ist los mit Ihnen, Yankee?« rief der Fremde erbost und schob sich zwischen Ian und Andrew. »Hier befinden Sie sich in einem freien Staat, und da bedeutet Ihre Uniform gar nichts.« Verächtlich spuckte er vor Ians Füße, dann riß er eine Faust hoch.

Mühelos wich Ian dem Angriff aus und streckte seinen Widersacher mit einem gezielten Kinnhaken nieder. Einige Leute verspotteten den besiegten Dandy, und jemand verkündete: »Das ist Major McKenzie aus Florida. Demnächst werden Sie sich in einen Rebellen verwandeln, was, Major?«

Zu Ians Verblüffung und Ärger antwortete Alaina an seiner Stelle. »Sobald Florida eine Entscheidung trifft, wird mein Mann den Interessen seines Staates dienen.«

Am liebsten hätte er die Hände um ihren schönen Hals gelegt und zugedrückt. »Entschuldige mich, Onkel Andrew«, bat er, packte ihren Ellbogen und zog sie die Treppe hinauf.

Natürlich spürte sie seine Wut. Sie hatte ihn so schmerzlich vermißt und das Wiedersehen ungeduldig herbeigesehnt, während sie auf der Insel nach ihrer schweren Krankheit zu Kräften gekommen war. Mit jedem Tag wuchs ihre Liebe zu Ian. Wie diese Ehe zustande gekommen war, spielte keine Rolle mehr. Sie liebte seinen Stolz, seine Entschlossenheit, sein Ehrgefühl, die Wertschätzung, die er ihrem Vater entgegengebracht hatte. Und sie liebte seinen Anblick, seine Gesten, seine Berührung, die Art, wie seine Augen glühten, wenn er sie begehrte.

Aber er war so unvernünftig. Warum verbot er ihr, die Festlichkeiten aus nächster Nähe mitzuerleben, nachdem South Carolina die Trennung von der Union bekanntgegeben hatte? Sie saßen auf dem schmiedeeisernen Balkon der Hotelsuite, hörten den Jubel auf der Straße, die ohrenbetäubende Blasmusik, beobachteten Tänzer und Akrobaten und das leuchtendbunte Feuerwerk am nächtlichen Himmel.

Während des ganzen Abends behandelte Ian seine Frau höflich, aber kühl, und sie fürchtete die Explosion seines aufgestauten Zorns. Wenn er sein Schweigen brach, richtete er das Wort ausschließlich an Brent. Doch sie wollte sich die Freude nicht verderben lassen, genoß das Spektakel und unterhielt sich angeregt mit Sydney.

Erst nach Mitternacht verstummte der Lärm. Sie wünschten Brent und Sydney eine gute Nacht, dann zogen sie sich in ihr eigenes Schlafzimmer zurück. Ungeschickt, von der fortgeschrittenen Schwangerschaft behindert, legte Alaina ihr Cape ab und wünschte, sie hätte Lilly nicht erlaubt, sich unter das jubelnde Volk auf den Straßen zu mischen. Der samtene Umhang hatte ihren Zustand verborgen. Aber das Trauerkleid zeigte den gewölbten Bauch nur zu deutlich, und sie senkte verlegen den Kopf. Als sie spürte, wie Ians Hände die winzigen Knöpfe an ihrem Rücken öffneten, zuckte sie zusammen. Würde er sie jetzt mit anderen Frauen vergleichen?

»Danke«, flüsterte sie, preßte das Kleid an ihre Brust und floh hinter einen Wandschirm, um aus der Unterwäsche zu schlüpfen und ihr voluminöses Nachthemd anzuziehen. Wenig später saß sie am Toilettentisch und bürstete ihr Haar. Im Spiegel begegnete sie dem Blick ihres Mannes, der bereits im Bett lag. »Es ist nicht meine Schuld, daß South Carolina von der Union abgefallen ist.«

»Gewiß nicht. Aber ich kann mich nicht über eine Entscheidung freuen, die viele junge Männer in den Tod treiben wird.«

»Wie unvernünftig du bist«, seufzte sie. »Warum rechnest du mit einem Krieg? Die meisten Nordstaatler lassen die ›Abtrünnigen‹ nur zu gern laufen. Glaub mir, Florida wird South Carolinas Beispiel folgen. Die Senatoren planen bereits, die militärischen Institutionen der Union in unserem Staat zu übernehmen ...«

»Oh, und woher beziehst du deine Informationen?«

Sie zögerte und erinnerte sich, wem sie ihre Kenntnisse verdankte. Peter O'Neill. Nicht, daß sein Entschuldigungsbrief irgend etwas an ihrer Verachtung geändert hätte. Nachdem er sie wortreich um Verzeihung gebeten hatte, berichtete er in patriotischem Ton von den wichtigen politischen Ereignissen in Florida. Vielleicht wird die Sezession seine guten Charakterzüge fördern, hatte sie gedacht. Und sie wünschte, sie könnte verstehen, warum Ian die unausweichlichen Tatsachen nicht akzeptierte. »Das habe ich in der Zeitung gelesen«, erwiderte sie. »Und obwohl ich auf einer abgeschiedenen Insel lebe, kenne ich einige Leute in unserem Staat.«

»Also fiebert ihr alle der Sezession entgegen? Falls sich Florida dazu entschließen sollte, wäre es bedauerlich — eine unselige Rebellion, die ein Blutbad heraufbeschwören würde.«

»Auch die dreizehn Kolonien mußten rebellieren, um sich von den englischen Tyrannen zu befreien. Und nun tritt der Süden in ihre Fußstapfen, weil er sein Schicksal selbst bestimmen möchte.«

»Willst du eine Rebellin werden?« fragte Ian kühl.

»Wir stammen *beide* aus Florida«, betonte sie und legte die Haarbürste beiseite. »Trotzdem können wir uns in diesem Punkt nicht einigen.«

»Da gibt es nichts, worauf wir uns einigen müßten. Wir führen keine Verhandlungen.«

»Offenbar begreifst du die Situation nicht«, entgegnete sie und stand auf. »Wenn Florida von der Union abfällt, werde ich nicht im Norden bleiben.«

»Nein?« knurrte er, sprang aus dem Bett und ging zu ihr. Jetzt sah sie, daß er eine lange Unterhose trug. »Du würdest nicht im Norden leben, weil ein Krieg ausbrechen könnte? Glaub mir, der Süden wird verlieren. Was wollen acht Millionen Südstaatler gegen zwanzig Millionen Nordstaatler ausrichten? Von den acht Millionen Menschen, die den Süden bevölkern, sind drei Millionen Sklaven. Und die würden sich auf die Seite ihrer Befreier schlagen. Also gibt's nur fünf Millionen Rebellen. Im Süden existieren nur wenige Fabriken. Wie will sich das Heer mit Kriegsmaterial versorgen? Der Norden wird die Häfen blockieren und alle Importe verhindern.«

»Meinst du, die US-Army könnte die ganze Florida-Küste blockieren? Niemals!«

»Richtig. Und der Süden kann sie nicht verteidigen. Euer Kampf ist verloren, bevor er angefangen hat.«

»Das sehe ich anders.«

»Aber du bist meine Frau, Alaina. Deshalb mußt du die Dinge mit meinen Augen betrachten. Eine Ehefrau sollte ihren Mann unterstützen.«

Da verlor sie die Beherrschung und schrie: »Sicher nicht — wenn sich der Mann wie ein Idiot benimmt!«

Ehe sie wußte, wie ihr geschah, hob er sie hoch und legte sie aufs Bett. Dann löschte er die Gaslampe auf dem Nachttisch, streckte sich neben ihr aus und kehrte ihr den Rücken. Auch Alaina wandte sich von ihm ab. Aber es fiel ihr schwer, mit ihrem stark gewölbten Bauch eine Stellung zu finden, in der sie einschlafen konnte.

Schließlich schmiegte sie ihre Brüste an Ians Rücken. Da begann das Baby zu strampeln, und er spürte es. Er drehte sich zu ihr um und strich über ihren Bauch. »Was immer auch geschehen mag, unser Kind hat beschlossen, alles zu überleben«, flüsterte er und zog sie endlich an sich. Zufrieden schloß sie die Augen. Nach einer kleinen Weile fügte er hinzu: »Auch die Union wird alles überleben.«

Doch sie stellte sich schlafend. Dieses Wortgefecht konnte sie vorerst ohnehin nicht gewinnen. Die Zeit würde eine Entscheidung herbeiführen. Und die Zeit war Ians Gegnerin.

Sie hatten sich am 20. Dezember in Charleston getroffen, und Ian wollte die Weihnachtstage bei Brent und Sydney verbringen. Am Heiligen Abend traf er alte Freunde von der US-Army, die bereits beschlossen hatten, den Dienst zu quittieren.

Um Himmels willen, fragte er sich, sollen wir alle gegeneinander kämpfen?

Nach jener ersten schlaflosen Nacht vermied er weitere Diskussionen mit Alaina. Wenn er neben ihr lag, den Duft ihrer seidigen Haare roch, ihren warmen Körper und die Bewegungen seines Babys spürte, begehrte er sie mit allen Sinnen. Aber er würde sie nicht anrühren, bevor sie ein gesundes Kind geboren und sich von ihrer schweren Krankheit erholt hatte. Nach Weihnachten wollte er mit ihr nach Washington reisen. Natürlich wäre er glücklich gewesen, könnte sein Erbe auf Cimarron zur Welt kommen. Trotzdem mußte er sich mit dem Haus begnügen, das er in der Hauptstadt gemietet hatte. Die Niederkunft sollte Mitte Januar stattfinden. Aber vielleicht hatte es das Baby eilig, und es durfte nicht auf dem Weg von Süden nach Norden geboren werden.

Am Weihnachtsmorgen stand er zeitig auf, ließ Alaina schlafen und wanderte zum Hafen. Träge schaukelten die Schiffe am Horizont, und Ian betrachtete die Forts, die an der Küste Wache hielten. Eine schöne Szenerie, dachte er. Und so friedlich. Wie lange noch? Den Fuß auf einen kleinen Felsblock gestützt, zog er einen Brief seines Bruders aus der Tasche, den er am letzten Abend erhalten hatte. Nun praktizierte Julian wieder in St. Augustine.

Hallo, Bruder! Inzwischen bin ich zurückgekehrt. Deine Frau hat sich in meiner Obhut bestens erholt, und Jerome berichtet, seinen Eltern und den Malloys würde es gutgehen. Natürlich herrscht überall helle Aufregung. Wie du weißt, sind Gouverneur Perry und der designierte Gouverneur Milton glühende

Sezessionisten. Unsere Senatoren Yulee und Mallory verkünden, die Florida-Stützpunkte müßten der Union sofort entrissen werden. Beinahe gewinnt man den Eindruck, die Trennung von den Vereinigten Staaten wäre bereits erfolgt. Letzte Woche besuchte ich unsere Eltern. Beide machen sich große Sorgen, und Mutter versucht Vater zu beruhigen. Glücklicherweise liegt Cimarron ziemlich abgeschieden, und wir dürfen hoffen, unser Heim wird die turbulenten Zeiten unversehrt überstehen. Aber du kannst dir gar nicht vorstellen, wie man in Florida die Nachricht von der Sezession North Carolinas bejubelt hat. Wenn unser Staat ebenfalls von der Union abfällt, werden die Leute in einen wahren Freudentaumel geraten. Wie kommt meine teure Schwägerin ohne mich zurecht? Erzähl ihr, ich würde sie schmerzlich vermissen. Sie war wirklich eine angenehme Patientin. Übrigens, meine neueste ärztliche Meisterleistung bestand darin, einen tolpatschigen jungen Milizsoldaten von einer Kugel zu befreien, die er sich selbst in den Fuß geschossen hatte. Sicher ist Alaina bei Brent und Sydney gut aufgehoben. Sag ihr, Jennifer würde Teddys Limonenbäume liebevoll pflegen. Nun warte ich ungeduldig auf die Ankunft eines Neffen oder einer Nichte — und natürlich auf die Entscheidung, die du bezüglich deiner militärischen Zukunft treffen wirst.

Julian.

Ian faltete den Brief zusammen und steckte ihn wieder in die Tasche. Als ein Lieutenant vorbeikam, zögerte dieser kurz und salutierte. »Wahrscheinlich werden Sie in der neuen Army einen höheren Rang einnehmen als ich, Sir«, meinte er lächelnd und eilte weiter.

Eine Zeitlang starrte Ian auf den Hafen. Dann schloß er die Augen und prägte sich das schöne, friedliche Bild ein, bevor er ins Hotel zurückkehrte.

Im Salon traf er seine Frau, Sydney und Brent an, die am Frühstückstisch saßen. Sie hatten Kaffee, Biskuits und Butter bestellt. Ian bemerkte Alainas Unbehagen.

Aber sie schenkte ihm ein schwaches Lächeln. Er ging zu ihr und küßte ihre Wange. »Frohe Weihnachten.«

»Frohe Weihnachten«, flüsterte sie.

»Der Gottesdienst beginnt in fünfundvierzig Minuten«, verkündete Sydney. »Also müssen wir uns beeilen. Heute werden sich sämtliche Sünder von Charleston in den Kirchen drängen.«

Auf dem Weg zur Episkopalkirche wirkte Alaina immer noch bedrückt. Der Priester widmete seine Predigt dem Bibelwort ›Auge um Auge, Zahn um Zahn‹ und betonte, South Carolina müsse sich entschieden gegen die Bevormundung der Union wehren und seine Unabhängigkeit verteidigen. Immer wieder wurde er von lebhaftem Beifall unterbrochen. Offensichtlich feiert man in diesem Gotteshaus nicht die Geburt Christi, dachte Ian ironisch, sondern die Sezession.

Während sie zum Hotel zurückgingen, fragte Alaina: »Wie kannst du diesen Menschen verübeln, daß sie sich für ihre Freiheit und Selbstbestimmung begeistern, Ian?«

»Wenn ich dir jetzt eine Antwort gegeben habe, will ich dieses Thema nicht mehr erörtern«, erwiderte er langsam. »Die gesamte zivilisierte Welt findet die Sklaverei barbarisch. Wenn die Staatenrechte des Südens das Recht beinhalten, Menschen zu besitzen, dann beharren die Südstaatler auf einer archaischen, verwerflichen Institution. Und ich kann dem Priester nicht zustimmen, der behauptet, der Allmächtige würde sich auf die Seite der Freiheit stellen — o nein, Gott wird sich entschieden von diesem Brudermord abwenden. Du kennst meine Ansichten, Alaina. Lassen wir's dabei bewenden.«

»Und meine Ansichten?«

»Du bist meine Frau, und du solltest meine Meinung teilen.« Wortlos senkte sie den Blick, und er fügte hinzu: »Erinnerst du dich? Du bist mir auf Gnade und Ungnade ausgeliefert.«

»Vielleicht nicht mehr lange.«

»Oh?«

»Bald kommt das Baby zur Welt.«

»Ah! Also bist du mir nur zum Gehorsam verpflichtet, solange du ein Kind erwartest?«

»Natürlich nicht . . .«

»Oder du fühlst dich deinem Ehemann nur während der Schwangerschaft ausgeliefert«, fuhr er fort und lachte leise, obwohl er sich kein bißchen amüsierte. »Offenbar muß ich dich unentwegt in diesen Zustand versetzen, um für Ruhe und Ordnung in meinem Haushalt zu sorgen.«

Statt zu antworten, warf sie ihm einen vernichtenden Blick zu.

Abends aßen die McKenzies im Speisesaal des Hotels, lauschten den traditionellen Weihnachtsliedern, die ein stimmgewaltiger Chor vortrug, und unterhielten sich. Festliche Stimmung erfüllte den Raum, und Ian fragte sich, ob niemand außer ihm die dunkle, bedrohliche Wolke wahrnahm, die über der Stadt hing.

Im Schlafzimmer überreichte er Alaina dann sein Geschenk, einen goldenen Ehering, mit winzigen Topasen besetzt.

Sie saß vor dem Toilettentisch, als er ihr die Haarbürste aus der Hand nahm, den zu großen Ring von ihrem Finger streifte, den sie bei der Hochzeit bekommen hatte, und ihr den neuen ansteckte.

»Oh, wie schön!« rief sie. »Vielen Dank!« Freudestrahlend stand sie auf und küßte ihn.

»Der Juwelier meinte, Diamanten, Smaragde oder Rubine würden sich besser eignen. Aber ich erklärte ihm, die Topase würden zu deinen Augen passen.«

»Ja, die Topase sind wundervoll.« Sie wandte sich ab, kramte in einer Schublade und nahm ein Päckchen heraus, das sie in Ians Hände legte. »Natürlich ist das nicht so schön und wertvoll wie dein Geschenk. Aber ich hab's selber gemacht.«

Neugierig wickelte er einen sorgsam gesäumten Schal aus weicher karierter Wolle aus.

»Das McKenzie-Karo«, erklärte sie, »und sehr warm — für den Winter im Norden.«

»Was für eine gute Idee! Ich danke dir.« Lächelnd legte er den Schal um seinen Hals.

Dann führte er Alaina zum Kamin, und sie setzten sich auf ein bequemes Sofa.

Vertrauensvoll lehnte sie den Kopf an seine Schulter. Würde dieses Land nicht in so schrecklicher Gefahr schweben, wäre ich ein zufriedener, glücklicher Mann, dachte er.

»Ian?«

»Ja?«

»Ich möchte dir danken — für alles, was du nach Papas Tod für mich getan hast. In dieser schweren Zeit warst du so geduldig und freundlich.«

»Alaina, du bist meine Frau. Natürlich tue ich alles für dich, was in meiner Macht steht.«

»Wirklich?« fragte sie skeptisch. Immer wieder stand die Barriere des Konflikts zwischen ihnen, der den Norden und den Süden entzweite. Wenn er alles für sie tat, was in seiner Macht stand — warum trat er dann nicht aus der US-Army aus?

»Innerhalb vernünftiger Grenzen, meine Liebe.«

»Und du glaubst, ich würde diese Grenzen manchmal überschreiten?«

»Allerdings.«

Plötzlich fröstelte sie.

»Frierst du?« fragte er besorgt. »Soll ich eine Decke holen?«

»Nein, halt mich einfach nur fest.«

Er nahm sie in die Arme, und als sie zärtlich über seine

Wange strich, empfand er einen inneren Frieden, den er lange nicht mehr verspürt hatte.

Vielleicht die Ruhe vor dem Sturm ...

18

Ian hatte ein Haus im Zentrum von Washington gemietet. Obwohl sie nach Einbruch der Dunkelheit ankamen, herrschte auf den Straßen reges Leben und Treiben. Wagenräder ratterten, Pferdehufe klapperten.

Wenn Alaina auch beschlossen hatte, die Stadt zu verabscheuen — es war Liebe auf den ersten Blick. Fasziniert beobachtete sie die Straßenhändler, die über offenen Flammen Nüsse rösteten und lautstark ihre Waren anpriesen, die Zeitungs- und Botenjungen, die trotz der späten Stunde eifrig umhereilten. In allen Häusern brannte helles Licht.

Die Bahnreise war beschwerlich gewesen, die Kutschenfahrt von der Station zu Alainas künftigem Heim über holpriges Pflaster noch unangenehmer. Eigentlich hatte sie erwartet, sie würde nach der Ankunft nur noch den Wunsch empfinden, ins Bett zu sinken. Doch die vielen neuen Eindrücke weckten ihre Lebensgeister.

»Möchtest du das Haus besichtigen?« fragte Ian, als sie aus dem Wagen stiegen.

»Natürlich.«

Sorgsam führte er sie über den vereisten Gehsteig und die Verandastufen hinauf. Die Haustür öffnete sich, und Ian begrüßte einen hochgewachsenen schlanken, weißhaarigen Mann. »Guten Abend, Henry. Dieses ist meine Frau Alaina. Alaina, das ist mein Butler Henry.«

»Sehr erfreut, Mrs. McKenzie.« Der alte Dienstbote verneigte sich höflich, grinste über das ganze faltige Gesicht, und Alaina mochte ihn auf Anhieb. »Herzlich willkommen, Ma'am. Es ist mir eine Ehre, Ihnen zu dienen.«

»Danke, Henry«, erwiderte sie lächelnd.

»Bringen Sie die Köchin und die Zofe meiner Frau in ihre Zimmer, Henry«, bat Ian. »Ich werde Mrs. McKenzie das Haus zeigen.«

»Sehr wohl, Sir.«

Die halbmondförmige Eingangshalle war mit einer modischen marmorierten Tapete ausgestattet. An der hohen Decke hing ein prachtvoller Kristallüster.

Während der Butler mit Bella und Lilly eine geschwungene Treppe hinaufstieg, folgte Alaina ihrem Mann in den Speiseraum, der zur Linken an die Halle grenzte. »Dieses Zimmer benutzen wir nur, wenn wir Gäste haben. Selbstverständlich werden wir vor deiner Niederkunft niemanden einladen. Daneben liegt der Damensalon, hinter der Treppe der große Salon. Auf der anderen Seite findest du die Bibliothek und das Arbeitszimmer.«

Langsam wanderten sie durch alle Räume, und Alaina bewunderte die elegante Einrichtung.

»Du mußt todmüde sein«, meinte Ian. »Gehen wir nach oben.«

»Nein, ich fühle mich sehr wohl ...«

Energisch ergriff er ihren Arm und führte sie zu den Stufen. »Du darfst dich nicht überanstrengen.« Während sie die Treppe hinaufstiegen, erklärte er: »Die Dienstboten wohnen im zweiten Stock. Und das ist dein Zimmer.«

Er öffnete eine Tür, direkt neben dem Treppenabsatz, und Alaina betrat einen gemütlich ausgestatteten, großen Raum. In der Mitte stand ein breites Bett mit einer dicken weißen Steppdecke. Die hellblau gemusterte Tapete bildete einen hübschen Kontrast zu den dunkel gebeizten Möbeln aus Kiefernholz.

»Wie schön«, murmelte sie und verbarg ihre Enttäuschung. Es war *ihr* Zimmer. Nicht seines. »Und wo schläfst du?«

»Nebenan. Vorerst ist das die beste Lösung. Ich würde dich und das Baby nur stören.«

»Unsinn ...«

»Außerdem habe ich in letzter Zeit kaum geschlafen, und ich brauche etwas Ruhe. Da drüben findest du den Waschtisch und hinter dem Wandschirm eine Sitzbadewanne. Über dem Kamin hängt ein Kessel, darin kannst du Wasser erwärmen. Wenn du irgendwas brauchst, mußt du nur am Glockenstrang neben dem Bett ziehen. Nun werde ich dich allein lassen. Soll ich Lilly zu dir schicken?«

»Nein, danke, ich komme schon zurecht.«

»Schlaf gut.« Er küßte ihre Stirn, dann ging er ohne ein weiteres Wort hinaus.

Seufzend sank sie aufs Bett, fühlte sich einsam und elend. Warum wollte Ian die Nächte nicht mit ihr verbringen? Weil er in Washington andere Interessen verfolgte? Würde er die Tochter des Colonels wiedersehen? Natürlich war sie viel zu stolz, um ihm solche Fragen zu stellen.

Die Dienstboten hatten ihre Truhe aus dem Wagen geholt und heraufgetragen. Mühsam, durch ihren Zustand behindert, zog sie ihr Reisekostüm und die Unterwäsche aus und schlüpfte in ein Nachthemd. Dann lag sie unter der weichen Steppdecke und starrte ins Dunkel.

Irgendwann schlief sie ein, aber wenig später wurde sie geweckt, weil Stimmen von der Veranda heraufdrangen. Sie trat ans Fenster. Als sie die schweren Brokatvorhänge auseinanderschob, sah sie ihren Mann und Henry auf den Stufen stehen. Was die beiden besprachen, konnte sie nicht verstehen. Ein junger Stallknecht führte Pye um die Hausecke herum, und Ian schwang sich in den Sattel.

Ohne einen Blick zurückzuwerfen, ritt er in die Finsternis. Wütend und gekränkt fragte sie sich, wo er den Rest der Nacht verbringen würde.

Sie beschloß, kühle Distanz zu wahren, was ihr nicht schwerfiel, weil Ian nur selten zu Hause blieb. Wie sie den Zeitungen entnahm, bemühte sich der Kongreß immer noch um einen Kompromiß. Doch sie wußte, daß die Repräsentanten Floridas, die sich in Washington aufhielten, vom Heeresminister genaue Angaben über die militärischen US-Einrichtungen in ihrem Staat verlangten. Auch South Carolina hatte Vertreter in die Hauptstadt geschickt, um solche Informationen einzuholen.

In den wenigen Stunden, die Ian daheim verbrachte, begegnete er seiner Frau höflich und rücksichtsvoll — aber wie ein Fremder. Manchmal hätte sie ihn am liebsten geohrfeigt. Wenn sie erwachte, hatte er das Haus bereits verlassen. Erst abends kehrte er zurück, und sie aßen zusammen.

Wann immer sie nach der politischen Lage fragte, fertigte er sie mit knappen, nichtssagenden Antworten ab und wechselte abrupt das Thema. Als sie erklärte, sie würde gern die Stadt besichtigen, erwiderte er, die Straßen seien vereist und rutschig. Einer solchen Gefahr dürfe sie sich in ihrem Zustand nicht aussetzen.

Was ihn von ihr fernhielt, wußte sie nur zu gut. Da sie verschiedener Meinung waren, was den Konflikt zwischen den Nord- und den Südstaaten betraf, wollte er nicht mit ihr streiten. Deshalb ging er ihr aus dem Weg. Sie fürchtete, ihn zu verlieren. Aber wie sollte sie um ihn kämpfen?

Eine Woche nach ihrer Ankunft brachte ihr der Butler einen Brief von Ian.

Colonel Magee hat mir dringend empfohlen, Mrs. Greenhows Einladung zum Dinner anzunehmen. Wie Du weißt, habe ich wegen Deines Zustands abgesagt. Aber wahrscheinlich ist sie die bedeutsamste Gastgeberin von Washington. Vor einigen Jahren starb ihr Mann. Sie hatte ihm vier Kinder geschenkt. Nach dem Tod ihrer Tochter Gertrude zog sie sich aus dem Gesellschaftsleben zurück. Aber neuerdings gibt sie wieder Parties — vor allem aus diplomatischen Gründen, um in diesen schwierigen Zeiten politische Gegner zusammenzuführen. Allzulange werde ich nicht bleiben. Warte bitte nicht auf mich.

»Möchten Sie in Ihrem Zimmer dinieren, Ma'am?« schlug Henry vor.

»Nein.« Nachdenklich faltete sie den Brief zusammen. »Ich werde ausgehen.«

Vergeblich bemühte er sich, seine Überraschung zu verbergen. »Aber — das Baby, Ma'am.«

»Das Baby braucht frische Luft. Bitte, schicken Sie Lilly zu mir.«

Obwohl er mißbilligend die Lippen zusammenpreßte, nickte er und entfernte sich.

Alaina eilte zum Toilettentisch. Vor einigen Tagen hatte sie Mrs. Greenhows Einladung erhalten, die an sie adressiert gewesen war. Beim Dinner hatte sie Ian darüber informiert. Natürlich hatte er erklärt, so kurz vor ihrer Niederkunft dürfe sie sich keine anstrengende gesellschaftliche Veranstaltung zumuten.

Aber sie ertrug es nicht, noch länger in diesen vier Wänden auszuharren. Allmählich fühlte sie sich wie eine Gefangene. Und die einseitigen politischen Meinungen, die sie den Zeitungen entnahm, genügten ihr nicht. Sie wollte wissen, was die Leute von der Situation hielten. Vielleicht würde sie auf der Party einen Südstaatler treffen, der eher bereit wäre, über die Lage zu reden, als ihr Ehemann. Außerdem konnte sie es kaum erwarten, Colonel Magees Tochter kennenzulernen.

Normalerweise eine treue Verbündete, erhob Lilly energische Einwände. »In Ihrem Zustand schickt sich das einfach nicht, Missus. Und Sie müssen an das Baby denken. Wenn Sie hinfallen ...«

»Ich werde nicht hinfallen.«

»Aber Sie könnten Ihren Mann ärgern.«

Ihre Blicke trafen sich im Spiegel. »Das nehme ich in Kauf«, erwiderte Alaina. »Bitte, Lilly, ersparen Sie mir Ihren Protest. Mein Entschluß steht fest. Also frisieren Sie mich so hübsch wie möglich.«

Seufzend gehorchte die Zofe. Dreißig Minuten später musterte Alaina — in einem schwarzen Kleid mit hoher Taille und weitem Rock, der ihre Schwangerschaft einigermaßen verhüllte — ihr Spiegelbild. Allzu verführerisch sah sie nicht aus, aber halbwegs elegant.

In der Halle legte sie ihr weites Cape um die Schultern und bat Henry, den Wagen vorfahren zu lassen. Sekundenlang geriet sie in Panik. Ian würde wütend sein. Wenn er die Party zusammen mit Miss Magee besuchte ... Aber dann hob Alaina entschlossen das Kinn. Die Einladung war an sie adressiert worden, und sie würde hingehen. Zum Teufel mit allen Bedenken!

Risa Magee nippte an ihrem Sherry, lächelte gezwungen und gab vor, Colonel Montgomery zuzuhören, einem alten Freund ihres Vaters, der eine langwierige Geschichte über die Indianerkämpfe im Westen erzählte.

Wäre sie doch im Westen — oder sogar im gottverdammten Süden ... Überall, nur nicht hier. Aber ihr Vater hatte kategorisch erklärt, sie müsse ihn zu der Dinnerparty begleiten, und sie erfüllte ihre Pflicht, so wie immer. Nicht, daß die Gesellschaft langweilig gewesen wäre. In Mrs. Greenhows Salon hatten sich faszinierende Persönlichkeiten eingefunden, ranghohe Militärs, Politiker, Schriftsteller, Geschäftsmänner, Kleriker — und bedauerlicherweise Ian McKenzie.

So sehr sie sich auch bemühte, sie konnte einfach nicht so tun, als hätte sie ihn niemals geliebt und niemals gehofft, seine Frau zu werden. Jetzt war er mit einer anderen verheiratet.

Schon bevor er ihr die Wahrheit gestanden hatte, waren peinliche Gerüchte nach Washington gedrungen. Sie wußte, wie sehr er unter der furchtbaren Situation gelitten hatte. Und wenn sie seinen Blick spürte, merkte sie, daß er sie immer noch reizvoll fand.

Mit seiner Frau, die irgendwo in der Wildnis Floridas aufgewachsen war, würde ihn außer der erzwungenen Ehe nichts verbinden. Dieses Mädchen, jahrelang der schädlichen Tropenhitze ausgesetzt, mußte häßlich wie die Sünde sein, mit brauner, ledriger Haut und ausgebleichtem Haar.

Und so eine Person hat mein Glück zerstört, dachte sie erbost.

Zu ihrem eigenen Entsetzen wünschte Risa, sie wäre klug genug gewesen, Ian rechtzeitig zu verführen. Dann wäre sie jetzt seine Frau, würde sein Kind erwarten und ihn in seiner Liebe zur Union bestärken, statt diese zweigeteilte Loyalität in seinen Augen zu lesen. Wieviel Bitterkeit mochte sein Leben vergiften, seit er die Südstaatlerin geheiratet hatte ...

Da sie von Alainas Schwangerschaft erfahren hatte, mußte sie natürlich akzeptieren, daß eine gewisse Beziehung zwischen den beiden bestand. Und sie hatte Ian selbstverständlich gratuliert. Das war sie allein schon ihrem Stolz schuldig.

Bei der ersten Begegnung nach seinem Urlaub hatte sie bestürzt erkannt, wie sehr sie ihn immer noch liebte. Er stand in ihrem Salon, so attraktiv in seiner blauen Uniform mit dem Federhut. Bedrückt und nachdenklich starrte er ins Kaminfeuer.

Wie Risa sich entsann, hatte er mit Lincolns Wahl gerechnet, während die meisten Leute überzeugt gewesen waren, der hinterwäldlerische Anwalt würde niemals an die Macht kommen. Ian hatte ihr erklärt, South Carolina würde sich bald von der Union trennen und den anderen Baumwollstaaten ein Beispiel geben. Er sagte auch den Krieg voraus.

Aber an diesem Abend unterhielten sich die Kongreßabgeordneten, die ansonsten heftig stritten, freundschaftlich und beglückwünschten einander zu Hochzeiten, Geburten ersehnter Erben oder Beförderungen. Soldaten aus allen Regionen des Landes prosteten sich zu.

Zweifellos wußte Mrs. Greenhow, eine geniale Gastgeberin, die unterschiedlichsten Elemente unter ihrem Dach zu vereinen. Auch Präsident Buchanan war für eine Viertelstunde erschienen, um für eine friedliche Lösung des Konflikts zu plädieren und zu versichern, auf beiden Seiten würden die Wunden bald heilen. Risa hatte gehört, viele Leute würden ihm mangelnde Initiative vorwerfen. Aber was sollte er tun? In einigen Wochen würde Lincoln die Präsidentschaft übernehmen und die Welt verändern. Jetzt versuchte Buchanan nur noch, die Hitzköpfe im Zaum zu halten und zu verhindern, daß sie aufeinander feuerten.

Zu ihrer Linken stand Ian, nur wenige Schritte entfernt, an der Seite ihres Vaters. Sein Anblick krampfte wieder einmal ihr Herz zusammen.

Plötzlich sah sie einen jungen Mann mit zerzaustem braunem Haar und glühenden Augen auf ihn zugehen. Um das Gespräch zu belauschen, trat sie etwas näher heran.

Offenbar stammte der Mann aus Alabama und hatte soeben den Dienst bei der US-Army quittiert. Er wollte in seine Heimat zurückkehren, die sich zweifellos bald von der Union lossagen würde. Wütend betonte er, Major McKenzie müsse genauso handeln.

Ian entgegnete mit ruhiger Stimme, dies sei *seine* Sache, und Risa beschloß, ihn zu unterstützen.

»Entschuldigen Sie mich, Colonel«, bat sie den Freund ihres Vaters, »ich fürchte, der Major ist in Schwierigkeiten.«

»Natürlich, meine Liebe.«

Sie drückte ihm ihr Punschglas in die Hand. Soeben hatte das Orchester einen Walzer intoniert, was ihr sehr gelegen kam. Lächelnd ging sie zu Ian. »Würdest du mit mir tanzen, obwohl ich nur ein armseliger Ersatz für deine Frau bin?«

Erleichtert und belustigt erwiderte er: »Du bist niemals ein ›Ersatz‹. Und du wirst mit jedem Tag schöner.«

»Also wirklich, Papa, du hast deine Offiziere zu schamlosen Schmeichlern erzogen«, scherzte sie, und die Gentlemen lachten.

Ian nahm ihren Arm, führte sie auf die Tanzfläche, und sie begannen sich im Walzertakt zu drehen. »Danke für die Rettung.«

»Gern geschehen.«

»Wer weiß, wie lange du mir noch beistehen kannst ...«

»Warum sagst du das?«

»Bald wird sich auch Florida von der Union trennen.«

»Was willst du tun?«

»Ich habe nicht vor, die US-Army zu verlassen. Nach meiner Ansicht ist die Sezession verrückt und die Sklaverei ein himmelschreiendes Unrecht. Wenn sich die Nord- und die Südstaaten in friedlichem Einvernehmen trennen, kehre ich vielleicht eines Tages nach Hause zurück und übernehme die Plantage meines Vaters. Aber falls ein Krieg ausbricht, wäre ich in Florida ein geächteter Außenseiter.«

»Hier nicht, Ian.«

»Nein.« Er lächelte wehmütig. »Aber ich liebe meine Heimat leidenschaftlich. Dort wäre ich allerdings unwillkommen. Ganz zu schweigen von ...« Abrupt verstummte er.

»Von deinem Ehebett?«

Er umfaßte ihre Taille noch fester, und sie wußte nicht, ob sein harter, kalter Blick ihr galt — oder seiner abwesenden Frau. »Alaina muß meine Entscheidung akzeptieren, und mein Entschluß steht fest.«

Bei der nächsten Drehung sah sie, wie die Tür aufschwang, und Rose Greenhow begrüßte eine exquisite blonde Schönheit im weiten schwarzen Cape.

Risa hatte keine Ahnung, wieso sie es wußte. Aber sie wußte es. Die Südstaatlerin, die Ian geheiratet hatte, war auf der Party erschienen, um die Gesellschaft der Nordstaaten kennenzulernen.

Eine hochgewachsene dunkelhaarige Frau in raschelndem Taft eilte Alaina entgegen. »Guten Abend!« rief sie freundlich. »Mit wem habe ich die Ehre?«

»Alaina McKenzie. Mrs. — Greenhow?«

»O ja, ich bin Rose Greenhow. Und Sie sind Ians Frau.« Die attraktive Gastgeberin lächelte entzückt. »Natürlich, das hätte ich wissen müssen. Aber dieser elegante Umhang verbirgt Ihren Zustand. Wann erwarten Sie Ihr Baby, meine Liebe?«

»Gegen Ende Januar.«

»Wie wundervoll! Kinder sind ein Gottesgeschenk. Bitte, treten Sie doch näher. Tut mir leid, ich hatte Sie nicht erwartet. Ursprünglich sagte Ian ab. Dann wurde er von seinem Vorgesetzten überredet, meine Party doch zu besuchen, weil heute abend ein paar inoffizielle politische Diskussionen stattfinden. Aber er hätte mir mitteilen sollen, daß Sie ebenfalls kommen würden, meine Liebe.«

Glücklicherweise blieb Alaina eine Antwort erspart, denn Rose Greenhow ergriff ihren Arm und begann, sie mit den anderen Gästen bekannt zu machen.

Schweren Herzens sah Alaina ihren Mann mit der schönsten Frau im ganzen Saal tanzen. Die Tochter des Colonels? Sie war groß und gertenschlank, mit einer perfekten Wespentaille. Glänzendes dunkles Haar umrahmte ein ovales Gesicht mit grünen Augen, die sich bei Alainas Anblick verdunkelten.

»Kommen Sie, meine Liebe!« Rose Greenhow führte den Neuankömmling zu den nächsten Gästen und fügte im Flüsterton hinzu: »Glauben Sie mir, die Leute konnten es kaum erwarten, Sie kennenzulernen. Und sie freuen sich so, daß Sie heute abend erschienen sind.«

Das bezweifelte Alaina. Die vornehmen Washingtoner Damen würden die Anwesenheit einer hochschwangeren Frau sicher verurteilen und bösartige Klatschgeschichten verbreiten. Nun, daran war sie gewöhnt, nachdem sie im südlichen Florida für einen Skandal gesorgt hatte.

Trotzdem wäre sie am liebsten davongelaufen, als die Tochter des Colonels etwas in Ians Ohr flüsterte. Er drehte sich um — und hielt mitten im Walzerschritt inne. Wie gut er seine Gedanken und Gefühle verbarg ...

Aber Alaina kannte ihn, sah den Puls in seinem Hals pochen, den Zorn, der seine Miene verdüsterte. Könnte sie sich doch irgendwo verkriechen! Doch das war unmöglich. Ein Dienstbote nahm ihr den Umhang ab, und sie stand da in ihrem schwarzen Spitzenkleid, zwang sich zu lächeln und reichte all den Leuten die Hände, die ihr vorgestellt wurden.

Schließlich führte Mrs. Greenhow sie zur schönen Tochter des Colonels. »Ah, da sind Sie ja, meine liebe Risa! Das ist Alaina, Ians Frau. Und Risa ist Colonel Magees Tochter. Sicher werdet ihr beiden die besten Freundinnen.«

Mit frostigem Lächeln starrten sich die jungen Frauen an.

»Freut mich, Sie kennenzulernen, Miss Magee«, würgte Alaina hervor.

»Oh, das Vergnügen ist ganz auf meiner Seite«, erwiderte Risa höflich. »Mein Vater und ich sind schon so lange mit Ian befreundet. Natürlich konnten wir's kaum erwarten, die Bekanntschaft seiner Gemahlin zu machen.«

In Risas grünen Augen erschien ein seltsamer Glanz und verriet Alaina, daß sie durchschaut wurde. O ja, diese Frau wußte, daß es in Ians Ehe Probleme gab.

Plötzlich fühlte Alaina sich elend. *Ich* bin es, die seinen Ring trägt, die sein Kind erwartet, dachte sie. Und das muß Risa Magee zutiefst verletzen — die Frau, die er heiraten wollte.

»Geht es Ihnen nicht gut, Mrs. McKenzie?« fragte Risa.

»Doch, sehr gut ...« Und dann merkte Alaina, daß Ian hinter ihr stand, mit ihrem Cape.

»Wie nett, daß du doch noch auf die Party gekommen bist, meine Liebe«, bemerkte er kühl. »Aber ich denke, jetzt warst du lange genug hier.«

Brennende Röte stieg ihr in die Wangen, und sie kam sich vor wie ein ungezogenes Kind, das gemaßregelt wurde — vor Mrs. Rose Greenhow, vor den Spitzen der Washingtoner Gesellschaft.

»Aber — ich fühle mich großartig ...«, stammelte sie. Im gleichen Augenblick spürte sie einen Wasserschwall zwischen den Beinen, die Fruchtblase war geplatzt. Darauf hatte Jennifer sie hingewiesen und erklärt, dieses Ereignis würde die Wehen einleiten.

Ein stechender Schmerz durchfuhr Alainas Rücken. In wilder Panik schaute sie sich um und begegnete Risa Magees Blick. Die Tochter des Colonels erfaßte die Situation sofort.

Hastig drehte sie sich um und stieß ein volles Bierglas aus der Hand eines Offiziers. »O Gott, wie ungeschickt von mir! Nun sehen Sie doch, welche Bescherung ich angerichtet habe!«

»Das macht nichts, meine Liebe«, erwiderte Rose Greenhow beruhigend. »Darum brauchen Sie sich nicht zu sorgen.«

Dankbar erwiderte Alaina das Lächeln der Gastgeberin — und fühlte sich erneut gedemütigt, als Risa sich zu Ian neigte. »Jetzt solltest du deine Frau nach Hause bringen, mein Lieber. So schnell wie möglich.«

19

Am 10. Januar 1861 sagte sich Florida offiziell von der Union los, als dritter Staat nach Mississippis Sezession am 9. Januar. Von diesen Ereignissen merkte Alaina nichts, denn am 10. Januar, um zwölf Uhr mittags, erblickte Sean Michael McKenzie endlich das Licht der Welt, nach stundenlangen Wehen.

Ian hatte den Ernst der Lage sofort erkannt, seine zitternde Frau in den Umhang gehüllt, aus Mrs. Greenhows Haus getragen und in die Kutsche gebracht.

Voller Zorn und Sorge nannte er sie eine kleine Närrin. Doch das klang harmlos, verglichen mit den Schimpfwörtern, die sie ihm während der Nacht und des nächsten Tages an den Kopf warf. Der freundliche Arzt erklärte, der Allmächtige habe den Frauen dieses Leid nun mal aufgebürdet, und daran lasse sich nichts ändern.

Beinahe war sie dankbar für die heftige Diskussion mit ihrem Mann, die sie von den qualvollen Schmerzen ablenkte. Obwohl der Doktor ihm einen Drink in der Bibliothek oder einen mitternächtlichen Ritt vorschlug, blieb Ian neben Alainas Bett sitzen. Lilly — mit einer irritierenden Ich-hab's-ja-gesagt-Miene — hatte ihr aus der durchnäßten Kleidung geholfen und ein frisches Nachthemd angezogen. Sobald die Zofe das Zimmer verlassen hatte, fauchte er: »Wieso um alles in der Welt hast du dich so albern aufgeführt?«

»Mir war langweilig, und ich wollte endlich ausgehen . . .«

»Weil dich politische Debatten viel mehr interessieren als dein Kind!«

»O nein! Es kommt ein bißchen zu früh auf die Welt.«

»Jedenfalls hattest du keinen Grund, die Party zu besuchen.«

»Doch«, flüsterte sie. »Ich wollte herausfinden, warum *du* hingegangen bist.«

»Tatsächlich? Nun, es ist dir immerhin gelungen, meinen Aufenthalt in Mrs. Greenhows Haus dramatisch zu verkürzen.«

Ehe sie antworten konnte, wurde sie von neuen Wehen geplagt und hätte beinahe geschrien. Aber sie würde sich vor Ian keine Blöße geben, und so biß sie energisch die Zähne zusammen. »Du — solltest mich allein lassen«, keuchte sie.

»Nein.«

Im Lauf der Nacht war sie sogar dankbar für seine Anwesenheit. Stöhnend umklammerte sie seine Hand, lauschte seiner beruhigenden Stimme, spürte seine sanften Finger, die ihre Stirn immer wieder mit feuchten Lappen kühlten.

Als sie die Niederkunft endlich überstanden hatte, war er der erste, der das Baby aus den Händen des Arztes entgegennahm. »Ein Junge, Alaina!« Trotz ihrer Erschöpfung empfand sie ein heißes Glücksgefühl angesichts seiner unverhohlenen Freude. »Ein Junge mit dichtem Haar, zehn Fingern und zehn Zehen — alles ist dran«, fuhr er aufgeregt fort. Dann legte er seinen Sohn in Lillys Arme, die ihn badete und in ein Tuch wickelte. »Hab' ich's nicht gesagt? Es wird ein Junge.« In diesen Worten schwang unbändiger väterlicher Stolz mit.

Alaina lächelte schwach. Noch nie war sie so müde und zugleich so froh gewesen. Lilly übergab ihr wenig später das Baby, das schreiend gegen seine neue Umwelt protestierte. Entzückt strich Alaina über das flaumweiche Haar und betrachtete die blauen Augen, von zärtlicher Liebe erfaßt.

In diesem Moment liebte sie den Vater ihres Sohnes inniger denn je.

»Er hat deine Augen, Ian.«

»Oder vielleicht Teddys Augen.«

Gerührt küßte sie seine Hand, die über ihre Wange strich. »Vielen Dank, daß du das gesagt hast.«

»Und ich danke dir für meinen wundervollen Erben«, erwiderte er und preßte seine Lippen auf ihre Stirn. Ermattet schloß sie die Lider. Irgend jemand nahm ihr das Baby aus den Armen, und sie schlief zufrieden ein.

»Ich würde ihn gern Sean Michael McKenzie nennen, nach meinem Großvater«, erklärte Ian, als er am nächsten Abend neben Alainas Bett saß. Hingerissen beobachtete er den Säugling, der an ihrer Brust lag und den Daumen seines Vaters festhielt. »Wenn du willst, taufen wir unseren zweiten Sohn Theodore.«

»Und wenn's ein Mädchen wird?«

»Theodora? Thedosia?« Fragend schaute er sie an, und sie senkte rasch den Blick. Er sollte nicht sehen, wie sehr sie sich freute, weil er mit weiterem Familienzuwachs rechnete.

»Sean Michael — das gefällt mir.«

Eines Morgens schlief Alaina, den kleinen Sean Michael im Arm, als es leise an der Tür klopfte. Gähnend öffnete sie die Augen und raffte das Nachthemd über der Brust zusammen. Während sie das Baby gestillt hatte, war sie eingenickt.

Zu ihrer Verblüffung trat Risa Magee ein, elegant gekleidet, das Haar zu einem kunstvollen Chignon hochgesteckt. »Herzlichen Glückwunsch.« Auf Zehenspitzen schlich sie zum Bett und neigte sich über den schlummernden Säugling. »Oh, wie hübsch er ist!«

»Danke ... Und vielen Dank, daß Sie meine mißliche Lage an jenem Abend so geschickt überspielt haben.«

»Eine theatralische Szene ...«

»... die ich nicht beabsichtigt hatte. Und ich frage mich, warum Sie so freundlich zu mir waren.«

»Eigentlich weiß ich's auch nicht«, gestand Risa lächelnd. »Vielleicht, weil wir Frauen gewissermaßen Schwestern sind ... Nun, ich will ehrlich sein. Ich begreife wirklich nicht, warum ich Ihnen geholfen habe. Immerhin wäre der süße Sean *mein* Baby, wenn Sie mir Ian nicht weggenommen hätten.«

Bestürzt richtete sich Alaina auf. »Aber — ich habe nicht ...«

»Schon gut, ich hätte einfach selber mit ihm schlafen sollen.«

»Das habe ich nicht getan.«

»Offensichtlich doch«, entgegnete Risa belustigt und zeigte auf das Baby.

»Erst nach der Hochzeit«, betonte Alaina. »Vorher schwamm ich nur nackt im Teich — das war meine einzige Missetat. Und wenn Sie glauben, ich hätte Ian in eine Falle gelockt, täuschen Sie sich. Ich wollte ihn gar nicht heiraten ...« Erschrocken verstummte sie, als sie ihren Mann in der Tür stehen sah.

»Jetzt spielt das keine Rolle mehr«, meinte Risa, die ihn noch nicht entdeckt hatte. »Sie sind seine Frau und die Mutter seines Sohnes, und ich gratuliere Ihnen.« In diesem Augenblick kam Ian herein, und sie wandte sich verwirrt zu ihm. »Oh — guten Tag, Ian. Das Baby ist einfach zauberhaft.«

Wie schnell sie sich faßte ... Alaina beneidete sie um ihre würdevolle Haltung. Am liebsten hätte sie die Decke über ihren Kopf gezogen, um Ians kaltem Blick auszuweichen. Allem Anschein nach hatte er ihre letzten Worte gehört.

»Vielen Dank, Risa. Alaina, ist Sean angezogen? Ich möchte ihn taufen lassen. Freundlicherweise werden Colonel Magee und Risa die Patenschaft übernehmen.«

»Jetzt?« flüsterte Alaina verdutzt. Warum hatte er sie nicht über seinen Plan informiert und gefragt, ob sie mit dieser Patenschaft einverstanden wäre?

Ohne zu antworten, ging er zum Bett. Behutsam hob er Sean hoch und legte ihn in die Arme der Taufpatin, die entzückt lachte. »Was für ein reizender Junge!«

In wachsendem Unbehagen betrachtete Alaina das hübsche Bild, das Risa bot, als sie Sean festhielt. Wie gern hätte sie ihr das Baby entrissen ...

Risa wandte sich zu ihr und schien ihre Blässe zu bemerken, denn sie versprach: »Bald bringen wir Ihren Sohn zurück, Alaina.«

»Wenn du ein paar Minuten warten würdest, Ian ...«, bat Alaina und zwang sich zu einem Lächeln. »Ich ziehe mich rasch an.«

»Nein, du darfst noch nicht aufstehen. Außerdem ist die Zeit des Reverends knapp bemessen, und ich halte deine Anwesenheit für überflüssig.«

Obwohl es ihr schwerfiel, die Demütigung hinzunehmen, bezähmte sie ihren Zorn. »Nun, hoffentlich wird sich Sean bei der Taufe ordentlich benehmen. Er kann sehr temperamentvoll sein.«

»Oh, wir kommen schon mit ihm zurecht«, versicherte Risa und folgte Ian aus dem Zimmer.

Da der Arzt für die nächsten Wochen ›eheliche — eh — Beziehungen‹ untersagt hatte, konnte Alaina ihrem Mann nicht verübeln, daß er weiterhin in seinem eigenen Zimmer schlief. Tagsüber verbrachte er viele Stunden mit seiner Familie.

Drei Wochen nach Seans Geburt wurden sie wieder zu einer Soiree in Rose Greenhows Haus eingeladen. Erst jetzt erkannte Alaina, daß sie — mit dem Baby und ihren privaten Problemen beschäftigt — die politischen Ereignisse ignoriert und nicht einmal die Zeitungen gelesen hatte. Ian informierte sie natürlich nicht über die neuesten Entwicklungen.

Als Mrs. Greenhows Zofe die Einladung ablieferte, saß Ian gerade in der Bibliothek, um Landkarten zu studieren. Alaina ging zu ihm und legte den Brief wortlos auf den Tisch.

Nachdem er die wenigen Zeilen überflogen hatte, bemerkte er: »Vorerst kannst du keine Party besuchen. Du mußt dich noch schonen.«

»Bitte, Ian! Seit drei Wochen habe ich das Haus nicht verlassen.«

»Und Sean?«

»Wenn ich ihn kurz vor der Soiree stille, wird er ein paar Stunden friedlich schlafen.«

Zögernd schaute er sie an, dann beugte er sich wieder über seine Arbeit. »Also gut, wie du meinst . . .«

Noch nie hatte er seine Frau so schön gesehen wie an diesem Abend. Sie trug immer noch Trauer. Aber die schwarze Seide ließ ihr goldblondes Haar noch intensiver leuchten und betonte ihren Porzellanteint. Ein paar Löckchen hingen aus dem modischen Knoten und umschmeichelten ihre Wangen.

Als Ian das Cape um ihre Schultern legte, atmete er den verführerischen Duft ihres Parfums ein und empfand ein heißes Verlangen. Aber er mußte den Rat des Arztes befolgen und sich noch ein paar Wochen gedulden. »Gehen wir?«

Sie nickte, und er bemerkte, wie mißbilligend sie seine Uniform musterte. Seit dem Tod ihres Vaters haßte sie dieses Blau.

In der Kutsche spürte sie seinen unverwandten Blick und strich nervös ihren Rock glatt. »Stimmt was nicht?«

»Ganz im Gegenteil. Du siehst bezaubernd aus.«

»Danke . . .« Sie starrte aus dem Fenster. »Wie schön, daß wir heute abend ausgehen! Ich liebe Sean, das weißt du. Und ich genieße seine Gesellschaft. Aber ich bin nicht an diesen Müßiggang gewöhnt.«

»Und du wolltest mich natürlich nicht heiraten und in den verhaßten Norden geschleppt werden«, erinnerte er sie und fragte sich, warum es ihn immer noch irritierte, was sie der Tochter des Colonels an jenem Morgen gestanden hatte.

Ohne ihn anzuschauen, erwiderte sie: »Ich wollte Risa nur erklären, es sei nicht meine Absicht gewesen, ihr Leben zu zerstören.«

»Wieso hast du ihr Leben zerstört?«

»Weißt du denn nicht, daß sie dich immer noch liebt?«

»Oh, hast du diesen Eindruck gewonnen?« fragte er höflich. Natürlich wußte er, was Risa für ihn empfand, und er erwiderte ihre Gefühle. Aber er war besessen von seiner Frau. Und obwohl er immer neue Barrieren rings um seine Seele errichtete — Alaina konnte sie alle niederreißen. Glücklicherweise mußte er das Thema nicht weiterverfolgen, denn in diesem Augenblick hielt der Wagen vor Rose Greenhows stattlichem Haus.

Als sie die Eingangshalle betraten, lächelte Alaina erfreut. So viele Leute eilten ihr entgegen, begrüßten sie wie eine alte Freundin und erkundigten sich nach ihrem Baby. Natürlich zählte auch Risa zu den Gästen, wie im mer bildschön und elegant, diesmal in königsblauer Seide.

Nach dem Austausch einiger Höflichkeitsfloskeln drehte sich das Gespräch um ernstere Dinge.

»Major McKenzie, was ist nur los mit dieser Welt?« seufzte Jill Sanders, die Frau eines jungen Navy-Lieutenants. »Wenn man sich das vorstellt — nun haben sie doch tatsächlich eine eigene Nation gegründet, die Konföderierten Staaten von Amerika!«

»Was?« rief Alaina verwirrt.

»Oh, meine Liebe, natürlich waren Sie mit Ihrem süßen Baby beschäftigt, und so können Sie nicht wissen, was inzwischen geschehen ist. Sieben Baumwollstaaten haben eine Regierung gebildet. Nur Texas schickte zu spät einen Delegierten nach Montgomery. Texas sagte sich erst am 1. Februar von der Union los. Und am 4. entstand diese alberne Regierung. Major, haben Sie schon gehört, daß Jeff Davis zum provisorischen Präsidenten ernannt wurde? Großer Gott, dieser Mann war unter Präsident Pierce Heeresminister, und jetzt ... Und dieser Alexander Stephens! Unentwegt hat er verkündet, er sei strikt gegen die Sezession. Und nun ist er Vizepräsident der Konföderierten Staaten von Amerika!«

Alaina starrte Ian an. Wie rasend hämmerte ihr Herz gegen die Rippen. Das alles mußte er gewußt haben. Aber er hatte die Ereignisse mit keinem Wort erwähnt.

»Gewiß, Stephens hat eindrucksvoll gegen die Sezession protestiert, Mrs. Sanders«, stimmte er zu. »Aber da er aus Georgia stammt, fühlte er sich offenbar verpflichtet, die Partei seines Staates zu ergreifen.«

»Welche Südstaaten haben sich bisher von der Union getrennt?« fragte Alaina.

»Nun, die Sezession South Carolinas haben sie sicher nicht verpaßt, Mrs. McKenzie«, antwortete Jill Sanders. »Dann kamen dazu Mississippi, Ihre Heimat Florida, Alabama, Georgia, Louisiana — und Texas ... Ja, ich glaube, es geschah in dieser Reihenfolge. Nicht wahr, Ian?«

»Ganz recht«, bestätigte er. Mit kalten Augen erwiderte er Alainas Blick. Ehe sie sich empört abwenden konnte, ertönten Walzerklänge und er ergriff ihren Arm, um sie auf die Tanzfläche zu führen.

Aber sie weigerte sich, mit ihm zu tanzen, und blieb hoch aufgerichtet zwischen den anderen Paaren stehen. »Habe ich das richtig verstanden? Florida ist von der Union abgefallen, und du hast nichts unternommen?«

»Ja, das hast du ganz richtig verstanden. Florida ist von der Union abgefallen — und ich habe nichts unternommen. Warum regst du dich so auf? Du weißt doch, was ich von der Sezession halte.«

»Und was hast du jetzt vor?«

»Im Augenblick nichts Besonderes. Ich will nur mit dir tanzen.«

»Dazu habe ich keine Lust.«

»Wie schade!« meinte er und legte einen Arm um ihre Taille.

»Laß mich los ...« Doch eigentlich wollte sie seine Nähe spüren, seine Beteuerung hören, dies alles sei schrecklich und breche ihm das Herz. Natürlich würde er Florida die Treue halten und seinen Dienst bei der US-Army quittieren, um für die Konföderierten Staaten von Amerika zu kämpfen. Aber er sagte nichts dergleichen. »Du bist ein Verräter«, fauchte sie, »ein Verräter an deinem Staat, an deinem Volk!«

»Hör auf, Alaina!«

»O nein! Laß mich los! Du sollst mich nicht mehr anrühren, nie wieder!«

»Alaina, du bist meine Frau ...«

Verzweifelt schüttelte sie den Kopf. »Ich will nach Hause!«

»Sei doch vernünftig ...«

»Ich *muß* nach Hause zurückkehren ...«

Da nahm er sie noch fester in die Arme. »Wenn du jetzt gehst und mich in aller Öffentlichkeit mit deinen politischen Ansichten demütigst, werde ich dich zurückholen. Und falls du mich verlassen willst, trennst du dich auch von deinem Sohn. Solltest du versuchen, ihn zu entführen und im Sumpf zu verstecken — vergiß nicht, daß ich dieses Gebiet viel besser kenne als du. Ich würde dich finden, überall. Alaina, wir sind verheiratet und müssen zusammenstehen, in guten wie in schlechten Tagen. Daran werde ich dich stets erinnern.« In seiner Stimme schwang eine unmißverständliche Drohung mit. »Du wirst in Washington bleiben. Das ist ein Befehl.«

»Oh, zum Teufel mit dir!« zischte sie erbost. »Wie kannst du deiner Heimat den Rücken kehren?«

»Ich kehre Florida nicht den Rücken. Aber ich bin gegen die Sezession. Selbstverständlich wird der Norden den Krieg gewinnen. Und nach dem Blutbad werde ich mithelfen, meine Heimat wiederaufzubauen.«

Entgeistert schaute sie ihn an, als zweifelte sie an seinem Verstand. »Also gut, ich werde nicht davonlaufen. Aber in meinen Augen bist du ein Verräter. Faß mich nicht an!« Plötzlich ließ er sie los, so abrupt, daß sie schwankte. »In South Carolina hat man dich einen Yankee genannt — einen Feind! Und genau das bist du. Ein Yankee! Du gehörst zu dieser verdammten Army, die sich weigert, die Mörder meines Vaters zu bestrafen!«

»Dein Vater kam bei einem bedauerlichen Unfall ums Leben.«

»Durch fahrlässige Tötung!«

»Wie auch immer ...«

»Und du bist ein Teil dieser gräßlichen Bürokratie!«

»Hör doch, Alaina ...«

»Von einem elenden Yankee lasse ich mir nichts sagen.«

»Trotzdem bist du mit einem Yankee verheiratet.« Er

verbeugte sich formvollendet, dann ging er davon. Freundlich blieb er stehen, als ihn jemand ansprach, lachte mit einem Freund und unterhielt sich mit mehreren Leuten. Mrs. Greenhow klopfte auf seine Schulter. Nachdem sie ein paar Worte gewechselt hatten, küßte er ihr galant die Hand und führte sie auf die Tanzfläche.

Bedrückt wandte sich Alaina ab und kämpfte mit den Tränen. Wie freudig sie diesem Abend entgegengefiebert hatte ... Und jetzt sehnte sie sich nach der Einsamkeit ihres Schlafzimmers.

Auf dem Weg zum Ausgang wurde sie immer wieder von Bekannten aufgehalten, die ihr zur Geburt ihres ersten Kindes gratulierten und fragten, ob sie sich in Washington wohl fühle. Da sie das tropische Klima von Florida gewohnt sei, würde sie im kalten Norden sicher frieren, nicht wahr?

Mit einem gezwungenen Lächeln beantwortete sie alle Fragen, und es gelang ihr, ebenso nonchalant zu wirken wie ihr Ehemann.

Endlich erreichte sie die Tür. Ein Dienstmädchen brachte ihr den Umhang, und sie erklärte Ians Kutscher, einem freigelassenen Schwarzen, sie müsse nach Hause fahren, um ihr Baby zu stillen. Was sogar stimmte. Ihre prall gefüllten Brüste schmerzten, und sie hoffte, Sean würde hungrig sein.

Sobald sie die Halle erreichte, hörte sie ihn auch schon schreien und eilte in ihr Schlafzimmer hinauf. Hastig öffnete sie ihr Kleid und nahm das Baby aus Lillys Armen. Sie versuchte zu verbergen, wie ihr zumute war.

Aber die Zofe schüttelte seufzend den Kopf. »Sie sind sehr aufgeregt, Missus, und Sie werden auch ihr Kindchen aufregen.«

»Unsinn ...«

»Aber wenn Sie sich ärgern, wird bestimmt die Milch sauer.«

»Bitte, Lilly ...«

»Die ganze Zeit wußten Sie, daß Florida von der Union abfallen würde. Jetzt ist's passiert. Aber was da draußen in der Welt vorgeht, braucht Sie nicht zu kümmern, Missus. Sie sind verheiratet. Und Sie müssen zu Ihrem Mann halten.«

»Er ist so blind, so unvernünftig!« stieß sie hervor, und Sean begann zu weinen. Also hatte Lilly recht, der Säugling spürte den Zorn seiner Mutter. Besänftigend strich Alaina über sein Köpfchen und legte ihn aufs Bett. »Bitte, helfen Sie mir beim Ausziehen, Lilly. Und bringen Sie mir ein Nachthemd — das cremefarbene mit den Knöpfen am Halsausschnitt.«

Wortlos gehorchte die Zofe.

»Danke. Und jetzt lassen Sie mich allein, Lilly.«

»Vergessen Sie nicht, was ich Ihnen gesagt habe!« mahnte Lilly, bevor sie aus dem Zimmer ging.

Während Alaina ihrem Sohn die Brust gab, versuchte sie nicht an ihren Kummer zu denken. Danach lag sie erschöpft im Bett, hielt das Baby in den Armen und schloß die Augen. Doch sie fand keinen Schlaf.

Um Mitternacht hörte sie Ian nach Hause kommen. Eine knappe Stunde später ritt er davon.

Warum war sie so verzweifelt? Hatte sie nicht erklärt, er dürfe sie nie mehr anfassen? Es gab ganz sicher genug Frauen, die sich nach seiner Berührung sehnten.

20

Am 4. März 1861 leistete Abraham Lincoln seinen Amtseid. Ian hielt sich an diesem denkwürdigen Tag nicht in Washington auf. Seit Rose Greenhows Party hatte Alaina ihn nicht mehr gesehen. Lilly erzählte ihr später, die Missus habe noch geschlafen, als der Master am frühen Morgen heimgekommen sei. Eine Zeitlang habe er mit Sean gespielt und das Haus dann verlassen. Der Brief, den er für Alaina hinterlegt hatte, enthielt nur die kurze Mitteilung, er müsse verreisen, um eine Order zu befolgen, und werde vermutlich in einem Monat zurückkehren. Hatte er um diese Order gebeten, weil er seiner Frau aus dem Weg gehen wollte?

Den Gedanken, mit Sean nach Florida zu fahren, verwarf sie sofort wieder. Ian hatte erklärt, er würde sie überall aufspüren. Wenn sie ihn auch nicht interessierte — auf seinen Sohn würde er niemals verzichten.

So wartete sie, las Zeitungen und die Briefe von seiner Familie. Mitte März hatten die Konföderierten Staaten die meisten Militärstützpunkte der Union innerhalb ihrer Grenzen übernommen. Fort Sumter im Hafen von Charleston blieb in den Händen der Union, ebenso wie Fort Pickens, die Forts auf Key West und den Dry Tortugas. Alaina fragte sich, ob man Ian vielleicht ins Fort Taylor auf Key West versetzt hatte, wo er schon oft stationiert gewesen war. Kämpfte er bereits gegen seine Heimat?

Entschlossen rüsteten der Norden und der Süden zum Krieg. General Beauregard, früher bei der US-Army und ein gefeierter Held im mexikanischen Krieg, belagerte den Hafen von Charleston. Während Major Anderson im Fort Sumter um Verstärkung bat und neue Befehle erwartete, beobachtete er in wachsender Sorge die Bastionen des Generals.

Wie Alaina erleichtert feststellte, war Risa Magee in Washington geblieben, statt — wie befürchtet — Ian zu begleiten. Immer wieder traf sie die Tochter des Colonels auf Parties in Rose Greenhows Haus, wo die Gentlemen aufgeregt über die Kriegsvorbereitungen diskutierten.

Sydney schrieb, in Charleston würde sich die Lage zuspitzen. Bald würden die Kämpfe ausbrechen. Sie wollte nach Florida zurückkehren und ersuchte Alaina um Informationen über die Ereignisse in der Hauptstadt.

Auch von Jennifer erhielt Alaina einen Brief und erfuhr bestürzt, Ian habe ihre Heimat Belamar Isle besucht, während sie in Washington zurückgeblieben war.

Natürlich geht ein Unionsoffizier ein Risiko ein, wenn er sich in den neuen Konföderierten Staaten blicken läßt, schrieb Jennifer. *Aber wir haben uns so gefreut, Ian wiederzusehen. Meine Eltern und Lawrence waren hier, und wir erörterten die Situation. Wie seltsam — mein Vater und Ian stehen jetzt auf verschiedenen Seiten. Aber beide prophezeien Florida dasselbe Schicksal. Es kann sich nicht verteidigen. Andererseits, wie will die US-Army diese meilenlange Küste blockieren. Ian erklärte meinem Vater, er bedaure Floridas überstürzte Sezession und fürchte, die Südstaaten würden es den Wölfen zum Fraß vorwerfen. Im Krieg müsse die Konföderation die Soldaten aus Florida abziehen und in nördlichen Kampfgebieten einsetzen. Dann wäre der Staat den Angriffen der Union hilflos ausgeliefert. Vater stimmte zu, fragte aber, was in Gottes Namen der Norden mit unseren Sümpfen anfangen wolle. So oder so, auf dieser Halbinsel wird ein sonderbarer Krieg toben. Wir werden für Proviant und Streitkräfte sorgen. Rindfleisch, Salz und Soldaten! Dein Mann platzte beinahe vor Stolz auf seinen Sohn. Hoffentlich werde ich Sean bald kennenlernen. Der Abschied von meinem Vetter fiel mir sehr schwer. Wer weiß, wann wir uns in diesen dunklen Zeiten wiedersehen? Paß gut auf Dich und das Baby auf. Alles Liebe, Jennifer.*

Der Brief war vor einigen Wochen datiert worden, was Alaina um so größere Sorgen bereitete. Was mochte inzwischen geschehen sein?

Während die Nation auseinanderfiel, gedieh Sean prächtig und spendete seiner Mutter ein wenig Trost. Auch Rose Greenhows Einladungen lenkten sie von ihrem Kummer ab. Die Witwe strahlte trotz der bedrohlichen Situation eine beruhigende Gelassenheit aus, ebenso wie Risa, der Alaina regelmäßig in Roses Haus begegnete.

Die Ressentiments, die Risa gegen Alaina hegte, wurden durch trockenen Humor gemildert. Eines Nachmittags beschlossen die beiden jungen Frauen, in Roses Küche Kekse zu backen.

Versehentlich ließ Alaina einen Meßbecher voller Mehl fallen. Risas Kleid wurde über und über bestäubt. Wenig später stellte sie die Mehlschüssel etwas zu heftig ab, das Mehl flog empor und rieselte auf Alainas Rock. Da bewarfen sie einander mit dem restlichen Mehl, verwandelten die Küche in ein Chaos und lachten schallend, bis Sean erwachte und schreiend nach seiner Milch verlangte.

»Kann ich ihn stillen, ohne eine weitere Mehlsalve zu riskieren?« fragte Alaina.

»Von mir haben Sie nichts zu befürchten — was allerdings nicht für eine gewisse Witwe gilt, die bei Tampa lebt.« Als Alainas Atem stockte, berührte Risa ihre Schulter. »Tut mir leid — ich dachte, Sie kennen diese Frau.«

»Ja, ich kenne sie. Ihretwegen mußte ich Ian heiraten — weil er mich für Mrs. Trehorn hielt, als ich nackt im Teich schwamm.«

»Ah, ich verstehe ... Nun, manche Frauen werden für ihr sittsames Benehmen bestraft. Hätte ich nicht stets auf die Schicklichkeit geachtet, wäre ich jetzt mit Ian verheiratet.«

»Sie haben ihn sehr geliebt, nicht wahr?«

»O ja«, bestätigte Risa. »Aber keine Bange, ich werde Ihre Ehe nicht bedrohen. Sie wissen doch, wie tugendhaft ich bin.«

Lächelnd nickte Alaina ihr zu. »Vor Mrs. Trehorn habe ich keine Angst. Ian hat sich nur mit ihr amüsiert — während er in *Sie* verliebt war. Vielleicht liebt er Sie immer noch.«

»Und wenn schon? Sie sind seine Frau, und Sie haben ihm einen wunderbaren Sohn geschenkt — der immer lauter brüllt. Wollen Sie ihm nicht endlich die Brust geben?«

Alaina lachte. Zu ihrer eigenen Überraschung umarmte sie Risa, bevor sie das Mehl von ihren Händen wischte und Sean aus seinem Körbchen hob. Seltsamerweise gewann sie den Eindruck, sie hätte eine gute Freundin gefunden.

Während Risa entschieden für die Union eintrat, war Rose Greenhow anderer Meinung und machte keinen Hehl aus ihrer Sympathie für den Süden — nicht einmal dann, wenn sie mit den Offizieren der US-Army, Kabinettsmitgliedern und Kongreßabgeordneten flirtete. Alaina, die ihre Meinung für sich behielt, beobachtete die Witwe belustigt und schloß sie in ihr Herz.

Allmählich versammelten sich die Kontingente der US-Army in Washington, und der Kriegsausbruch rückte immer näher. Alaina erwog, nach Florida zu reisen, obwohl Ian ihr befohlen hatte, in der Hauptstadt zu bleiben. Wenn sie ihre Schwiegereltern aufsuchte, konnte Ian sie wohl kaum für illoyal halten — schon gar nicht, nachdem er sie verlassen hatte.

Eines Abends, Anfang April, wurde sie wieder einmal von Rose zu einer ›Dinnerparty im kleinen Kreis‹ eingeladen.

Sie beschloß, ihre Freundin um Rat und Hilfe zu bitten. Wie sie inzwischen erfahren hatte, befürwortete Rose die Sklaverei, weil ihr Vater von einem Schwarzen ermordet worden war.

Am Abend der Party zog Alaina eines ihrer neuen Trauerkleider an, die sie nach Seans Geburt hatte schneidern lassen. Der Ausschnitt war etwas tiefer als bei ihrer übrigen Garderobe, und das enge Oberteil wurde mit zahlreichen winzigen Knöpfen geschlossen. Über den kurzen Ärmeln lag ein kostbarer Spitzenschal.

Sobald sie das Greenhow-Haus betrat, eilte ihr die Gastgeberin entgegen und küßte sie auf beide Wangen. »Wie zauberhaft Sie aussehen, Alaina! Ihr Mann wäre stolz auf Sie. Würden Sie mir einen Gefallen tun? Auf der Veranda stehen ein paar junge Soldaten herum, die eben erst in Washington eingetroffen sind und sich einsam fühlen. Darf ich sie mit Ihnen bekannt machen?« Ohne eine Antwort abzuwarten, führte sie Alaina durch die Glastür ins Freie. Die Soldaten lehnten am Geländer. Beim Anblick der beiden Damen richteten sie sich hastig auf.

»Hallo, Jungs!« rief Rose. »Ich habe euch Major Ian McKenzies Gemahlin mitgebracht. Vielleicht werdet ihr bald an seiner Seite reiten. Alaina, die Gentlemen haben soeben ihre Ausbildung an der Militärakademie West Point absolviert — Charlie Litwin, Harold Penny, William Mony und Nate Dillon. Gentlemen — Mrs. McKenzie.«

Alaina lächelte den jungen Männern zu, die sie respektvoll begrüßten. Nervös strich Charlie das Haar aus seiner Stirn.

»Darf ich Ihnen ein Glas Punsch bringen, Ma'am?« erbot sich William.

»Ja, bitte.«

Während William den Punsch holte, führte Harold die Frau des Majors zu einem gepolsterten Schaukelstuhl. Anmutig hob sie das Glas, das ihr der junge Offizier inzwischen überreicht hatte. »Auf die Zukunft!«

»Auf die Zukunft!« rief Charlie.

»Wie immer sie auch aussehen mag ...«, fügte Harold seufzend hinzu.

»Machen Sie sich Sorgen, Sir?« fragte Alaina.

»Allerdings. Ich stamme aus Maryland, Ma'am, und ich

bin mir noch nicht sicher, ob ich zum Norden oder zum Süden gehöre.«

»Auch ich komme aus Maryland, Ma'am«, erklärte William. »Charlie und Nate sind Virginier.«

»Oh ...«

»Maryland wird sich sicher nicht von der Union lossagen«, meinte Charlie. »Das kann der Norden aus geographischen Gründen gar nicht gestatten.«

»Aber wenn sich Maryland trotzdem dafür entscheidet ...«, begann Alaina.

»Was wir uns wünschen, spielt keine Rolle, Ma'am«, entgegnete Nate und zeichnete mit seinem Zeigefinger eine Landkarte in die Luft, um zu erläutern, wie schwierig es war, in diesem Gebiet größere Truppen zu bewegen, und wie man die Kavallerie, die Infanterie, die Artillerie, die Späher und die Spione einsetzte. Das Gespräch faszinierte Alaina. Im übrigen fand sie es nach der letzten Begegnung mit ihrem Mann durchaus angebracht, mit den charmanten Soldaten ein bißchen zu flirten. Sanft schaukelte sie in der weichen Polsterung auf und ab und genoß die milde Brise.

»Was wird geschehen, wenn Virginia die Union verläßt, Lieutenant Dillon?« fragte sie.

»Das weiß ich nicht, Ma'am. Ich liebe meine Heimat. Und ich hoffe, sie wird in der Union bleiben. Aber man bereitet sich überall auf ein Blutbad vor. Sollte sich Virginia zur Sezession entschließen, würde es viele gute Soldaten verlieren.«

»Zweifellos«, stimmte sie zu und lächelte den jungen Lieutenant mitfühlend an.

Und dann erlosch ihr Lächeln. Jemand stand in der Verandatür, von der Abenddämmerung überschattet. Aber sie erkannte die Umrisse seiner Gestalt, die kerzengerade Haltung. Sofort beschleunigte sich ihr Puls. »Ian ...«

»Hallo, meine Liebe!« grüßte er und ging zu ihr.

»Sir, Major ...« Beflissen schlug Lieutenant Dillon die Hacken zusammen und salutierte. Die anderen Soldaten folgten seinem Beispiel.

»Stehen Sie bequem, Gentlemen.« Ian trat hinter Alainas Schaukelstuhl, neigte sich hinab und küßte ihre Wange. Nur die Gegenwart der jungen Männer half ihr, sich zusammenzureißen und in ruhigem Ton zu sprechen. »Welch eine Überraschung ... Wann bist du nach Washington zurückgekehrt?«

»Vor kurzem.«

»Und du kamst sofort hierher!« Nun klang ihre Stimme etwas schärfer. »Perfekter Offizier und Gentleman, der die Gesellschaft seiner Kameraden sucht, noch bevor er nach seiner Frau und seinem Sohn sieht ...«

»Glücklicherweise habe ich dich hier getroffen. Wie schön, daß du während meiner Abwesenheit nicht Trübsal bläst — und dich in der Gesellschaft dieser jungen Unionssoldaten wohl fühlst! Offenbar bewunderst du ihre Uniform. Gentlemen — hüten Sie sich vor schönen Südstaatlerinnen! Meine Frau stammt aus Florida. Womöglich will sie Ihnen militärische Geheimnisse entlocken.«

Nun überwand Lieutenant Dillon seine Nervosität und lachte über den Scherz des Majors.

»Aber Sir! Mrs. McKenzie ist Ihre Gemahlin!«

»In der Tat. Nun, Gentlemen, besten Dank, daß Sie meine Frau so gut unterhalten haben. Jetzt wünsche ich Ihnen eine gute Nacht. Alaina, meine Liebe, ich bin müde und möchte nach Hause fahren.«

Am liebsten hätte sie erwidert, er sei wochenlang ohne sie zurecht gekommen und könne ihre Gesellschaft sicher auch weiterhin entbehren. Aber seine Hand umklammerte ihre Schulter so schmerzhaft, daß sie entweder schreien oder aufstehen mußte. Sie entschied sich für letzteres.

Offensichtlich war er schlecht gelaunt. Mit knappen Worten, fast brüsk, verabschiedete er sich von Rose Greenhow. Dann führte er seine Frau schweigend zur Kutsche. Statt mit ihr einzusteigen, ritt er auf Pye hinter dem Wagen zu seinem Haus. Bei der Ankunft wartete sie nicht, bis er ihr aus der Kutsche half, sondern sprang heraus und eilte in die Halle, wo sie von Lilly erwartet wurde. »Gleich wird Major McKenzie hereinkommen, Lilly. Bitte, kümmern Sie sich um ihn.«

Sie rannte in ihr Zimmer hinauf, schloß die Tür, lehnte sich dagegen und rang nach Atem. Dann eilte sie zu Seans Bettchen, aber er lag nicht darin.

»Oh, mein Gott!« rief sie entsetzt. Sie lief zur Tür, riß sie auf und stieß mit Ian zusammen. »Wo ist mein Baby?« Mit beiden Fäusten trommelte Alaina gegen seine breite Brust.

»In Sicherheit«, erwiderte er und hielt ihre Handgelenke fest.

Wütend riß sie sich los. »Du hast ihn weggebracht.«

»Nur um zu verhindern, daß *du* ihn wegbringst.«

»Ich hatte keine Ahnung, wo du die ganze Zeit warst. Ohne ein einziges Wort bist du verschwunden. Ja, ich wollte abreisen — jetzt! Wer weiß, wie lange es noch möglich ist? Ich habe lange genug gewartet.«

»Auch andere Ehefrauen müssen warten.«

»Aber die Ehemänner anderer Frauen sind vernünftig genug, ihrer Heimat die Treue zu halten. Ich wollte zu deinen Eltern fahren. Was du tust, interessiert mich nicht. Für mich ist nur mein Sohn wichtig.«

Sie wollte sich an ihm vorbeidrängen. Aber er packte ihren Arm, schob sie ins Zimmer zurück und schloß die Tür.

»Du bleibst hier.«

»Nein, verdammt! Ian ...« Ehe sie wußte, wie ihr geschah, hob er sie hoch und warf sie aufs Bett. Eine Sekunde später saß er rittlings auf ihren Hüften. »Heute nacht wirst du diesen Raum nicht mehr verlassen.«

»Oh, wie ich den Anblick deiner Uniform hasse!«

»Was für eine Heuchlerin du bist, meine Liebe! Nach endlosen Wochen im Dienst der US-Army kehre ich heim und finde meine kleine kokette Südstaatenschönheit auf Rose Greenhows Veranda, umringt von Verehrern in blauen Uniformen. Warum hast du so heftig mit ihnen geflirtet, obwohl du die Unionssoldaten verachtest?«

»Mrs. Greenhow bat mich, den Gentlemen Gesellschaft zu leisten«, stieß sie zwischen zusammengebissenen Zähnen hervor. Aus Ians Augen schien ein kobaltblaues Feuer zu sprühen.

Seine Schenkel umklammerten ihre Hüften. Zu beiden Seiten ihres Kopfes preßte er ihre Handgelenke ins Kissen, und sie wünschte verzweifelt, sie könnte ihn verabscheuen. Aber es gelang ihr nicht. »Bitte, laß mich los!« flehte sie.

Langsam schüttelte er den Kopf. »Ich war immer ehrlich zu dir, und ich gab dir kein einziges Versprechen, daß ich nicht halten konnte. Wenn du auch noch so oft behauptest, ich sei ein Verräter — ich bin dein Mann. Und ich werde nicht mit ansehen, wie du mit anderen flirtest und mich abzuweisen suchst.«

»Oh, du arroganter Schuft! Du hast kein Recht, über mich herzufallen, nachdem ich wochenlang nichts von dir hörte ...«

Ein leidenschaftlicher Kuß verschloß ihr den Mund. Da vergaß sie, was sie sagen wollte, fühlte nur noch seine Zunge, die aufreizend mit ihrer spielte, das Gewicht seines warmen Körpers. Er öffnete die winzigen Knöpfe am Oberteil ihres Kleids, entblößte ihre vollen Brüste, liebkoste sie mit Händen und Lippen. Stöhnend schlang sie die Finger in sein Haar. Nachdem sie das Baby einige Stunden lang nicht gestillt hatte, waren ihre Brüste geschwollen, und sie glaubte, Ians Zärtlichkeiten würden ihr Schmerzen bereiten. Doch sie empfand nur ein wachsendes Verlangen.

Plötzlich hörte sie Sean schreien und versuchte, ihren Mann wegzuschieben. »Ian, das Kind ...«

»Sicher wird sich das Personal um unseren Sohn kümmern.« Er stand auf, schlüpfte aus den Stiefeln, legte das Jackett seiner Uniform und das Hemd ab.

Verblüfft starrte sie ihn an. Dann raffte sie ihr Kleid vor der Brust zusammen und wollte aus dem Bett springen.

Das ließ er nicht zu. Ehe sie sich erheben konnte, lag er wieder auf ihr, nur mit seinen Breeches bekleidet. »Willst du behaupten, du würdest mich nicht begehren, meine Liebe?« Ungeduldig begann er sie auszuziehen.

»Nicht so schnell!« protestierte sie. »Du zerreißt mein neues Kleid!«

»Am besten zerfetze ich deine ganze Garderobe. Dann mußt du in diesen vier Wänden bleiben.« Aber jetzt entkleidete er sie etwas vorsichtiger. Bald spürte sie seine nackte Haut auf ihrer, den harten Beweis seiner Erregung, immer noch in den Breeches gefangen. Seine Küsse bedeckten ihren Hals, ihre Brüste, den Bauch, die Schenkel, das Zentrum ihrer Weiblichkeit. Durch ihre Adern schien flüssiges Feuer zu strömen. Nach der langen Enthaltsamkeit geriet sie in so süße Ekstase, daß sie beinahe geschrien hätte. Atemlos wand sie sich umher und schämte sich ihrer Begierde, nachdem sie doch beschlossen hatte, ihren Mann abzuwehren. Er richtete sich auf und umarmte sie. Als er seinen Mund auf ihren preßte, schmeckte sie die Hitze der intimen Zärtlichkeiten. »Soll ich gehen?« flüsterte er an ihren Lippen und öffnete seine Breeches.

Statt zu antworten, schloß sie die Augen, von einem wohligen Schauer erfaßt. Behutsam verschmolz er mit ihr. Trotz seines drängenden Verlangens wußte er, daß er beim ersten Liebesakt nach der Geburt sanft mit ihr umgehen mußte. Zunächst bewegte er sich ganz langsam. Doch dann hob sie ihm die Hüften entgegen, und er beschleunigte den Rhythmus.

Alles an ihm schien die goldenen Flammen in ihrem Innern zu schüren — seine warme, glatte Haut, die harten Muskeln, das Kobaltblau seiner Augen, seine kraftvollen Arme, die sie umfingen.

Danach rang sie mühsam nach Luft, spürte das letzte Beben des Höhepunkts in seinem Körper und in ihrem eigenen. Ein heißes Glücksgefühl erwärmte ihr Herz. Obwohl unsere Ehe unter so lächerlichen Umständen begonnen hat, wäre sie wundervoll, dachte sie, wenn unsere Welt nicht auseinanderbrechen würde.

Ian lag neben ihr und streichelte ihr Haar. »Wenn dein Haß solche Gefühle weckt — hör bitte niemals auf, mich zu hassen.«

Als ihre Faust seine Schulter traf, lachte er. Aber es klang hohl.

»Du irrst dich, Ian, ich hasse dich nicht.« Zögernd fügte sie hinzu: »Ich liebe dich.« Auf einen Ellbogen gestützt, starrte er sie mit unergründlichen Augen an. »Aber ich hasse es, wie du mich behandelst«, fuhr sie hastig fort, »wie du dich verhältst. Und ich will nach Hause.«

»Heute nacht darfst du gar nichts hassen, Alaina.« Er neigte sich hinab, küßte sie fordernd und preßte sie fest an seine Brust.

»Heute nacht *sind* wir zu Hause.«

Zitternd lehnte sie den Kopf an seine Brust und kämpfte mit den Tränen. Er verführte sie wieder, neue überwältigende Emotionen verbannten alle klaren Gedanken. Nur eins wußte sie — daß sie ihn liebte.

Die nächsten Tage verbrachten sie zusammen, auch die Nächte. In dieser Zeit vermieden sie ernsthafte Diskussionen — weil Beauregard den Befehl erhalten hatte, auf die Unionssoldaten zu feuern, die sich weigerten, das Fort Sumter den Konföderierten zu übergeben. Entschlossen hielt Major Anderson die Stellung.

»Was willst du tun?« Endlich sprach Alaina die Frage aus, die ihr schon so lange auf der Seele brannte. »Der Krieg ist ausgebrochen. Und deine Army schießt auf dein Volk.«

Sie standen im Salon. Zwischen ihnen, auf dem Teppich, lag die neueste Zeitung.

Ausdruckslos erwiderte er ihren Blick. »Meine Entscheidung ist bereits gefallen. Nun mußt du deine treffen. Liebe mich oder hasse mich.« Abrupt kehrte er ihr den Rücken und verließ das Zimmer.

Würde er zu Risa gehen, einer verwandten Seele, die in unerschütterlicher Treue zur Union hielt? Alaina sank in einen Sessel und begann zu beten. Sollte sie hierbleiben oder abreisen? Beides erschien ihr unerträglich.

21

Am 19. April ließ Präsident Lincoln alle Häfen von Texas bis South Carolina blockieren. Im Lauf des Monats sagten sich weitere Südstaaten von der Union los. Die Konföderationstruppen formierten sich. Sogar die Politiker, die für eine friedliche Lösung des Konflikts plädiert hatten, verloren die letzte Hoffnung auf einen Kompromiß.

Zu diesen Sorgen kam eine persönliche Tragödie. Eine weitere von Rose Greenhows geliebten Töchtern erkrankte und starb. Während Ian und Alaina ihre verzweifelte Freundin zu trösten suchten, erkannten sie klarer denn je, wieviel ihnen der kleine Sean bedeutete.

Ian wurde zu einer Besprechung ins Weiße Haus gerufen und traf Lincoln in einem kleinen Privatbüro an. Einige Jahre zuvor, nach einer politischen Debatte, hatte er dem Anwalt zum erstenmal die Hand geschüttelt.

Nun war er erneut beeindruckt von der Charakterstärke, die sich in Lincolns Zügen zeigte. Eine melancholische Aura umgab den hochgewachsenen, gertenschlanken Präsidenten.

Wie Ian gehört hatte, kränkelte Lincoln häufig, und die schweren Lider betonten seine düstere Miene. Er sprach langsam und besonnen, was seine Zuhörer in einen unwiderstehlichen Bann zog.

Am meisten bewunderte Ian die unwandelbare Überzeugung des Präsidenten und den verantwortungsvollen Ernst, mit dem er die Kriegssituation betrachtete.

Lincoln reichte ihm die Hand, wies einladend auf einen Sessel und schenkte Tee ein. Dann lehnte er sich in seinem Schaukelstuhl zurück.

»Also sind Sie bei uns geblieben, Major McKenzie. Werden Sie uns auch in Zukunft die Treue halten?«

»Gewiß, Sir.«

»Und Ihre Heimat?«

»Die Entwicklung der Dinge bedrückt mich zutiefst.«

»Wissen Sie, was im Süden geschieht?«

»O ja. Die Union hält im Fort Jefferson die Stellung, ebenso auf dem Dry Tortugas, auf Key West und im Fort Pickens. Daß die Rebellen die Werft von Pensacola so schnell erobern konnten, ist bedauerlich. Von dort führt eine Bahnlinie nach Alabama — für die Truppenversorgung äußerst wichtig.«

»Vielleicht haben Sie davon gehört — ich bot einem Ihrer ehemaligen Lehrer, Colonel Robert E. Lee, das Kommando aller Unionsstreitkräfte an.«

»Das habe ich bereits erfahren.«

»Leider gab er mir einen Korb. Nachdem er der Union jahrelang unschätzbare Dienste geleistet hatte, verließ er die US-Army. Wahrscheinlich wird er demnächst eine Position in den Konföderierten Staaten übernehmen.« Seufzend zuckte Lincoln die Achseln. »Ihre Familie besitzt eine große Plantage in Florida, nicht wahr, Major?«

»Ja, Sir.«

»Meine Mary stammt aus Kentucky. Vermutlich werden ihre Verwandten gegen die Union kämpfen.«

»Sir, ich fürchte, dieser Krieg wird viele Männer und Frauen in qualvolle Gewissenskonflikte stürzen.«

»Das weiß ich. Und ich bitte den Allmächtigen Tag für Tag, das Leid zu lindern ... Aber kommen wir zur Sache. Wie ich höre, sind Sie mit den geographischen Gegebenheiten Floridas vertraut. Nach meiner Ansicht können wir den Rebellen nur mit strikten Blockaden beikommen. Wenn wir alle Importe unterbinden, werden wir sie zur Kapitulation zwingen. Ich werde Sie einem meiner Männer hier in Washington zuteilen, Major. Nur ihm sind Sie verantwortlich. Sonst niemandem.«

»Sir, ich verstehe nicht ...«

»Sie werden mit einer kleinen Truppe im feindlichen Gebiet an Land gehen. Stellen Sie Ihr Kontingent selbst zusammen, bilden Sie die Leute aus. Halten sie alle Blockadebrecher und Spione von der Halbinsel fern.« Lincoln stand auf, ging zum Schreibtisch und rollte eine Landkarte auseinander.

Als Ian ihm folgte, sah er, daß auf der Karte Florida und Teile der angrenzenden Staaten eingezeichnet waren, auch die Bahamas und Kuba.

»Das innere Transportsystem Floridas kann man bestenfalls primitiv nennen, Major«, fuhr der Präsident fort. »Nach meinen Informationen planen die Blockadebrecher hier einzufallen, im Mosquito Inlet. Von da aus soll das Kriegsmaterial in Lastwagen zum St. Johns River gebracht werden, dann mit einem Dampfer den Oklawaha hinauf zum Fort Brooks. Von dort wird es in Lastwagen nach Waldo befördert, von Waldo per Bahn nach Baldwin, wiederum in Wagen nach Quitman und schließlich zur Georgia-Bahnverbindung. Eine komplizierte Reise, die etwa einen Monat dauern dürfte und durch unbewachte Regionen führt ... Ein kleiner, speziell ausgebildeter Trupp könnte blitzschnell und überraschend zuschlagen, die Vorräte konfiszieren oder vernichten. Hier sehen Sie eine andere Route, die man mir gezeigt hat und die noch mehr Zeit kosten würde. Die Biscayne Bay — ein bevorzugter Ankerplatz, wo man frisches Wasser an Bord nehmen kann —, dann den Miami River hinauf, durch eine Wildnis, nur von Indianern bevölkert. Auf diesem Weg würde man Material von Kuba oder den Bahamas nach Norden schaffen. Und nun kommen Sie ins Spiel, Major. Ihre Heimat besteht hauptsächlich aus riesigen Küstengebieten. Da Sie diese Sümpfe sehr gut kennen, wollen wir Ihre besonderen Talente nutzen.«

»Soll ich spionieren?«

»Ganz im Gegenteil. Sie werden stets Ihre Uniform tragen und sich als Unionsoffizier zu erkennen geben.«

Nachdenklich blickte Ian vor sich hin. Damit hatte er nicht gerechnet. Er sollte seine Heimat von innen heraus bekämpfen.

»Kann ich Ihnen diese Mission anvertrauen, Major? Oder besteht die Möglichkeit, daß Sie sich doch noch auf die Seite des Südens stellen werden? Jeden Tag quittieren Südstaatler ihren Dienst bei der US-Army. Und es ist keineswegs ehrlos, *jetzt* auszusteigen.«

Ian zögerte. Nun war der gefürchtete Augenblick gekommen — er mußte endgültig Farbe bekennen. Als er neulich im Fort Taylor stationiert gewesen war, hatte er Cimarron besucht. Sein Vater wollte den Familiensitz nicht verlassen, Tia hatte beschlossen, vorerst nicht auf die Schule zurückzukehren und daheim zu bleiben. Und Julian würde in St. Augustine einer Miliztruppe angehören.

Ian hatte auf ein Kommando gehofft, das ihn möglichst weit von seinem Zuhause entfernen würde.

»Natürlich ist das ein inoffizieller Auftrag«, fügte der Präsident hinzu. »Sie werden Ihre Order von General Brighton erhalten. Nun, wollen Sie diese schwierige Mission übernehmen, Major?«

Langsam nickte Ian. »Sir, Sie sind mein oberster Kriegsherr.« Schweren Herzens schüttelte er Lincolns Hand und verließ das Büro.

Als er den Rasen vor dem Weißen Haus betrat, hörte er fernes Donnergrollen, sah aber keine Sturmwolken aufziehen.

Wie er den Auftrag verabscheute, den er soeben übernommen hatte ... Trotzdem begann er auf den Heimweg zu planen, in welcher Weise er die Mission erfüllen würde.

Dem Himmel sei Dank für Alaina, dachte er. Der Ausbruch des Kriegs hatte sie erstaunlicherweise nicht entzweit. Noch nicht. Zu seiner Verblüffung hatte sie ihm am Abend seiner Rückkehr ihre Liebe gestanden — und den letzten Rest seines Herzens gewonnen. Was er für sie empfand, war ihm längst bewußt geworden.

Zu Hause traf er sie im Salon an, wo sie sich mit Rose Greenhow und einigen anderen Besucherinnen unterhielt.

»Lassen Sie sich nicht stören, meine Damen«, bat er.

Aber Alaina stand sofort auf, und die Frauen verabschiedeten sich.

Er ging in sein Schlafzimmer hinauf, wo ihn ein heißes Bad erwartete. Offensichtlich hatte irgend jemand vermutet, er würde nach der Besprechung im Weißen Haus eine erholsame Entspannung brauchen. Diese Fürsorge wußte er zu schätzen. Er zog sich aus, stieg ins warme Wasser, lehnte den Kopf an den Wannenrand und schloß die Augen.

Wenig später hörte er, wie sich die Tür öffnete. Er mußte nicht aufblicken, denn er spürte Alainas Gegenwart. Mehrere Minuten verstrichen ereignislos. Schließlich hob er die Lider und drehte sich um. Sie war lautlos aus ihren Kleidern geschlüpft. Splitternackt kam sie auf ihn zu. Wie eine goldene Kaskade fiel das blonde Haar über ihre Schultern.

Sie kniete neben der Wanne nieder und küßte ihn, lange und verführerisch. In wachsender Erregung zog er sie zu sich ins Wasser, das über den Rand schwappte. Aber darauf achteten sie nicht.

Begierig erwiderte er Alainas Kuß, liebkoste ihre Brüste, ihre Hüften, ihre samtigen Schenkel. Nach einer Weile stand er auf, hob sie aus der Wanne und trug sie zum Bett. Sobald sie sich ausgestreckt hatten, ergriff sie erneut die Initiative, bedeckte seinen ganzen Körper mit Küssen und entfachte süße Qualen.

Der unselige Krieg und der verhaßte militärische Auftrag schienen in weite Ferne zu rücken.

Als er sein Verlangen nicht länger ertrug, drehte er Alaina auf den Rücken, drang in sie ein, liebte sie leidenschaftlich und zärtlich zugleich. Gemeinsam erreichten sie den Gipfel der Lust, und es dauerte sehr lange, bis sie zur Erde zurückkehrten. Atemlos lagen sie nebeneinander.

»Mein süßer Engel, ich danke dir«, flüsterte Ian.

»Vorhin hast du so deprimiert gewirkt. Und da wollte ich dich von deinem Kummer ablenken.« Liebevoll strich sie das feuchte, zerzauste Haar aus seiner Stirn.

»Ich habe eine Order erhalten.«

»Welche?«

Instinktiv beschloß er, ihr den Auftrag zu verschweigen, den Lincoln ihm erteilt hatte, und erwähnte nur, man würde ihn im Lauf der Zeit an verschiedene Stützpunkte versetzen.

»Natürlich sind die Informationen über die unmittelbaren Truppenbewegungen am wichtigsten, meine Liebe«, betonte Rose Greenhow, während sie mit Sean spielte.

Was für eine erstaunliche Frau, dachte Alaina. Seit Rose ihr erklärt hatte, sie könne in Washington für die Konföderation arbeiten, schienen sich die Dinge zu überstürzen.

Die Witwe stand im Mittelpunkt eines Spionagerings. Zunächst war ein Captain Thomas Jordan an sie herangetreten. Im Dienst der US-Army hatte er schon lange, bevor das Fort Sumter beschossen worden war, ein Spionagenetz aufgebaut. Mrs. Greenhow, eine erklärte Befürworterin der Sklaverei, eine Washingtoner Gesellschaftslöwin und Vertraute zahlreicher hochgestellter Persönlichkeiten, erschien ihm als perfekte Mitarbeiterin.

Nun hatte er sich der Konföderation angeschlossen und blieb durch geheime Kanäle mit ihr in Verbindung. Bankiers, Geschäftsleute, Ärzte, Soldaten und sogar Dienstboten — die unterschiedlichsten Leute gehörten dem Spionagering an. Zahlreiche Bewohner der Hauptstadt standen auf der Seite des Südens. Alaina unterstützte Rose nur zu gern — insbesondere, weil sie keine schwierigen Aufgaben erfüllen mußte. Die Witwe konzentrierte sich darauf, zwei Männer zu umgarnen — Colonel Keyes, den Sekretär General Winfield Scotts, des US-Oberbefehlhabers, und Senator Wilson aus Massachusetts.

Als Gast in Roses Haus verwickelte Alaina gewisse Gentlemen in Gespräche und entlockte ihnen militärische Informationen. Das fiel ihr nicht schwer, und die Freundin war sehr zufrieden mit ihr.

Mit Feuereifer ging Alaina ans Werk. Je besser die Kommandanten der Südstaaten informiert waren, desto schneller würde der Krieg ein Ende finden.

Rose hatte ihr beigebracht, was ein guter Spion wissen mußte — wie man die Kampfkraft und die Ziele einzelner

Truppenverbände feststellte; ihre Artillerie, Kavallerie und Infanterie; die geplanten Termine ihrer Abreise und ihrer Ankunft.

Manchmal ärgerte sie sich, weil sie so viele Männer betören konnte, die bereitwillig Auskunft gaben — während Ian eisern schwieg. Aber andererseits war sie froh darüber. Seine Zurückhaltung beruhigte ihr Gewissen, denn immerhin hinterging sie die Union — und ihren Ehemann.

Während der Frühling in den Sommer überging, spitzte sich die Lage zu.

Anfang Juli kam sie nach einer Teeparty nach Hause, betrat ihr Schlafzimmer und sah Ian im Lehnstuhl sitzen, den sechs Monate alten Sean im Arm, der friedlich schlief. Wie zärtlich er das Kind umfing ... Der Anblick erwärmte Alainas Herz — und weckte eine plötzliche Angst. »Ian?« Sie kniete neben ihm nieder.

»Pst!« Vorsichtig erhob er sich und legte Sean in sein Bettchen. Dann kehrte er zu ihr zurück und half ihr auf die Beine. »Morgen segle ich los.«

Ihr Atem stockte. Davon hatte sie nichts gewußt. Die US-Truppen versammelten sich in Washington. Aber Roses besten Informationsquellen zufolge sollten sie sich erst Mitte Juli in Bewegung setzen. »O Ian«, wisperte sie.

Als er sie auf die Arme nahm, klammerte sie sich verzweifelt an ihn. Er hatte sie schon öfter verlassen — aber diesmal war es anders, irgend etwas beunruhigte sie.

Sie ließen Sean schlafen, und Ian trug Alaina in sein Zimmer hinüber. Hinter herabgezogenen Jalousien, im Halbdunkel des späten Nachmittags, legte er seinen Waffengurt ab, zog das blaue Jackett und das Hemd aus. Dann nahm er seine Frau in die Arme und küßte sie voller Sehnsucht. Beide wußten, daß die Erinnerung an diese Stunden für lange Zeit vorhalten mußte. Ungeduldig befreite er Alaina von ihrer Kleidung, küßte immer wieder die zarte Haut, die er entblößte, und atmete ihren Duft ein. Während sie sich liebten — wild und hemmungslos, sanft und zärtlich —, war sie oft den Tränen nahe. Wie konnte man soviel Herzenskummer empfinden — und zugleich ein so übermächtiges Glück?

Alles wollte sie sich einprägen, die Kraft in Ians muskulösen Armen, den Geschmack seiner Lippen, das Feuer seiner Augen.

Hingebungsvoll schmiegte sie sich an ihn, erwiderte seine aufreizenden, betörenden Liebkosungen mit gleicher Glut. Und als sie erschöpft neben ihm lag und sich kaum noch rühren konnte, preßte sie ihre Wange an seine Brust und ließ die Tränen fließen.

»Ich komme wieder nach Hause«, flüsterte er heiser.

»Wo ist das — zu Hause, Ian?«

»Bei dir.«

»Aber — der Krieg ...«

»Keine Bange, ich lasse mich nicht erschießen«, versprach er.

»Man könnte dich erstechen — oder erhängen.«

»Nur Spione werden gehängt, und ich bin kein Spion.«

Unwillkürlich erschauerte sie.

»Seltsam, Alaina ...« Zärtlich drückte er sie an sich. »Obwohl wir uns so fremd waren, liebe ich dich von ganzem Herzen. Und doch ... So sehr ich es auch bedaure — mein Stolz und meine Ehre verbieten mir, in diesem Konflikt die Rolle zu übernehmen, die du mir zuteilen würdest. Trotzdem liebe ich dich, und ich werde zurückkommen, zu dir.«

»O Ian ...«

Er küßte die Tränen von ihren Wangen, und sie liebten sich wieder, bis Alaina einschlief. Als sie erwachte, war er verschwunden. Sie konnte das Grauen nicht deuten, daß ihr Herz erfüllte — doch sie wußte, daß der Krieg für sie beide erst jetzt begonnen hatte.

Ian ist es, der Florida, die Konföderation und seine Familie verrät. Aber warum plagen mich dann diese gräßlichen Ängste und Schuldgefühle?

22

Innerhalb weniger Tage konnte Alaina chiffriert korrespondieren. Sie bewunderte Rose, die sich ihre Meinung nicht blindlings gebildet, sondern mehrere Kongreßdebatten gehört hatte. Um dem Beispiel der Freundin zu folgen, die mehrere Sprachen beherrschte, lernte Alaina Spanisch, das ihr bereits vertraut war, weil viele kubanische Schiffe an die Florida-Küste segelten. Rose betonte, in einem Krieg seien Fremdsprachen wertvolle Waffen.

Kurz nach Ians Abreise erklärte sie, gewisse Informationen müßten über den Potomac gelangen. Alaina sollte durch die Unionslinien nach Süden fahren und außerhalb von Alexandria einen Geheimagenten namens Captain Lewes treffen. Auf keinen Fall durfte diese wichtige Information in falsche Hände geraten: General McDowell von der US-Army plante einen Angriff auf Beauregards zwanzigtausend Mann, die in Manassas Junction stationiert waren, beim Bull Run Creek, nur dreißig Meilen von Washington entfernt.

Von einem Dienstmädchen ihrer Freundin begleitet, reiste Alaina nach Alexandria und überreichte dem jungen Captain, der die schlichte Kleidung eines Farmers trug, die geheime Nachricht. Obwohl die Aktion reibungslos verlaufen war, zitterte sie bei ihrer Rückkehr am ganzen Körper. Um ihre Nerven zu beruhigen, sagte sie sich, die Konföderierten Staaten, für die viele ausgezeichnete ehemalige Unionssoldaten kämpften, würden bald den Sieg erringen. Dann mußten die Vereinigten Staaten die Unabhängigkeit des Südens akzeptieren, und man konnte wieder freundschaftliche Beziehungen pflegen.

Vier Tage später fand die Schlacht von Manassas oder Bull Run statt. Die halbe Bevölkerung von Washington fuhr hinaus, um das Spektakel zu verfolgen. Aber Alaina blieb daheim und fühlte sich elend.

Nach dem Gefecht stand sie auf der Straße und beobachtete, wie McDowells Soldaten in die Stadt zurückkehrten — von den Rebellen, die den ›Überraschungsangriff‹ erwartet hatten, vernichtend geschlagen. Verstümmelt und blutüberströmt, schleppten sie sich mit letzter Kraft in ihre Quartiere. Alaina, Lilly und Henry brachten den erschöpften Männern frisches Wasser und Brot.

Als Alaina in die schmutzigen, blutenden Gesichter schaute, sah sie zum erstenmal das Grauen des Krieges und erschauerte. Die ganze Nacht weinte sie und starrte zur dunklen Zimmerdecke hinauf.

Kurz vor Mitternacht wurde ein Kieselstein gegen die Fensterscheibe geworfen. Sie stand auf spähte hinaus und sah Captain Lewes in seiner Tarnkleidung unter einer Eiche stehen.

Hastig schlüpfte sie in einen Morgenmantel und eilte aus dem Haus.

»Ich möchte Ihnen nur den Dank meiner Vorgesetzten ausrichten«, flüsterte Lewes. »Mit Ihrer und Mrs. Greenhows Hilfe konnten wir einen großen Sieg feiern.«

»Heute sah ich McDowells Truppen zurückkehren — es war gräßlich . . .«

»Solange sich unter den Toten und Verletzten mehr Unionssoldaten als Rebellen befinden, besteht kein Grund zur Sorge. Trösten Sie sich mit diesem Gedanken, Ma'am. In einem Krieg muß man nun einmal Partei ergreifen.« Er tippte an seinen Hut und verschwand in der Finsternis.

Während der restlichen Nacht versuchte sie sich zu beruhigen. Sie hatte den Krieg nicht heraufbeschworen. Sie tat nur ihr Bestes, um den Süden zu unterstützen.

Zehn Tage nach der Schlacht von Manassas besuchte sie ein Treffen in Roses Haus, wo ihr die Frau eines Unionsgenerals einen Brief von Jennifer zusteckte. Von revolutionärem Feuer erfüllt, hatte sich Lawrence Malloy keiner Florida-Einheit angeschlossen, sondern unter Beauregard als Kavalleriehauptmann gedient, um näher an der Unionsfront zu kämpfen.

Nun war er tot, bei Manassas gefallen. Seine unglücklichen Soldaten hatten die verstümmelte, von Kugeln durchlöcherte Leiche nach Süden gebracht. Nicht nur Trauer sprach aus Jennifers Zeilen, sondern wilder Haß. Wie sie dem Brief eines Offiziers entnahm, war Lawrence erschossen worden, nachdem er seinen Männern den Rückzug befohlen hatte.

Mögen all die feigen, elenden Bastarde von der US-Army in diesem Krieg vermodern, schrieb sie. *Von jetzt an tue ich mein Bestes für die Konföderation, Alaina, und ich riskiere alles. Ohne Lawrence bedeutet mir das Leben ohnehin nichts mehr.*

In dieser Nacht weinte Alaina um den guten, tapferen Lawrence, einen ihrer besten Freunde. Nun war die arme Jennifer allein. Nein, nicht ganz. Sie hatte ihren süßen kleinen Anthony, ihre Eltern und ihre Brüder, ihre Tante und ihren Onkel, ihre Kusine Tia, ihren Vetter Julian — und Ian.

Ian, der Unionssoldat, der Feind ...

Als Alaina in Roses Haus die Tochter des Colonels wiedersah, wurde sie von neuen Gewissensbissen geplagt. Risa erzählte bedrückt, sie würde im Hospital verwundete Unionssoldaten pflegen. »Wie schrecklich, daß Captain Malloy gefallen ist! Ich kenne Ians Angehörige nicht. Aber ich weiß, wie nahe sich alle stehen, und es tut mir so leid.«

»Danke. Ich werde es Jennifer ausrichten. Sie ist völlig verzweifelt.«

»Und Ian?«

»Keine Ahnung. Ich weiß nicht, wo er steckt. Haben Sie von ihm gehört?«

»Nein.«

»Vielleicht könnte Ihr Vater ...«

»Er ist nicht mehr Ians Vorgesetzter. Bei Manassas führte er seine Männer in die Schlacht — ohne Ihren Mann. Ein Glück, daß Papa diesen grausigen Kampf überlebt hat ... Leider weiß er nicht, wohin Ian versetzt wurde.«

Alaina dankte ihr. Inständig hoffte sie auf eine Nachricht, die der bangen Ungewißheit ein Ende bereiten würde.

Wenn er innehielt und lauschte, konnte er sich vorstellen, die Welt wäre unverändert geblieben. Nur das dunkelgrüne Dickicht der Everglades bot den Menschen und Tieren Schutz vor der sengenden Sommerhitze. Er schloß die Augen, hörte den Flügelschlag eines blauen Reihers über dem nahen Wasser, das Rascheln der Blätter in der sanften Brise. Wenn er die Ohren spitzte, so wie er es von seinem Onkel gelernt hatte, hörte er sogar Schlangen durchs Gras gleiten.

»Nun, Major, was halten Sie davon?«

Er öffnete die Augen und wandte sich zu Jake Chicoppee, der nur wenige Schritte entfernt stand und wartete. Seit seiner Kindheit kannte er den Seminolenmischling, der mit seiner Familie ein glückliches Leben im Sumpfgebiet führte. Er war nicht zur US-Army gegangen, gegen die sein Volk vor nicht allzulanger Zeit gekämpft hatte. Aber da er die Sklaverei verabscheute, konnte er den Süden ebensowenig unterstützen. Ian wünschte, sein Onkel würde die gleiche neutrale Haltung einnehmen.

Während er das Terrain sondierte, krampfte sich sein

Herz schmerzhaft zusammen. Er hatte von Lawrence Malloys Tod erfahren. Nur hier, im entlegenen Sumpf, war er von der Kommunikation abgeschnitten. Ansonsten wurde er sehr schnell über die neuesten Ereignisse informiert, weil er Key West als Hauptstützpunkt benutzte. Dort landeten Schiffe, die nicht nur Vorräte lieferten, sondern auch Nachrichten weiterleiteten. Jetzt lebte er seit einigen Tagen völlig isoliert im Sumpfgebiet. Gemeinsam mit Jake hatte er mitten im feindlichen Territorium ein provisorisches Lager errichtet, auf einem Hügel, der an drei Seiten von Wasser umgeben und an einem Hang mit Kiefern bewachsen war. Hier wollten sie einige Hütten und einen Stall für die Pferde bauen.

»Perfekt«, beantwortete er Jakes Frage. »Übermorgen bringe ich meine Männer hierher, und wir beginnen zu bauen.«

»Warum nicht morgen?«

»Vorher muß ich ein paar persönliche Angelegenheiten regeln.«

Im Schutz der Dunkelheit verließ er die Mangrovenküste, nur mit seinen Breeches bekleidet, und ruderte in einem kleinen Boot nach Belamar. Sobald er sich dem Strand näherte, hörte er einen zornigen Ruf. »Halt, oder ich schieße!«

Jennifers Stimme ...

»Hier ist Ian!« Sein Boot lief im seichten Wasser auf Grund, und er sah sie im Mondlicht stehen, eine Schrotflinte in den Händen. Voller Mitleid betrachtete er seine Kusine. Sie war immer noch schön, aber stark abgemagert, mit bleichen, eingefallenen Wangen. In ihren Augen glühte wilder Haß. Statt eines Kleids trug sie alte Breeches, in der Taille mit einem Strick festgehalten, ein Männerhemd und Stiefel. Ein verbeulter Schlapphut war tief in ihre Stirn gezogen. »Jennifer, ich bin's, Ian!«

»Verdammter Yankee!« schrie sie.

»Ich wollte dich sehen — weil es mir so schrecklich leid tut.«

»Verschwinde!«

»Diese Insel gehört meiner Frau ...«

»Natürlich kann sie jederzeit hierherkommen. Aber du wirst dieses Ufer nicht betreten, elender Yankee!«

»Bitte, Jennifer, ich bin dein Vetter«, erwiderte er, ignorierte die Waffe, die auf seine Brust zielte, und stieg aus dem Boot in den weichen Schlamm. Als er in ihre schönen, verweinten braunen Augen schaute, entsann er sich, wie liebevoll sie ihn in seiner Kindheit betreut, wie einfühlsam sie Alaina nach Teddys Tod getröstet hatte. Unbeirrt ging er weiter.

»Zurück, Ian, oder ich schieße!«

Er blieb stehen, trat aber noch näher an sie heran und schob nach kurzem Zögern die Schrotflinte einfach beiseite. »Nein, du wirst mich nicht erschießen, weil ich dich liebe — und weil ich mit dir leide.«

Da ließ sie die Flinte fallen und sank schluchzend in seine Arme.

In diesem Augenblick rannten Teela, James und Jerome aus dem Haus.

Entsetzt starrten sie Ian an. Sein Onkel seufzte tief auf. »Mach, daß du wegkommst, mein Junge. Hier bist du ein Feind.«

Ian schwieg und hielt Jennifer fest, die sich verzweifelt an ihn klammerte.

»Unsinn!« protestierte Teela. »Er ist kein Feind, sondern mein Neffe.«

»Mutter, Ian kämpft gegen den Süden«, erklärte Jerome in ruhigem Ton. »Und er weiß selber, daß er verschwinden muß. Großer Gott, überall in diesen Gewässern treiben sich Rebellen herum! Ian, du Narr, bring dich nicht in Gefahr!«

»Für eine Nacht ist er in diesem Haus sicher.« Die Augen voller Tränen, wandte sich Teela zu ihrem Mann. »Er ist doch sicher?«

Hilflos zuckte James die Schultern und beobachtete seine Tochter, die an Ians Brust schluchzte. »Morgen früh mußt du die Insel verlassen, Ian. Verdammt will ich sein, wenn ich mit ansehen muß, wie der älteste Sohn meines Bruders auf seinem eigenen Grund und Boden erschossen wird. Und verdammt will ich sein, wenn ich die Union unterstütze. Verstehst du mich?«

»Ja.« Einen Arm um Jennifers Schultern gelegt, folgte Ian seinen Verwandten zum Haus.

Nachdem Teela dem unerwarteten Besucher eine schmackhafte Muschelsuppe serviert hatte, erzählte sie ihm von seiner Familie. Zur Zeit lebten Tia und Julian bei den Eltern. Aber man munkelte, Cimarron könnte vielleicht konfisziert werden.

»Was?« stieß Ian hervor.

»Das wird nicht passieren«, meinte James besänftigend. »In diesem Staat gibt es immer noch Gesetze.«

»Nur ein albernes Gerücht, Ian«, murmelte Jerome.

»Wer hat es verbreitet?«

»Peter O'Neill«, antwortete Teela. »Offensichtlich grollt er dir immer noch, weil du Alaina geheiratet hast.«

»Warum? Inzwischen hat er doch mit Elsie Fitch Hochzeit gefeiert, oder?«

»Ja, gewiß. Aber er ist ein arroganter Schwachkopf. Neulich hat er sich mit dem Geld seines Vaters ein Offizierspatent gekauft, und jetzt ist er der Captain einer Kavallerieeinheit.«

»Also will er Cimarron zerstören, um sich an mir zu rächen!« Wütend schlug Ian mit der Faust auf den Tisch.

»Niemand wird Cimarron überfallen, solange Julian McKenzie den Streitkräften des Südens angehört«, versicherte James. »Nicht nur als Offizier, sondern auch als Arzt genießt dein Bruder hohes Ansehen. Bei einer Masernepidemie haben alle seine Patienten überlebt. Und unter seinen Händen ist noch kein einziger Verwundeter gestorben.« Aber Ian runzelte immer noch die Stirn, und sein Onkel schüttelte ärgerlich den Kopf. »Hättest du Peter O'Neill bloß nicht erwähnt, Teela!«

»Tut mir leid . . .«

»Hoffentlich muß ich den Bastard nicht zu einem Privatduell fordern«, knurrte Ian.

»Peter O'Neill ist deinen Zorn gar nicht wert«, meinte Jerome. »Mach dir keine Sorgen um Cimarron, dein Vater ist stark genug, um seinen Besitz zu verteidigen.«

»Du kannst ihm ohnehin nicht helfen, Ian, da du für die Union kämpfst«, betonte James und stand vom Tisch auf. »Ich werde für dich beten.« Dann verließ er die Küche. Bevor Teela ihrem Mann folgte, küßte sie Ians Stirn.

James ergriff eine Brandyflasche. »Gehen wir auf die Veranda. Ich habe ein paar gute kubanische Zigarren.«

Während sie in der Nachtluft saßen und abwechselnd aus der Flasche tranken, begann Ian zögernd zu sprechen. »Deine Familie wußte, daß ich bei der US-Army bleiben würde — sogar im Ernstfall. Und doch, heute abend . . .«

»Zwischen dem Norden und dem Süden ist Blut geflossen, das ändert alles. Übrigens, ich habe ein Kommando in der Navy der Konföderierten übernommen. Ich werde die *Mercy* kommandieren.«

»Den Schoner, der nach deinen Entwürfen in Richmond gebaut wurde?«

»Genau.« Jerome blies eine Rauchwolke ins Dunkel. »Hoffentlich werden wir uns niemals in einer Schlacht gegenüberstehen.«

»Das möge der Himmel verhüten.« Ian nahm einen großen Schluck aus der Brandyflasche und reichte sie seinem Vetter.

Bis nach Mitternacht saßen sie auf der Veranda. Dann

schlief Ian in Alainas Bett, sehnte sich nach ihr und betete für sie. Für seine Familie. Für sich selbst.

Im ersten Tageslicht umarmte er seine Verwandten und verließ die Insel. Während der nächsten Tage errichtete er gemeinsam mit seinen acht Männern das Camp. Jeder einzelne erfüllte seine Erwartungen, vor allem Sam Jones, der jahrelang auf Key West gedient hatte und die Geschichte Floridas ebenso gut kannte wie das Terrain. Um Schlangen und Raubtiere fernzuhalten, bauten sie die Hütten auf Pfählen, so wie es Ian von den Indianern gelernt hatte. Als Baumaterial verwendeten sie Kiefernholz, so daß sich das Lager kaum vom Wald am Hang des Hügels unterschied.

»Hier wird uns niemand finden«, meinte Jake zufrieden.

Ian pflückte einen Grashalm und kaute daran. »Nur ein einziger Mann wäre dazu fähig.«

»Wer?«

»Mein Vetter, Jerome McKenzie«, erwiderte Ian und lächelte wehmütig. »Zum Glück weiß er nicht, daß er nach mir suchen müßte. Und vielleicht können wir uns bis zum Kriegsende aus dem Weg gehen.«

Im August erschien Captain Lewes immer öfter unter der Eiche, was Alaina beunruhigte. Einerseits war sie fest entschlossen, die Südstaaten zu unterstützen, andererseits wollte sie ihre Ehe nicht gefährden.

»Mein Mann könnte zurückkommen«, erklärte sie dem Captain.

»Gewiß, jeder Spion geht ein Risiko ein«, erwiderte er lächelnd. »Aber ich glaube, Sie haben nichts zu befürchten, Mrs. McKenzie. Mit Ihrem Charme können Sie sich aus jeder Situation herauswinden.« Alaina verkniff sich die Bemerkung, offensichtlich würde er ihren Mann nicht kennen. »Wie eine Schlange«, fügte er bewundernd hinzu.

»Wie, bitte?« fragte sie indigniert.

»Eine Mokassinschlange — schön und tödlich.« Mit diesen geheimnisvollen Worten verschwand er in der Dunkelheit.

Zwei Nächte später wurde sie wieder vom Geräusch eines Kieselsteins geweckt, der gegen ihre Fensterscheibe prallte. Diesmal stand nicht der Captain unter der Eiche, sonder Risa Magee, ganz in Schwarz gekleidet. Aufgeregt winkte sie Alaina zu, die sofort aus dem Haus eilte. »Mein Gott, Risa ...«

»Sie müssen sofort verschwinden.«

»Aber ...«

»Mrs. Greenhow wurde verhaftet. Jetzt durchsuchen die Ermittlungsbeamten ihr Haus und alle Papiere.«

»Und — warum kommen Sie zu mir?« stammelte Alaina.

»Weil ich nicht dumm bin. Ich verdächtige Sie beide schon seit langer Zeit.«

»Haben Sie Rose angezeigt?«

»Allan Pinkerton — der Detektiv, den Lincoln engagiert hat — war ihr von Anfang an auf der Spur. Wie albern manche Männer sind! Sogar Lincolns Kabinettmitglieder lieferten ihr interessante Informationen. Nein, Alaina, ich habe mich da niemals eingemischt. Hätte ich's getan, wären auf dem Schlachtfeld von Manassas nicht so viele Unionssoldaten gefallen.«

»Das müssen Sie verstehen, Risa«, bat Alaina eindringlich. »Vielleicht hätten Sie den Tod vieler Unionssoldaten verhindert. Aber dann wären zahlreiche Konföderierte gestorben. Was ich bin und woran ich glaube, kann ich nicht ändern. Jedes Volk hat das Recht auf Selbstbestimmung. Ich bin eine Südstaatlerin.«

»Wie auch immer, Sie müssen verschwinden, bevor man

Sie mit Roses Spionagering in Verbindung bringt und festnimmt. Angeblich werden Spione gehängt. Sogar Frauen. Bitte, Alaina, hören Sie auf mich. Beeilen Sie sich. Nehmen sie Sean und Lilly mit. Mein Freund, Captain Murdock, segelt heute den Potomac hinab. Vor kurzem hat er den Dienst quittiert. Mit Hilfe eines Passes wird er alle Unionslinien überqueren. Und Sie können ihn als seine Frau begleiten.«

»Und Ian?«

»Falls man beschließt, Sie zu hängen, ist er machtlos«, erklärte Risa unverblümt. »Falls ich ihn treffe, bevor Sie ihn wiedersehen, erkläre ich ihm, ich hätte Sie zur Flucht gedrängt. In dieser Situation sind alle Freunde Rose Greenhows gefährdet. Das wird er sicher verstehen.«

Beklommen senkte Alaina den Kopf. Sie bezweifelte nicht, daß Risa sie verteidigen würde. Aber wenn Ian jemals herausfand, was sie getan hatte ... Er würde glauben, sie hätte ihn belogen und in seinen Armen gelegen, um ihm Informationen zu entlocken. Was einerseits stimmte — und andererseits nicht. Was für eine komplizierte Gratwanderung ...

»Um Himmels willen, Alaina, beeilen Sie sich!« flehte Risa. »Eigentlich wollte ich's Ihnen verschweigen. Aber wenn es Ihnen hilft, den Ernst der Lage zu erkennen — Captain Lewes ist tot.«

»Was?« würgte Alaina hervor.

»Also war er tatsächlich Ihr Kontaktmann.«

Alaina ignorierte, wie viel sie mit ihrer Reaktion verraten hatte, und fühlte sich elend. Welch ein guter, tapferer Mann war er gewesen — und das ganze Leben hatte noch vor ihm gelegen ... »Wurde er — gehängt?«

»Nein. Er versuchte zu fliehen, als ihn ein Vorposten aufhalten wollte, und wurde erschossen.«

»O Gott!«

»Bitte, Alaina, verstehen Sie doch, in welcher Gefahr Sie schweben!«

»Und warum helfen Sie mir, Risa?«

»Das weiß ich nicht.« Risa zögerte. »Vielleicht respektiere ich Ihre Loyalität dem Süden gegenüber. Oder ich habe Sie liebgewonnen. Und ich weiß, wie verzweifelt Ian wäre, wenn Ihnen und Sean etwas zustoßen würde. Aber meine Beweggründe spielen jetzt wirklich keine Rolle. In der nächsten Straße wartet eine Kutsche. Ich darf mich hier nicht blicken lassen. Holen Sie das Baby und Lilly. Schnell!«

»Danke«, flüsterte Alaina. Impulsiv umarmte sie Risa und rannte ins Haus.

In Ians Schlafzimmer holte sie Briefpapier, einen Federkiel und Tinte aus einer Schreibtischschublade. Verzweifelt suchte sie nach Worten. Wie sollte sie erklären, wieviel er ihr bedeutete — und wie wichtig ihr die Konföderierten Staaten waren?

Aber es gab keine geeigneten Worte. Schließlich schrieb sie: *So sehr ich es auch bedaure, ich muß abreisen. Ich liebe dich. Alaina.*

Sie ließ den Brief auf dem Tisch liegen. Dann sah sie sich im Zimmer um. Nur widerstrebend war sie in dieses Haus gezogen. Und jetzt wollte sie es nicht verlassen. Hier hatte sie erkannt, wie heiß und innig sie ihren Mann liebte. Unter diesem Dach war ihr Sohn geboren worden.

Unglücklich schloß sie die Augen und kämpfte mit den Tränen. Dann riß sie sich zusammen und lief in ihr Zimmer. Wenig später schlich sie aus dem Haus, ihr Baby im Arm, dicht gefolgt von Lilly.

23

Ende September erhielt Risa einen Brief von Alaina, die ihr mitteilte, sie sei mit Sean und Lilly wohlbehalten in Richmond angekommen und per Bahn nach Charleston gefahren. Dort habe man sie freudig begrüßt, schrieb sie, von wachsender patriotischer Begeisterung für die Konföderation erfüllt.

Wehmütig dachte Risa, daß sie Ians Frau einen großen Freundschaftsdienst erwiesen hatte. Sie glaubte, vorerst würde Alaina in Charleston wohnen.

Bis jetzt hatte Brent ein Kommando in South Carolina oder Florida abgelehnt. Trotzdem zählte man ihn, ebenso wie Sydney, zu den Rebellen — aber sie waren McKenzies. Alaina blieb nicht bei den beiden. Im letzten Brief, den einige Freunde durch die Unionslinien schmuggeln konnten, erklärte sie Risa, sie würde nach einer Zwischenstation in St. Augustine nach Belamar fahren.

Im November kehrte Ian endlich nach Washington zurück. Risa nähte gerade im Haus einer Freundin an einer Flagge für die neugegründete Maryland-Heimwehr, enttäuscht über die banale Rolle, die sie bei den zukunftsweisenden Ereignissen spielte. Ihren Vater sah sie in letzter Zeit nur selten. Er diente am Potomac, unter McClellan, den Lincoln aus Illinois geholt hatte. Dieser schneidige, charismatische Offizier beflügelte die Truppen. Aber Magee beklagte sich bei seiner Tochter über ihn und meinte, McClellan würde viel zu vorsichtig Krieg führen und die Kampfkraft des Feindes trotz beruhigender Informationen des Geheimdiensts überschätzen.

Immer mehr Soldaten fielen auf den Schlachtfeldern. In Ball's Bluff, Virginia, in Ost und West fanden Scharmützel statt. Risa hoffte, der Winter würde das Blutvergießen einschränken und die Hitzköpfe abkühlen.

Als sie an diesem frühen Novemberabend nach Hause

kam, eilte ihr die Zofe Nelly entgegen. »Ma'am, Major McKenzie ist da!«

Atemlos eilte Risa in den Salon. Ian stand am Kamin, den Rücken zur Tür gekehrt, die Hände auf dem Sims, den Kopf nachdenklich gesenkt. Wie attraktiv er in seiner Uniform aussah ... Am liebsten wäre sie zu ihm gelaufen, um den Kopf an seine Schulter zu legen und tröstliche Worte zu flüstern, die das Grauen des Krieges vielleicht ein wenig mildern würden — eines Krieges, in dem seine Frau gegen ihn kämpfte.

Aber sie berührte nur seinen Arm. »Ian ...«

Langsam wandte er sich zu ihr. »Freut mich, dich wiedersehen, Risa.«

Nach einer kleinen Pause begann sie: »Vermutlich weiß du schon, daß Alaina ...«

»Ja, sie hat Washington verlassen«, unterbrach er sie. »Erstaunlich, wie lange eine militärische Order manchmal braucht, um ihr Ziel zu erreichen — und wie schnell sich private Neuigkeiten herumsprechen! Während ich mit meinen Männer vor New Orleans eine Südstaatenschaluppe aus Pensacola verfolgte, traf ich einen Offizier, der kurz zuvor in Washington gewesen war. Er erzählte mir sichtlich betrübt von Roses Verhaftung und meinte, diese Neuigkeit müsse die Konföderationssympathisanten in der Hauptstadt tief erschüttert haben — meine Frau inklusive. Offenbar glaubte er, sie sei aus Protest gegen Roses Festnahme abgereist. Aber ich vermute eher, Alaina hat mit ihr unter einer Decke gesteckt. Was meinst du?«

»Da ich eine treue Anhängerin der Union bin, wird mich die Gegenseite wohl kaum über solche Dinge informieren. Eine Tasse Tee, Ian? Oder Whiskey?«

Sie wollte sich abwenden. Aber er hielt ihren Arm fest. »Du weißt mehr, als du eingestehen möchtest.«

»Nun ja — sie hat mir geschrieben. Natürlich ahnte sie,

wie sehr dich ihre Reise nach Süden ärgern würde ... In ihrem letzten Brief kündigte sie an, sie würde zu ihrer Insel fahren. Wahrscheinlich hält sie sich derzeit noch in St. Augustine auf.«

»Und das Baby?« Nur mühsam bezähmte er seinen Zorn.

»Deinem Sohn geht's gut. Hast du gar nichts von Alaina gehört? Vermutlich wußte sie nicht, wo du zu erreichen warst.«

»Sie hinterließ eine Nachricht auf meinem Schreibtisch, vor drei Monaten datiert.«

»Hätte sie deinen Standort gekannt, hätte sie sich sicher bei dir gemeldet. Sie liebt dich.«

»Vielleicht.«

»Auch ich hätte Verbindung mit dir aufgenommen, wenn ...«

»Falls du mich in Zukunft brauchst, wende dich an General Brighton. Er weiß, wo ich zu finden bin.«

»Ja — danke«, erwiderte Risa. »Bitte, sei Alaina nicht böse und versuch ihren Standpunkt zu begreifen. Immerhin stammt sie aus dem Süden.«

Er kehrte ihr den Rücken zu und starrte ins Kaminfeuer. »Sollte ich mich auch wie ein Südstaatler verhalten?«

»Natürlich nicht.«

»In diesem Konflikt geht es nur um zwei Punkte — die Union muß erhalten und die Sklaverei abgeschafft werden.«

»Zweifellos weiß Alaina, daß die Sklaverei unmoralisch ist. Davon sind viele Südstaatler überzeugt. Aber sie streben nach Freiheit und Selbstbestimmung. O Ian, wenn sich beide Seiten bemühen würden, einander zu verstehen, gäbe es keinen Krieg.« Um das heikle Thema zu wechseln, fragte sie: »Bleibst du zum Dinner? Vater ist leider unabkömmlich. Neulich wurde er zum Brigadegeneral befördert. Wußtest du das?«

»Ja. Hoffentlich sehe ich ihn bald, damit ich ihm gratulieren kann. Und vielen Dank für die Einladung zum Abendessen, die ich sehr gern annehme.«

Lächelnd eilte sie in die Küche, um dem Personal entsprechende Anweisungen zu geben.

»Bleibst du länger in Washington, Ian?« fragte sie nach dem Dinner.

Seine blauen Augen verdunkelten sich. »Allzuviel Zeit habe ich nicht. Außerdem muß ich eine persönliche Angelegenheit erledigen.«

Erschrocken sprang sie auf und stieß beinahe ihren Stuhl um. »Laß dich Alainas wegen nicht umbringen, hörst du?«

Er stand lächelnd auf, ging um den Tisch herum und küßte ihre Stirn. »Glaub mir, ich weiß, was ich tue, und ich vermeide alle unnötigen Risiken. Nicht zuletzt deshalb wurde ich ins feindliche Gebiet versetzt. Aber ich bin dankbar für deine Besorgnis, und ich verspreche dir, vorsichtig zu sein.«

Als sie seine beunruhigende Nähe spürte, schlug ihr Herz schneller. Wie leicht wäre es, die Konventionen zum Teufel zu jagen ... Wenn er auch verheiratet ist, dachte sie, seine Frau gehört dem feindlichen Lager an. Und jetzt lebt sie in weiter Ferne. Außerdem war er einmal für *mich* bestimmt. Diese Nacht könnte unseren Seelen Trost spenden. Sie spürte seinen warmen Atem auf den Wangen. »Ian ...«, flüsterte sie.

»O Gott, Risa, ich will dir nicht noch einmal weh tun.«

»Und wenn ich mir nur eine schöne Erinnerung wünsche?«

Da nahm er sie in die Arme und küßte sie mit einer Leidenschaft, die ihre Sinne entflammte.

Aber er ließ sie sofort wieder los. »Ich muß gehen, Risa.«

»Weil du deine Frau liebst.«

»Weil ich euch beide liebe«, erwiderte er und floh aus dem Zimmer.

Alaina hatte St. Augustine und das imposante Fort, das den Hafen bewachte, stets bewundert. Zu Ehren von Francis Marion, einem Helden des Amerikanischen Freiheitskriegs, hieß es Fort Marion. Die Spanier hatten die Festung gebaut und ihr den Namen Castillo San Marcos gegeben. Während der Revolution von den Briten besetzt, war sie in Fort St. Marks umgetauft worden. Aber wie immer man das Gebäude nannte, es sah sehr eindrucksvoll aus und glich einer uneinnehmbaren mittelalterlichen Burg.

Im Dezember 1861 kam Alaina mit Lilly und Sean in St. Augustine an. Als sie in der Nähe des Forts aus der Kutsche stiegen, schaute sich die Zofe entzückt um und genoß das milde Wetter. Sie haßte die Kälte des Nordens, und sie hatte ihre Herrin nur zu gern nach Hause begleitet.

Auch Alaina freute sich über die Rückkehr in heimische Gefilde. Noch war sie über zweihundert Meilen von Belamar entfernt, aber sie stand auf dem Boden ihres geliebten Floridas. Hätte der Gedanke an Ian sie nicht unentwegt verfolgt, wäre sie sogar glücklich gewesen. Hier durfte sie mit der rückhaltlosen Unterstützung ihrer Landsleute rechnen, und es befriedigte sie, der großen revolutionären Sache zu dienen.

Aber die Nächte waren eine einzige Qual. Sie hatte Ian verlassen, und sie wußte nicht, wo er sich aufhielt, was er empfand, ob er ihr jemals verzeihen — und ob sie ihn jemals wiedersehen würde.

»Wie herrlich warm es hier ist«, seufzte Lilly zufrieden. »Und diese schöne Straße.«

»Ja, sehr schön«, bestätigte Alaina und betrachtete die

alten spanischen Häuser. Auch in Charleston und Richmond, dem Sitz der neuen Regierung, hatte sie sich wohl gefühlt und einmal sogar eine Soiree im Weißen Haus der Konföderierten Staaten besucht. An jenem Abend hatte Präsident Davis ihr persönlich für die wertvollen Dienste am Vaterland gedankt. Angesichts der Stimmung, die in beiden Städten herrschte, schien es unmöglich, daß der Süden den Krieg verlieren könnte.

Es war wundervoll gewesen, Sydney und Brent wiederzusehen, und erschreckend einfach, die beiden zu belügen. Da Ian nur mehr selten nach Washington komme, habe sie sich in der gefährlichen Hauptstadt nicht mehr sicher gefühlt. Diese Geschichte wollte sie auch Julian erzählen.

Sekundenlang schloß sie die Augen, lauschte fernen Hufschlägen und spürte den Sonnenschein, die Meeresbrise. Das Gefühl, endlich wieder heimische Luft einzuatmen, erwärmte ihr Herz.

»Alaina!«

Verwirrt drehte sie sich um und sah Julian vom Kutschbock eines kleinen Wagens springen. Beinahe mußte sie mit den Tränen kämpfen. Wie ähnlich er seinem Bruder sah ... Sie eilte ihm entgegen, warf sich in seine Arme, und er wirbelte sie im Kreis herum. »Was machst du denn hier, junge Dame?« fragte er und stellte sie auf die Füße. »Soviel ich weiß, hat dir mein großer Bruder nicht erlaubt, Washington zu verlassen.«

»Dein großer Bruder war nicht in Washington«, erwiderte sie ärgerlich. »Und die Südstaatler können sich in der Hauptstadt nicht mehr sicher fühlen.«

»Oh! Die Südstaatler — oder die *verdächtigen* Südstaatler?«

»Sei nicht albern, Julian. Und vergiß nicht, daß Ian ein Yankee ist, während du ...« Sie trat zurück und musterte seine hübsche graue Uniform. »Du bist ein Rebell.«

»Gut, wir wollen nicht streiten. Jetzt will ich dich erst einmal nach Hause bringen. Willkommen, Lilly! Das muß Sean sein. Wie groß er schon ist! Ich kann's kaum erwarten, meinen Eltern ihr erstes Enkelkind zu präsentieren. Sie werden so stolz auf ihn sein.«

Lächelnd nickte Alaina, dankbar für den herzlichen Empfang, den Julian ihr bereitete. Was für ein seltsames Gefühl — der Bruder ihres Mannes und ihres Feindes ...

Am ersten Abend, den sie in Julians Gästehäuschen verbrachte, schrieb sie einen Brief an Ian. Obwohl sie versuchte, ihm ihr Herz auszuschütten, wirkten ihre Worte hölzern und nichtssagend.

Wieder einmal beteuerte sie, ihn zu lieben. Aber er würde ihr wohl kaum glauben. Inzwischen mußte sich das Gerücht über ihre Spionage in ganz Washington verbreitet haben. Julian leitete den Brief weiter. Inständig hoffte sie, Ian würde ihn erhalten.

Sie half ihrem Schwager im Lazarett, wo er Kranke und Verwundete betreute. Abends behandelte er die Zivilbevölkerung von St. Augustine. Die Arbeit befriedigte Alaina und lenkte sie von trüben Gedanken ab.

Etwa eine Woche nach ihrer Ankunft traf die stark dezimierte Besatzung des Konföderiertenschiffs *Annie May* ein, eines Blockadebrechers, den die US-Navy auf hoher See zerstört hatte. Die meisten Männer waren gefangengenommen worden. Aber einige hatten fliehen können. Nun lagen sie, zum Teil schwer verletzt, im Lazarett.

Während Alaina ihrem Schwager von einem Bett zum anderen folgte, sah sie entsetzt die grausigen Folgen des Blutvergießens. Beim Anblick der eiternden Wunden wäre sie fast in Ohnmacht gefallen.

Aber sie riß sich zusammen, stoppte und desinfizierte die Blutungen, damit Julian die Wundränder zusammennähen konnte, wusch die verletzten Soldaten und wechselte die Verbände. Nachdem die zehn Überlebenden mit der Hilfe Julians und anderer Ärzte das Schlimmste überstanden hatten, schrieb sie deren Angehörigen.

An diesem Abend dinierten Julian, Alaina und Dr. Reginald C. Percy in einem Gasthof nahe dem Fort Marion. Percy, ein etwa sechzigjähriger würdevoller Arzt, hatte vor der Sezession in der US-Army gedient. In all den Jahren sei ihm niemals ein so guter Chirurg wie Julian McKenzie begegnet, versicherte er Alaina. Beim Ausbruch des Krieges hatte er sich den konföderierten Streitkräften nicht angeschlossen, weil er glaubte, als Zivilist könnte er die Interessen Floridas besser wahrnehmen. Erbost schlug er mit der Faust auf den Tisch. »Dieses letzte Gemetzel war überflüssig. Die Jungs erzählten mir, sie seien in der Unterzahl und bereit gewesen, das Schiff dem Feind zu übergeben. Aber diese elenden Nordstaatler haben unsere Leute absichtlich ermordet. Natürlich, sie können ihre gefallenen Soldaten jederzeit ersetzen, während unsere Reserven allmählich zur Neige gehen werden. Deshalb bilden sie sich ein, sie müßten uns einfach nur umbringen, um zu siegen. Was für eine feige Bande! Aber sie kennen die Courage der Rebellen noch nicht.«

»Dr. Percy, nicht alle Yankees . . .«, begann Julian.

»Diese verdammte Blockade!« fiel Percy ihm ins Wort. »Würde der Feind nur den Nachschub unseres Rüstungsmaterials und der Lebensmittel unterbinden, wäre es zu verkraften. Aber daß er uns auch noch die Medikamente wegnimmt, das Laudanum, das Morphium und Chinin, das wir so dringend brauchen . . .«

»In einem Krieg lassen sich solche Dinge nicht vermeiden, Dr. Percy«, gab Julian zu bedenken.

Ein paar Minuten später, während sie gerade ihren Kaffee tranken, wurde Julian ins Lazarett gerufen. Dr. Percy und Alaina wollten ihn begleiten. Aber er protestierte energisch. »Nur eine Kehlkopfdiphterie. Das schaffe ich schon allein. Bleibt hier und genießt euren Kaffee.«

Nachdem Julian das Gasthaus verlassen hatte, lehnte sich Dr. Percy zurück, immer noch empört. »Und dabei würden wir viel mehr Medikamente brauchen — jeden Tag ...« Nachdenklich schaute er sie an, mit traurigen dunklen Augen. Das graue Haar, das auf seine Schultern herabhing, betonte seine melancholische Aura. »Wie ich höre, stammen Sie aus der Wildnis im Süden Floridas, Mrs. McKenzie.«

»Ja, ich wuchs auf einer kleinen Insel auf.«

»In der Biscayne Bay?«

Sie nickte erstaunt. Warum wußte er so gut über ihre Herkunft Bescheid?

»Also kennen Sie die Gegend da unten, die Sümpfe, die Felsenküsten, die Wege, die durch den nördlichen Teil des Staates führen.«

»Gewiß, aber ...«

»In diesem Krieg habe ich bereits einen Neffen verloren.« Plötzlich schienen seine Augen zu glühen.

»Das tut mir leid, Sir.«

»Das glaube ich Ihnen. Sie sind ihm mehrmals begegnet.«

»Tatsächlich?«

»O ja«, bestätigte er und lächelte bitter. »Captain Lewes war der Sohn meiner Schwester.«

»O Gott!« flüsterte Alaina. »Sein Tod ging mir sehr nahe. So ein wunderbarer, tapferer junger Mann ...«

»Er hielt sehr viel von Ihnen. Und er nannte Sie die Mokassinschlange.«

»Oh ...«, flüsterte sie unbehaglich.

Dr. Percy beugte sich vor und ergriff ihre Hand. »Bitte, hören Sie mir zu, Alaina. Wir brauchen Sie wieder. St. Augustine wird ständig von der habgierigen US-Navy belagert ... Wenn es mir auch schwerfällt, eine so zarte kleine Frau mit dieser schwierigen Aufgabe zu betrauen — das grausame Blutvergießen muß ein Ende finden.«

»Was könnte ich denn tun?« fragte Alaina unsicher.

»Nur wenige Leute brauchen zu erfahren, wer sich hinter dem Namen Mokassinschlange verbirgt.«

»Aber ...«

»Eines Nachts werde ich Sie aus der Stadt bringen und den Anschein erwecken, Sie würden heimfahren. In Wirklichkeit segeln Sie nach Freeport und nehmen von meinem britischen Freund, Dr. Bellamy, Medikamente entgegen. Danach reisen Sie in Ihre Biscayne Bay weiter, und der Kapitän des Schiffs bringt die Schmuggelware hierher. Oder Sie nehmen die Arzneien später selber mit. Für diese Aufgabe eignen Sie sich perfekt, Madam. Und Sie begeben sich nicht in Gefahr. Falls das Schiff auf hoher See vom Feind überfallen wird, geben Sie sich als Ehefrau des Panthers zu erkennen.«

»Was?« fragte Alaina verblüfft.

Percys Augen verengten sich. »Madam, Ihr Gemahl macht unsere ganze Küste unsicher, stiehlt unsere Waffen und Vorräte. Und nach jedem Raubzug verschwindet er, als hätte ihn der Erdboden verschluckt. Wie ein Panther schleicht er durch Sümpfe und Wälder. Niemand sieht ihn, bevor es zu spät ist, niemand kann ihm folgen. Immer wieder schlägt seine Truppe zu, zwischen South Carolina und Texas. Sie pirschen sich heran, um unsere Bastionen auszukundschaften, die Zahl unserer Soldaten, die Stellungen. Verstehen Sie, Madam? Sie, seine Ehefrau, wären bei jedem Unionsoffizier in bester Obhut. Niemand würde Sie verdächtigen, da Sie scheinbar nur auf dem Heimweg wären. Außerdem könnten Sie mit Nordstaatlern verhandeln, die uns unterstützen wollen.«

Wie betäubt starrte Alaina ins Leere. Natürlich, im Lazarett wurden dringend Medikamente gebraucht. Nur zu gut wußte sie, welche Höllenqualen die Verwundeten und Verstümmelten erlitten, weil man ihnen nicht genug Morphium oder Laudanum verabreichte. »Ist mein Schwager über Ihre Pläne informiert, Doktor?« fragte sie leise.

»Nein. Nun, werden Sie uns helfen?«

In dieser Nacht träumte sie von sterbenden Soldaten, hörte trauernde Mütter schluchzen. Wimmernd öffnete sie die Augen, stand auf und lief zu Seans Bettchen. Er schlief tief und fest. Als sie ihn in die Arme nahm, greinte er protestierend. Wenn ihm etwas zustieße — das würde sie nicht überleben ...

Am nächsten Morgen traf sie Dr. Percy im Lazarett und erklärte, sie würde den Auftrag übernehmen.

»Also ist die Mokassinschlange geboren«, bemerkte er lächelnd. »Glauben Sie mir, Ma'am, Sie haben nichts zu befürchten.«

Sie widersprach nicht und verschwieg ihm, daß sein Neffe dieselben Worte benutzt hatte. Bei dieser Erinnerung empfand sie kalte Angst.

24

Kurz vor Weihnachten bekam Julian Urlaub und fuhr nach Cimarron, begleitet von Alaina, Sean und Lilly.

Während sich das Flußschiff dem Ziel näherte, war er ungewöhnlich still. Er stand an der Reling, betrachtete seine Eltern und Tia, die am Kai standen, und Alaina bemerkte, daß er plötzlich zu zittern begann.

Aber sobald er von Bord ging, lächelte er seine Familie strahlend an.

Entzückt empfing Tara ihr erstes Enkelkind aus den

Armen der Schwiegertochter und drückte es selig an sich.

Als Julian seinen Vater heftig umarmte, glaubte Alaina ihn erleichtert schluchzen zu hören. Beinahe wäre sie selbst in Tränen ausgebrochen. Wehmütig beobachtete sie, wie liebevoll er seine Mutter und Tia küßte, und fühlte sich wie ein Eindringling. Sie war keine richtige McKenzie.

Doch dann wurde auch sie herzlich umarmt. »Komm her, meine Tochter!« rief Jarrett und drückte sie an die Brust. »Wohl oder übel muß ich eine Rebellin in meiner Familie akzeptieren.« Obwohl sein geliebtes Heim im tiefen Süden lag, war er ein eingefleischter Unionist. »Willkommen daheim«, fügte er hinzu, und sie mußte erneut mit den Tränen kämpfen.

Dann nahm sie ihre Schwiegermutter beiseite und flüsterte: »Habt ihr irgend etwas von Ian gehört?«

»Ja. Wir haben gute Freunde, die unsere Briefe weiterleiten. Offenbar geht's ihm gut. Aber ich sorge mich Tag und Nacht um ihn. Er treibt ein gefährliches Spiel. Nun, jetzt seid ihr hier. Zwei unserer Kinder und unsere Schwiegertochter verbringen das Weihnachtsfest auf Cimarron — und unser Enkel! O Gott, Jarrett, wir sind Großeltern! Wie alt wir geworden sind!«

»Nicht alt, nur weise«, entgegnete er und grinste belustigt.

Sie gingen ins Haus, wo Sean gründlich inspiziert wurde, von Kopf bis Fuß. Etwas indigniert ließ er die Prozedur über sich ergehen. Aber er spürte die Liebe seiner Familie und fühlte sich auf Cimarron sofort heimisch. Sein Erbe, dachte Alaina. Und mein Zuhause — obwohl ich die Feindin des Panthers bin . . .

Am nächsten Morgen hörte sie beim Frühstück, wie Jarrett seinem Sohn erklärte, Cimarron sei nur deshalb nicht niedergebrannt worden, weil er ausgezeichnete Wachtposten engagiert habe und weil man Julian für einen der wenigen Rebellenärzte halte, die tatsächlich Menschenleben retten konnten.

Fröhlich wurden Geschenke ausgetauscht, und später ging Alaina mit ihrer Schwiegermutter in Ians Zimmer. Sie hatte in seinem Bett geschlafen und sich voller Wehmut an den Honigmond erinnert — eine andere Zeit, eine andere Welt.

»Wenn du doch bei uns bleiben würdest!« seufzte Tara, als sie sich auf ein Sofa setzten.

Unbehaglich wich Alaina ihrem Blick aus. »Ich muß Julian im Lazarett helfen. Außerdem möchte ich bald nach Belamar fahren.«

»Dein Mann würde dir sicher erklären, du wärst hier besser aufgehoben.« In Taras Stimme schwang ein sanfter Vorwurf mit.

»Tut mir leid. So vieles spricht dagegen ... Ich glaube nun einmal an das Recht der Südstaaten auf Unabhängigkeit. Da ihr anderer Meinung seid, würde ich mich in eurem Haus unwohl fühlen. Ich kann einfach nicht vergessen, was meinem Vater zugestoßen ist. Deshalb werde ich mich niemals für die Union einsetzen. Es tut mir so leid, daß Ian ... Hat er was über mich gesagt? Ich schrieb ihm — und bekam keine Antwort.«

»Er ist dir sehr böse.«

»Aber ...«

»Trotzdem liebt er dich. Ich glaube, du erwiderst seine Gefühle.« Lächelnd strich Tara über Alainas Wange. »Und eure Liebe ist hoffentlich stärker als der Krieg.«

Am Neujahrstag traf Julian mit Alaina und Tia in St. Augustine ein. Zwei Wochen später, kurz nach Seans erstem Geburtstag, kam Dr. Percy zu ihr und erklärte, ein Konföderiertendampfer würde im Süden der Stadt ankern und sie zu ihrer Insel bringen.

Julian und Tia protestierten energisch gegen ihren Entschluß, nach Belamar zu fahren. »Überleg doch — du würdest an Bord eines Blockadebrechers gehen«, warnte ihr Schwager.

»Bitte, Julian, versteh mich doch! Ich muß meine Heimat wiedersehen — und Jennifer, deinen Onkel und deine Tante — und Jerome.«

»Nein, das verstehe ich nicht.«

Letzten Endes setzte Alaina ihren Willen durch. Sean blieb in Lillys Obhut zurück. Als Julian und Tia ihre Schwägerin zum Schiff begleiteten, versprach der Kapitän, ein erfahrener alter Seemann namens Nasby, er würde gut auf sie aufpassen. Bis zur Ankunft in der Biscayne Bay würde er sie keine Sekunde lang aus den Augen lassen.

Eine Stunde lang fuhren sie nach Süden. Dann steuerten sie die Bahamas an.

Trotz der Blockade erreichten sie Freeport schon nach achtundvierzig Stunden.

Bei der Begegnung mit dem fast achtzigjährigen Engländer Dr. Bellamy, der seit vielen Jahren in der Stadt lebte, fand Alaina heraus, daß sie nicht nur Medikamente transportieren sollte. Er lud sie zu einer Dinnerparty ein, die er für ein paar britische Diplomaten gab. Zur Tarnung trug sie eine schwarze Perücke. Eindringlich bat sie die Gentlemen, die Konföderierten Staaten anzuerkennen, die Rebellen nach besten Kräften zu unterstützen und der Union zu zeigen, daß die Welt auf der Seite der Südstaaten stand.

Am nächsten Morgen verkündete Dr. Bellamy hochzufrieden: »Meine Liebe, sämtliche Gäste waren entzückt von Ihrer Schönheit und Ihrem Charme. Natürlich wollten sie wissen, wer Sie sind. Aber das wird niemand erfahren. Ich erklärte, Sie seien eine patriotische Rebellin. Mehr dürfe ich nicht verraten. Ah, meine teure Mokassinschlange, ich freue mich auf eine erfolgreiche Zusammenarbeit. Geben Sie gut auf sich acht.«

Voller Genugtuung, einen prall gefüllten Lederbeutel mit Medikamenten in der Hand, verabschiedete sie sich von Dr. Bellamy.

Auf dem Weg zum Schiff besuchten Alaina, die wieder ihre schwarze Perücke trug, und ihre Leibwache eine Taverne. Während die Männer Whiskey, Wein und andere Vorräte entgegennahmen, saß sie an einem Tisch im Hintergrund der Schankstube und trank Kaffee. Wie sie erschrocken feststellte, hatten mehrere Soldaten von der US-Navy am Nebentisch Platz genommen. Sie sprachen über einen geplanten Angriff auf *ihr* Schiff.

Betont gleichmütig stand sie auf, verließ die Taverne und eilte zu Captain Nasby, um ihn zu warnen. Sie verschoben die Reise um einen Tag, und in der nächsten Nacht fuhren sie weiter, unbehelligt von den Kanonenbooten der Union.

Immer noch im Vollgefühl ihres Siegs, erreichte Alaina die Insel. Ein Ruderboot brachte sie anschließend zum Strand, wo sie von Jennifer erwartet und liebevoll umarmt wurde.

Abends saß sie mit Teela, James und Jennifer am Küchentisch. Mit keinem Wort erwähnte sie ihre Aktivitäten und erklärte nur, vorerst würde sie in St. Augustine leben, aber Belamar oft besuchen.

Immer wieder schilderte Jennifer die Schlacht, in der Lawrence gefallen war. Alaina vermutete, die Eltern der jungen Witwe würden bei ihr wohnen, weil sie um ihren Verstand bangten. Begierig erkundigte sich Jennifer nach den politischen Neuigkeiten, die nach St. Augustine gedrungen waren, und betonte, der Süden *müsse* den Krieg gewinnen.

Am nächsten Morgen wanderten die beiden Freundinnen den Strand entlang. Vorsichtig spähte Jennifer in alle Richtungen, bevor sie Alaina erklärte: »Heute nachmittag rudere ich dich zum Festland hinüber. Dort wird eine Miliztruppe eintreffen und dich mitsamt deiner Schmuggelware nach St. Augustine bringen.«

»Oh, mein Gott!« flüsterte Alaina. »Also bist *du* meine Kontaktperson.«

»Natürlich«, bestätigte Jennifer lächelnd. »Meinst du, ich würde nach Lawrences Tod untätig dasitzen und das Kriegsgeschehen aus der Ferne verfolgen? O Alaina, ist es nicht wundervoll, daß wir unseren tapferen Soldaten beistehen?«

Alaina brachte Morphium, Laudanum und Chinin nach St. Augustine, und ihr Schiff hatte Waffen in den Hafen transportiert. Entschlossen verdrängte sie den Gedanken an den Mann, der sie inzwischen verachten würde — ihren Ehemann.

Seit ihrer Rückkehr nach St. Augustine war eine Woche verstrichen. Als sie eine Gemischtwarenhandlung verließ, wurde sie von einem Soldaten angesprochen. »Alaina!«

»Peter!« Verwirrt, aber nicht erschrocken, sah sie den jungen Mann an. Nachdem der Krieg ausgebrochen war, erschienen ihr die Ereignisse auf Cimarron, die schon so lange zurücklagen, wie alberne Kinderspiele.

»Captain Peter O'Neill, von der Florida-Kavallerie«, verkündete er und lüftete schwungvoll seinen Federhut.

»Herzlichen Glückwunsch. Du siehst wirklich gut aus, Peter.«

»Und du wirst immer schöner«, erwiderte er und küßte ihre Wange.

»Oh, vielen Dank.«

»Hast du deinen Mann verlassen?« fragte er hoffnungsvoll. Als er ihre gerunzelte Stirn sah, fuhr er hastig fort:

»Verzeih mir. Es ist nur — nun ja, ich bin eifersüchtig auf ihn. Damals, auf Cimarron, habe ich mich in dir getäuscht und dich zu Unrecht verunglimpft. Das bedaure ich zutiefst.«

»Reden wir jetzt nicht mehr davon, Peter. Wie geht's Elsie?«

»Hast du's nicht gehört?«

»Was, Peter?«

»Vor sechs Monaten ist sie an Typhus gestorben.«

»Das tut mir leid.« Arme Elsie, dachte Alaina, sie war so jung gewesen. »Ich weiß, wie man sich fühlt, wenn man einen geliebten Menschen verliert.«

»Natürlich, dein Vater ist gestorben. Und falls dieser Krieg noch einige Zeit dauert, werden sehr viele Menschen schmerzliche Verluste erleiden.«

»Das fürchte ich auch. Nach der Schlacht von Manassas sah ich die Unionssoldaten in die Hauptstadt zurückkehren und ...«

»Denk nicht daran. Jetzt nicht mehr. Du bist daheim, in den Konföderierten Staaten.« Peter zögerte kurz, dann grinste er breit. »Einem Gerücht zufolge hast du uns bei Manassas zum Sieg verholfen.« Unbehaglich zuckte sie die Achseln, und er trat näher zu ihr. »Du ahnst nicht, wie sehr man deine Talente zu schätzen weiß.«

»Peter, ich ...«

»Nun bist du heimgekehrt, weil du dein Land liebst, nicht wahr? Weil du alles tun würdest, damit der Süden den Sieg erringt.«

»Ich bin hier, weil Florida meine Heimat ist ...«

»Und weil du loyal und tapfer bist. Ich glaube, du hast vor niemandem Angst.«

Doch, vor meinem Ehemann, dachte Alaina. Er würde sich zwar niemals an ihr vergreifen, aber da sie ihn liebte, konnte er ihre Seele verletzen.

»Wenn du meine Hilfe brauchst, gib mir Bescheid«, bat

Peter. Dann eilte er die Straße hinab, und Alaina schaute ihm beklommen nach. Offenbar war er über ihre Aktivitäten informiert. Nicht zum erstenmal erkannte sie, in welcher Gefahr sie schwebte.

An diesem Abend brannte nur eine einzige Kerze auf dem Schreibtisch ihres Schlafzimmers im Gästehäuschen, das neben Julians Arztpraxis lag. Alaina saß am Fußende des Betts und zog ihre Stiefel aus.

Auf Zehenspitzen schlich sie zum Bettchen ihres Sohns und neigte sich hinab. Einen Daumen im Mund, schlief er tief und fest. Behutsam zog sie ihm die Decke bis ans Kinn.

Plötzlich glaubte sie, ein Geräusch zu hören, und eine böse Ahnung jagte ihr einen Schauer über den Rücken. Unsinn, sagte sie sich. Unsere Soldaten bewachen die Küste, und mehrere Konföderiertenschiffe ankerten in der Nähe des Hafens ...

Aber als sie sich umdrehte, sah sie, daß sie nicht mehr allein war. Ein Mann lehnte am Kaminsims, in nächtliche Schatten gehüllt. Trotzdem erkannte sie ihn sofort. Ian.

»Hallo, Mrs. McKenzie«, grüßte er. Jetzt spiegelte sich das Mondlicht in seinen Augen, entzündete ein blaues Feuer, und sie spürte seinen Zorn, der Hitzewellen zu verströmen schien. Sie wollte sich abwenden und fliehen. Aber er war mit zwei Schritten bei ihr, und seine Arme umschlangen sie wie Eisenklammern. »Willst du Soldaten holen und mich festnehmen lassen, meine süße Rebellin?«

»Ian ...«

»Schrei nicht!« warnte er sie mit eisiger Stimme und stieß sie aufs Bett.

25

Sofort sprang sie auf und starrte ihn an — so glücklich, ihn wiederzusehen, und so verängstigt. »Ich könnte schreien und dich einem Rebellentrupp übergeben.« Ehe sie zur Tür laufen konnte, packte er ihren Arm und preßte sie wieder an sich. »Und wenn ich so laut schreie, daß mich Präsident Davis in Richmond hört, wirst du ...«

»Halt den Mund, Alaina, ich habe nicht viel Zeit.«

»Ian ...«

Da brachte er sie mit einem leidenschaftlichen Kuß zum Schweigen. Er erschien ihr wie ein Feuersturm, der plötzlich über sie hereingebrochen war, und statt sich zu wehren, konnte sie seine Glut nur mit aller Macht erwidern. So oft hatte sie von ihm geträumt. Jetzt spürte sie endlich wieder seine betörende Nähe. Eine innere Stimme ermahnte sie, zu protestieren, Fragen zu stellen. Aber ...

Sie liebte ihn, sie sehnte sich nach ihm. Nichts anderes zählte in diesem Augenblick. Während er sie mit fliegender Hast entkleidete, zerrten ihre Hände an seiner Uniform. Sie wollte ihm erklären, es sei reiner Wahnsinn, in diesem Blau hier aufzutauchen ...

Nackt gefiel er ihr sowieso viel besser.

Seine Finger schlangen sich in ihr Haar, seine Lippen liebkosten ihre Brüste, seine Zunge spielte mit einer Knospe, die sich sofort aufrichtete. Stöhnend flüsterte sie seinen Namen. Er fiel auf die Knie, küßte ihren Bauch, ihre Hüften.

Auch Alaina kniete nieder, preßte ihren Mund auf seinen Hals, seine Schultern. Plötzlich sprang er auf, hob sie hoch, und sie sanken eng umschlungen ins Bett.

Als er in sie eindrang, erwiderte sie seinen glühenden Blick, konnte die Augen nicht von ihm losreißen. Langsam begann er sich zu bewegen, dann immer schneller. Sie paßte sich seinem verzehrenden Rhythmus an, wild und hemmungslos und verzweifelt, strebte der ersehnten Ekstase entgegen und überließ sich dem süßen Schauer, der ihren ganzen Körper erfaßte.

Danach lagen sie lange schweigend beisammen. Alaina spürte Ians Herzschläge und ihre eigenen. Schließlich sagte sie unsicher. »Es freut mich, dich wiederzusehen. Aber — was machst du hier?«

Lächelnd richtete er sich auf und schaute sie an. »Die gleiche Frage könnte ich *dir* stellen.«

»Glaub mir, ich wollte dir nicht davonlaufen. Es ist nur — ich gehöre nicht zur Union ...«

»Habe ich dich nicht gewarnt und erklärt, ich würde dich überall finden?«

»Ich mußte Washington verlassen. Nachdem ich von Roses Verhaftung erfuhr ...«

»Angesichts der Umstände wurde sie sehr human behandelt. Sie lebt noch, nicht wahr? Inzwischen wurden mehrere Spione gehängt. Und deine kostbare Konföderation hat auch schon einen aufgeknüpft, in Richmond.«

Alaina wich seinem Blick aus. »Da ich mit Rose befreundet war, fand ich's ratsam, aus Washington abzureisen. Der Boden wurde mir zu heiß unter den Füßen. Und hier bist *du* in Gefahr. Wie um Himmels willen bist du nach St. Augustine gelangt?«

»Oh, es gibt immer Mittel und Wege«, entgegnete er gleichmütig, sank wieder ins Kissen zurück und verschränkte die Hände unter dem Kopf.

»Aber du darfst nicht in dieser Stadt bleiben.« Nach einer kleinen Pause fragte sie: »Hast du Sean besucht, während ich verreist war?«

Er nickte.

»Also weiß Lilly, daß du hier bist?«

Wieder nickte er.

»Können wir ihr trauen?«

»Ihr traue ich eher als dir.«

»Wie meinst du das?« flüsterte sie und rückte ein wenig von ihm ab. »Habe ich etwa geschrien und dich den Rebellen ausgeliefert?«

»Nein. Vielleicht willst du dem Panther einige Informationen entlocken.«

»Ian, ich weiß nicht, was du gehört hast«, erwiderte sie nervös. »Falls Risa dir irgendwas erzählt hat ...«

»Gar nichts hat sie mir erzählt — nur daß sie dir empfohlen hat, möglichst schnell aus Washington zu verschwinden, weil die Südstaatler in der Unionshauptstadt nicht mehr sicher wären.«

»Also hast du sie gesehen.«

»Natürlich.«

»Wenn du doch verstehen würdest ...«

»Ich will's gar nicht verstehen. Inzwischen ist mir das alles egal.«

Verwirrt rang sie nach Atem, als er sie in die Arme riß. Der Krieg und die ganze Welt schienen in weite Ferne zu rücken. Beinahe hatte sie vergessen, wie wundervoll es war, von ihrem Mann geliebt zu werden und zu immer neuen Gipfeln der Lust emporzuschweben. Doch danach stand er sofort auf und zog sich an.

»Gehst du schon?« wisperte sie enttäuscht.

»Soll ich hierbleiben und mich den gastfreundlichen Bewohnern von St. Augustine zeigen?«

»O nein, aber ...« Sie setzte sich auf und hüllte ihren Körper fröstelnd in die Steppdecke.

»Oder hast du erwartet, ich würde dich im Dunkel der Nacht nach Norden entführen?«

»Ian, ich ...«

Er neigte sich hinab und küßte ihre Lippen. »In St. Augustine bist du gut aufgehoben — in Florida, wo du hingehörst, nicht wahr?«

»Allerdings.«

»Alaina ...« Eindringlich schaute er in ihre Augen und

umfaßte ihr Gesicht mit beiden Händen. »Was in Washington geschehen ist, weiß ich nicht. Risa weigert sich, mich einzuweihen. Und Rose gesteht nur ihre eigene Schuld — stolz und unbeugsam.«

»Man macht sich nicht schuldig, wenn ...«

»Streiten wir nicht über Glaubensfragen«, unterbrach er sie. »Mach dir keine Sorgen — ich werde dich nicht in die Hauptstadt zurückbringen. Aber du mußt mir versprechen, in St. Augustine zu bleiben.«

Erleichtert atmete sie auf. Sie liebte die Konföderation — und Ian. Und plötzlich erschien es ihr möglich, beide Gefühle zu verbinden. »Gut, ich gebe dir mein Wort.«

»Und du wirst dich anständig benehmen.«

»Keine Ahnung, was du meinst ...«

»Doch, das weißt du.«

»Ian, ich assistiere deinem Bruder im Lazarett und betreue die verwundeten Soldaten. Heute abend kam mit meiner Hilfe ein Baby zur Welt. Und ich habe deine Familie besucht ...«

Er nickte. »Sei vorsichtig. Setz dein und Seans Leben nicht aufs Spiel.«

»Natürlich nicht. Aber du mußt dich auch in acht nehmen.«

Er richtete sich auf, schlang seinen Waffengurt um die Taille und schnallte ihn fest. »Keine Bange, ich weiß, was ich tue.«

»O ja«, seufzte sie, »du bist ein grandioser McKenzie, und deshalb prallen alle Kugeln von dir ab.«

»Unsinn, aber ich lasse mich nicht von Rebellenkugel treffen. Um mich mußt du dich nicht sorgen. Nur um dich selbst. Alaina, ich warne dich. Keine Spionage — hörst du?«

Mühsam schluckte sie. »O Ian ...«

Nach einem letzten Kuß ging er zum Kinderbettchen und betrachtete seinen schlafenden Sohn. Dann nahm er seinen Federhut vom Tisch, schlüpfte in den Garten und verschmolz mit der Dunkelheit der Nacht.

Im Februar 1862 erlitten die Konföderierten Staaten katastrophale Niederlagen in Forts Donelson und Henry in Tennessee. Der Heeresminister befahl General Robert E. Lee, alle Streitkräfte abzuziehen, die Floridas Ostküste verteidigten, und Albert Sidney Johnston in Tennessee zu unterstützen.

Gemeinsam mit dem Militär bereitete Julian seine Abreise aus St. Augustine vor.

Alaina glaubte, Ian müßte gewußt haben, wie hilflos sich die Ostküste Floridas dem Feind ausliefern würde, als er ihr das Versprechen abgenommen hatte, in St. Augustine zu bleiben. Während sie beobachtete, wie Julian seine Arzttasche packte, erwog sie, ihn zu begleiten. Immerhin hatten sich die Umstände inzwischen geändert.

Bevor Peter O'Neill mit seiner Kompanie ausrückte, besuchte er Alaina. »Was hier geschieht, ist wirklich beklagenswert. Aber verzweifle nicht, meine Liebe. Am anderen Flußufer halten wackere Rebellensoldaten Wache.«

»Das weiß ich.«

»Du bist doch keine Verräterin geworden, Alaina?«

»Wie kannst du mir eine solche Frage stellen? Mein Herz gehört der Konföderation.«

»Ja, gewiß«, stimmte er ihr bewundernd zu, »du bist der gute Engel aller Rebellen. Bald werden wir uns wiedersehen. In absehbarer Zeit kämpfe ich wieder in diesem Staat — und ...«

»Was?«

Ein paar Sekunden lang zögerte er. »Tut mir leid — ich muß deinen Mann töten. Ich werde ihn durch seinen Sumpf jagen, in die Enge treiben und erschießen. Noch bevor der Krieg ein Ende findet, wird der Panther sterben.«

Entsetzt wich sie vor ihm zurück.

»So sehr ich es auch bedauere«, fuhr er hastig fort, »er ist unser Feind.« Nach einer kurzen Pause fügte er hinzu: »Bevor ich mich verabschiede, will ich dir noch versichern, daß ich immer für dich dasein werde.«

»Sag so etwas nicht, Peter.«

»Eines Tages wirst du mich brauchen.« Formvollendet verneigte er sich und verließ das Zimmer.

Bis zur letzten Minute überlegte Alaina, was sie tun sollte.

Als Dr. Percy zu ihr kam, wirkte er tief bekümmert, alt und müde. »Um in einem Krieg gute Arbeit zu leisten, braucht ein Arzt Medikamente, Morphium, Chinin und Chlorophorm, adstringierende, stimulierende und schorfbildende Mittel wie Salpetersäure, die das infizierte Gewebe aus den Wunden herausbrennt. Wir müssen unsere Soldaten am Leben erhalten und die Attacken der Union abwehren.«

»Das verstehe ich, Dr. Percy, und deshalb zögere ich, St. Augustine zu verlassen.«

»Um Gottes willen, meine Liebe, Sie dürfen nicht abreisen. Ich werde Julians Praxis in diesem Haus übernehmen. Bleiben Sie hier und helfen Sie mir. Auf der anderen Seite des St. Johns River werden ein paar Freiwillige Stellung beziehen. Wenn wir sie stets über alle bevorstehenden Ereignisse informieren, was uns unter dem Deckmantel medizinischer Notwendigkeit leichtfallen müßte, können wir den Konföderierten Staaten auch weiterhin dienen.«

Schweren Herzens dachte Alaina an Ians Warnung — und an Peter O'Neills schrecklichen Plan. Der Krieg mußte beendet werden. So schnell wie möglich. Und wenn sie irgend etwas unternehmen konnte, um den Sieg des Südens zu beschleunigen ...

Oder die Niederlage?

Sie war eine gute Spionin. Das wußte sie. Und sie kannte ihren Staat, die Flüsse, das Terrain.

Ebenso wie Ian.

Aber er glaubte, er müßte für die Union kämpfen.

Genauso unerschütterlich glaubte sie an die Rechte der Südstaaten. Wenn er feindlichen Kugeln auszuweichen vermochte, würde es auch ihr gelingen.

Er würde außerdem nichts von ihren Aktivitäten erfahren. Der Panther war allgemein bekannt, während nur wenige Leute die Identität der Mokassinschlange kannten.

Ja, sie würde das Versprechen halten, daß sie ihm gegeben hatte, und in St. Augustine bleiben.

26

Die Union hatte es nicht eilig, Florida zu besetzen, obwohl oft genug auf die mangelnde Verteidigung der Ostküste hingewiesen wurde. In strategischer Hinsicht war der Staat unbedeutend. Der wichtigste Teil der Atlantikküste lag bei Charleston.

Trotzdem beschloß der Unionsgeneral McClellan im Frühling 1862, St. Augustine zu erobern. Am 8. März traf das erste Patrouillenschiff in der Flußmündung ein und hinterließ Bojen für seine Nachfolger. Vier Tage später ging Kommandant Rogers von Bord der *Wabash*, Flaggoffizier Samuel Du Ponts Schiff, und fuhr in einem kleinen Ruderboot zum Ufer, mit einer weißen Fahne.

Ohne Verteidigungsbastionen, in beträchtlichen finanziellen Schwierigkeiten, mußte St. Augustine kapitulieren. Da keine Touristen aus dem Norden in den Hotels abstiegen und den Handel belebten, fiel es den Stadtbewohnern daher immer schwerer, ihre Steuern zu zahlen. Und die Lebensmittel waren ebenso rar wie die Medikamente.

Alaina fuhr mit Sean und Lilly in ihrer Kutsche zum Kai. Aus einiger Entfernung beobachtete sie, wie sich der Bürgermeister Cristobal Bravo und Kommandant Rogers an der Hafenmauer trafen. Rogers, der sehr würdevoll wirkte, versicherte dem Bürgermeister, die Union würde der Stadt wieder zu dem Wohlstand verhelfen, den sie vor der Rebellion des Südens genossen habe.

Schweren Herzens dachte Alaina an Ians Prophezeiung, die Südstaaten könnten nicht siegen. An diesem Morgen schien er recht zu behalten. Die Union hungerte den Feind aus, besaß all die Medikamente, Arsenale und Waffenfabriken, die dem Süden fehlten. Lange, bevor St. Augustine in Rogers' Hände fiel, war die Stadt schon erheblich geschwächt gewesen.

Aber während die Männer widerstandslos kapitulierten, hatten die Frauen wenigstens die Fahnenstangen demoliert und die Eroberer daran gehindert, die Unionsflagge zu hissen.

Lautlos ruderten die Männer des Panthers durch die Nacht zu einem Strand, etwa fünfzig Meilen südlich von St. Augustine. Sam Jones, im Bug von Ians Boot, schüttelte den Kopf. »Wie wollen Sie das schaffen, Major? In dieser Finsternis sieht man nicht einmal die eigene Hand vor den Augen.«

»Wenn sich die Wolken verziehen, wird uns der Vollmond genug Licht spenden. Und da sie schweres Kriegsmaterial transportiert haben, müßte eine deutliche Spur durchs Gebüsch führen.« Gehorsam tauchte der Mond auf, und Ian lächelte triumphierend. »Da!«

Sam starrte ihn an und fragte sich, ob der Panther Zauberkräfte besaß.

Wenig später gingen sie an Land und versteckten die Boote in dichten Seetrauben.

Schon vom Wasser aus hatte Ian die Spur entdeckt. »Vorsicht, Jungs!« mahnte er. »Angeblich sympathisiert die Bevölkerung östlich vom St. Johns River mittlerweile mit den Vereinigten Staaten. Aber wir könnten trotzdem einem Rebellentrupp in die Arme laufen.«

Sie wollten die Fracht der *Stalward* zurückerobern, eines Unionsschiffs, das vor drei Tagen, auf dem Weg nach Key West, von Rebellen versenkt worden war, nachdem sie sich Waffen und Munition angeeignet hatten. Da der Kommandant der Konföderierten die Schiffsbesatzung in Ruderbooten an Land geschickt hatte, war Ian von den unglücklichen Leuten über das Schicksal der *Stalward* informiert worden.

Offenbar hatte der Rebellenkommandant ihre Pläne gekannt. Vor der verhängnisvollen Reise nach Süden war das Schiff im Hafen von St. Augustine vor Anker gegangen. In einem Bericht des Unionsgeheimdienstes wurde ein Rebellenspion erwähnt, der die konföderierten Freiwilligen auf der Ostseite des St. Johns River und die Blockadebrecher irgendwie auf die Route der *Stalward* hingewiesen hatte. Seit die Unionstruppen St. Augustine besetzten, waren drei ihrer Schiffe auf Grund gelaufen. Auf die Ergreifung des Spions namens Mokassinschlange — tot oder lebendig — war eine Belohnung ausgesetzt worden.

Durch dunkles Gestrüpp folgten Ian und seine Männer der Spur. Niemand beschwerte sich über Insekten, Dornen oder Morast.

Kurz vor Tagesanbruch machten sie Rast, um zwei Stunden zu schlafen, während jeweils drei Wachposten einander ablösten. Ian selbst schlief nicht. So nahe lag St. Augustine, und er glaubte fast, Alainas Parfum zu riechen ... Er saß im Gras, starrte zum dunklen Himmel hinauf und wünschte, er könnte den unseligen Konflikt vergessen.

Würde er eines Tages wieder ein friedlicheres Zuhause finden, mit seiner Familie? Die Erinnerung an jene Nacht, in der er nach St. Augustine geschlichen war und Alaina besucht hatte, genügte ihm nicht.

Wenigstens hatte er ihre Liebe gespürt, trotz seines Verdachts, sie wäre in die Spionage-Aktivitäten der Rebellen verwickelt. Die Mokassinschlange — der Name verfolgte ihn. In seinem Herzen war eine seltsame Angst erwacht. Es drängte ihn, nach St. Augustine zurückzukehren und sich zu vergewissern, daß die Informationen stimmten, daß seine Frau tatsächlich in der Stadt geblieben war und Dr. Percy in Julians Praxis assistierte. Wie man ihm mitgeteilt hatte, verweigerte der Doktor den Unionssoldaten niemals seine ärztliche Hilfe.

Ian kannte Dr. Percy. Vor dem Krieg war der alte Mann Militärarzt in Washington gewesen. Jetzt diente er den Interessen seiner südlichen Heimat. Und Alaina arbeitete mit ihm zusammen, was bedeuten konnte ...

Daran wagte Ian nicht zu denken.

»Major!« Er wandte sich zu Sam, der lautlos herankroch. »Soeben hat Billy ein Geräusch gehört. Ich glaube, wir haben das Waffenlager gefunden.«

»Wecken Sie die Männer«, befahl Ian.

Wenige Minuten später eilten sie auf leisen Sohlen durch die Büsche. Billy zeigte auf einige Wagen zwischen den Bäumen.

Offensichtlich wurden sie nur von einem einzigen Mann bewacht, der langsam umherwanderte.

»Schalten wir ihn aus?« wisperte Sam.

»Nein, wir brauchen ihn lebend«, entgegnete Ian. »Schicken Sie Reggie zu mir.«

Reggie war der beste Scharfschütze des Trupps, und seine Kameraden behaupteten, er könne einem Moskito aus hundert Schritte Entfernung ein Auge herausschießen.

»Zwingen Sie ihn, die Waffe fallen zu lassen«, flüsterte Ian. »Aber verletzen Sie ihn nur leicht, weil ich mit ihm reden und herausfinden muß, warum er sich hier versteckt und wie viele andere Rebellen in der Nähe sind.«

Reggie nickte und sank auf ein Knie. Die Augen zusammengekniffen, zielte er und schoß in den Oberarm des Wachtpostens.

Schreiend ließ der Soldat sein Gewehr los, schaute gehetzt nach allen Seiten und umklammerte den verletzten Arm. Ian trat vor und zielte mit seinem Colt auf seine Brust.

O Gott, der Rebell war noch ein grüner Junge. Ian fühlte sich elend. War sein geliebtes Florida so tief gesunken, daß es sogar Kinder in den Kampf schickte? Zum Glück mußte er den Burschen nicht töten.

In wachsender Furcht starrte ihn der etwa zwölfjährige Junge an.

»Was macht ein Kind bei einem Waffenlager?« fragte Ian.

»Ich bin kein Kind«, verteidigte sich der Rebell. »Private Elisha Nemes, von den Florida-Freiwilligen.« Er hatte dunkle Augen und Sommersprossen, trug einen langen braunen Mantel und einen Schlapphut. Obwohl er herausfordernd das Kinn zu heben versuchte, wirkte er völlig verängstigt.

»Wenn man dir eine so verantwortungsvolle Aufgabe anvertraut, mußt du ein guter Soldat sein, Private Nemes. Aber jetzt bist du mein Gefangener ...«

»McKenzie!« würgte Elisha hervor. »Sie sind der Panther!«

»In der Tat. Und jetzt erzähl mir, wo deine Kameraden stecken.«

Nervös spähte Elisha nach Norden. »Das verrate ich

nicht.« Seine Lippen begannen zu zittern. »Werde ich meinen Arm verlieren?«

Ian wandte sich zu Reggie, der gleichmütig die Schultern zuckte. »Zweifeln Sie etwa an meiner Schießkunst, Major? Nur eine Fleischwunde. Paß auf, daß du dich nicht infizierst, Kleiner. Dann wirst du deinen Arm behalten.«

»Und wieder ein Gewehr tragen«, ergänzte Sam leise, »und vielleicht sterben, wenn man das nächste Mal auf dich feuert.«

»Nun, wo sind deine Leute?« fragte Ian.

Nach ein paar Sekunden war Elishas innerer Konflikt beendet. »Die sind nach Norden gegangen.«

»Wie viele?«

»Nur drei. Sie wollen ein paar miese Yankees von den Waffen weglocken. Das sind verdammte Bastarde, die behaupten, alle Rebellen müßten hängen. Und sie glauben, wir hätten letzte Woche in St. Augustine ein paar Yankees erschossen — und wir wären Spione.«

»Und? Seid ihr Spione?« Plötzlich wurde Ians Mund trocken.

»O nein — Patrioten, Sir!«

»Simon, Billy, Gerald — tragt die Waffen zu den Booten und nehmt den Jungen mit.«

»Bringen Sie mich in ein Kriegsgefangenenlager?« fragte Elisha.

»Nach St. Augustine.«

»Aber die Stadt wird von der Union besetzt.«

»Irgend jemand wird deine Mutter aufspüren.«

Jetzt schien er in Panik zu geraten, und Ian lächelte. Wenn die Mutter den Jungen wieder zwischen die Finger bekam, würde ihm in den nächsten Jahren gewiß nichts zustoßen.

Ian wandte sich zu seinen Männern. »Schauen wir uns um, Jungs.«

Eine halbe Stunde lang folgten sie ihm nach Norden. Dann hörten sie eine höhnische Männerstimme.

»Verdammter Rebell! Stechen Sie zu, Captain! Wir werden den Bastard ohnehin hängen und verscharren. Wer wird den Unterschied merken? Das ist Gottes Wille.«

Ian nickte Sam und den anderen zu. Sofort zogen sie ihre Waffen und umzingelten lautlos die Lichtung, wo der Ruf erklungen war. Hinter einem dicken Kiefernstamm verschanzt, zählte Ian die Unionssoldaten. Zehn Kavalleristen. Auf drei Pferden saßen gefangene Rebellen, unterhalb eines mächtigen tiefhängenden Eichenasts, die Hände am Rücken gefesselt, Schlingen um die Hälse.

Eifrig bestrebt, den Kommandanten anzufeuern, der die unglücklichen Männer mit einem Messer bedrohte, bemerkten die blauuniformierten Soldaten nicht, daß sie umstellt waren.

»Gottes Wille?« flüsterte Ian und gab Sam ein Zeichen. Dann trat er hinter dem Baum hervor, richtete seinen Colt auf den Feldwebel, einen grauhaarigen korpulenten Mann. »Was zum Teufel geht hier vor, Sergeant?«

Erschrocken fuhr der Kommandant herum, starrte ihn an und sah die anderen Neuankömmlinge zwischen den Büschen auftauchen. Dann seufzte er erleichtert. »Gott sei Dank! Yankees!«

Als Ian zu den Gefangenen ging, protestierte der Sergeant ärgerlich: »Hier habe ich das Kommando, Major!«

Einer der Kavalleristen meldete sich zu Wort. »Major, diese Rebellen haben letzte Woche einige unserer Kameraden ermordet. Die armen Jungs wurden zu einem Tanzfest auf der Framington-Plantage eingeladen und auf dem Heimweg kaltblütig niedergeknallt.«

»Wieso wissen Sie das?« fragte Ian.

»Weil's der Kerl auf dem dritten Pferd zugegeben hat.«

Ian wandte sich zu dem betreffenden Gefangenen, einem etwa dreißigjährigen Mann, der seinen Blick furchtlos erwiderte. »Ist das wahr?«

»Major, ich bin kein Mörder. Und ich habe niemanden kaltblütig niedergeschossen. Nachdem wir die Framington-Plantage verlassen hatten, lieferten wir den Unionssoldaten einen fairen Kampf. Dabei wurden sie getötet.«

Ian nickte. »Befreien Sie die Männer von den Schlingen, Sergeant.«

»Wollen Sie die Hundesöhne etwa laufenlassen, Sir?«

»Nein, wir nehmen sie als Kriegsgefangene mit.«

»Offenbar verstehen Sie nicht, was hier geschieht. Wir haben die Rebellen auf faire Weise festgenommen.«

»Aber wir sind das Militär, Sergeant, nicht das Gesetz.«

»Verdammt, Major ...«

»Ganz recht, ich bin *Major* McKenzie, und ich erteile Ihnen einen Befehl.«

»Hören Sie, der magere Bursche da drüben ist ein Spion. Das wissen wir. Neben mir steht Corporal Ader, der einzige, der das Massaker bei der Framington-Plantage überlebt hat. Kurz bevor unsere Leute in den Hinterhalt gerieten, sah er den Burschen aus dem Ballsaal schleichen. Und wir sind berechtigt, Spione zu hängen, Sir. Dazu wurden wir sogar aufgefordert, das will ich Ihnen beweisen.«

Triumphierend zog der Sergeant ein zerknittertes Papier aus der Tasche seiner Uniform und drückte es in die Hand des Majors, der Colonel Hirshhorns Unterschrift erkannte. »Wenn ein feindlicher Spion festgenommen wird, soll man ihn so bestrafen, wie es der Unionskommandant für richtig hält. Und dabei wird die Todesstrafe für überführte Mörder nicht ausgeschlossen.«

Seufzend schüttelte Ian den Kopf und gab dem Sergeant die Order zurück. »Jetzt bin *ich* der Kommandant. Hier wird niemand gelyncht. Ein letztes Mal — befreien Sie die Gefangenen von den Schlingen!«

»Ja, Sir«, erwiderte der Sergeant tonlos und salutierte.

Plötzlich krachte ein Schuß.

Ian schaute nach allen Seiten, um festzustellen, wer seinen Befehl mißachtet hatte. Aber er sah nichts, denn die erschrockenen Pferde unter dem Eichenast bäumten sich auf und gingen durch. Die Stricke drohten die Rebellen zu erdrosseln.

»Schneidet die Leute los!« schrie Ian so wütend, daß die Kavalleristen sofort gehorchten.

Reggie feuerte auf das Seil, das den Hals des mageren Rebellen umschlang, und der Bursche fiel zu Boden. Sekunden später lagen auch die anderen im Gras. Ian ging zu dem Mann, mit dem er vorhin gesprochen hatte. Aber der Strick hatte ihm das Genick gebrochen. Auch der zweite war tot.

Vielleicht hatte der dritte, von Reggies Kugel befreit, noch eine Chance. Ian kniete neben dem Rebell nieder, der auf dem Bauch gelandet war.

Als er die kurzgeschnittenen blauschwarzen Haare sah, runzelte er die Stirn, und ein seltsames Unbehagen erfaßte ihn — noch bevor er die schlaffe Gestalt herumdrehte. Der Rebell hatte einen Schlapphut getragen, der ihm vom Kopf geglitten war und ein weiter Umhang verhüllte seinen Körper.

Mit dem kurzen Haar sah Jennifer wie ein Junge aus. Beinahe hätte Ian laut aufgekeucht. Onkel James durfte niemals erfahren, daß seine Tochter für die Konföderation spioniert hatte — und mit knapper Not dem Galgentod entronnen war.

Hastig löste Ian den Strick von ihrem Hals, stand auf und hob sie hoch. »Begrabt die beiden!« befahl er heiser. »Und glauben Sie bloß nicht, Sie würden ungestraft davonkommen, Sergeant! Diesen Fall werde ich Lincoln persönlich melden.«

»Verdammt, Sir, im Herzen sind Sie selber ein Rebell. In

Florida weiß doch jeder, daß Ihre Verwandten die Unionssoldaten umbringen!«

Statt zu antworten, schaute Ian den Mann nur an, dem brennende Röte in die Wangen stieg. Verlegen wandte sich der Sergeant zu seinen Leuten. »Begrabt die beiden.«

Ian trug Jennifer in den nächtlichen Schatten am Rand der Lichtung. Sobald er sich aus dem Blickfeld der anderen entfernt hatte, suchte er nach einem Puls, einem Lebenszeichen.

Da öffnete sie die schönen haselnußbraunen Augen.

»Ian«, formten ihre Lippen. Die Stimme gehorchte ihr jedoch nicht. Aber beruhigt senkte sie die Lider.

27

Während die Wochen verstrichen, wartete Alaina vergeblich auf Ians Rückkehr, und ihre Nervosität wuchs. Bei seinem kurzen Besuch hatte sich St. Augustine noch im Besitz der Konföderierten befunden. Jetzt gehörte die Stadt der Union, und er ließ sich nicht blicken, schrieb ihr keine einzige Zeile.

Im Frühjahr 1862 erlitten die Rebellen bittere Niederlagen. Am schlimmsten war der Verlust von New Orleans. Alaina erfuhr von Captain Willoughby — einem freundlichen alten Unionsoffizier, den sogar die eingefleischten Sezessionisten von St. Augustine mochten —, möglicherweise sei dieser Sieg ihrem Mann zu verdanken. Zuvor war das Gerücht verbreitet worden, der Generalangriff der Union würde Pensacola oder Mobile gelten. Dann hatten die US-Army und die US-Navy mit vereinten Kräften die strategisch wichtigste Stadt des Südens eingenommen. »Seien Sie stolz auf Ihren Mann, Mrs. McKenzie«, betonte der Captain. »Da er so erfolgreich für unseren Geheimdienst arbeitet, werden wir meistens über die Truppenbewegungen der Konföderierten informiert.«

Eines Tages verließ sie die Arztpraxis etwas früher als sonst und hörte Stimmen, die aus dem Gästehäuschen drangen. Offenbar unterhielt sich Lilly mit einer anderen Frau, und Sean kreischte vor Vergnügen. Neugierig öffnete Alaina die Tür. »Risa!«

Lachend stand die Besucherin auf, die sich mit Sean auf dem Boden gebalgt hatte. »Hallo!«

Alaina starrte sie ungläubig an.

»Mum!« rief Sean und lief auf seinen kurzen, dicken Beinchen zu ihr. Sie beugte sich hinab, und er drückte ihr einen Schmatz auf die Wange. Dann kehrte er eilends zu Risa zurück.

Was führte die überzeugte Unionistin nach St. Augustine? Nun mußte Alaina vorsichtiger sein denn je. Was mochte dieser Besuch bedeuten? Sie war ohnehin schon ein Nervenbündel, unentwegt von der Angst gequält, Ian könnte in die Stadt kommen, während sie ihre geheimen Aufträge erfüllte. Jetzt bereitete ihr Risas Ankunft zusätzliche Sorgen. Hatte Ian sie hierhergeschickt?

Aber das liebenswürdige Lächeln der jungen Frau wirkte offen und ehrlich. »Fühlen Sie sich nicht gut, Alaina?«

»Doch, ich bin nur — überrascht.« Alaina erwiderte das Lächeln und umarmte Risa. »Warum sind Sie zu mir gekommen?«

Risa zuckte die Achseln und strich sich die dunklen Haare aus dem Gesicht, die Sean zerzaust hatte. »Da Papa am Potomac stationiert ist, fand ich's sinnlos, allein in unserem Haus oder bei albernen Nähkränzchen herumzusitzen. Ein Freund meines Vaters ist Flaggoffizier. Als sein Schiff nach St. Augustine fuhr, beschloß ich, ihn zu begleiten. Ich habe ein Cottage in der Nähe des Hafens gemietet.«

»Oh, wie wundervoll!« Erleichtert atmete Alaina auf, denn sie hatte befürchtet, Risa würde sich bei ihr einquartieren. »Ich hoffe, Sie leisten mir möglichst oft Gesellschaft«, log sie. Zögernd fügte sie hinzu: »Haben Sie Ian gesehen?«

»Einmal. Aber das ist schon länger her.«

»Ich glaube, er war in die Schlacht von New Orleans verwickelt.«

»Ja, das habe ich auch gehört. Und womit beschäftigen *Sie* sich, Alaina?«

»Ich helfe Dr. Percy in Julians Arztpraxis und im Lazarett.«

»Da könnte ich mich nützlich machen. Ich habe einige Erfahrungen in der Krankenpflege gesammelt.«

»Oh, das wäre wunderbar.«

Unter anderen Umständen wäre es tatsächlich wunderbar gewesen. Alle Patienten, Soldaten und Zivilisten liebten Risa sofort, ihre sanften Hände, ihr aufmunterndes Lächeln. Niemals verlor sie die Fassung, wenn sie Blut fließen sah, und Dr. Percy bewunderte die junge Gehilfin, die ihm bei komplizieren Operationen stets die richtigen Instrumente reichte und vor keiner unangenehmen Aufgabe zurückschreckte. Zu Alainas Verblüffung schöpfte sie neue Kraft aus Risas Nähe, obwohl sie sich ein bißchen über die Perfektion der Nordstaatlerin ärgerte.

Eines späten Abends, etwa eine Woche nach Risas Ankunft, kam Dr. Percy ins Gästehäuschen. Er übergab Alaina einen chiffrierten Brief, den sie ans andere Flußufer bringen sollte. Dort kampierte ein Rebellentrupp, nahe der Englewood-Plantage. Sie würde den Anschein erwecken, nur die hochschwangere Mrs. Englewood zu besuchen. Auf diese Weise konnte sie die Stadt verlassen, ohne das Mißtrauen der Unionssoldaten zu erregen. »Eine leichte Mission, meine Liebe. Aber nächste Woche muß die Mokassinschlange wieder eine heiklere Aufgabe erfüllen.«

»Wann und wie? Bedenken Sie — der Hafen wird von Unionsschiffen bewacht.«

»Ich bringe Sie nach Süden, zu einem Schiff, das in einer versteckten Bucht wartet. Von dort fahren Sie zu den Bahamas. Unsere britischen Freunde werden Ihnen etwas Geld, Chlorophorm und Äther übergeben.«

»Und wenn mein Mann während meiner Abwesenheit nach St. Augustine kommt?«

»Dann erkläre ich ihm, Sie hätten eine Gelegenheit gefunden, seine Familie zu besuchen. Diese Geschichte werde ich auch Ihrer Freundin Risa erzählen. Was für eine großartige Frau! Der Himmel muß sie hierhergeschickt haben. Nun brauche ich mich nicht mehr allein abzurackern, wenn Sie unterwegs sind . . . Schauen Sie nicht so unbehaglich drein, Alaina! Diese Reise ist sehr wichtig. Nur weil Sie letztes Mal die Interessen des Südens so leidenschaftlich und überzeugend vertreten haben, sind die Briten bereit, uns zu helfen. Wenn ich jemand anderen auf die Bahamas schicke, kehrt er womöglich mit leeren Händen zurück. Sie wissen, wie dringend wir Unterstützung brauchen. Bald gehen die Medikamente zur Neige. Soll ich die Soldaten ohne Anästhesie operieren?«

»Natürlich nicht, Dr. Percy.« Nächste Woche würde sie ein letztes Mal seinen Kurier spielen. Danach würde die Mokassinschlange nicht mehr existieren.

Am nächsten Morgen brach sie zeitig auf, damit sie Risa nicht erklären mußte, wohin sie ging.

Irgendwie fürchtete sie immer noch, Ian hätte Risa beauftragt, seine Frau zu beobachten. Sie ruderte allein über den Fluß. Auf der anderen Seite wartete Mr. Englewood mit zwei Pferden und winkte dem Unionssoldaten zu, der am St. Augustine-Ufer Wache hielt. Auch die Englewoods beteiligten sich an dem gefährlichen Spiel. Nachdem Alaina den Pflanzer begrüßt hatte, ritt sie mit ihm zum Haus.

Die schwangere Maggie erfreute sich bester Gesundheit. Nachdem Alaina etwa eine Stunde bei ihr gesessen hatte, öffnete Mr. Englewood die Tür und ließ den Kontaktmann herein.

Unbehaglich stand Alaina auf, als sie Peter O'Neill eintreten sah. Die Englewoods ließen sie mit ihm allein. Lächelnd ergriff er ihre Hände und küßte ihre Wange. »Die Begegnungen mit dir sind die einzigen Freuden dieses Krieges.«

»Peter, bitte ...« Hastig riß sie sich los.

»Hast du mir was mitgebracht?« fragte er leise.

Sie hatte von Rose gelernt, wie man zusammengefaltete Briefe in der Frisur versteckte. Nun zog sie ein paar Nadeln aus ihrem Haar. Nervös zuckte sie zusammen, als Peter näher zu ihr trat.

»Ich will dir nur helfen«, versicherte er. Geschickt befreite er den chiffrierten Brief aus ihren goldblonden Locken. »Danke. Gute Arbeit.«

Sie nickte und fühlte sich elend. In letzter Zeit wurde ihr immer öfter übel. Der Krieg forderte seinen Tribut.

»Alaina, du weißt gar nicht, wieviel dir die Konföderation verdankt.«

»Jetzt muß ich zum Fluß zurückreiten ...«

»Eines Tages werden uns gemeinsame Interessen zusammenführen ...«

»Und du wirst eines Tages erkennen, daß ich verheiratet bin, Peter.«

In seinen hellblauen Augen erschien ein kalter Glanz. »Wenn der Krieg vorbei ist, wirst du verwitwet sein.«

»Vielleicht sterben wir alle, bevor das Gemetzel ein Ende findet. Aber du wirst wohl kaum meine Sympathien gewinnen, wenn du meinen Mann zu ermorden drohst.«

Wütend ballte er die Hände. »Merkst du denn nicht, daß er ein elender, niederträchtiger Verräter ist? Alaina, ich liebe dich. Immer habe ich dich geliebt ...«

»Aber du hast eine andere geheiratet.«

»... und ich werde diesen verdammten McKenzie in seinem Sumpf aufspüren und töten. Wir beide sind füreinander bestimmt, Alaina. Bald wirst du's wissen.« Abrupt kehrte er ihr den Rücken zu und verließ das Haus.

Wenige Sekunden später erschien Englewood, und Alaina fragte sich, ob er das Gespräch belauscht hat. »Maggie wird Ihnen im Salon eine Mahlzeit servieren. Danach bringe ich Sie zum Fluß zurück.« Alaina hatte keinen Appetit. Aber aus Höflichkeit würgte sie ein paar Bissen hinunter.

Während sie mit Englewood zum Fluß ritt, hörte sie eine Frau und einige Kinder schreien. Bestürzt starrte sie ihren Begleiter an, der die Achseln zuckte. »Was geht hier vor?«

Verächtlich spuckte er auf den Boden. »Verräter! Kümmern Sie sich nicht darum.«

Ohne zu antworten, drückte sie ihre Knie in die Pferdeflanken und galoppierte in die Richtung, aus der das Geschrei ertönte.

Bald hatte sie ein schönes Plantagenhaus erreicht, das von Soldaten in Brand gesteckt wurde. Andere Männer tummelten sich auf dem Rasen. Lachend stießen sie eine junge Frau hin und her, die ein Baby im Arm hielt. Drei andere Kinder, etwa vier, fünf und sieben Jahre alt — drückten sich schluchzend aneinander.

Empört ritt Alaina auf die Soldaten zu. Kein Rebell durfte sich so niederträchtig benehmen. »Um Gottes willen, was tun Sie da?«

Nur widerstrebend ließen sie die junge Frau los. »Diese Leute sind Verräter«, erklärte einer der Männer, »und deshalb wird ihr Haus niedergebrannt.«

»Haben Sie Beweise für den Verrat?«

»Captain O'Neill hat's gesagt, also stimmt's«, war die ärgerliche Antwort.

»O nein, wir sind keine Verräter!« verteidigte sich die junge Frau. »Von Anfang an haben wir erklärt, wir seien Unionisten. Aber das spielt ohnehin keine Rolle mehr. Mein Mann fiel in der Schlacht von New Orleans.«

Alaina schwang sich aus dem Sattel. »Gentlemen, so dürfen sich die Soldaten, die für die Freiheit des Südens kämpfen, nicht verhalten.«

Beschämt senkten die vier jungen Männer den Kopf. Alaina spürte plötzlich eine Hand auf ihrer Schulter. Als sie sich umdrehte, starrte sie in Peter O'Neills Gesicht.

»Dieses Schicksal droht allen Verrätern, meine Liebe«, bemerkte er ungerührt. »Sieh doch!«

Aus dem schönen Haus begannen die Flammen zu züngeln. Schluchzend sank die junge Frau auf die Knie, das Baby an sich gepreßt, und die drei Kinder rannten zu ihr. Alaina rammte einen Ellbogen in Peters Rippen, und er ließ sie stöhnend los. Entschlossen stürmte sie zu dem brennenden Haus, riß ihr Cape von den Schultern und schlug damit auf die Flammen ein. »Ihr Mann ist tot!« schrie sie Peter an, der ihr gefolgt war. »Und sie hat vier kleine Kinder! Was können diese armen Menschen den Rebellen antun?«

Seine Augen verengten sich. Dann befahl er den Soldaten: »Löscht das Feuer!« Erleichtert atmete sie auf. »Bist du jetzt glücklich, Alaina? Bald werden andere Flammen brennen . . . Ich schicke dir eine Eskorte, die dich zum Fluß begleiten wird.«

»Nicht nötig. Ich habe keine Feinde, die mich bedrohen könnten.« Sie eilte zu ihrem Pferd zurück und stieg auf.

Ehe sie davonreiten konnte, lief die junge Frau zu ihr und berührte ihren Arm. »Vielen Dank, Ma'am.«

»Ein Glück, daß sich diese Männer noch rechtzeitig auf Anstand und Ehre besonnen haben. Alles Gute.«

Schnell wie der Wind galoppierte sie zum Ufer. Zum erstenmal, seit der Krieg ausgebrochen war, sehnte sie sich nach dem Terrain der Yankees. In ihrer Hast achtete sie nicht auf den Weg. Plötzlich bäumte sich das Pferd auf, und Alaina landete im hohen Bogen im Gras.

»Was hast du denn, du blödes Tier?« schrie sie erbost der mageren braunen Stute nach, die in wilder Panik davonsprengte. Alaina richtete sich auf und tastete ihren Körper ab. Offensichtlich waren keine Knochen gebrochen.

Als sie Hufschläge hörte, sprang sie auf. Zu ihrer Verblüffung ritt Risa heran, zügelte ihren schönen Rotschimmel und hob die Brauen. »Ausgerechnet *Sie* lassen sich abwerfen? Die Südstaatlerin, die mit Pferden aufgewachsen ist?«

»Ja, das Biest hat mich abgeworfen.« Alaina stemmte die Hände in die Hüften. »Und was machen *Sie* hier?«

»Ich bin Ihnen gefolgt.« Frohgelaunt stieg Risa ab.

»Durch Unionslinien in feindliches Gebiet? Einfach so?«

»Da ich Krankenschwester bin, besitze ich einen Paß.«

»Spionieren Sie mir nach?«

»Ich versuche, einer Freundin zu helfen . . .« Plötzlich runzelte Risa die Stirn und lauschte angespannt. »Was ist das für ein seltsames Geräusch?«

»Großer Gott!« Jetzt wußte Alaina, warum ihr Pferd durchgegangen war. Offensichtlich hatte es ein Nest voller Klapperschlangen aufgescheucht. »Verschwinden Sie!« rief sie und stieß Risa beiseite. Im selben Augenblick wurde sie gebissen. Ein stechender Schmerz durchfuhr ihr Bein und warf sie zu Boden.

Entsetzt packte Risa ihren Arm und zerrte sie blitzartig von der angriffslustigen Schlange weg. Eine Sekunde später krachte ein Schuß, und die Schlange lag tot am Boden. Verwundert starrte Alaina auf die qualmende Pistole in Risas Hand.

»Um Himmels willen, Sie haben sich beißen lassen, um mich zu retten!« Risa kniete neben ihr nieder und riß einen Streifen aus ihrem Unterrock, den sie als Aderpresse benutzen wollte.

Mit zitternden Fingern zerfetzte Alaina ihren Strumpf und inspizierte die häßliche Bißwunde. »Wir brauchen ein Messer ...«

Aber Risa wußte offensichtlich selbst, was zu tun war. Sie rannte zu ihrer Satteltasche und kehrte mit einem großen Bowie-Messer zurück.

»Wollen Sie mir das Leben retten oder den Hals aufschlitzen?« fragte Alaina.

»Nun, in dieser Gegend weiß man nie, wen man trifft.«

Alaina lächelte und biß die Zähne zusammen, um den Schmerz zu bekämpfen, während sich die Messerspitze gezielt in die Wunde bohrte. Dann neigte sich Risa hinab, um das vergiftete Blut aus der Wade zu saugen und auszuspucken. »Das hätten Sie nicht tun dürfen.«

»Da ich schon zweimal gebissen wurde, bin ich immun. Immerhin stamme ich aus einer Wildnis voller gefährlicher Tiere. Wahrscheinlich bekomme ich jetzt Fieber. Aber Sie ...«

»Ich wäre gestorben, nicht wahr?«

Erschöpft schloß Alaina die Augen und verlor die Besinnung.

In den tiefen nächtlichen Schatten glitt das kleine Boot lautlos durch das Wasser und landete am sandigen Ufer. Ian hörte, wie ein Gewehr entsichert wurde. Dann erklang ein Ruf. »Wer ist da?«

Im schwachen Mondlicht sah er seinen Onkel am Strand stehen, flankiert von Teddys Plantagenarbeitern, die ebenfalls bewaffnet waren.

Schmerzhaft krampfte sich Ians Herz zusammen. »Ich bin's, Onkel James.«

»Hier bist du nicht willkommen, Ian«, erwiderte James, aber er ließ das Gewehr sinken. Erst jetzt entdeckte er die zweite Gestalt im Boot. »Und dein Freund auch nicht.«

»Bitte, Onkel James — das ist Jennifer.«

»Was?« stieß James heiser hervor, und Ian stieg aus dem Boot, seine Kusine auf den Armen.

Risa brachte Alaina in die Arztpraxis, wo Dr. Percy ihr versicherte, sie habe ausgezeichnete Arbeit geleistet. Zweifellos würde Alaina den Schlangenbiß überleben. »Aber Sie müssen sich auf eine schwierige Nacht gefaßt machen, Risa.«

Sie trugen die bewußtlose Patientin ins Gästehäuschen und brachten sie ins Bett.

Stundenlang bekämpften sie mit Lillys Hilfe das Fieber der Kranken. Risa kümmerte sich um Sean, pflegte Alaina und befolgte alle Anweisungen, die der Doktor ihr erteilte.

Von Schüttelfrost oder Schweißausbrüchen geplagt, warf sich Alaina im Bett umher und redete unentwegt im Fieberwahn — mit Ian, mit Dr. Percy. In den wenigen lichten Momenten hörte sie Risas beruhigende Stimme. »Alles wird gut — alles wird gut.«

In dieser Nacht kamen sich die beiden Frauen sehr nahe. Und während Risa dem wirren Gestammel lauschte, fragte sie sich, ob sich die Dinge jemals wieder zum Guten wenden konnten.

Am Ende des zweiten Tages sank das Fieber. Und am nächsten Morgen stand Alaina auf, um zu baden. Als sie wieder im Bett lag, schaute sie Risa gerührt an. »Die ganze Zeit hast du bei mir Wache gehalten und kein Auge zugetan. Danke ...«

»Nein, ich muß dir danken. Du hast mich vor der

Schlange gerettet — und bist damit selbst ihr Opfer geworden.«

»Aber ich wußte doch, daß ich immun bin.«

»Trotzdem — du warst unglaublich tapfer. Ausgerechnet für *mich* hast du das getan.«

»Im Krieg findet man seltsame Feinde — und noch seltsamere Freunde ...« Forschend musterte Alaina die junge Frau, die neben ihrem Bett saß. »Hat Ian dich gebeten, mir nachzuspionieren?« fragte sie unverblümt.

»Ich versuche nur, dich zu beschützen, Alaina.«

»Jedenfalls bist du eine gute Freundin.«

»Du auch.«

Liebevoll umarmten sie sich. »Geh jetzt nach Hause, Risa. Du bist völlig erschöpft.«

Nachdem Risa das Zimmer verlassen hatte, erschien Dr. Percy. »Alles in Ordnung, Alaina?« fragte er besorgt.

»O ja.«

»Sie haben uns eine Heidenangst eingejagt. Zum Glück sind Sie immun gegen die Schlangenbisse. Bald müssen Sie an Bord gehen. Werden Sie's schaffen?«

»Natürlich.«

»Vielleicht sollten wir die Reise verschieben ...«

»Nein. Ich hole Ihre Medikamente, Dr. Percy. Vermutlich zum letztenmal.«

»Das verstehe ich. Sie haben wahrlich genug für uns getan, meine Liebe.«

Ian stand am Strand und erwiderte die Umarmung seines Onkels. In dem kleinen Boot warteten drei seiner Männer.

»Danke«, flüsterte James.

»Der Schiffsarzt von der *Regard* hat mir erklärt, sie sei in letzter Sekunde vor dem Strick gerettet worden. Das hat keine bleibenden Schäden verursacht. Aber sie war unterernährt und völlig erschöpft. Deshalb wird's eine Weile dauern, bis sie sich erholt — und bis sie wieder sprechen kann.«

»Teela und ich werden nicht von ihrer Seite weichen.«

»Sicher ist's besser, wenn ich vorerst nicht zurückkomme, Onkel James. Sonst würde ich dich in Schwierigkeiten bringen.«

»O Gott, wie ich diesen Krieg hasse ...« James seufzte leise. »Am nächsten Mittwochabend wird ein Schiff nach Süden fahren — mit der Mokassinschlange an Bord.«

Eisige Finger schienen Ians Herz zu umklammern. Er kannte die Order, die den Spion betraf. »Danke für die Information.« Nach einer letzten Umarmung stieg er ins Boot. Der Panther und seine Männer verschwanden im Dunkel der Nacht. Bald würden sie einer Schlange auflauern.

28

Mai 1862

Ein Vollmond wanderte über den samtschwarzen Himmel. Wenn er sich hinter den Wolken verbarg, die unheimlichen, aufgeblähten Monstern glichen, lag undurchdringliche Finsternis über dem Land und den Meereswellen.

Ian wartete im Kreis seiner Männer und hoffte inständig, er würde sich irren.

Um sich für Jennifers Rettung zu bedanken, hatte ihn sein Onkel über die nächsten Aktivitäten der Mokassinschlange informiert — obwohl James wissen mußte, daß Ian niemals einen solchen Lohn für die Befreiung seiner geliebten Kusine verlangen würde.

Nun fürchtete er, Alaina wäre eine Spionin. Welches Schicksal mochte ihr drohen , wenn sie nicht von ihm, sondern von anderen festgenommen wurde?

»Major, ein Schiff!« wisperte der alte Sam Jones. »Bei Gott, Sie hatten recht!«

Mühsam zwang sich Ian zur Ruhe. »Vorsicht, Jungs! Wir können das Schiff nicht kapern. Und die Besatzung darf uns nicht entdecken. Sonst verschwindet sie mitsamt der Fracht. Warten wir auf den Landetrupp.« Nach einer kurzen Pause erinnerte er seine Soldaten. »Wir wollen die Mokassinschlange fangen.«

Alaina sah die Küste näher rücken. *Fast zu Hause!* Warum fühlte sie sich so bedrückt? Unbemerkt hatte sie St. Augustine verlassen, und auf den Bahamas war alles gutgegangen. Jetzt mußte sie nur noch ihr schwerbeladenes Cape dem Kontaktmann übergeben. Dann würde sie heimwärts segeln, nach Belamar, und in ihrem eigenen Bett schlafen. Es war an der Zeit, die Spionage zu beenden. Jetzt hatte sie genug riskiert. Zu viele Leute kannten ihre Identität, zu viele begannen sie zu verdächtigen.

Außerdem war soviel Blut geflossen, und sie zweifelte allmählich an jenen Rechten, die der Süden beanspruchte, am Unrecht der Union.

Das Schiff näherte sich der kleinen Bucht und drehte bei.

»Laßt das Boot ins Wasser!« befahl Captain Nasby und warf Alaina einen angstvollen Blick zu. Er hatte ihr von den Steckbriefen erzählt.

Überall wurde nach der Mokassinschlange gesucht. *Tot oder lebendig ... Erschossen oder erhängt, nach dem Gutdünken des Offiziers, der sie gefangennehmen würde ...* An solche Drohungen wollte sie jetzt nicht denken. Nur wenn sie die Angst verdrängte, konnte sie ihre Aufgabe erfüllen. Sie zog den Schlapphut tiefer in die Stirn und das Cape enger um die Schultern. In den zahlreichen Taschen steckten Goldmünzen, Laudanum, Briefe und Yankee-Dollars. Wenn sie schwimmen mußte, würde sie den Umhang ablegen und später holen. Hoffentlich blieb ihr das erspart. Sie hatte sich zwar von dem Schlangenbiß erholt, fürchtete aber, daß sie noch ein bißchen zu schwach war für solch anstrengenden Aktivitäten.

Die Augen zusammengekniffen, spähte sie im gelblichen Mondlicht zur Küste. Nichts Verdächtiges. Doch — da . . . »Warte!« flüsterte sie dem Kapitän zu.

»Siehst du was?« fragte Nasby, der ein guter Freund geworden war.

Zwischen den Bäumen schimmerten zwei rötliche Lichter. Sie atmete erleichtert aus. »Nur ein kleines Reh.«

»Bist du sicher?«

»Ja.«

»Jenkins, bringen Sie die Mokassinschlange an Land.«

»Ja, Sir.« Der junge Seemann salutierte, und der Kapitän wandte sich wieder zu Alaina.

»Sei vorsichtig.«

»Natürlich.«

»Vergiß nicht — dein Leben ist kostbarer als deine Fracht, weil du unersetzlich bist.«

»Daran werde ich stets denken.« Bald würde man sie jedoch ersetzen müssen... »Jetzt muß ich gehen.«

Wenig später saß sie im Boot, und Jenkins ruderte über das nachtschwarze Meer.

»Halt!« wisperte sie plötzlich. Wurden sie beobachtet — und erwartet? Aber an der Küste rührte sich nichts. Jenkins hörte zu rudern auf, aber der Kahn glitt durch den Schwung weiter dem Ufer zu.

Da erwachte der Waldrand zum Leben. Der Mond war wieder hinter Wolken verschwunden, und Alainas Augen konnten das Dunkel nicht durchdringen. Doch sie hörte die knirschenden Schritte der Männer, die zwischen den

Bäumen hervorkamen, das Klicken der entsicherten Gewehre.

»Ergeben Sie sich, und Ihr Leben wird geschont.«

Nun kam der Mond hinter den Wolken hervor und beleuchtete acht Soldaten in den verhaßten blauen Uniformen, die sich am Strand postiert hatten. Vier standen, vier knieten. Und alle Waffen zielten auf das Boot.

Ein neunter Mann stand etwas abseits. Ian ...

Alainas Herz krampfte sich zusammen.

»Verdammt!« fluchte Jenkins. »Wir müssen kapitulieren!«

Niemals ... Sie sprang ins Wasser, tauchte unter und schlüpfte aus dem schweren Umhang. Wenn Ian zum Boot schwamm, würde er nur das Cape finden — auf dem Meeresgrund.

Sie ließ sich von der Strömung treiben, schnappte kurz nach Luft und schwamm unter Wasser weiter. In einiger Entfernung von Ians Männern stieg sie zwischen verschlungenen Mangrovenwurzeln ans Ufer und hoffte, sie konnte im dichten Gestrüpp fliehen. Aber da ertönte ein gellender Ruf: »Halt, oder ich schieße!«

Unbeirrt rannte sie davon, obwohl sie fürchtete, jeden Augenblick eine Kugel im Rücken zu spüren. Doch es war kein Schuß, der sie niederstreckte, sondern Ians kraftvoller Körper. Sekunden später saß er rittlings auf ihren Hüften, und ihre verzweifelte Gegenwehr nützte ihr nichts — nicht einmal ihr Fausthieb, der ihn am Kinn traf.

»*Du* bist also die gottverdammte Mokassinschlange«, stieß er hervor. »Wie kannst du es wagen?«

Vor Angst halb von Sinnen, suchte sie nach Worten. »Und du bist der gottverdammte Panther! Der Verräter! Um Himmels willen, das ist Florida! Wie kannst *du* es wagen?«

Schritte näherten sich im Sand. »Major, der Rebell, der

das Boot gerudert hatte, geriet in Panik und ertrank. Leider konnten wir ihn nicht retten.«

Beklommen preßte Alaina die Lippen zusammen. Armer Jenkins ... Warum hatte er so schnell aufgegeben? Wäre er doch etwas mutiger gewesen!

Noch ein Kriegsopfer. Und diese Männer hatten ihn gar nicht töten wollen.

»Schon gut, Sam«, erwiderte Ian. »Brian, Reggie, kümmern Sie sich um die Leiche. Wir kehren zum Basiscamp zurück.« Dann neigte er sich herab und flüsterte seiner Frau zu: »Versuch nicht noch einmal, mir zu entkommen.«

»Würdest du mich erschießen?« würgte sie hervor.

»Im Sumpf schießen wir auf alles, was sich bewegt«, erwiderte Ian, erhob sich und zog sie auf die Beine.

Inzwischen hatten seine Leute die Pferde geholt, und er setzte Alaina auf Pyes Rücken.

Den Tränen nahe, stand sie in der Pfahlhütte — in ihrem Gefängnis. Sie war aus den nassen Kleidern geschlüpft, hatte sich gewaschen und ihren nackten Körper in ein Laken gewickelt. Als Ian eintrat, zuckte sie erschrocken zusammen. Inzwischen hatte er trockene Sachen angezogen. Sein Gesicht schimmerte bronzebraun im Laternenlicht, die Augen wirkten nicht blau, sondern schwarz.

Durchdringend starrte er sie an, so lange, daß sie schreien und ihn bitten wollte, sie sofort zu erschießen und die Qual nicht unnötig zu verlängern. Endlich brach er das Schweigen. »Die Mokassinschlange ... Zum Teufel mit dir!«

»Nein, zum Teufel mit *dir!*« hörte sie sich entgegnen. »Du hast deinen Staat verraten! Nicht ich!«

»Da irrst du dich. Mein Staat hat meine Nation verraten. Wie auch immer, die Politik ist nicht mehr wichtig. Und es spielt auch keine Rolle, ob der Allmächtige auf deiner Seite steht oder auf meiner. Jetzt kommt es nur darauf an, daß du vom Feind geschnappt wurdest, meine liebe Mokassinschlange, während ich diesem Schicksal entronnen bin.«

»Und was hast du mit mir vor?«

Er hob die ebenholzschwarzen Brauen. »Was macht man mit gefährlichen Schlangen? Vielleicht sollte ich dir all die schlimmen Dinge antun, die zarte Treibhauspflanzen wie du angeblich in der Gewalt brutaler Yankees erdulden mußten. Vergewaltigung, Mord ...«

»Bitte, Ian ...«

Unwillkürlich keuchte sie auf, als er auf sie zukam. Noch nie hatte sie ihn so wütend gesehen. Schmerzhaft umklammerte er ihr Handgelenk, zerrte sie zum Bett, und das Laken, in das sie sich gehüllt hatte, glitt von ihrem Körper. Schwankend stieß sie gegen einen Bettpfosten. Ian packte ihre Schultern und schüttelte sie unsanft. »Wie kannst du dein Leben nur so leichtsinnig aufs Spiel setzen? Würde unser Sohn dir etwas bedeuten ...«

»Und wie kannst du monatelang verschwinden und deinen Sohn im Stich lassen?«

»Oh, mein Gott, Alaina ...«

»Ich habe nur gekämpft, so wie du.«

»Aber du hast auf verlorenem Posten gekämpft.«

»Vielleicht. Aber ich mußte tun, was ich konnte.«

»Verdammt, weißt du's nicht — hast du's nicht gehört?«

»Was?« flüsterte sie atemlos.

»Jennifer wurde gehängt!«

Beinahe blieb ihr das Herz stehen.

Offenbar las Ian die helle Verzweiflung in ihren Augen, denn er sprach weiter, immer noch voller Zorn. »Zum Glück wurde sie im letzten Moment gerettet, wie durch ein Wunder. Mein Scharfschütze zerschoß den Strick. Aber es dürfte lange dauern, bis sie sich erholen wird.«

Erleichtert schluchzte sie auf.

»Großer Gott, Alaina, begreifst du denn nicht, was für ein gefährliches Spiel du treibst?«

»Ian ...«

Da lockerte er seinen harten Griff und preßte seinen Mund auf ihren.

Ich bin seine Gefangene, dachte sie vage, und ich muß mich wehren ... Halbherzig stemmte sie ihre Hände gegen seine Brust. Doch er schien es gar nicht zu bemerken. Wie aus eigenem Antrieb öffneten sich ihre Lippen, ihre Finger schlangen sich in sein Haar. Tränen rannen über ihre Wangen, und sie zitterte am ganzen Körper. Oh, wie heiß sie ihn begehrte ... Sie zerrte an seinem Hemd, streifte es von seinen Schultern, küßte seine Brust. Aber sie sagte nichts, denn er würde ihr nicht glauben.

Und wenn er dachte, sie würde ihn nur verführen, um ihr Leben zu retten — es spielte keine Rolle. Nur eins zählte — ihn endlich wieder spüren, seine betörende Zärtlichkeit.

Stöhnend drückte er sie an sich und sank mit ihr aufs Bett. So lange hatte sie seine Liebkosungen entbehrt — seine Lippen, die über ihre Brüste glitten, ihren Bauch, zwischen die Schenkel.

Und dann drang er endlich in sie ein. Begierig klammerte sie sich an ihn, überließ sich dem Sturm der Gefühle. Gemeinsam schwebten sie zu den Sternen empor und sanken nur langsam auf die Erde zurück.

Später saß er am Fußende des Betts und starrte sie an.

»Ian ...«, wisperte sie und wünschte, sie könnte die Tränen unterdrücken, die unaufhaltsam über ihre Wangen rannen. »Ich weiß, es klingt absurd, aber — o Gott, ich liebe dich.«

»Erstaunlich«, entgegnete er und straffte die nackten bronzebraunen Schultern. »Manchmal dachte ich, es wäre besser gewesen, ich hätte dich nie gesehen. Und dann ertrug ich in diesem Krieg so viele schlaflose Nächte, weil ich maßlose Angst um dich hatte. Verdammt, ich will dich nicht lieben, aber ich liebe dich.«

Wie gern hätte sie ihn berührt, aber das verbot ihr der Klang seiner Stimme. »Was wird jetzt geschehen?«

»Laut meiner Order, werde ich dich morgen früh hängen. Gnadenlos.«

»Das kannst du nicht, Ian.«

»Warum nicht? Weil du meine Frau bist?«

Sie schüttelte den Kopf. »Weil ich dein Kind erwarte.«

Er verbrachte die Nacht nicht in ihrer Hütte. Das wagte er nicht. Während seine Männer das Gefängnis bewachten, kehrte er in seine eigene Hütte zurück. Rastlos wanderte er umher und trank eine halbe Flasche Whiskey. Im Morgengrauen, als Sam Jones zu ihm kam, war das Problem immer noch nicht gelöst.

Den Kopf in die Hände gestützt, saß Ian auf seinem Bett.

»Also, Major, so wie ich's sehe ...«, begann Sam. »Wir haben die Mokassinschlange gefangen. Und der Mann ist tot.«

Verständnislos starrte Ian ihn an. Dann lächelte er schmerzlich. »Offenbar verstehen Sie, daß ich die Mokassinschlange weder erschießen noch hängen kann. Und ich kann sie auch nicht vors Kriegsgericht stellen.« Zögernd fügte er hinzu: »Sie erwartet ein Baby.«

»Ah, der kurze Trip nach St. Augustine«, murmelte Sam. »Nein, Sie dürfen die Mokassinschlange nicht hängen, Major.«

»Aber wie soll ich verhindern, daß sie sich in neue Schwierigkeiten bringt? Jeder andere Yankee-Kommandant würde sie mit dem Tod bestrafen.«

»Oh, da gibt's Mittel und Wege«, erwiderte Sam grinsend.

29

Alaina glaubte, sie hätte die ganze Nacht kein Auge zugetan. Aber offensichtlich war sie doch eingeschlafen, denn als sie sich im ersten Tageslicht umschaute, entdeckte sie ihre frischgewaschenen Kleider, die irgend jemand in die Hütte gebracht hatte. Hastig wusch sie sich und zog sich an, dann sank sie aufs Bett und wartete in wachsender Nervosität.

Endlich klopfte es an der Tür. Sam trat ein und reichte ihr eine Tasse Kaffee. »Ma'am, der Major möchte Sie sehen. Wann immer Sie bereit sind.«

Sie schaute ihn erstaunt an. Aber er sagte nichts mehr.

Nachdem sie die Tasse leer getrunken hatte, führte er sie aus der Hütte, die Treppe hinab und in die Mitte des Camps. Ian saß auf seinem Hengst, ein anderes Pferd neben sich. »Steig auf. Wir reiten weg.«

Mühsam verbarg sie ihre Erregung, als sie im Sattel saß. Wie leicht wäre es, die Fersen in die Pferdeflanken zu drücken und davonzugaloppieren ... Nein, ihrer Liebe zu Ian konnte sie nicht entfliehen, trotz aller Barrieren, die zwischen ihnen standen. Schweigend folgte sie ihm durch den Wald zu einer anderen Lichtung.

Ian schwang sich von Pyes Rücken. An einen Baumstamm gelehnt, musterte er seine Frau.

»Ich werde dich nicht hängen.«

»Wenn du doch verstehen würdest, was ich fühlte ...«

»Was du fühltest? Gehört es bereits der Vergangenheit an?«

»Was ich jetzt empfinde, weiß ich nicht. Ich bin so müde. Gestern wollte ich nach Belamar fahren — und die Mokassinschlange sterben lassen.«

»Verschwinde.«

»Aber ...«

»Du hast ein Pferd. Belamar liegt nur eine Meile entfernt. Geh nach Hause und überleg dir, was du tun willst. Und wenn ich zu dir komme, sag mir, was du beschlossen hast.«

»Ian . . .«

»Reit endlich los! Es sei denn, du willst dich noch in dieser Minute zur Union bekennen und deinen Treueeid leisten.«

Alaina fühlte sich elend. Wie konnte sie den Mann verlassen, den sie über alles liebte?

»Natürlich riskiere ich sehr viel«, fuhr er fort. »Du kennst unser Lager. Hoffentlich verrätst du uns nicht.«

Ohne eine Antwort abzuwarten, ging er zu ihr und schlug auf die Kruppe ihres Pferdes, das sofort davontrabte.

Nach fünfzehn Minuten zügelte sie die Stute. Nein, auf diese Weise durfte sie sich nicht von ihm trennen. Entschlossen ritt sie zu der Lichtung zurück. »Ian!«

Er ließ sich nicht blicken.

»Ian!« rief sie verzweifelt.

Da trat er hinter einem Kiefernstamm hervor, den Hut tief in die Stirn gezogen. Alaina sprang aus dem Sattel, lief zu ihm und warf sich in seine Arme. Leidenschaftlich erwiderte sie seinen Kuß. »Nicht, daß ich die Seiten gewechselt hätte . . . Aber ich hasse diesen Krieg. Anfangs wollte ich den Tod meines Vaters rächen. Und ich glaubte an die Staatenrechte des Südens. Aber dann floß soviel Blut . . . Vor kurzem sah ich, wie ein paar Rebellen das Haus eines Pflanzers niederbrennen wollten, in der Nähe von St. Augustine — weil er in New Orleans für die Union gekämpft hatte. Schließlich erkannte ich, wie verwerflich die Sklaverei ist. Es kann nicht richtig sein, Menschen zu kaufen und zu verkaufen, nur weil sie schwarz sind . . .« Da ihr die Worte fehlten, verstummte sie.

Ian drückte sie fest an seine Brust. Jetzt spürte sie keinen Zorn in seiner Umarmung, so wie am vergangenen

Abend, sondern Liebe und Zärtlichkeit. Als er ihren leicht gewölbten Bauch spürte, fragte er: »Seit wann weißt du, daß du schwanger bist?«

»Erst seit kurzem«, gestand sie. »Ich war so beschäftigt ...«

»Mit deiner Spioniererei.«

»Wärst du öfter zu mir gekommen, hätte ich's nicht gewagt ...« Plötzlich erinnerte sie sich an die Frage, die sie schon so lange quälte.

»Hast du Risa beauftragt, mich zu beobachten?«

»Nein. Aber sie schrieb mir, sie würde gen Süden fahren.«

»Liebst du sie immer noch?«

»Nur ein kleines bißchen.« Er küßte sie wieder, in wachsendem Verlangen. Ungeduldig kleideten sie sich aus, sanken ins weiche Gras — und in den Himmel ihrer heißen Liebe.

Danach lag er neben seiner Frau. Wie schön sie war ... Das zerzauste goldblonde Haar glänzte im Sonnenlicht, die Topasaugen schienen zu lächeln. Plötzlich stockte ihr Atem.

Zu spät hörte er die Schritte. Er — Ian McKenzie, der Panther — hatte sich überrumpeln lassen. Offensichtlich war Alaina zu einem ihrer Kontaktmänner geritten, der die Rebellen hierhergeführt hatte. Voller Bitterkeit starrte er die Verräterin an.

Eine Schrotflinte zielte auf seinen Kopf, in Peter O'Neills Händen. »Wen haben wir denn da? Seht doch, Jungs! Ein nackter Panther im Gras, neben einer nackten Schlange. Danke, Alaina. Das war gute Arbeit. Komm jetzt zu mir!«

Hastig griff sie nach ihren Sachen, sprang auf und zog sich an. Der niederträchtige Verrat drohte Ians Herz zu zerreißen.

An Peters Seite standen drei Rebellen. Und alle richteten ihre Waffen auf ihn. Sein Schwert und seine Colts lagen etwa zehn Schritte entfernt.

»Was für ein Triumph!« rief Peter. »Wie soll ich dich töten, Ian? Wirst du lieber erhängt oder erschossen? Vielleicht feuere ich zuerst in deine Kniescheiben ... Nein, ich fessele dich an einen Baum und lasse dich zuschauen, wenn ich deine Frau liebe. Nun, was hältst du davon?«

»Du bist krank, Peter!« fauchte Alaina. Wütend wandte sie sich an seine Männer. »Was ist los mit euch? Ihr seid Rebellensoldaten. Aber jetzt führt ihr keinen Krieg — ihr helft eurem Kommandanten, seinen persönlichen Rachedurst zu stillen.«

Voller Zorn erwiderte sie Ians verächtlichen Blick. Sie wußte, was er dachte — daß sie ihn verraten hatte.

»Halt den Mund, Alaina, und komm endlich hierher!« befahl Peter. »Meine Männer und ich retten die Mokassinschlange. Und damit dienen wir sehr wohl den Interessen unseres Militärs.«

Da ihr nichts anderes übrigblieb, gehorchte sie. Aber auf dem Weg zu Peter hob sie Ians Uniform und den Waffengurt auf. Ehe die Rebellen sie daran hindern konnten, warf sie die Sachen ihrem Mann zu. Dann stolperte sie, scheinbar unabsichtlich, und stieß den Lauf von Peters Schrotflinte an, so daß die Mündung zu Boden zeigte.

Blitzschnell ergriff Ian seine Colts. Als die Soldaten schossen, erwiderte er das Feuer, tötete einen Mann, entwaffnete und verwundete die beiden anderen. Dann wandte er sich zu Peter, der Alaina gepackt hatte und wie einen Schutzschild vor seiner Brust festhielt.

»Erschieß ihn, Ian!« drängte sie. Doch das würde er niemals wagen, und sie wußte es.

Peter lächelte grausam und richtete die Schrotflinte wieder auf seinen Feind.

»Nein!« schrie Alaina, rammte mit aller Kraft ihren Ellbogen in Peters Rippen, und die Waffe fiel ihm aus der Hand.

Ehe Ian aufspringen konnte, zog Peter ein Messer aus seinem Stiefelschaft, und die Klinge berührte Alainas Kehle. »Sie wird mich begleiten, und du bleibst hier, McKenzie. Jarvis? Tatum?«

»Ja, Sir«, erwiderte einer der Verwundeten mit schwacher Stimme.

»Holt die Pferde. Ist Pazinsky tot?«

»Ja, Sir«, antwortete der andere.

»Bleib stehen, bis wir verschwunden sind, McKenzie, und wage es bloß nicht, dich zu rühren!« warnte Peter.

Reglos beobachtete Ian, wie seine Frau davongezerrt wurde. Im Rückwärtsgang stieg Peter über die Leiche hinweg und verließ die Lichtung.

»Kein Wort!« ermahnte er Alaina. Sie saß vor ihm auf einer stämmigen, kleinen grauen Stute. Dieses Terrain kannte er sehr gut. Zielstrebig ritt er ins Dickicht, gefolgt von den beiden Soldaten. »Kein Wort, oder ich schneide dir die Kehle durch.«

Aber sie ignorierte die Drohung. »Du kannst es dir nicht leisten, mich zu töten. Weil er dich jagen wird.«

»Hältst du mich für einen Narren? In diesen Wäldern und Sümpfen finde ich mich ebensogut zurecht wie dein Mann. Ich bin hierhergekommen, um den Panther aufzustöbern. Und ich werde ihn töten.«

Sie drehte sich um und sah seine verkniffenen Lippen. Zweifellos war er gefährlich — nicht mehr der verwöhnte reiche Junge, sondern ein erprobter Kämpfer. Kalte Angst erfaßte ihr Herz. »Reiten wir zu deiner restlichen Kompanie, Peter. Ich werde erklären, daß ich die Mokassinschlange bin — und daß du mich gerettet hast. Dann wird man dich im ganzen Süden als Helden feiern.«

»O ja, ich bringe dich zu meiner Kompanie«, stimmte er

grinsend zu. »Morgen. Vorher will ich die Nacht mit dir verbringen. Jarvis und Tatum werden Wache halten. Und ich möchte endlich genießen, was mir längst zugestanden hätte.«

Innerhalb weniger Sekunden war Ian angekleidet. Er pfiff nach Pye und stieg auf. Obwohl es ihn drängte, der Spur des Feindes in wildem Galopp zu folgen, ermahnte er sich zur Vorsicht. Peter sollte den Eindruck gewinnen, er hätte einen großen Vorsprung herausgeholt.

Immer höher stieg die Sonne am Himmel empor. Trotzdem zitterte Alaina am ganzen Körper. Seit Stunden ritten sie dahin, und sie fühlte sich elend. Dornige Zweige zerkratzten ihre Arme, immer wieder wurde sie von Moskitos gestochen. Aber das alles störte sie nicht.

Wo blieb Ian so lange? Während sie an einem Bach rasteten, beklagte sich Tatum über sein zerschmettertes Handgelenk und erklärte, er brauche dringend einen Arzt. Wie sich herausstellte, hatte Jarvis nur eine kleine Fleischwunde davongetragen, und er mahnte seinen Kameraden, er solle sich wie ein Mann benehmen.

Ian erschien noch immer nicht. Vielleicht versuchte er, sich vorsichtig heranzupirschen, weil er wußte, wie gefährlich Peter in seiner Rachsucht war. Oder er glaubte, Alaina hätte ihn verraten. Nur zu deutlich hatte sie den bitteren Zorn in seinem Blick gelesen.

»Haltet die Augen offen, Jungs!« befahl Peter.

»Wahrscheinlich haben wir ihn längst abgeschüttelt, Captain«, meinte Jarvis.

Alainas Sorge wuchs. Wenn Ian vor dem Einbruch der Dunkelheit nicht auftauchte ...

Peter O'Neill hatte sein Lager in einem verlassenen Seminolenaußenposten errichtet. Über wucherndem Unkraut standen strohgedeckte Pfahlhütten ohne Seitenwände. Eine gute Wahl, mußte Ian zugeben, als er den kleinen Trupp beobachtete, zwischen dichten Eichenstämmen versteckt. Von den erhöhten Hütten aus konnten Peter und seine Männer das Terrain gut überblicken.

Nachdem Ian kein Risiko eingehen wollte, zwang er sich zur Geduld und wartete ab. Vermutlich würde Peter seine Gefangene eher töten, als ihr die Flucht zu gestatten. An einen Baumstamm gelehnt, plante Ian seine Strategie.

Doch plötzlich schrie Alaina, und er sah sie mit Peter kämpfen. Da hielt ihn nichts mehr, und er stürmte sofort aus seinem Versteck.

Sie ermahnte sich zur Vernunft. Vor langer Zeit hatte sie geglaubt, Peter zu lieben. Er würde ihr nicht wehtun. Wenn Ian ihnen folgte und ihren Schrei hörte, könnte sie sein Leben gefährden, denn er würde zweifellos zum Angriff übergehen. Schon den ganzen Tag hatte sie gewußt, daß Peter sie vergewaltigen wollte, und sich eingeredet, sie würde es ertragen — ihrem Mann, ihrem ungeborenen Baby und Sean zuliebe.

O ja, sie beschloß, sich tapfer und vernünftig zu verhalten. Vielleicht würde sie Peter mit ihrem Desinteresse sogar entmutigen.

Aber dann zerrte er sie zu einer der Indianerhütten, während seine Männer beim Lagerfeuer Wache hielten, und sie begann unwillkürlich zu schreien. Ein wilder Kriegsruf übertönte ihre Stimme, und Ian stürmte zwischen den Bäumen hervor.

Als einer seiner Colts krachte, fiel Jarvis tot zu Boden. Aber der verletzte Tatum konnte noch mit seiner linken Hand schießen und erwiderte das Feuer. Gleichzeitig jagte Peter seine Schrotkugeln ziellos in die Nacht. Mit der anderen Hand umklammerte er den Arm seiner Gefangenen. Dann herrschte eine Zeitlang tiefe Stille. »McKenzie!«

»Kämpfen wir um Alaina, O'Neill!«

»Wie stellst du dir das vor?« fragte Peter und lächelte höhnisch. »Wir sind zu zweit, und du bist allein.«

Die Entscheidung wurde ihnen abgenommen, denn eine Sekunde später knallten neue Schüsse. Der Lärm drang aus der Ferne heran, und Alaina sah einen Reiter auf das Camp zusprengen.

Sobald sie die graue Uniform erkannte, erlosch der schwache Hoffnungsschimmer. Zu ihrem Entsetzen lief Ian dem Mann entgegen. Und im nächsten Augenblick wußte sie warum. Jerome McKenzie galoppierte in den Lichtkreis des Lagerfeuers.

»Du!« stieß Peter hervor. »Großer Gott, du bist ein Konföderiertenoffizier! Und du wirst am höchsten Baum hängen, wenn du deine eigenen Leute verrätst!«

»Wie würde man dich für die Vergewaltigung bestrafen, die du planst, Peter?« fragte Jerome kühl. Dann wandte er sich verächtlich zu Tatum. »Und Sie, Mann! Sie sind eine Schande für das ganze Südstaatenheer.«

»Aber — sie ist die Mokassinschlange ...«, begann Tatum.

»Genau das hatte ich befürchtet«, seufzte Jerome. »Hallo, Ian.«

»Hallo, Jerome«, erwiderte Ian.

»Er wird sterben, Jerome«, erklärte Peter. »Und wenn Ihr McKenzies glaubt, Ihr könntet euch gemeinsam gegen mich wenden — bedenkt, daß Ihr in diesem Krieg auf verschiedenen Seiten steht!«

»Der Krieg, den wir hier führen, betrifft nur dich und mich, Peter«, bemerkte Ian.

»Schießen Sie ihn nieder, Tatum!« befahl Peter.

Aber niemand rührte sich. Einige Sekunden verstrichen. Dann ging Ian auf Peter zu, ließ die Colts fallen und zog sein Schwert. »Beenden wir den Kampf, ohne jemand anderen zu töten.«

Zögernd runzelte Peter die Stirn. Er hatte Alaina immer noch in seiner Gewalt. »Wenn ich ihn besiege, reitest du davon, Jerome.«

»Einverstanden.«

Träge lächelnd ließ Peter den Arm seiner Gefangenen los und schien nach dem Schwert zu greifen, das in seinem Gurt steckte. Doch statt dessen zog er blitzschnell seinen Colt.

Aber ehe er gezielt feuern konnte, warf sich Alaina schreiend gegen ihn, und der Schuß löste sich aus der Waffe.

Alaina fiel zu Boden und blieb wie tot liegen.

»Nein!« Mit einem gewaltigen Schwerthieb schlug Ian das Schießeisen aus der Hand seines Feindes. Jetzt riß Peter sein Schwert aus der Scheide. Als er sich auf den Gegner stürzte, mußte Ian seine Angst um Alaina vorerst verdrängen.

Im Lauf des Krieges hatte Peter seine Fechtkünste erheblich verbessert. Aber beim Himmel, dachte Ian, ich bin der Panther und in diesem Kampf geht es um alles — um Alaina. Aus den Augenwinkeln beobachtete er, wie Jerome sie behutsam auf die Arme nahm.

Die Schwertspitze ratschte Ians Stirn, ein Blutstropfen rann ihm ins Auge. Das brachte seine Sinne völlig zum Erwachen. Er hob kraftvoll seine Waffe, doch er mußte seinen Widersacher gar nicht angreifen, er mußte ihn nur abwehren.

Peter attackierte ihn so unkonzentriert und stürmisch, daß er sich durch einen einzigen Schlag von Ians Gegenwehr selber aufspießte.

Ein neues Opfer ... Aber diesmal kannte Ian kein Bedauern. Ohne auf Tatum zu achten, rannte er zu Jerome, der neben Alaina kniete.

»Zum Glück ist sie lediglich bewußtlos«, erklärte Jerome. »Die Kugel hat ihre Schläfe zwar getroffen — aber es ist nur ein Streifschuß. Bringen wir sie nach Belamar.« Er stand auf, hob Alaina hoch und legte sie in die Arme seines Vetters. »In dreißig Minuten sind wir da. Meine Eltern und Jennifer wohnen in Alainas Haus. Sicher kann Teela ihr helfen.«

Ian nickte und wandte sich ab. Aber da trat ihm Tatum in den Weg und bedrohte ihn mit seinem Colt. »Halt!« Nervös starrte er von einem zum anderen. »Sie beide sind meine Gefangenen!«

Wortlos legte Ian seine bewußtlose Frau wieder in Jeromes Arme und zog erneut sein Schwert.

»Sie Narr!« schrie Tatum. »Ich töte Sie!« Entschlossen drückte er ab. Aber der Colt war leer geschossen. Als er wütend sein Schwert zog, wehrte Ian den Angriff geschickt ab. Er war des Kampfes müde, und er wollte kein Blut mehr fließen sehen. Doch der junge Rebell ließ nicht locker. Ein paarmal prallten die Klingen gegeneinander. Dann brach Tatum getroffen zusammen und hauchte ebenfalls sein Leben aus.

»O Gott, Jerome, ich habe das alles so satt — ich wollte ihn nicht erstechen ...«

»Manche Leute lassen einem keine Wahl. Wenigstens kann die Mokassinschlange endlich im Reich der Legende verschwinden. Gehen wir. Wenn du aufs Pferd gestiegen bist, reiche ich dir deine Frau hoch.«

Seite an Seite ritten die beiden McKenzies durch den Wald — einer in Grau, der andere in Blau.

»Wie hast du uns gefunden?« fragte Ian.

»Deine Freundin hat mich alarmiert.«

»Meine Freundin?«

»Miss Magee.«

»Oh?«

»Eine sehr interessante Begegnung.«

»Willst du mir davon erzählen?«

In Jeromes dunkelblauen Augen erschien ein seltsamer Glanz. »Nein.«

Ian hob die Brauen, aber er verfolgte das Thema nicht weiter. Die Sorge um seine Frau war größer als seine Neugier. »Danke, Jerome.«

»Schon gut. Übrigens, der Krieg ist noch nicht zu Ende.«

Immerhin herrschte aber in dieser Nacht Waffenstillstand.

Ihr war schwindelig, und als sie die Augen öffnete, schien sich der Raum zu drehen. Langsam verebbte die kreisende Bewegung und Alaina blinzelte verwirrt. Sie war daheim, wirklich und wahrhaftig, in ihrem Zimmer. Da stand jemand. Vorsichtig setzte sie sich auf. In ihrem Blickfeld tanzten seltsame Schleier, und es dauerte eine Weile, bis sie ihre Freundin erkannte. »Jennifer!«

»Alaina!«

Lächelnd umarmten sie sich.

»Wie fühlst du dich?« fragte Alaina.

»Gut.«

»Aber — du wurdest gehängt.«

»Und du angeschossen.«

»Tatsächlich?« Und dann kehrte die Erinnerung zurück. »Oh, mein Gott, Ian ...«

»Keine Bange, es geht ihm gut. Die ganze Nacht saß er an deinem Bett, weil er meiner Mutter nicht glauben wollte, daß du den kleinen Kratzer an deiner Schläfe überleben würdest. Schließlich konnte sie ihn überzeugen, und er erklärte, er müßte seine Männer informieren. Bald kommt er zurück.«

»Gott sei Dank!« seufzte Alaina erleichtert und sank ins Kissen zurück, richtete sich aber sofort wieder auf, von neuer Sorge erfüllt. »Dein Vater wird ihn doch nicht erschießen?«

»Kein Haar wird er ihm krümmen — nachdem mein Vetter mir das Leben gerettet hat.«

»Und Jerome?«

»Er ist auf sein Schiff zurückgekehrt, mit einem Passagier.«

»Mit einem Passagier?«

»Risa Magee. Mit ihrer Hilfe hat mein Bruder Ian und dich im Wald gefunden.«

»Und dann ist sie ihm gefolgt?« fragte Alaina ungläubig. »Auf ein Rebellenschiff?«

»Offensichtlich. Jeromes Überredungskunst ist doch berühmt.«

Immer noch verwirrt betastete Alaina ihren Kopfverband.

»Und — ich wurde angeschossen?«

»Nur eine kleine Fleischwunde. Wir dürfen uns beide glücklich schätzen. Und das haben wir auch verdient. Jetzt ist der Krieg vorbei — zumindest für mich. Schlaf jetzt, Alaina. Du brauchst noch viel Ruhe.«

Ian stand am Strand und schaute zum Festland hinüber. Da drüben wäre Alaina beinahe für ihn gestorben. Obwohl er ihr einen niederträchtigen Verrat zugetraut hatte. Er schloß die Augen und lauschte dem Rauschen der Brandung, dem Geschrei der Möwen. Dies war seine Heimat. Wasser und Sonne, exotische Vögel. Irgendwann würde Florida zur Union zurückkehren, so wie er selbst. Aber jetzt ...

Als er ihre leisen Schritte hörte, lächelte er. Langsam drehte er sich um. Sie trug ein schlichtes weißes Kleid ohne Korsett und Unterröcke. In schimmernden Locken fiel das Haar auf ihre Schultern. Sie hatte den Kopfverband abgenommen, eine Strähne verdeckte die kleine Wunde.

»Hallo«, flüsterte sie.

»Hallo.« Die Arme vor der Brust verschränkt, lehnte er an einer Kokospalme.

»Das ist feindliches Terrain.«

»Wirklich?«

Lächelnd ging sie zu ihm, und er nahm sie in die Arme. »Eigentlich müßte ich dir böse sein, Ian. Du dachtest, ich hätte dich an diesen Schuft verraten ... Er ist doch tot?«

»Ja.«

»Wie viele Menschenleben dieser Krieg schon gekostet hat ...«

»Und ich fürchte, es wird noch mehr Blut fließen. Beten wir um ein baldiges Endes des Gemetzels.«

»Wirst du wieder kämpfen?« fragte sie leise und berührte seine Wange.

»Wohl oder übel. Jeder Deserteur wird vor ein Exekutionskommando gestellt.«

»Das weiß ich.« Nach einer kurzen Pause flüsterte sie: »Glaubst du jetzt, daß ich dich nicht verraten habe?«

»Natürlich! Und wenn du jemals wieder eine Kugel einfängst, die für mich bestimmt ist, lege ich dich übers Knie. Der Schlangenbiß für Risa, ein Schuß für mich ... In Zukunft mußt du besser auf dich aufpassen, allein schon unserem Baby zuliebe.«

»Hast du Risa gesehen? Geht's ihr gut?«

»Ja, wir haben uns getroffen. Und es geht ihr gut. Kein Wunder, wo doch Jerome berühmt für seine Überredungskünste ist.«

»Das habe ich doch schon mal gehört.« Alaina lächelte.

»Ist sie freiwillig mit ihm gegangen?«

»Zumindest hatte ich diesen Eindruck.«

»O Ian, ich bin so froh, daß sie eine neue Liebe gefunden hat.«

»Bist du nicht mehr eifersüchtig?«

»Schon lange nicht mehr. Sie ist mir eine gute, treue

Freundin geworden. Und wie wird *unsere* Zukunft aussehen?«

»Keine Ahnung. Nur eins weiß ich — wir werden uns immer lieben und einander nie mehr mißtrauen.«

Glücklich schmiegte sie sich an ihn und beobachtete, wie das Wasser die Strahlen der sinkenden Sonne widerspiegelte. Dann befreite sie sich aus Ians Armen. »Erinnerst du dich an unsere Begegnung im Teich von Cimarron?«

»Wie könnte ich das jemals vergessen?«

Lachend zog sie ihr Kleid über den Kopf. Er hatte richtig geraten. Darunter trug sie nichts — gar nichts. »Wollen wir schwimmen?« Sie wandte sich kichernd ab und rannte in die Brandung. Blitzschnell zog er sich aus und folgte ihr.

Irgendwann mußte er zur Union zurückkehren. Aber er würde immer eine Rebellin lieben.